MICHEL FOLCO

Die rechte Hand Gottes

Die Geschichte der Pibracs beginnt im siebzehnten Jahrhundert, in einer kleinen Stadt irgendwo im Süden Frankreichs, wo ein Koch, um sich an seinem Herrn zu rächen, auf eine infame Idee verfällt: Er serviert den Herrschaften zum Sonntagsmahl den Kopf ihres Kindes – nach den feinsten Kochkünsten verarbeitet und raffiniert garniert. Der Vorfall wird als »kulinarischer Kindsmord« in die Geschichte des Ortes eingehen. Binnen kurzem ist der Schuldige gefaßt und das Todesurteil über ihn gesprochen. Bleibt das Problem, einen Henker zum Vollzug des Richterspruchs zu finden. So kommt das Anerbieten von Justinien Pibrac den Stadtvätern wie gerufen. Der junge Landstreicher war gerade zum Frondienst auf einer Galeere verurteilt worden. Justinien möchte die Hinrichtung des Mörders, auf die die Stadtbewohner voll Sensationslust warten, übernehmen. Allerdings unter einer Bedingung: Der Lohn für die Arbeit soll die Wiedererlangung seiner Freiheit sein. Justinien erledigt seinen Auftrag zu aller Zufriedenheit und kommt mit den Jahren zu Ehren. Sein Ruf als zuverlässiger Henker dringt bald über die Stadtgrenzen hinaus und wird der Familie über Generationen treu bleiben. Bis hin zu Saturnin Pibrac, der zu Beginn des zwanzigsten Jahrhunderts mitansehen muß, wie sein Berufsstand vom Staat aufgehoben wird.

»Die rechte Hand Gottes« – die Geschichte einer Henkerdynastie. Der Franzose Michel Folco nimmt es in Angriff, aus den Annalen einer recht eigenartigen Familie zu erzählen, vor allem von ihren Anfängen. Denn die Wurzeln der Pibracs von Bellerocaille lassen sich über viele Jahrhunderte zurückverfolgen, zurück in eine Zeit, als Grafen und Barone das Land noch mit Axt und Degen unter sich aufgeteilt haben.

AUTOR Der Franzose Michel Folco (geb. 1943) arbeitete nach seinem Studium bei verschiedenen Fotoagenturen in New York und Paris. »Die rechte Hand Gottes« ist der erste Roman des Autors, der in Kürze verfilmt werden wird. Weitere große Romane warten in der Schublade des Autors auf ihre Fertigstellung.

MICHEL FOLCO

Die rechte Hand Gottes

Roman

Aus dem Französischen
von Barbara Reitz

GOLDMANN VERLAG

Deutsche Erstveröffentlichung
Die französische Originalausgabe erschien unter dem Titel
»Dieu et nous seuls pouvons«
bei Éditions du Seuil, Paris.

Barbara Reitz ist Mitglied im Kollektiv Druck-Reif.

Umwelthinweis:
Alle bedruckten Materialien
dieses Taschenbuches
sind chlorfrei und umweltschonend.

Der Goldmann Verlag
ist ein Unternehmen der Verlagsgruppe Bertelsmann

Umschlaggestaltung: Design Team München
Made in Germany · Verlagsnummer: 42508
Redaktion: Annette Barth

ISBN 3-442-42508-5

ERSTER TEIL

I

Baronat Bellerocaille, königliche Provinz Rouergue, August 1683

Mollig weich in die bequemste, das heißt wärmste Ecke des Bienenkorbes gebettet, dösten die Drohnen vor sich hin. Eine von ihnen erwachte und hatte Hunger. Sie bewegte sich gerade träge auf eine Honigwabe zu, als sie eine ungewöhnlich große Zahl von Arbeiterinnen im Stock bemerkte. Zu dieser fortgeschrittenen Stunde des Vormittags hätten sie eigentlich schon längst unterwegs sein müssen, um Honig zu sammeln. Das große, dickbäuchige und behaarte Männchen setzte seinen Weg fort und stieß auf eine Gruppe Bienen, die ihm den Weg versperrten. Es wollte sie beiseite schubsen, als diese – was wirklich unvorstellbar schien – sich ihm widersetzten und sich auf es stürzten. Ehe es begriffen hatte, wie ihm geschah, durchtrennte eine der Bienen bereits den Teil, das seinen Hinterleib mit dem Bruststück verband, während eine zweite die Venen seiner Flügel zerfetzte und eine dritte den Spalt zwischen den Ringen und dem Panzer suchte und fand, um ihm dann ihren giftigen Stachel ins Innere zu bohren. Der beißende Geruch des Giftes breitete sich im Bienenstock aus und gab das Signal zur Schlacht.

Die Königinnen waren begattet worden, und die Zeit des Winterschlafs rückte näher; so brauchten die Arbeiterinnen diese untätigen, gefräßigen und nutzlosen Tölpel nur noch zu beseitigen.

Die überrumpelten Drohnen, die keinen Stachel hatten und sich nie zuvor hatten verteidigen müssen, dachten nur noch daran, durch das Einflugloch des Bienenkorbs zu entkommen. Einigen gelang die Flucht.

Eine von ihnen überflog die Festungsmauern des Marktfleckens, worauf sie sich in die Küche des Goldschmiedemeisters Abel Crespiaget verirrte und mit voller Wucht auf das rechte Auge von Pierre Galine, dem Küchenmeister, prallte, der gerade damit beschäftigt war, eine Krebssuppe zuzubereiten. Der Mann stieß einen Schmerzensschrei aus und ließ dabei eine ganze Handvoll Gewürze in die Suppenschüssel fallen.

Nachdem das Insekt gegen die Fliesen geprallt war, flog es ein wenig benommen weiter und verschwand durch die Luke, die auf die Rue Magne hinausging.

Pierre Galine stand gerade in der Vorratskammer und ließ Wasser über sein malträtiertes Auge laufen, als die Dienstmagd in die Küche kam. Da sie den Koch nirgends sah, nahm sie die Schüssel mit der Krebssuppe, um sie der Herrschaft zu servieren, die schon ungeduldig im Speisezimmer wartete.

Kurze Zeit später stürmte Abel Crespiaget mit weit aufgerissenen Augen herein. Sein Gaumen, die Kehle und die Speiseröhre brannten wie Feuer, und er schwang einen großen Knüppel. Galine, dem das unbegreiflich war, flüchtete sich, so schnell er konnte, auf den Gang, dann die Treppen hinauf, in den Hof, um den Brunnen herum und schließlich auf die Rue Magne, wo der Goldschmied ihn zu fassen kriegte und tüchtig verprügelte.

»Aiiii! Aiijaiii! Was habe ich getan, guter Meister, daß Ihr mich so hernehmt?«

»Das wagst du noch zu fragen, du Giftmischer?« brüllte Crespiaget und verdoppelte die Zahl seiner Knüppelschläge. Er schlug so lange zu, bis Galine sich nicht mehr regte.

Später trugen ihn ein paar mitleidige Seelen zu seinem Lager, wo er mehrere Tage liegenblieb, bevor er seinen Dienst wieder aufnehmen konnte. Was nun die überlebenden Drohnen betrifft, so verbrachten sie ihren Tag damit, gemütlich auf den Blumen am Ufer des Dourdou herumzufaulenzen. Die Abendkühle und der Hunger hatten sie die Ereignise des Vormittags vergessen lassen, und so kehrten sie zum Bienenstock zurück, wo man schon auf sie wartete, um ihnen den Garaus zu machen. So erging es allen Drohnen bis hin zur letzten.

Am Sonntag nach Mariä Himmelfahrt brachte Marguerite Crespiaget, die Gemahlin des Goldschmiedemeisters, ihr sechstes Kind zur Welt. Nach fünf Mädchen und mehreren Wallfahrten zur schwarzen Mutter Gottes von Rocamadour und zum heiligen Präputium von Romégoux war dieses Kind endlich ein Junge.

Glücksstrahlend gab ihm Maître Crespiaget den Vornamen Désiré und ließ ihn unter großem Pomp in der Kirche Saint-Laurent taufen. Das Kind wurde dann der Frau des Fuhrmanns Mazard anvertraut. Sie hatte als Amme einen guten Ruf und lebte in der Nähe des Flusses, in der Unterstadt.

Am darauffolgenden Sonntag, während des Hochamtes, drang der Koch Pierre Galine bei der Amme Mazard ein und erwürgte sie. Nachdem er ihren Leichnam in dem Häuschen, in dem gewöhnlich die Kastanien getrocknet wurden, versteckt hatte, stürzte er sich auf den kleinen Désiré, stach ihn ab und ließ ihn ordentlich über dem steinernen Becken ausbluten. Dann trennte er ihm den Kopf ab, steckte die Teile in einen Sack und kehrte in seine Küche zurück, um das Fleisch durchzudrehen. Er machte daraus eine Farce für seine Liebesäpfel – und achtete diesmal darauf, daß er sie nicht zu stark würzte.

Wie jeden Sonntag hatte sich die Familie Crespiaget vollzählig versammelt, um gemeinsam zu speisen. Wenn die Platten leer waren, ließ man den nächsten Gang auftragen. So wurde Gericht für Gericht, unter anderem auch die Liebesäpfel, verspeist. Galine servierte ihnen zum Abschluß den Kopf des kleinen Désiré, der kunstvoll auf einem Bett aus grünem Salat angerichtet worden war, in den Ohren und der Nase steckten zur Verzierung Petersilienbüschel, und die Augen wurden mit Zahnstochern offen gehalten.

Mit sanfter Stimme erklärte Pierre Galine, daß man, wolle

man die Überreste des Kindes wiederbekommen, wohl etwas einnehmen müsse, um sich den Magen nach einer der beiden Seiten zu entleeren. Dann machte er sich davon, doch bevor er verschwand, rief er von der Treppe aus:

»Die Rache ist ein Gericht, das man essen muß, solange es heiß ist.«

Er war schon auf der Straße, als er die durchdringenden Schreie von Marguerite Crespiaget vernahm, die soeben den Sinn dieses Satzes begriffen hatte.

Der Prévôt Henri de Foulques, königlicher Amtsträger und Richter der Wache und der Gendarmerie, hatte gerade in den Gemächern im ersten Stock seines Amtsgebäudes ein Hühnerfrikassee mit Wurzelgemüse verspeist, als der Goldschmiedemeister aus der Rue Magne darum bat, vorgelassen zu werden.

»Allmächtiger, Maître Crespiaget, was ist Euch widerfahren? Man könnte meinen, Ihr seid dem Leibhaftigen begegnet.«

»Schlimmer, edler Prévôt, viel schlimmer...«

Ohne Perücke, völlig verstört und ganz außer Atem, weil er so schnell gelaufen war, berichtete der Goldschmied mit abgehackter Stimme. Als er fertig war, sah der Prévôt mit Grausen auf seinen vollen Wanst:

»Habe ich richtig verstanden? Er hat Euch Euren Sohn zum *Essen* vorgesetzt?!?«

»Die Farce in den Liebesäpfeln, edler Prévôt. Nur sein Köpfchen ist noch übriggeblieben...«

Die entsetzliche Nachricht verbreitete sich in Windeseile. Man benachrichtigte Baron Raoul Boutefeux, Lehnsherr von Bellerocaille und vierzehnter Träger dieses Namens, der gerade mit einer Kammerzofe seiner Mutter in einem der Burgtürme sein Mittagsschläfchen hielt. Zunächst wollte er gar nicht glauben, daß eine derartige Greueltat in seinem Lehen hatte verübt werden können. Doch dann wurde er sehr zornig, als er erfuhr, daß der Täter entkommen war.

»Es muß alles unternommen werden, um ihn zu finden!«

Bei der Familie Crespiaget hatte der Schmerz seinen Höhepunkt erreicht, und die ersten kamen, um ihr Beileid auszusprechen. Draußen verstopfte ein Strom von Neugierigen die Rue Magne, und die ersten Gerüchte machten bereits die Runde (»Angeblich haben Madame Crespiaget die Liebesäpfel so gemundet, daß sie noch einmal nachgenommen hat.«).

Zu jener Stunde fand der Fuhrmann Mazard nach seiner Rückkehr aus Rodez seine Frau erwürgt in dem Häuschen vor, in dem sie die Kastanien trockneten. Außer sich vor Schmerz hob er sie auf und brachte sie auf den Place du Trou, wo sich das Amtsgebäude des Prévôt befand. Hinter ihm hatte sich eine beachtliche Menschenmenge gesammelt, die ihm bei den Steigungen des Weges behilflich war (einige Gäßchen der Oberstadt waren so abschüssig, daß man an den steilsten Stellen Stufen in den Stein gehauen hatte).

Als er auf dem großen Platz ankam, hatte eine Kompanie Bogenschützen rund um das Amtsgebäude des Prévôt Stellung bezogen, sie hielten die Bogen schußbereit in der Hand. Vor einem Jahr hatte eine Bauernbande drei Steuereintreiber gehängt und anschließend die Stadt gestürmt. Seit damals stand man jedem Menschenauflauf mißtrauisch gegenüber. Nur das Erscheinen des Prévôt besänftigte etwas die Gemüter.

»Geht nach Hause, ihr rechtschaffenen Leut'. Die Gendarmerie Ihrer Durchlaucht, unseres Barons, ist dem Mann bereits auf den Fersen und wird ihn uns bald herschaffen. Er ist zu Fuß unterwegs und kann noch nicht weit sein.«

Zur selben Zeit wich im ehrenwerten Haus des Goldschmiedemeisters der unendlich große Schmerz einer schrecklichen Betretenheit. Einer der Gäste dieses unheilvollen Mahls (der Großvater des kleinen Désiré, der allein vier Liebesäpfel verspeist hatte) hatte nämlich gerade das ausgesprochen, was bisher keiner der Anwesenden zu sagen gewagt hatte: Wie sollte man sich verhalten, wenn der unvermeidliche Ruf der Natur sich regte? Obwohl verdaut, so bliebe das Fleisch des kleinen Jungen doch getauft.

»Also, ich frage Euch, was soll ich mit meinen Exkrementen machen, wenn es soweit ist?«

Man ließ sofort den Beichtvater der Familie, Pater Adrien, kommen. Der hörte sich die Geschichte an, schwieg dann lange, bis er schließlich erklärte, daß er nicht in der Lage sei, etwas dazu zu sagen. Er versprach aber, seinen Vorgesetzten, den Abt François Boutefeux, zu Rate zu ziehen. Er fand ihn in den Stallungen des Schlosses, wo er gerade eine gescheckte Stute abrieb.

Seit fast fünf Jahrhunderten war das Amt des Abtes des Franziskanerklosters von Bellerocaille dem jüngsten Sohn der Familie Boutefeux vorbehalten, und alle hießen mit Vornamen François nach dem Begründer des Ordens, dem Heiligen Franz von Assisi. Mit vierzehn hatte François die erste Tonsur und mit sechzehn die ersten Pfründe bekommen, doch religiös an ihm war nur sein Amtstitel, und er war eher darauf bedacht, sein ansehnliches Einkommen zu verprassen, als sich um das Wohl seiner Schäflein zu kümmern. Das überließ er seinem Stiftsherrn, während er es vorzog, sich den Pferden und den Frauen zu widmen, die er nach den gleichen Kriterien auswählte (um ihm zu gefallen, mußten sie, egal ob Stute oder Frau, eine starke Brust, einen fülligen Hintern und eine lange Mähne haben).

»Was erzählt Ihr mir da für einen Unsinn?« rief er, ohne jedoch deshalb seine Arbeit zu unterbrechen. »Wie soll ich eine solche Frage entscheiden können? Die Crespiagets sollen auf ihr Gewissen hören und dann mit ihren Exkrementen machen, was es ihnen befiehlt.«

Pierre Galine war auf dem Weg nach Routaboul, seinem Heimatort, als die Bogenschützen der Gendarmerie ihn festnahmen, ohne daß er den geringsten Widerstand leistete. Sie legten ihn in Ketten und brachten ihn spornstreichs nach Bellerocaille zurück, wo man ihn nach einem kurzen Verhör durch den Prévôt in den lehnsherrlichen Kerker sperrte.

Die unheilvolle Anziehungskraft seines sonderbaren Verbrechens reichte weit über die Grenzen des Marktfleckens hinaus. Man kam aus Rodez, aus Millau, aber auch aus Villefranche und sogar von noch viel weiter her. Bald waren alle Herbergen belegt.

Die ersten Verzögerungen ergaben sich, als der Seneschall von Sallay, ein Vertreter der Gerichtsbarkeit des Königs, dem lehnsherrlichen Richter Cressayet, der dem Baron unterstand, die Sache unter dem Vorwand entziehen wollte, daß eine Angelegenheit von dieser Wichtigkeit angeblich nicht in seinen Zuständigkeitsbereich falle. Er bekam von Baron Raoul, der diesbezüglich äußerst kleinlich war, eine schroffe Absage.

Da der Baron argwöhnte, daß der königliche Beamte es dabei nicht bewenden lassen würde, beschleunigte er das Verfahren. Galine wurde am übernächsten Tag vor seinem Gericht der Prozeß gemacht, und das Urteil, das er dem Richter vorgegeben hatte, trug der Entrüstung des Volkes Rechnung: Pierre Galine sollte bei lebendigem Leibe gerädert und anschließend zur Schau gestellt werden, bis der Tod eintrat. Die zahlreich erschienenen Zuhörer hatten das Urteil mit Beifall begrüßt.

Als nun die Strafe vollstreckt werden sollte, ergaben sich neue Schwierigkeiten.

Zwei Jahrhunderte zuvor hatte König Charles VII. – bestrebt, Ordnung in die über dreihundertsechzig Strafgesetzbücher zu bringen, die im Königreich in Umlauf waren – eine Verordnung mit einhunderfünfundzwanzig Artikeln erlassen. Einer dieser Artikel nun untersagte es den Richtern, ihr Urteil selbst zu vollstrecken, wie es in vielen Provinzen durchaus noch üblich war. Der Beruf des Henkers war aus diesem Artikel hervorgegangen. Baron Boutefeux hatte sich nie entschließen können, einen Scharfrichter zu unterhalten, obwohl er durch ein Dekret des Königs dazu ermächtigt war, den Titel eines Gerichtsherrn zu führen, der es ihm auch gestattete, hohe Strafen zu verhängen. Wenn es erforderlich war, wie jetzt in diesem bestimmten Fall, wandte er sich an

Maître Pradel, den Fleischer von Rodez, der darüber hinaus auch Scharfrichter für den Grafen und Bischof von Rodez war.

Ein Bote brach am späten Vormittag auf und ritt die elf Meilen, die den Marktflecken von der Stadt trennten, in sechs Stunden. Als er am nächsten Tag nach Bellerocaille zurückkehrte, war er allein.

»Maître Pradel ist unabkömmlich. Er hat das Zipperlein und kann sich nicht rühren. Ich habe nach seinem Knecht verlangt, aber der ist nicht befugt, ihn zu vertreten.«

Blieben noch Maître Sylvain, der Scharfrichter der Albigenser, und Maître Cartagigue aus Millau. Der Letztgenannte wohnte zwar näher, war aber übermäßig teuer. Also schickte der Prévôt seinen Boten nach Albi.

Der Mann galoppierte durch den Wald von Ribaudins, als ihn ein Strick, der an einer Wegkrümmung gespannt war, zu Fall brachte. Glücklicherweise wurde er ohnmächtig und so sah er nicht die Räuber, die sich anpirschten und ihm die Kehle durchschnitten. Nachdem sie ihn all seiner Sachen beraubt hatten, zerrten sie seinen nackten Leichnam ins Gebüsch, wo ihn ein paar Stunden später die Wölfe entdeckten und mit großem Appetit verspeisten.

Fünf Tage vergingen, ehe der Baron sich entschloß, seinen Rat einzuberufen. Widerwillig lud er dazu auch den Seneschall ein.

»Ich weiß nicht, was unserem Boten widerfahren ist, aber wir haben nicht mehr die Zeit, einen anderen zu schicken«, sagte der Prévôt Henri de Foulques. »Unser Marktflecken ist voller Menschen. Diejenigen, die zur Verhandlung gekommen sind, sind noch nicht wieder abgereist und warten auf die Hinrichtung. Die Gemüter erhitzen sich, und es gehen Gerüchte um.«

»Gerüchte? Was für Gerüchte?«

»Man munkelt, daß der Verurteilte hohen Schutz genießt und niemals gerädert werden wird.«

Baron Raoul runzelte unter der gepuderten Perücke seine flache Stirn. Seine dunklen Augen, die tief in ihren Höhlen lagen, funkelten boshaft.

Für ihn bestand kein Zweifel daran, daß Verleumdung ebenso schlimme Folgen für den Geist hatte wie ein Gift für den Körper. Ja, sie war sogar noch schlimmer, denn es war doch wesentlich einfacher, irgend etwas herumzuerzählen, das einen ehrenwerten Mann vernichtete, als ihm eine tödliche Dosis einzuverleiben. In Anbetracht der Tatsache, daß es kein wirksames Mittel gegen Verleumdung gab, dagegen aber sehr wohl etliche wirksame Gegengifte, meinte der Baron:

»Findet heraus, wer diese Lästermäuler sind, und durchbohrt ihnen die Zunge!«

Dann kam man wieder auf das ursprüngliche Problem zu sprechen: Wo sollte man so schnell einen Henker herbekommen?

Abt François schlug vor, einen Freiwilligen zu suchen.

»Wenn Ihr eine Prämie von hundert Livres aussetzt, werdet Ihr lediglich die Qual der Wahl haben.«

»Hundert Livres? Gemach, Abt, gemach«, protestierte der Baron. »Ich habe eine bessere Idee. Überlassen wir doch Maître Crespiaget, dem Vater des Opfers, die Arbeit. Ich mache jede Wette, daß er ihn uns hübsch zerschmettern wird... und noch dazu umsonst«, fügte er mit einem aufmunternden Lächeln hinzu, das seine vielen schlechten Zähne zum Vorschein brachte.

Der Seneschall war empört.

»Das ist doch nicht Euer Ernst! Das wäre Barbarei!«

»Mit Verlaub, edler Baron«, schaltete sich Richter Cressayet ein, »das wäre Mord. Nur ein ordentlicher Scharfrichter darf töten, ohne sich den gerechten Zorn Gottes und der Gesetze zuzuziehen.«

Der Baron brummelte zwar vor sich hin, stimmte aber schließlich doch der Lösung mit dem Freiwilligen zu, allerdings nur unter der Bedingung, daß die Prämie auf fünfzig Livres gesenkt werde.

Duvalier, der Beisitzer des Richters und gleichzeitig sein Schwiegersohn, verfaßte eine »öffentliche Bekanntmachung«, auf die der Baron sein Siegel setzte. Man übergab sie daraufhin dem Ausrufer, der in Begleitung eines Trommlers sofort aufbrach und sie auf zwei Plätzen in Bellerocaille und an den wichtigsten Wegkreuzungen verlas.

Diejenigen, die von weit her kamen und zusehen mußten, wie ihre Geldbeutel von Tag zu Tag flacher wurden, faßten diesen Aufruf als ein erneutes Vertagen der Strafe auf. Wenn man nun diejenigen dazuzählte, die jede Stunde des Aufschubs als ein Übermaß an Güte dem verabscheuungswürdigen Koch gegenüber werteten, waren es mittlerweile sehr viele unzufriedene Bürger, die auf den Straßen zusammenkamen und lautstark die Vollstreckung des Urteils forderten. Seltsamerweise meldete sich keiner von diesen Ungeduldigen freiwillig.

Tags darauf, als Prévôt Henri de Foulques die Zugbrücke überquerte und den unteren Hof der Burg betrat, durchbohrte der Kerkermeister Bertrand Beaulouis gerade die Zungen von fünf Verleumdern, die am Tag zuvor festgenommen worden waren. Seine Söhne Bredin, Jacquot und Lucien gingen ihm dabei zur Hand.

Der Kerkermeister – ein Mann von etwa fünfzig Jahren mit dem Beinamen »der Schließer« –, der nur mit einer fuchsroten Lederschürze über dem bloßen Oberkörper seiner Arbeit nachging, hielt inne, um ihn zu begrüßen.

»Ich bitte Euch, Maître Beaulouis, fahrt fort«, winkte der Beamte der Gerichtsbarkeit ab und setzte sich in der Säulenhalle an die äußere Kurtine, um im Schatten zu warten.

Unter den Lästermäulern waren auch zwei Frauen. Die jüngere, eine Wäscherin aus der Unterstadt, hatte überall herumerzählt, daß Galine in Wahrheit Marguerites Geliebter gewesen, also der Vater des kleinen Désiré sei. Wenn er ihn umgebracht habe, dann deshalb, weil sein gehörnter Meister, der verzweifelt darüber war, daß er keinen männlichen Erben hatte, ihm das Kind weggenommen habe.

Da sie den Mund nicht aufmachen wollte, mußte man sie mit dem Griff eines Messers dazu zwingen, dann mit einer Zange darin herumstochern, um die Zunge herauszuholen und sie mit einem Schürhaken, der in einem Kohlebecken bis zum Glühen erhitzt worden war, zu durchstechen.

»Wenn wir euch noch einmal bei diesem Vergehen ertappen, werden wir euch die Zungen abschneiden«, versprach der Prévôt den Verleumdern, als man sie freiließ.

Beaulouis überließ es seinen Söhnen, die Folterwerkzeuge wegzuräumen, und ging zu Foulques.

»Was kann ich für Euch tun, edler Prévôt?«

Foulques sagte es ihm. Der Kerkermeister erstarrte und wurde puterrot.

»Unmöglich, edler Prévôt, unmöglich. Das könnt Ihr nicht von mir verlangen.«

»Ich verstehe Eure ablehnende Haltung nicht. Ihr seid doch Folterknecht bei Gericht.«

»Was Ihr auch davon halten mögt, edler Prévôt, foltern ist etwas anderes als jemanden umbringen! Jemandem die Knochen brechen, ihn auspeitschen, brandmarken, verbrühen, verstümmeln wie gerade eben oder jemanden der ordentlichen oder der außerordentlichen Folter unterziehen, das ist noch lange nicht das gleiche wie jemanden bei lebendigem Leibe aufs Rad zu flechten, weit gefehlt!«

Foulques versuchte ihn umzustimmen, indem er ihm versprach, den Baron zu überzeugen, die Prämie zu erhöhen: doch es half nichts. Deshalb erinnerte Foulques ihn daran, daß seine Söhne ja davon befreit wären, ihren Dienst als Späher zu verrichten. Die Frist für diese Freistellung würde bald ablaufen, und man könnte sie erneuern oder es auch bleiben lassen. Für Beaulouis, der außer seinen drei Söhnen niemanden beschäftigte, wäre es eine Katastrophe, wenn die Befreiung nicht verlängert werden würde. Mit ausgebreiteten Armen warf er sich dem Beamten der Gerichtsbarkeit zu Füßen.

»Ich flehe Euch an, edler Prévôt, zwingt mich nicht, Henker zu sein, und sei es nur ein einziges Mal. Das würde mich für immer abstempeln, mich und ebenso meine Nachkommen. Ich weiß nur zu gut, wie das bei Maître Pradel gewesen ist. Von dem Tag an, an dem er dieses Amt angenommen hatte, mußte er außerhalb der Stadtmauern wohnen und immer ein rotes Gewand tragen, sobald er sein Haus verließ. Und daß er kürzlich seine Tochter vermählen konnte, liegt einzig und allein daran, daß der Bräutigam der Sohn des Henkers aus Nîmes ist. Zwingt mich nicht, ein solches Dasein zu führen, edler Prévôt, habt Erbarmen!«

Foulques gab nach. Er hätte ihm zu bedenken geben können, daß diese Nachteile durch eine ganze Reihe von Entschädigungen und Privilegien reichlich aufgewogen wurden, die es Maître Pradel, dem einstigen Schlachter, ermöglicht hatten, in weniger als einer Generation zu einem der wohlhabendsten Bürger von Rodez zu werden, aber er tat nichts dergleichen und verabschiedete sich. Erleichtert stand der »Schließer« auf und rieb sich die Knie, die er sich auf dem Pflaster des Hofes etwas angeschlagen hatte.

Die Burg von Bellerocaille, die im XIII. Jahrhundert erbaut worden war, war schon von weitem, hoch oben auf der Bergspitze aus Vulkangestein, zu sehen. Die Späher konnten von den Warten aus ungehindert mehrere Meilen landeinwärts blicken. Die runden Türme waren durch Gänge miteinander verbunden, unter denen die Wache, die Unterkünfte der Dienerschaft, die Stallungen, der Hundezwinger, die Falknerei, die Schmiede und der Backofen lagen, darüber hinaus waren die verschiedensten Vorratskammern im Erdgeschoß untergebracht.

Im XVI. Jahrhundert hatte man die Burg um einen hohen Turm erweitert, der in die westliche Befestigungsmauer eingelassen worden war und als Kerker diente.

Der Baron und die Seinen bewohnten den Hauptturm und die Gebäude der Burg, die rund um den Ehrenhof lagen. Der Donjon war neun Klafter hoch und in fünf übereinanderliegende Gemächer aufgeteilt, die durch eine schmale gewundene Treppe miteinander verbunden waren. Baron Raoul und seine Gemahlin, die Edelfrau Hérondine, bewohnten die beiden ersten, Baronin Irène, die Mutter des Barons, das angrenzende Gemach. Das vierte war für auf der Durchreise befindliche Gäste vorgesehen und das fünfte für den ältesten Sohn, den zwölfjährigen Guillaume. Wenn Abt François nicht zwischen seinen verschiedenen Gemeinden unterwegs war, logierte er oberhalb der Stallungen.

Der Donjon war mit dem großen Saal verbunden, den man in gleicher Weise als Eßzimmer, Empfangszimmer, Ballsaal oder als Saal für Ratsversammlungen nutzte. Seine hohen Wände zierten Wandteppiche mit mythologischen Motiven, Ahnenportraits und andere Gemälde, auf denen besonders ruhmreiche Momente dargestellt waren. Jagdtrophäen, eine Sammlung altmodischer, blanker Waffen, bunt bemalte Schilde, von denen einige schon sehr alt und durch den häufigen Gerbauch ziemlich verbeult waren. Es stimmte, die Boutefeux mußten ihre kriegerische Gesinnung nicht mehr unter Beweis stellen. Und Baron Raouls rachsüchtiger Charakter ließ nichts auf diesen guten Ruf kommen.

Da er demnächst wieder bei Hofe vorstellig werden sollte, ließ der Baron sich, wenn auch nur widerwillig, in Benimm unterweisen. Mit verdrießlicher Miene saß er unter dem Familienwappen, das von einer Baronskrone überragt wurde und auf silbernem Grund eine mit einem Schwert gekreuzte brennende Fackel und das Lehnsgut zeigte. Darunter stand der alte Kriegsruf »Es brennt«, der inzwischen zum Wahlspruch der Familie geworden war. Obwohl seine Selbstachtung darunter litt, gab er zu, daß er sich auf einer Wolfsjagd wohler fühlte als in einem Salon. Schließlich hatte er dem ständigen Drängen seiner Mutter nachgegeben und einen jungen Zeremonienmeister aus Rodez in seine Dienste genommen, der ihn mit Ratschlägen überhäufte. Gerade belehrte dieser ihn mit affektierter Stimme:

»Die Anmut, edler Baron, muß ganz natürlich wirken. Ihr werdet diese Kunst erst dann perfekt beherrschen, wenn niemand mehr die Übung, die sich dahinter verbirgt, erahnen kann.«

Der Baron lutschte an einem seiner schlechten Zähne, spuckte gedankenlos auf den Holzboden und verwischte seinen Speichel mit einer Drehung des Fußes.

Der junge Zeremonienmeister warf der alten Baronin einen entmutigten Blick zu. Diese betete gerade ihren Rosenkranz. Neben ihr saß Guillaume, der zukünftige Baron von Bellerocaille. Aus purer Langeweile vertrieb sich der Junge die Zeit damit, einer Gottesanbeterin, die er im Schilf aufgestöbert hatte, die Beine auszureißen.

»Man hat auf jede erdenkliche Art versucht, Euch einzutrichtern, daß es sich für Leute von Stand nicht schickt, zu spucken«, sagte Baronin Irène zu ihrem Sohn. »Das gilt ebenso für Eure schlechte Angewohnheit, Euch in die Finger zu schneuzen wie der letzte Bauer. Werdet Ihr wohl endlich eines der Taschentücher benutzen, die ich Euch gegeben habe?«

»Nur über meine Leiche!« ereiferte sich der Baron und schlug mit der Faust auf den Tisch. »Welch außergewöhnliches Vorrecht genießt denn dieser unerquickliche Rotz, daß Ihr ihm ein schönes Stück feiner, bestickter Wäsche offeriert, um ihn aufzunehmen? Und ihn sogar darin einzuwickeln und zärtlich an Euch zu drücken? Niemals, Madame, niemals!«

Um sich zu beruhigen, zog er seinen Kautabak heraus und schnitt sich ein ordentliches Stück herunter, das er auf der rechten Seite kaute, der Seite, auf der seine Zähne in weniger schlechtem Zustand waren.

Der Zeremonienmeister rollte erneut entmutigt die Augen, denn er hatte ihm ausdrücklich geraten, weder zu schnupfen noch Kautabak zu kauen. Beides sei dem übelsten Pöbel vorbehalten, wie das Pfeiferauchen den Matrosen. Um Haltung zu wahren, schlug er sein altes Exemplar von *Honnête homme oder die Kunst bei Hofe zu gefallen* von Nicolas Faret auf und las laut vor:

»Wenn Ihr erst einmal bei Hofe seid und noch nicht die gewünschte Wirkung erzielt habt, so müßt Ihr bleiben. Sobald Euch dies aber geglückt ist, geht. Das ist das beste Mittel, um auf sich aufmerksam zu machen...«

»Nicht so schnell«, unterbrach ihn der Baron. »Laßt uns noch einmal auf die Anmut zurückkommen. Ihr sagtet, daß ich den Anschein erwecken müßte, als sei sie mir angeboren. Wollt Ihr mir damit etwa zu verstehen geben, ich bewegte mich nicht anmutig?«

»Ganz und gar nicht, edler Baron, mit der Anmut, von der ich sprach, meinte ich, daß alles, was man tut, so aussehen muß, als geschehe es mit Leichtigkeit. Um diese Wirkung zu erreichen, müßt Ihr bei jeder Gelegenheit eine gewisse Nonchalance mit einer Spur Überheblichkeit zur Schau stellen. Die Italiener nennen das *spezzatura*, und es verhüllt das Gekünstelte, indem es zeigt, daß das, was man tut, mühelos, ja scheinbar ganz unabsichtlich geschieht. Diese Anmut muß in die Unterhaltung, in den Gebrauch der Waffe, in den Tanz einfließen, aber auch in das Spiel und jede andere alltägliche Verrichtung...«

Der Zeremonienmeister wurde erneut durch das Geschrei einer Schar Unzufriedener auf der Straße unterbrochen.

Baronin Irène rutschte unruhig auf ihrem Sessel hin und her. Sie hatte den Aufstand der Bauern in schlechter Erinnerung behalten.

»Wenn Ihr nicht so geizig wäret, hätten wir in unserem Lehen schon längst einen eigenen Henker. Die Mittel dazu wären ja vorhanden, soviel ich weiß.«

Obwohl die Silberminen, die den Wohlstand der Boutefeux' und des Marktfleckens begründet hatten, vor einem halben Jahrhundert versiegt waren, sorgten doch die beträchtlichen Einkünfte aus den vielen Ländereien, die ihm als Lehnsherrn über die Vogteien des Baronats zustanden, dafür, daß die Familie keine Not leiden mußte. Doch der Niedergang des Marktfleckens bahnte sich an, und die wachsende Zahl leerstehender Häuser bewies diese Entwicklung.

»Ihr schwätzt daher, wie es Euch beliebt, Madame. Ihr sagt ›wir‹, aber es geht gar nicht um Eure Louisdors. Wißt Ihr überhaupt, was der Unterhalt eines solchen Amtes kostet? Denkt Ihr, daß meine Bürger eine neue Abgabe begrüßen würden?«

»Seit wann kümmert Euch denn deren Meinung?« erwiderte die alte Dame und spielte nervös mit dem Rosenkranz in ihrer Hand. »Wann werdet Ihr endlich zugeben, daß es das wahre Zeichen hoher Gerichtsbarkeit ist, wenn man über einen eigenen Scharfrichter verfügt? Wenn ich daran denke, daß wir nicht einen einzigen Galgenbalken haben, obwohl Euch aufgrund Eures Standes vier davon zustünden! Höret nur, wohin uns Eure Knausrigkeit führt!« fügte sie hinzu und deutete dabei auf die geöffneten Fenster, durch die das Geschrei des Pöbels zu ihnen heraufschallte.

Wortlos erhob sich der Baron, rückte seinen Degen zurecht und ging auf die Tür zu, wobei er mit den Absätzen seiner Stiefel über den Holzfußboden klapperte. Als er am Zeremonienmeister vorbeikam, spuckte er wie aus Versehen einen mit Tabaksaft vermischten Speichelstrahl auf den Boden. Bevor er den Raum verließ, machte er seinem Sohn ein Zeichen.

»Komm! Dann wollen wir diesen unverschämten Schreihälsen mal zeigen, wie man sich zivilisiert benimmt.«

Als sie Seite an Seite hoch zu Roß und ohne Geleit erschienen, hörte der Radau schlagartig auf und ängstliches Schweigen machte sich unter den ungefähr hundert Unzufriedenen breit, die am Fuße des Turms zeterten und die sofortige Hinrichtung des Kochs forderten.

Der junge Guillaume war das genaue Ebenbild seines Erzeugers; wie er hielt er sich sehr gerade, und wie der Vater zeigte er diesen Ausdruck kühler Entschlossenheit. Zufrieden sah er, wie es um sie herum leer wurde. In wenigen Augenblicken sah es rund um den Kerker aus wie immer.

Er folgte seinem Vater, der nicht zur Burg zurückkehrte, sondern in die Rue du Paparel einbog, die zum westlichen Zolltor führte. Jeder, an dem sie vorbeiritten, zog ehrerbietig den Hut, und die Soldaten am Zolltor hielten rücksichtslos den übrigen Verkehr an, um sie passieren zu lassen.

Der Baron und sein Sohn überquerten die Pont-Vieux, die über den Dourdou führte, kamen an den Ruinen der ehemaligen Gerberei vorbei und ritten auf die Kreuzung der

Quatre-Chemins zu, die wegen des Dolmens berühmt war, der sich dort befand – einem der gewaltigsten von Rouergue.

Einige Pilger ruhten sich im Schatten der drei Klafter großen Steinplatte aus, die waagerecht zwei Meter über dem Boden (niemand wußte, durch welches Wunder sie dorthin gelangt war) auf drei sehr massiven, senkrecht stehenden Steinen lag.

Der Baron schenkte ihren Verneigungen keinerlei Beachtung. Ohne von seinem Pferd zu steigen, zeigte er seinem Sohn die Burg, die sich eine halbe Meile entfernt, von seinem hübschen Marktflecken umgeben, eindrucksvoll vor ihnen auf einer Bergspitze erhob.

»Eines Tages wird sie dir gehören. Doch du darfst nie vergessen, daß es eine Sache ist, der Herr über etwas zu sein, und eine andere, es auch zu bleiben. Wenn wir seit so langer Zeit die Herrschaft innehaben, dann sicher deshalb, weil wir immer der Ansicht gewesen sind, daß ein Gut in erster Linie demjenigen gehört, der mächtig genug ist, es zu halten. Verstehst du, Guillaume, ein Titel wird einem entzogen, ein Recht wird mit einem Federstrich widerrufen, ein Privileg oder eine Freistellung kann auf Grund einer bloßen Laune des Königs jemand anderem zugedacht werden.«

Er spuckte einen langen schwärzlichen Strahl aus, bevor er fortfuhr:

»Einzig und allein unsere Stärke hat uns vor einem solchen Schicksalsschlag bewahrt. Und nur weil wir so mächtig sind, überlegt man es sich zweimal, bevor man mit uns Händel sucht.«

Guillaume pflichtete ihm ernst bei. Von klein auf war er von den Vorstellungen und Prinzipien seines Vaters überzeugt gewesen, er glaubte an die Rechtmäßigkeit seines Standes und daran, daß er nur ein Glied in der langen Kette der Boutefeux' sei. Wehe dem dünnen Glied, das diese Kette schwächte!

»Diese Macht, mein Junge, verdanken wir unserem Schwert und unserem Gold. Und du wirst alles daransetzen müssen, wenn du beides bewahren willst.«

Als sie ohne jede Eile zur Burg zurückritten, erzählte er ihm zum wiederholten Mal, wie ihr Vorfahre Azémard Boutefeux zum Lehnsherr von Bellerocaille wurde... und es geblieben war.

Die Zeit, in der Ritter Azémard lebte, war die des aufkommenden Rittertums und seiner wilden, streitsüchtigen und habgierigen Vasallen, die auch noch stolz auf ihre Blutrünstigkeit waren. Es war die Zeit, als ein Herzogtum vier Grafschaften wert war, eine Grafschaft vier Baronate, ein Baronat vier Burggrafschaften und eine Burggrafschaft soviel wie mehrere Lehen und Kirchspiele zusammen. Es war die Zeit, als die Rechtsprechung die Angeklagten auf Leben und Tod gegeneinander kämpfen ließ, unter dem Vorwand, daß es undenkbar sei, daß Gott den Schuldigen gewinnen lassen könne. Im übrigen glaubten so viele Menschen an Ihn, daß es unschicklich gewesen wäre, wenn es Ihn gar nicht gegeben hätte. Es war eine merkwürdige Zeit.

Das herrschende System war feudalistisch und aus einer dauernden Unsicherheit heraus entstanden, die die Schwächsten dazu trieb, sich unter den Schutz der Stärksten zu stellen. Um ihre Position zu halten, waren diese natürlich daran interessiert, möglichst viele Vasallen unter ihrem Banner zu sammeln. Einige, darunter Raimond III., Graf von Rodez, boten jedem Ritter, der ihnen den Treueeid leistete, ein Lehen auf Lebenszeit. Ritter war, wer ein Pferd, einen Harnisch, ein Schild und ein Schwert besaß und damit umzugehen verstand. Azémard Boutefeux, ein junger Edelmann ohne Zukunft aus Guiraud und Brandschatzer beim Bannerherrn von Roumégoux, erfüllte diese Bedingungen. Von einem Cousin, der ihm als Knappe diente, begleitet, ritt er nach Rodez, kniete vor dem mächtigen Grafen Raimond nieder, küßte ihm die Füße und die Sporen und sagte:

»Ich gelobe Euch Treue, Hilfe und Beistand, und Ihr versichert mir dafür, daß ich mein Auskommen habe.«

Worauf der Graf ihm höflich auf die Beine half und feierlich erwiderte:

»Ich schlage ein. Ich verpflichte mich, dich zu beschützen, dich und deinen künftigen Besitz, aber du wirst für mich arbeiten und mir untertan sein.«

Da sie sich nun geeinigt hatten, reichte der Graf ihm eine Handvoll Erde, die das künftige Lehen symbolisierte, außerdem ein Schriftstück, das ihn ermächtigte, dort eine Freistatt, die allen Flüchtigen Zuflucht gewähren sollte, zu errichten. Damit sollte die Besiedelung erleichtert werden.

Als Azémard Rodez verließ, um sein Lehen in Besitz zu nehmen, begleiteten ihn an die zwanzig Bauern – freigelassene Leibeigene, die sich von den Privilegien, die das Statut der Freistatt bot, hatten locken lassen. Als sie an Ort und Stelle kamen, gab es dort nichts außer einem Dolmen, der gelegentlich des Nachts Pilgern als Unterschlupf diente, oder den seltenen Wanderern, die es noch wagten, auf diesen wilden und gefährlichen Wegen zu reisen.

»Allmächtiger, *voilà une belle rocaille* – was für ein schönes Felsgestein!« rief Azémard, als er die Bergspitze aus Vulkangestein erblickte, die die Gegend beherrschte.

Er erklomm den Gipfel und betrachtete lange und mit Genugtuung die Aussicht. All das würde von nun an ihm gehören.

Er beschloß, sich vorübergehend in einer der Höhlen häuslich niederzulassen, von denen es auf der Bergspitze mehr als genug gab. Als seine Leute anfingen, die Höhle auszuräuchern, um Hunderte von Fledermäusen daraus zu vertreiben, nutzte er die Gelegenheit, um auf sein Pferd zu steigen und über seinen ganzen Besitz zu reiten.

Mehrere Tage lang erfaßte er das Gelände, das man als Ackerland nutzen konnte, und teilte es in kleine Landgüter zu je fünf Hektar auf. Diese gab er anschließend an seine Bauern aus und behielt sich, wie es Brauch war, von jedem Gut genau die Hälfte des Ertrags vor. Die Begünstigten verpflichteten sich, dieses Land genauso wie ihren Teil zu bestellen und ihm pünktlich die Ernte abzuliefern. Darüber hinaus mußten sie zahlreiche andere Frondienste übernehmen, wie zum Beispiel den Bau einer Burg aus Holz oben auf der Felskuppe. Zum Ausgleich erließ Azémard ihnen die Steuer und diverse Abgaben an den Lehnsherrn. Er gestattete ihnen auch, im Todesfall ihren Anteil an dem Gut dem ältesten Sohn zu vererben. Wenn sie keinen hatten, fiel das Land an Azémard zurück, und er konnte es neu verteilen.

Allmählich ging das Leben seinen geordneten Gang. Während ihr Lehnsherr seine Tage der Jagd widmete, entfernten die Bauern oben auf der Bergspitze das Gestrüpp und umgaben sie mit einer zweifachen Palisade aus Pfählen, deren Spitzen im Feuer gehärtet worden waren. Dann errichteten sie aus Holz einen Donjon von vierzehn Metern, der von einer Scheune und einem Pferdestall flankiert wurde.

Der Raum zwischen Berggipfel und Flußwindung wurde gerodet und in Parzellen aufgeteilt, auf denen jeder Bauer sich ein fensterloses Haus mit einem Strohdach und Mauern aus Lehm baute. Diese Lehmhäuser bildeten, dicht beieinanderstehend, die erste Verteidigungslinie der Burg.

Es sprach sich schnell herum, daß an den Ufern des Dourdou eine neue Freistatt entstanden war, und Bauern, die mit ihren Lehnsherren unzufrieden oder mit hohen Abgaben belastet waren, zog es nach Bellerocaille (wie man von nun an die Gegend nannte), um dort um Zuflucht zu bitten. Das Statut der Freistatt garantierte dieses Recht.

Später wurden dann auch Straßenräuber, Deserteure und allerlei Galgenvögel vorstellig, um in Bellerocaille Zuflucht zu suchen. Azémard bereitete ihnen den schönsten Empfang. Er tat sogar noch mehr: er gab ihnen Arbeit. Nachdem er sie mit Beilen und funkelnagelneuen Lanzen, die sein Schmied angefertigt hatte, bewaffnet hatte, setzte er sie als Läufer, Plünderer und Brandschatzer ein.

Als die ersten Knospen trieben, überfiel Azémard seine erste Burg, das Lehen Racleterre, das an den Ritter Armogaste vergeben war. Er war ein Vasall des Bannerherrn von Roumégoux, seinem früheren Herrn.

Er gab das Zeichen zum Sturm in dem Augenblick, als man die Tore öffnete, um den Lehnsherrn hinausreiten zu lassen. Dieser trug sein Jagdgewand und wurde von zwei Stallburschen und vier Hunden begleitet, die munter bellten. Das war der schönste Tag im Leben Azémards.

Ein Späher schlug Alarm, eine Frau schrie entsetzt auf. Man versuchte noch, schleunigst die schweren Torflügel wieder zu schließen, aber zu spät, der Ritter und seine Läufer waren bereits da und grölten lauthals: »Kühn voran, Bellerocaille! Töte! Töte!«

Nachdem er jeglichen Widerstand niedergemacht und Armogaste gefangengenommen hatte, schickte der furchtlose Azémard seine Plünderer los, die systematisch alles durchkämmten und als erstes die Ölmühle und die Presse zerlegten. Nachdem sie sich alles an Brauchbarem geholt hatten, rief er seine Brandschatzer, die das Dorf und die Burg in Brand steckten. Sie fanden sichtlich Spaß daran und brachen in wildes Geschrei aus: »Es brennt! Es brennt!«

Azémard scharte die Überlebenden um sich und bot ihnen an, nach Bellerocaille zu kommen. Alle willigten ein. Sie mochten ihren Lehnsherrn nicht, und einer von ihnen, ein Bauernknecht, der seinen Sohn und seinen Bruder in der Schlacht verloren hatte, spuckte Armogaste ins Gesicht, weil er es nicht vermocht hatte, sie zu beschützen.

Später soll Azémard, der Legende zufolge, diesem Bauernknecht einen derartigen Hieb mit seinem Schwert versetzt haben, daß er von oben nach unten in zwei gleiche Hälften gespalten wurde. Ob das nun wahr ist oder nicht, Tatsache ist, daß der Mann auf der Stelle getötet wurde, weil er sich einem Adeligen gegenüber nicht gebührend verhalten hatte. Azémard war der festen Überzeugung, daß Gott selbst gewollt hatte, daß es Lehnsherren und Leibeigene gab. Und die Lehnsherren waren verpflichtet, Gott zu ehren und zu lieben, während die Leibeigenen dazu verpflichtet waren, ihren Lehnsherrn zu ehren und zu lieben.

Armogaste bedankte sich dafür bei ihm und war ihm deshalb für alle Zeiten dankbar, auch dann noch, als er wieder bei seiner Familie war, die für seine Herausgabe ein horrendes Lösegeld hatte zahlen müssen. Die Mühle und die Presse wurden innerhalb der Mauern von Bellerocaille wieder aufgebaut. Wer sie benutzen wollte, mußte dafür zahlen, ausgenommen diejenigen, die an dem Überfall beteiligt gewesen waren, und deren Angehörige.

Bald schon führte eine Brücke (gegen Gebühr) über den Dourdou und ersetzte die Fähre. Das gegenüberliegende Ufer wurde gerodet; dort entstand eine Töpferei, ein paar Monate später kam noch eine Gerberei dazu.

Als Bellerocaille mehr als zweihundert Seelen zählte, wurde es Kirchspiel und bekam einen vom Grafen bestellten Priester, der sich daranmachte, eine Kirche aus Stein in der Mitte des Dorfes zu errichten und später für ihren Unterhalt von jeder Ernte einen Zehnten verlangte. Seine Unannehmlichkeiten begannen, als er gleichermaßen den Ernteanteil des Lehnsherrn besteuern wollte. Diese Forderung empörte Azémard derart, daß er sich rundheraus weigerte. Er hätte nichts weiter unternommen, wenn der Priester nicht auf die dumme Idee gekommen wäre, sich beim Grafen zu beschweren.

Azémard erfuhr davon, als er gerade den prächtigen Harnisch anprobierte, den er sich von einem Teil des Lösegeldes geleistet hatte.

Er stürmte in die Kirche, als gerade eine Messe gehalten wurde, packte den komischen Kauz an den Haaren und schleifte ihn unsanft zum Fluß hinunter. Dort tauchte er seinen Kopf so lange unter Wasser, bis der Priester fast erstickt wäre. Dann zerrte Azémard ihn – wobei er ihn noch immer an den Haaren hielt – in den Schweinestall, wo er ihn im Dreck herumkriechen ließ, bevor er den Treueeid von ihm verlangte. Als der Priester das getan hatte, brachte Azémard ihn vor die Kirche und befahl ihm, nur mit seinen Händen ein Loch zu graben. Dabei trieb er ihn mit Fußtritten in den Allerwertesten zur Eile an. Als ihm das Loch tief genug erschien, sagte er:

»Höre, wenn du wieder einmal vergessen solltest, wer dein Lehnsherr ist, werde ich dich darin lebendig begraben.«

Dann wandte er sich an seine Bauern, die sich in der Zwischenzeit um die beiden versammelt und erschreckt das

Treiben verfolgt hatten. Azémard entspannte die Situation, als er, nun wieder in gutmütigem Ton, erklärte, daß der Priester die Abgaben nicht richtig berechnet habe.

»Ihr müßt nur noch die Hälfte von dem, was er ursprünglich verlangte, zahlen.«

Unter Hochrufen und Beifall kehrte Azémard in seine Burg zurück.

Es vergingen fünfundzwanzig Jahre, ehe er einwilligte, daß man das Loch zuschüttete, und auch noch viel später nannte man diese Stelle den »Place du Trou« – den Lochplatz.

Da Azémard nicht ohne Nachkommen bleiben wollte, vermählte sich der Ritter im Monat der Eicheln des Jahres 1066 mit der frommen Milsendre du Vieuxchablis, die ihm zwei Söhne und vier Mädchen gebar.

Als er alt geworden war und fühlte, daß sein Ende nahte, begab sich Azémard nach Rodez und stellte seinen Sohn Béranger am Hofe des Grafen vor. Er bat darum, daß man ihm seinen Titel als Lehnsherr von Bellerocaille übertrage. Diesem Gesuch wurde sofort gegen einen Obolus von vierzig Unzen puren Goldes entsprochen.

Als er nun im Sterben lag, vermachte der listige Azémard, der sich bis dahin hartnäckig geweigert hatte, ein Kloster auf seinem Lehen anzusiedeln, fünf seiner besten kleinen Landgüter den Franziskanern. Dafür machte der Abt ihn *in extremis* zum Mönch, wodurch er mit einem Schlag von all seinen Sünden reingewaschen und ihm ein freundlicher Empfang beim unnachgiebigen Petrus sicher war. Ebenso kam man überein, daß nur ein Boutefeux dem Kloster vorstehen könne. Als nun der Franziskanerpater auf seinen Esel stieg, um seinem Superior die vortreffliche Nachricht zu überbringen, begleitete ihn Hugues, der jüngste Sohn des Sterbenden, um sich unterweisen zu lassen.

Der Ritter Azémard verstarb an einem regnerischen Morgen im Jahre 1082 und wurde im Burghof bestattet.

Béranger, der von seiner Mutter fromm erzogen worden war, ließ eine Kapelle über dem Grab seines Vaters errichten und bestellte einen berufsmäßigen Ablaßerbitter, der nach

Rom reisen und eine Woche lang ununterbrochen für das Seelenheil des Verstorbenen beten sollte.

Da Béranger von Natur aus nicht sonderlich kämpferisch veranlagt war, führte er die expansionistische Politik seines Vaters nicht fort, sondern zog es vor, den Wohlstand seiner Untertanen zu mehren.

Die zahlreichen Feinde, die sich sein Vater Azémard im Laufe der Jahre (und der Überfälle) gemacht hatte, legten seine Zurückhaltung als Schwäche aus und hielten die Stunde der Rache für gekommen. Doch das bekam ihnen schlecht. Nicht nur, daß Béranger ihnen standhalten konnte, er holte auch noch zu einem gewaltigen Gegenangriff aus, in dessen Verlauf seine Brandschatzer zwei Burggrafschaften des Bannerherrn von Roumégoux und ein Lehen niederbrannten, die alle der Gerichtsbarkeit des Bischofs von Rodez unterstanden. Es kehrte wieder Ruhe ein, aber sie währte nicht lange. An einem kalten Novembertag des Jahres 1095 erging folgender Aufruf von Papst Urban II.: »O Volk der Franken, das Gott liebt und das Er auserwählt hat, ein fluchbeladenes Geschlecht ist in das Heilige Land eingefallen...«

Mit einer Begeisterung, die an Verzückung grenzte, leisteten die Adeligen des Königreichs scharenweise dem Aufruf zum Heiligen Krieg Folge – mit Ausnahme des Ranghöchsten unter ihnen, dem König, der sich mit dem Papst wegen einer Ehebruchsgeschichte überworfen hatte. Die Vorbereitungen begannen ohne ihn.

Der fromme Béranger war unter den ersten, die sich zum Kreuzzug aufmachten. Er schloß sich der Armee des Grafen Raimond Saint-Gilles an.

An der Spitze seiner hundertfünfzig Mann, die bis an die Zähne bewaffnet waren, zog er kurz vor Sonnenuntergang in Toulouse ein. Sein Gefolge wurde von seinen Brandschatzern eskortiert, die mit ihren brennenden Fackeln für große Aufregung sorgten.

Genau wie der Graf, der bei italienischen Bankiers einen Großteil seines Lehens, einschließlich Rodez, mit einer Hypothek belastet hatte, um die Kosten des Kreuzzugs zahlen zu können, mußte auch Béranger sein gesamtes Land beleihen, um seine Männer zu bewaffnen, kleiden und verköstigen zu können.

Dieser erste Kreuzzug war hart, lang und siegreich. Viele Kreuzfahrer ließen dabei ihr Leben und kamen dafür, wie versprochen, direkt ins Paradies. Graf Raimond erlag in Tripolis dem Fieber. Dafür verzichtete Gott auf Béranger Boutefeux, der nach dreijähriger Abwesenheit nach Bellerocaille zurückkehrte, abgemagert, die Haut gegerbt, das Gesicht von unsäglichen Qualen gezeichnet. Von seinen anfänglich hundertfünfzig Mannen begleiteten ihn lediglich noch zwölf.

Sein Bruder Hugues, Abt des Franziskanerklosters und bis zu Bérangers Rückkehr Lehnsherr von Bellerocaille, hatte seine Abwesenheit nutzen wollen und einen Überfall auf die Abtei von Sainte-Foy erwogen, in der Absicht, sie um ihre unschätzbaren Reliquien zu erleichtern.

Da Béranger in sein Gefolge jeden Mann aufgenommen hatte, der in der Lage war zu kämpfen, hatte Hugues sich mit einer Bande von Galgenvögeln aus Brabant eingelassen, die ihn bei der erstbesten Gelegenheit betrogen und den Marktflecken und die Burg belagerten. Für ihren Abzug verlangten sie ein Lösegeld von zehntausend Tournois, was wiederum die Schulden von Boutefeux gegenüber dem lombardischen Bankier vergrößerte.

Als der Bankier von Bérangers Rückkehr erfuhr, nahm er die unbequeme Dreitagesreise von Rodez nach Bellerocaille auf sich, um Béranger zunächst seine Ehrbezeigungen zu erweisen und dann seine Forderungen zu überbringen.

Béranger beschränkte sich darauf, ihm seine leeren Hände zu zeigen, die durch den intensiven Gebrauch des Schwertes genauso voller Schwielen waren wie die eines Landmanns.

»Ich habe nichts mehr, Bankier. Du mußt dich etwas gedulden.«

»Das ist unerfreulich, edler Herr. Habt Ihr denn nichts aus dem Heiligen Land mitgebracht? Keinen Schatz, nicht eine einzige Reliquie?« wunderte sich der Bankier.

Béranger seufzte; seine Mutter und sein Bruder hatten ihm genau die gleiche Frage gestellt.

»Nein, nichts.«

Er sah im Geist noch einmal all diese unverschämten Babuschen-Wachen vor sich, die die Kreuzfahrer rund um den Felsendom, den Olivenhain oder das Heilige Grab bedrängt und alle möglichen Reliquien feilgeboten hatten. Dieser ungehobelte Klotz Gauthier Fendard machte ein Vermögen, seit er das Präputium, die Vorhaut des kleinen Jesuskindes mitgebracht hatte und es in einer Kapelle zur Schau stellte. »Wenn ich das gewußt hätte«, beklagte er sich bitter, als er an die Phiole aus geblasenem Glas dachte, die dreiunddreißig Tropfen Milch der Jungfrau Maria enthielt und die man ihm für nur einen halben Besanten angeboten hatte. Oder an dieses große Stück vom Wahren Kreuz und den bronzenen Nagel, der noch darin steckte und mit getrocknetem Blut überzogen war? Der Verkäufer bürgte für seine Echtheit und hatte ihm versichert, daß seine Vorfahren zu jener Zeit einen Olivenölhandel auf dem Berg Golgatha besessen hätten, und so, eines Nachts, nach der Kreuzigung...

Béranger hatte diese Reliquie nicht haben wollen, und Bohémond hatte sie an seiner Stelle gekauft. Als Zugabe hatte er den Stein bekommen, mit dem David Goliath getötet hatte. Und war nicht Baudoin de Boulogne, der Bruder von Godefroi de Bouillon, zu beneiden, dem plötzlich alles glückte, seit ihm eine Schuppe des einzigen Fisches angeboten worden war, dessen Rücken Jesus aus Versehen berührt hatte, als er über den See Genezareth ging? War er nicht gerade zum König von Jerusalem gesalbt worden? Ach ja!

Sein Gläubiger bewilligte ihm einen einjährigen Aufschub. Danach würde das Lehen Bellerocaille und seine Erträge ihm ganz gehören. Béranger setzte gelassen sein Siegel unter die Vereinbarung. Er war entschlossen, alles zu tun, um dem Lombarden die Schulden zurückzuzahlen, aber falls es ihm nicht gelingen sollte, war er mindestens ebenso entschlossen, ihm sein Schwert in den Wanst zu stoßen, bevor er mitansehen würde, wie der Bankier sich dort niederließ.

Er betete mehrere Nächte hintereinander am Grab seines Vaters und befahl ihm, sich persönlich bei Gott dafür einzusetzen, daß Er ein Wunder geschehen lasse, das ihnen aus dieser Klemme heraushalf. Für den Fall, daß sein Vorstoß erfolglos bleiben sollte, würde Béranger, wie früher sein Vater, eine Bande aus Läufern, Plünderern und Brandschatzern zusammenrufen lassen.

Doch ehe die Brandschatzer erneut in der Region ihr Unwesen trieben, stellte sich das gewünschte Wunder dann in Form eines Zickleins ein, das sich im Gewitter von der Herde entfernt und verirrt hatte. Als der Schäfer es suchte, rutschte er in eine Spalte und brach sich bei dem Sturz beide Beine. Seine Schreie alarmierten seine junge Schwester, die loslief, um Hilfe zu holen.

Als man ihn aus der Spalte herauszog, entdeckte einer der Retter, ein Kesselschmied, an den Wänden die erste der Silberadern, die Bellerocaille und vor allen Dingen seinen Lehnsherrn reich machen sollten.

Über das Schicksal des Zickleins ist nichts bekannt.

II

Bellerocaille, August 1683

An Saint-Fiacre, vierzehn Tage nachdem er seine abscheuliche Tat begangen hatte, war Pierre Galine noch immer nicht hingerichtet worden, weil kein Henker zu finden war. Der Baron versammelte erneut seinen Rat im Großen Saal. Alle wirkten hilflos.

Der Prévôt Henri de Foulques war äußerst besorgt. Die Bevölkerung von Bellerocaille hatte sich seit der Bekanntmachung des Urteils praktisch verdoppelt, und dieser ungewohnte Zustrom von Besuchern hatte alles, was sich in der Provinz an Gesindel, Halsabschneidern, Mantel- und Taschendieben herumtrieb, angezogen.

»Meine Männer sind überlastet, edler Baron, und so möchte ich Euch untertänigst ersuchen, mir zur Verstärkung Eure Wehr zu überlassen.«

Die Prätorianergarde des Barons bestand aus drei Zenturien zu je fünfzig Mann (ein Relikt aus der alten Aufteilung in Läufer, Plünderer und Brandschatzer). Eine dieser Zenturien bewachte ständig die Burg, die beiden anderen bestanden aus Freiwilligen, die kamen, sobald die Sturmglocke ertönte, und sie waren verpflichtet, einmal im Monat eine Übung abzuhalten. Als Gegenleistung befreite der Baron sie vom Brückenzoll und der Mühlenabgabe.

Die Ankunft eines Amtsdieners, der meldete, daß Kerkermeister Bertrand Beaulouis um eine Unterredung bitte, sorgte für Abwechslung.

Der Schließer trat ein, zog den Hut, verneigte sich vor dem Baron und sagte: »Einer meiner Gefangenen meldet sich freiwillig, das Amt des Henkers zu übernehmen.«

Trubel brach aus im Großen Saal. Alle redeten durcheinander.

»Wer ist dieser Mann?«

»Er heißt Justinien Pibrac, edler Baron. Er ist ein übler Halunke, den Eure Gerichtsbarkeit zu zwanzig Jahren auf der Galeere verurteilt hat. Er soll mit der Kette auf die Saint-Michel geschickt werden.«

»Ausgezeichnet, ganz ausgezeichnet! Schafft ihn Uns her, Maître Beaulouis!«

Der Kerkermeister nickte, rührte sich jedoch nicht von der Stelle. »Nun, er meldet sich zwar freiwillig, aber nur unter einer Bedingung... Oh, eine Bedingung, die berechtigt scheint, edler Baron«, beeilte er sich hinzuzufügen, als er bemerkte, wie sich der Blick seines Herrn verfinsterte. »Er möchte begnadigt werden.«

Die Gesichtszüge des Barons entspannten sich. Er hatte mit Schlimmerem gerechnet. Er sah mit fragendem Blick zu Richter Cressayet hinüber, der zustimmend mit dem Kopf nickte. Ja, das Gesetz billigte diese Art von Handel. Cressayet erinnerte sich sogar daran, daß der Gerichtshof zu Bordeaux vor sechs oder sieben Jahren ein Urteil in diesem Sinne gefällt hatte.

»Darauf hättet Ihr auch etwas früher kommen können!« knurrte der Baron, leicht verstimmt, daß er nicht selbst daran gedacht hatte. »Nun, dann schafft Uns also diesen Spitzbuben herbei!«

»Zu Diensten, edler Baron«, sagte Maître Beaulouis heiter.

Da das Königreich von kriminellen Elementen befallen war wie von einer Art Aussatz, kannten die Richter nur ein einziges Heilmittel – Entfernen der verseuchten Teile durch eine Verurteilung zum Tode oder zu einer Galeerenstrafe. Der Kerker war keine Bestrafung an sich, sondern lediglich ein Ort, an dem die Beschuldigten vorübergehend so lange festgehalten wurden, bis es zum Prozeß kam. Erst dann wurde das eigentliche Urteil vollstreckt.

Wie schon zuvor sein Vater, sein Großvater, sein Urgroßvater und dessen Vater übte Bertrand Beaulouis das Amt des Kerkermeisters aus, und er verwaltete sein Gefängnis wie eine Herberge. Jeder Häftling wurde entsprechend des Gewichtes seiner Geldbörse behandelt. Diejenigen, die volle Taschen hatten, logierten in den komfortablen Zellen des Eckturms. Sie bekamen fünf Mahlzeiten täglich und auf Wunsch soviel Wein und Tabak, wie sie wollten. Ja sogar Metzen. Diejenigen, deren Taschen leer waren und die nichts hatten als den Sol des Königs – den gestand ihnen der Prévôt zu, damit sie nicht Hungers starben –, sie vegetierten im Halbdunkel des unterirdischen Verlieses vor sich hin, das man unterhalb des Turmes gegraben hatte.

Wenn es an Kostgängern mangelte, war Maître Beaulouis berechtigt, seine Zellen mit zahlenden Gästen zu füllen, die seine Kinder bei Ankunft der Postchaise am Place Saint-Laurent anwarben.

Vor drei Monaten, am zweiten Sonntag im April, hatte die Wache ihm ein Gaukler-Trio übergeben, das zahlreicher Diebereien bezichtigt wurde. Einer von ihnen, ein junger, merkwürdiger Kauz von ungefähr zwanzig Jahren, war mit einer hölzernen Nase ausstaffiert gewesen, die mit Bändern in seinem Nacken gehalten wurde. Beaulouis hatte sie ihm sofort abgenommen. Dahinter kam eine klaffende, offene Stelle zum Vorschein, die an den Rändern etwas ausgefranst, aber schon seit langem verheilt war. Das beruhigte den Kerkermeister, der befürchtet hatte, es mit einem Aussätzigen zu tun zu haben.

»Wer hat dir das getan?«

»Ich weiß nicht, es passierte, als ich noch ganz klein war.«

Das war mit Sicherheit nicht das Werk eines Henkers oder eines Folterknechts. Niemals hätte ein Fachmann bei seiner Arbeit derartig gepfuscht. Man hatte ihm die Nase nicht ordentlich abgeschnitten, sondern sie war ihm herausgerissen worden!

Der Wachposten erklärte, sie wären zu dem gleichen Ergebnis gekommen, aber anfänglich hätten sie vermutet, er sei ein Deserteur. In der Tat schnitt man Deserteuren die Nase ab, allerdings erst, nachdem man ihnen die Ohren gestutzt hatte. Doch die Ohren des jungen Spitzbuben waren unter seiner langen braunen Mähne unversehrt.

»Man hat sie wegen des Geschreis der Leute festgenommen. Sie prügelten sich mitten auf dem Markt, und als wir kamen, versuchten sie, sich aus dem Staub zu machen, aber wir kriegten sie zu fassen. Es waren noch zwei Weibsbilder bei ihnen, aber die sind uns entwischt. Als wir die drei hier zum Amtsgebäude des Prévôt brachten, haben mehrere rechtschaffene Bürger sie wiedererkannt. Daraufhin hat der Prévôt ihren Ochsen, ihren Esel, ihren Karren und alles, was darauf war, beschlagnahmt.«

Beaulouis seufzte, als er sich ihre verdreckten und zerrissenen Kleider besah, die nicht viel wert waren.

»Habt ihr denn überhaupt genügend Geld, um mich willkommen zu heißen?« fragte er sie ungehalten.

Der »Willkommensgruß« war eine Gebühr von drei Sols, die der Kerkermeister von jedem Neuzugang eintreiben durfte.

Die Spitzbuben senkten betrübt den Kopf. Sie hatten natürlich rein gar nichts.

»Ich werde mich also am Sol des Königs schadlos halten. Doch laßt euch gesagt sein, da ihr nur einen Sol pro Tag bekommt, werdet ihr erst übermorgen wieder etwas zu essen kriegen. Es sei denn, die Barmherzigen Brüder zahlen für euch. Doch zur Zeit bekommt man sie recht selten zu Gesicht...«

Die Barmherzigen Brüder gehörten einem Orden an, der sich ausschließlich dem Wohlergehen der Gefangenen verschrieben hatte. Sie besuchten die Gefangenen regelmäßig und unterstützten mitunter die Bedürftigsten.

»Hier entlang«, sagte der Beaulouis und deutete dabei ins Erdgeschoß des Turms, wo sich der Kerker befand.

Bredin, der älteste Sohn Beaulouis' und der einzige, der die Gemeindeschule besucht hatte, saß über ein großes Verzeichnis gebeugt und malte mit ungelenker Schrift ihre Namen hinein. Dabei biß er sich vor Anstrengung auf die Zunge.

Der junge Spitzbube mit der Nase aus Holz nannte sich Justinien Pibrac und sagte, daß er aus Clermont stamme. Der Kleine mit dem dreieckigen Gesicht, das voller Pockennarben war, hieß Baldomer Cabanon, er stammte aus Marseille und gab zwei Berufe an: Troubadour und Seiltänzer. Der letzte, Vitou Calamar, ein großer Dünner mit krummem Rücken und verschlagenem Blick, kam ebenfalls aus Marseille, bezeichnete sich als Jongleur-Akrobat und hielt sich bei allen Taten, die ihm zur Last gelegt wurden, für »vollkommen unschuldig«.

Nachdem die Formalitäten erledigt waren, wurden die Gefangenen dem Kerkermeister überstellt. Der Wachposten band sie los, sammelte die Fesseln ein und ging mit einem Gruß davon. Bredin, Jacquot und Lucien übernahmen seine Aufgabe.

Der Schließer zündete eine Harzfackel an und ging ihnen voran eine schmale Wendeltreppe im Innern des Kerkerturms nach unten.

Im Gänsemarsch stiegen sie die rund vierzig Stufen hinab, die durch die Abnutzung im Laufe der Jahre schlüpfrig geworden waren, und gelangten in einen Raum, der lediglich von einem einzigen Sonnenstrahl erhellt wurde. Dieser fiel durch einen winzigen senkrechten Spalt in einem Rundbogen in der Mauer. Eiserne Ketten, Halsringe und Armspangen waren mit Haken an der Wand befestigt. Zwischen einer Leiter und einer Kiste voller Kettenschäkel stand ein Amboß, auf dem ein Hammer und eine Zange lagen. Daneben befanden sich ein Faß mit Pech und ungefähr zwanzig zu einem Stapel geschichtete Holznäpfe. In der Mitte des Bodens war eine Falltür, in die ein großer Ring eingelassen war. Diese Tür führte zum eigentlichen Kerker, einem düsteren Raum, der mit einer der Höhlen verbunden war, die an vielen Stellen das Felsgestein des Berggipfels durchzogen.

Bredin packte den Ring, hob die Falltür an und ließ die Leiter ins Innere hinab. Ein durchdringender und ekelerregender Gestank schnürte den Gefangenen die Kehle zu. In was für eine Kloake würde man sie sperren? Beaulouis ging als erster, ihm folgte der besagte Baldomer (seine Freunde nannten ihn Baldo). Bredin hatte ihm den Amboß aufgeladen, während Justinien und Vitou sich die Last der Ketten und Schäkel teilten, mit denen sie angekettet werden sollten.

Das, was sie am Fuße der Leiter erwartete, war weitaus schlimmer, als sie befürchtet hatten. Der weitläufige, große Kerker war so feucht, daß sich dort, wo sich die Höhle befand, Stalaktiken gebildet hatten und auf den gestampften Lehmboden herabtropften, der an diesen Stellen nur noch kalter, schmieriger Schlamm war. Die andere Seite, die ungefähr in Höhe des Burggrabens ausgehoben worden war, war kaum besser. Die verbrauchte Luft erneuerte sich mehr schlecht als recht durch die winzige Luke, durch die nur spärlich Licht drang. Es stank nach Moder, Pisse und Kot.

An Händen, Füßen und Hals angekettet, kauerten vier Männer auf Strohballen, die sich im Laufe der Zeit in schwarzen, übelriechenden Mist verwandelt hatten. Es waren ein Ochsenhirt, der sich gegen seinen Herrn aufgelehnt hatte, nachdem dieser seinen Hund getötet hatte, weil der ihm einen Klumpen Butter weggeschleckt hatte; ein Saisonarbeiter ohne Anstellung, der festgenommen worden war, als er Äpfel von einem Baum der Gemeinde stahl; ein Pfuscher (einer dieser Maurer vom Land, die mit Erde und Schlamm bauen), der in Saus und Braus lebte, hatte sich, nachdem er sich in der Rue des Branlotins hatte vollaufen lassen, mit der Wache angelegt und dabei den kürzeren gezogen. Der Vierte war ein Ausländer, der wegen Vagabundierens eingesperrt worden war und nichts getan hatte; da niemand seinen Dialekt verstand, hatte man ihm eine lebenslange Galeerenstrafe aufgebrummt, während die drei anderen nur zehn Jahre durchstehen mußten. Seit ihrer Gerichtsverhandlung warteten sie darauf, daß die Kette des berüchtigten Hauptmanns Cabrel vorbeikam.

Baldo, der durch diesen trübseligen Anblick sehr bekümmert war, fiel plötzlich ein, daß er über einige Ersparnisse verfügte, es war gewiß nicht viel, aber bestimmt genug, um an einem andern Ort zu logieren.

Beaulouis lächelte seinen Söhnen verständnisvoll zu. Es war nicht das erste Mal, daß er einen derartig plötzlichen Sinneswandel beobachten konnte. Einige machten sich übrigens nicht einmal die Mühe, die Leiter hinunterzusteigen, um sich an ihre Ersparnisse zu erinnern: der Geruch, der durch die Falltür zu ihnen hochstieg, genügte ihnen schon.

»Die Zellen oben kosten zehn Sols pro Person und Tag. Die Mahlzeiten werden selbstverständlich extra berechnet.«

»Donnerwetter! Zehn Sols, das ist teuer«, versuchte sich der Troubadour und Seiltänzer herauszureden (seine Nummer bestand darin, daß er epische Gedichte sang, zu denen er sich selbst auf der Harfe begleitete, während er auf einem Seil, das zwischen zwei Bäumen gespannt war, balancierte).

Beaulouis streckte ihm die offene Hand entgegen.

»Das macht zehn Sols, und es wird im voraus bezahlt.«

Baldo kramte angestrengt in seinen Taschen und förderte einen Silbertaler zutage, der drei Livres wert war. Er gab ihn widerwillig her.

»Ich bezahle für ihn mit«, sagte er und deutete dabei auf Vitou, »aber nicht für den«, fügte er hinzu und zeigte mit dem Finger auf seinen Komplizen mit der hölzernen Nase, der daraufhin die Beherrschung verlor.

»Du Dieb! Und die Taler, die ihr mir gestohlen habt? Und mein Messer? Und meinen Beutel? Ihr habt mir *alles* genommen, sogar meine Nase! Und das, das habt ihr aus purer Bosheit getan.«

»Hör mit dem Gezeter auf!« fuhr ihn Beaulouis ruppig an. »Kannst du zahlen oder nicht?«

»Wenn ich Euch doch sage, daß sie mir alles gestohlen haben! Der Taler, den er Euch gerade gegeben hat, ist einer von meinen. Ich bin nicht ihr Komplize, ich bin ihr Opfer, aber mir will ja keiner glauben!«

»Das wird der Richter klären. Und wenn du kein Geld hast, mußt du eben solange hier unten bleiben.«

Justinien mußte sich vor dem Amboß hinknien und die

Söhne des Kerkermeisters machten sich daran, ihn in Ketten zu legen. Sie fingen am Hals an, um den sie ein breites Eisenband legten. Er mußte seine Wange gegen den Amboß lehnen und schloß die Augen, als Bredin den Schäkel mit dem Hammer in das Eisenhalsband hineintrieb, um es mit einer Kette zu verschließen, die er wiederum an einem Ring in der Mauer befestigte. Das gleiche machten sie mit seinen Knöcheln. Lediglich die Ketten, die seine Handgelenke umschlossen, wurden nicht an der Wand festgemacht.

Baldo und Vitou kletterten, mit dem Amboß und den nicht benötigten Ketten beladen, wieder die Leiter hinauf, gefolgt von Beaulouis' Söhnen. Ihr Vater verließ als letzter das Verlies.

»Und vergiß nicht, was ich dir schon im Hof gesagt habe! Du wirst bis übermorgen fasten müssen. Und wenn du noch so Hunger hast, es ist völlig zwecklos, um etwas zu essen zu bitten. Gesagt ist gesagt.«

Justinien sah, wie er die Leiter hinaufstieg und verschwand. Die Leiter wurde hochgezogen, die Falltür heruntergeklappt. Er hörte, wie der Bretterboden unter dem Gewicht der Männer knarrte. Das hämische Lachen Baldos drehte ihm den Magen um, denn er war sich sicher, daß er über ihn lachte. »Bei der erstbesten Gelegenheit bringe ich ihn um«, sagte er sich, ohne allzusehr daran zu glauben. Er lehnte sich mit dem Rücken gegen die Mauer, zog die Knie an und verbarg sein Gesicht in den Händen, um zu weinen, doch recht schnell drang die Feuchtigkeit, die die Sandsteinmauer absonderte, durch den schlechten Stoff seines Hemdes. Er fing an, am Rücken zu frieren und änderte seine Stellung. Die geringste seiner Bewegungen verursachte ein nervtötendes, metallisches Klirren. Er schniefte noch ein paarmal und hörte dann auf zu weinen. Als seine Augen sich an das Halbdunkel gewöhnt hatten, stellte er fest, daß sein Strohballen vor Ungeziefer nur so wimmelte.

Das Rasseln anderer Ketten erinnerte ihn daran, daß er nicht allein war. Der Leidensgefährte, der ihm am nächsten saß und ungefähr anderthalb Klafter entfernt angekettet war, war Eustache, der Ochsenhirt, dessen Hund man getötet hatte. Er beäugte äußerst mißtrauisch Justiniens Holznase.

»Glaubst du, er ist ein Aussätziger?« erkundigte sich sein Nachbar – Apronien, der Pfuscher und Prasser – besorgt.

»Nein, ich bin kein Aussätziger, das war ein Unfall, das ist alles.«

»Zeig her!« verlangte Eustache.

Mit einem langen und resignierten Seufzer knotete Justinien zum x-ten Mal die Bänder seiner falschen Nase auf, wobei ihn die Ketten behinderten.

Seine Nachbarn, die nun beruhigt waren, wurden freundlicher.

»Was hast du denn getan, daß du hier bist«

»Um genau zu sein, ich habe gar nichts getan. Mir hat man etwas getan! Es sind diese verfluchten Gaukler gewesen. Als ich schlief, haben sie mich ausgeraubt. Das war in Racleterre, und ich bin ihnen bis hierher gefolgt. Ich hatte sie gerade wiedergefunden, als die Wachen kamen und uns alle mitnahmen. Aber kein Mensch will mir glauben.«

Er rutschte auf dem fauligen Stroh hin und her. Seine Ketten klirrten. Warum hatte er es bloß so eilig gehabt und sich auf die beiden gestürzt, wo es doch einfacher (und auch klüger) gewesen wäre, die Nacht abzuwarten, um sich in ihr Lager zu schleichen, sie im Schlaf niederzuschlagen und sich in aller Ruhe seine Sachen zurückzuholen? Vielleicht wäre Mouchette ja sogar mit ihm gekommen. Er sah ihr Gesicht vor sich und biß die Zähne zusammen. Plötzlich schrie er auf: eine Ratte hatte ihn gerade in einen Zeh gebissen. Wütend versuchte er ihr mit einem Fausthieb das Rückgrat zu zerschmettern, doch wieder behinderten ihn seine Ketten. Das Tier nahm Reißaus und blieb vier Fuß von ihm entfernt stehen, so als ob es genau wüßte, daß seine Ketten nur dreieinhalb Fuß maßen.

Justinien zog sich eine seiner Sandalen aus und schmiß sie nach der Ratte, verfehlte sie aber. Nun lag der Schuh außerhalb seiner Reichweite, und er würde warten müssen, bis einer der Kerkermeister herunterkam, wenn er ihn wiederhaben wollte.

Das Nagetier steuerte auf das Wurfgeschoß zu und fing an, an dem Leder herumzuknabbern, wobei es zufrieden quiekte. Schon bald gesellten sich noch andere Ratten dazu, die anscheinend zur Familie gehörten. Sie halfen ihr, die Sandale in Fetzen zu reißen und die Stücke in die vielen Löcher des Kerkers zu tragen.

Verbittert grübelte Justinien über die stets unheilvollen Folgen seines impulsiven Handelns nach.

»Ich sollte *erst* nachdenken und *dann* handeln, und nicht umgekehrt.«

Doch jedesmal wieder machte ihm sein cholerisches Wesen einen Strich durch die Rechnung. Daraus folgerte er, daß man, um nachdenken zu können, ganz ruhig werden müßte. Doch das verlagerte nur das Problem: Wie sollte man ruhig und gelassen werden, wenn man es nicht war?

Als er in seinen Gedanken an diesem Punkt angekommen war, fielen die ersten Mücken über ihn her.

Die Gerichtsverhandlung fand am nächsten Morgen statt. Da sie von der Wache festgenommen worden waren, unterstanden sie der Gerichtsbarkeit des Lehnsherrn und wurden somit Richter Cressayet vorgeführt. Mehrere glaubwürdige Zeugen erkannten Baldo und Vitou zweifelsfrei wieder (bei Justinien waren sie sich nicht so sicher); deshalb hielt der Richter es nicht für erforderlich, eine Untersuchung anzuordnen, und fällte folgendes Urteil: sie sollten »auf die Galeeren Seiner Majestät des Königs verbracht werden und dortselbst für zehn Jahre im Dienste seiner Majestät verbleiben«.

Lediglich der Spitzbube mit der Nase aus Holz hatte eine Hand aufs Herz gelegt und mit pathetischem Gesichtsausdruck protestiert. Doch seine Beteuerungen hatten nicht die gewünschte Wirkung. Im Gegenteil, sie stießen auf taube Ohren. Der Richter haßte nämlich Diebe und hätte sie alle nur zu gern an den Galgen gebracht, wenn Monsieur Colbert es sich nicht in den Kopf gesetzt hätte, die Flotte neu zu ordnen. Aus diesem Grund hatte er erst kürzlich an alle Richter Frankreichs folgende dringende Anweisung Seiner Majestät gesandt:

Seine Majestät wünscht die Zahl der Ruderer auf Seinen Galeeren zu erhöhen und die Mannschaften mit allen Mitteln zu verstärken. Sein Anliegen ist, es, daß so viele Verbrecher als möglich verurteilt und selbst Todesstrafen in Galeerenstrafen umgewandelt werden.

»Ich kann unmöglich ihr Komplize sein, edler Richter, denn wir haben uns geprügelt, als die Wache kam. Ihr könnt den Wachposten fragen, der uns getrennt hat.«

Durch Justiniens anmaßende Hartnäckigkeit verärgert, befahl ihm Richter Cressayet zu schweigen, verdoppelte seine Strafe und drohte, sie auf das Dreifache zu erhöhen. Vitou grinste hämisch, und Baldo zwinkerte ihm spöttisch zu.

»Wenn deine Galeere eines Tages sinken sollte, wirst du dank deiner Nase noch auf dem Wasser treiben können.«

Justinien war wie vor den Kopf geschlagen und unfähig, darauf etwas zu erwidern. Das Herz war ihm schwer, und er war nahe daran, in Tränen auszubrechen. Zu zwanzig Jahren auf der Galeere verurteilt! Das war nun aus seinem Jugendtraum, das Meer zu sehen und es zu befahren, geworden...

Die Wachen fesselten sie und brachten sie zum Kerkerturm zurück. Beaulouis und seine Söhne warteten schon im Hof auf sie und machten sich an einem Kohlenbecken zu schaffen, in dem ein langes Brandeisen steckte. Jeder Verurteilte bekam auf der rechten Schulter die Buchstaben GAL eingebrannt.

»Zieht euch die Hemden aus«, befahl der Schließer.

Justinien weigerte sich und schlug wild um sich, bevor er überwältigt und zu Boden geworfen wurde. Bredin und Jacquot setzten sich auf seinen Rücken, damit er sich nicht rühren konnte, als Beaulouis das Eisen auf seine nackte Schulter drückte. Justinien schrie auf.

Baldo und Vitou ergaben sich in ihr Schicksal und bissen

die Zähne zusammen, als die Haut zischte und es nach verbranntem Fleisch roch. Da die beiden noch bei Kasse waren, kehrten sie in die Zelle für zehn Sols zurück, während Justinien – verzweifelt, ausgehungert und mit verbrannter Schulter – wieder zu seinen Leidensgenossen kam.

»Wieviel?« wollten sie von ihm wissen.

»Zwanzig Jahre.

»Die anderen auch?«

»Nein, nur ich.«

»Dann warst du also ihr Anführer! Da hast du uns mit deinem Gejammer ganz schön zum Narren gehalten.«

Justinien erwiderte nichts. Niedergeschlagen saß er da, bis die Falltür sich öffnete und die Leiter zum Vorschein kam. Einer der Barmherzigen Brüder in brauner Kutte stieg vorsichtig hinab. Nachdem er sich vergewissert hatte, daß der Gefangene kein Aussätziger war, linderte er die Verbrennungen, die durch das Brandmarken entstanden waren, indem er eine dicke Schicht Bienenharz darüberstrich.

»Aus Liebe zu unserem Herrn bitte ich Euch, mir etwas zu schreiben zu besorgen, damit ich den edlen Baron um Gnade ersuchen kann. Er ist meine letzte Rettung. Doch vorher, mein Bruder, gebt mir zu essen. Ich habe seit zwei Tagen nichts zu beißen gehabt, und mir ist schon ganz schlecht vor Hunger.«

Der Barmherzige Bruder überbrachte dem Kerkermeister sein Anliegen und gab ihm sechs Deniers (einen halben Sol), damit er ihm eine Suppe brachte. Maître Beaulouis wunderte sich:

»Dieser merkwürdige Kauz behauptet, schreiben zu können? Das hört man nicht oft von Gauklern.«

Er selbst konnte zwar lesen, hatte aber nie schreiben gelernt: ein großer Nachteil, denn er mußte eine nicht unbeträchtliche Summe für Schreibarbeiten ausgeben. Bredin, sein Ältester, hatte sich zwar darin versucht, sich aber als nicht sonderlich begabt erwiesen, so daß Beaulouis für die wichtigen Kostenaufstellungen die Dienste eines öffentlichen Schreibers in Anspruch nehmen mußte, der einen

Hardi pro Zeile verlangte, und einen Liard, wenn sie Lateinisch war.

»Hol dein Schreibzeug«, befahl er seinem Sohn und zündete eine Fackel an.

Sie stiegen in das Verlies hinab.

»Der Barmherzige Bruder hat mich wissen lassen, daß du ein Gnadengesuch an den Baron richten willst. Das ist dein gutes Recht. Hier sind die Sachen, die du brauchst«, sagte Beaulouis zu Justinien.

Bredin holte sein kleines Schreibpult hervor und stellte es ihm auf die Oberschenkel.

»Ich hätte lieber zuerst etwas gegessen, ich habe solchen Hunger«, sagte der junge Mann enttäuscht.

Er hob dennoch den Deckel, unter dem sich die Schreibutensilien befanden: ein Tintenfaß aus Steingut, ein Döschen mit Sand, ein Tuch zum Abwischen der Feder, ein Federmesser, ein Etui für die Federn, ein kleiner Napf für den Schwamm und der Schaber, mit dem man die Fehler wegmachen konnte. Das Papier steckte in einer kleinen Schublade unten am Pult. Justinien öffnete das Etui und machte ein verdrießliches Gesicht, als er die Entenfeder sah, die schlecht gespitzt war.

»Um die Feder zu spitzen, sollte man das Messer verwenden und nicht die Zähne.«

Der Kerkermeister warf seinem Sohn einen bedeutsamen Blick zu, woraufhin dieser irgend etwas Unverständliches vor sich hinbrummte. Justinien spitzte die Feder neu und erklärte dabei, wie man sie breit oder fein hinbekam, je nach gewünschter Schrift. Die wiederum hing vom Stand des Empfängers und der Art des Anliegens ab (es gab sechs verschiedene: die feine, die runde, die bescheidene, die gotische, die eckige und die ungelenke Schrift). Für ein Gnadengesuch wählte man die bescheidene. Mühelos und ohne Zögern glitt seine Hand rasch, leicht und vollkommen sicher über das Papier.

An den hochwohlgeborenen, hochwürdigen und großmächtigen Baron, Euer untertänigster Diener erlaubt sich, Euch seine mißliche Lage zu schildern...

In kürzerer Zeit, als Bredin benötigte, um eine einzige Zeile zu schreiben, hatte Justinien seine Geschichte zu Papier gebracht, das Geschriebene unterzeichnet, den Bogen mit Sand bestreut, damit die Tinte trocknete, ihn zweimal gefaltet und an »Seine Exzellenz Baron Raoul Boutefeux, Oberster Lehnsherr zu Bellerocaille« adressiert.

»Kannst du auch Lateinisch schreiben?« wollte Beaulouis wissen, als er das Gesuch an sich nahm, während Bredin sich das kleine Schreibpult zurückholte.

Justinien vergaß sein Brandmal, zuckte mit den Schultern und stöhnte auf.

»Ja.«

Der Kerkermeister hielt einen Augenblick am Fuße der Leiter inne und sagte: »Der Barmherzige Bruder hat für eine Suppe bezahlt. Jacquot wird sie dir gleich bringen.«

Er deutete auf das Bittgesuch, das er in seinen Händen hielt, und fügte in gutmütigem Ton hinzu:

»Es gibt da vielleicht einen Weg, dir deinen Aufenthalt hier etwas angenehmer zu gestalten.«

Dann kletterte er die Sprossen hinauf und verschwand durch die Luke. Als er im Hof war, faltete er den Brief auseinander und las ihn mit lauter Stimme vor, wobei er die Geradheit der Linien, die schön geschwungenen Buchstaben und den Stil bewunderte.

»Er schreibt gut«, meinte Bredin anerkennend.

»Gut? Du willst sagen, er schreibt sehr gut. Er schreibt sogar besser als der Küster.«

Der Küster war der einzige der öffentlichen Schreiber in Bellerocaille, der des Lateinischen mächtig war.

Beaulouis hielt das Bittgesuch an die Fackel und sah zu, wie es auf dem Pflaster Feuer fing. Als der Brief vollständig verbrannt war, verrieb er die Asche mit der Schuhsohle, dann kümmerte er sich um die Suppe für einen halben Sol.

Die erste Schreibarbeit, die Justinien für seinen Kerkermeister erledigte, war die Kostenaufstellung für das Brandmarken am Vortag:

Zur wohlwollenden Kenntnisnahme durch den edlen Prévôt:

Für das Brandmarken der rechten Schulter des Justinien Pibrac	5 Livres
Für das Brandmarken der rechten Schulter des Vitou Calamar	5 Livres
Für das Brandmarken der rechten Schulter des Baldomer Cabanon	5 Livres
Für ein Reisigbündel	1/2 Livre
Für einen Sack Kohlen	1 Livre
SUMME	16,5 Livres

Beaulouis las sich die Rechnung noch einmal laut vor (er mußte sich beim Lesen hören, sonst verstand er das Geschriebene nicht) und nickte zufrieden. Der fehlerfreie Text, seine volkommene Leserlichkeit, aber vor allem die Schnelligkeit, mit der der Auftrag ausgeführt worden war, beeindruckten ihn zutiefst.

»Hat der edle Baron schon auf mein Bittgesuch geantwortet?« wollte sein Gefangener wissen, als er ihn die Leiter herunterkommen sah.

Er antwortete ihm nicht, aber kaum eine Viertelstunde später erschienen Bredin und Jacquot, die Arme voll beladen wie die Heiligen Drei Könige. Der erste trug eine Schüssel voll dampfender Suppe, einen Laib frisches Brot und einen Krug mit klarem Wasser, der zweite brachte ein Bündel Stroh, aufgespießt auf eine Heugabel, mit der er das faulige Stroh entfernte.

Die Suppe war in keinster Weise mit der durchsichtigen Brühe vom Vortag zu vergleichen. Sie war dick, fett und enthielt viele fingerdicke Streifen Speck. Ihr Geruch ließ die anderen Gefangenen unruhig hin und her rutschen, ihre Ketten klirrten, und ihre hungrigen Mägen knurrten.

Bredin wartete, bis Justinien aufgegessen hatte, um ihn dann über seine Art zu schreiben, auszufragen. Wo und wie hatte er es gelernt? Gab es eine bestimmte Methode, die ihm helfen könnte?

Justinien dachte kurz an Martin, seinen Adoptivvater.

»Ich habe das Schreiben in der Schule des Klosters von Saint-Vincent in Clermont gelernt«, log er (er hatte in seinem ganzen Leben weder einen Fuß nach Clermont und erst recht nicht in diese Schule gesetzt). »Es ist viel einfacher, als es aussieht. Man muß nur regelmäßig üben und seine Feder immer gut spitzen...«

Nachdem die Wärter wieder gegangen waren, wollte er sich daranmachen, Bissen für Bissen den Laib Brot zu genießen, als seine Leidensgenossen ihn anflehten, doch mit ihnen zu teilen.

Obwohl ein Teil seines Verstandes und sein gesamter Magen strikt dagegen waren, brachte er es doch nicht übers Herz, ihnen ihre Bitte abzuschlagen. Er brach das Brot in zwei Hälften und reichte die kleinere Eustache, seinem unmittelbaren Nachbarn, der sie sofort in vier Stücke teilte.

Als der Kerkermeister wieder in das Verlies hinabstieg, hatte er die Absicht, seinem Gefangenen ein Gesuch zu diktieren, mit dem die Befreiung seiner drei Söhne vom Wachdienst erneuert werden sollte. Doch Justinien stieß das kleine Schreibpult beiseite.

»Ich habe Euch heute morgen Eure Kostenaufstellung abgefaßt, und dafür habe ich Suppe, Brot, Wasser und etwas frisches Brot bekommen. Doch leider, Maître Beaulouis, kenne ich die Preise der öffentlichen Schreiber. Ihr zahlt recht dürftig. Für die Arbeit von heute morgen möchte ich außerdem noch meinen Platz wechseln dürfen. Seht Euch das Stroh an, es ist schon wieder völlig durchweicht. Ich will an der Mauer gegenüber angekettet werden, da, wo es trokken ist. Außerdem will ich das Eisenband nicht mehr um meinen Hals haben. Es ist unnötig, und die Kette ist so kurz, daß ich mich zum Schlafen nicht hinlegen kann.«

»Solange du nicht Geld willst«, meinte der Schließer beruhigt.

»Wartet, das ist noch nicht alles. Ich möchte noch eine Suppe und einen Laib Brot, da ich noch immer hungrig bin ... und auch einen Verband für meine verbrannte Schulter.«

Sein Hemd war auf dem Brandmal festgeklebt, und die Wunde hatte sich entzündet.

Am Ende des Tages konnte Justinien, der es sich zunutze machte, daß er nicht mehr am Hals angekettet war, eine Ratte überraschen, die hochnäsig innerhalb der vier-Fuß-Zone herumspaziert war, und ihr mit einem kräftigen Hieb mit dem Holznapf den Schädel zertrümmern. Seine Gefährten klatschten ihm Beifall. Er warf das tote Tier hinüber, und sie rissen es in Stücke, bevor sie es gerecht untereinander aufteilten.

Zwölf Tage und zwölf Nächte waren vergangen, als sich am Morgen des dreizehnten Tages die Falltür zum Verlies öffnete und Baldo und Vitou, gefolgt von Bredin, hinabstiegen. Der erste trug den Amboß und der zweite die Ketten. Da ihre Taschen inzwischen leer waren, konnten sie ihre Zelle im Turm nicht mehr bezahlen. Tags zuvor hatte es zu regnen angefangen, und das Wasser im Burggraben war mittlerweile so hoch gestiegen, daß es schon durch die Luke kam und den Boden in einen einzigen Morast verwandelt hatte. Beim Anblick Justiniens, der gerade etwas schrieb und mollig-weich auf dem Boden auf einem Kissen saß und so vor dem Schlamm sicher war, verzogen sie erstaunt das Gesicht. Er war zwar noch immer angekettet, jedoch nur noch an einem Knöchel, und er verfügte über Schreibzeug, einen Kerzenleuchter und einen kleinen, niedrigen Tisch. Von Zeit zu Zeit griff er sich eine Kirsche aus einer vollen Schüssel.

Baldo suchte eben nach einer Gemeinheit, die er ihm an den Kopf werfen konnte, als er seinen Ohren nicht traute: Fragte dieser Tölpel von einem Gefängniswärter doch tatsächlich diesen komischen Vogel:

»Wohin willst du, daß ich sie setze?«

Justinien unterbrach seine Schreibarbeit, musterte die beiden Gaukler, wobei ihm Mouchette und ihre Liebesspiele im Gras am Ufer des Dourdou wieder in den Sinn kamen.

»Auf keinen Fall in meine Nähe! Ach, setz sie lieber dahin, wo früher mein Platz war. Ja, da, wo diese Wasserlache ist.«

Er spuckte einen Kirschkern in die entsprechende Richtung.

»In drei Teufels Namen, was soll das denn heißen? Seit wann hat denn hier dieser merkwürdige Kauz ohne Zinken das Sagen?« begehrte Baldo auf, der sich mehr und mehr wunderte.

»Wieviel schuldest du mir noch?« erkundigte sich Justinien bei Bredin.

»Fünf Sols, aber ich habe dir doch gesagt, daß du nächste Woche dein Geld bekommst.«

Der älteste Sohn des Kerkermeisters schwärmte für die Tochter des alten Fenaille, einen Kesselflicker und Scherenschleifer aus der Rue de la Bigorne, und schrieb ihr fast jeden Tag Gedichte, die Justinien berichtigte und dann für einen Sol pro zehn Zeilen ins reine schrieb (ein Berufsschreiber hätte drei Sols dafür verlangt).

»Ich lasse dir zwei Sols nach, wenn du für mich diesen widerlichen Kerl verprügelst. Und wenn du dabei ordentlich hinlangst, schreibe ich dir deinen nächsten Liebesbrief sogar umsonst.«

Bredin schlug wild drauflos, bis der Troubadour und Seiltänzer im Schlamm auf die Knie fiel, der Länge nach hinschlug und um Gnade flehte.

Dann deutete Bredin auf Vitou.

»O nein, nicht mich! Ich habe doch gar nichts gesagt!«

»Den auch«, sagte Justinien und steckte sich eine Kirsche in den Mund.

Diese beiden da hatten ihn hintergangen, gedemütigt, niedergeschlagen und ausgeraubt. Für sie hatte er das Vertrauen seiner Familie mißbraucht und Roumégoux verlassen, ohne die geringste Hoffnung, dorthin jemals zurückkehren zu können.

Zwei Tage nach Palmsonntag erzählte der Kutscher der Postchaise von Rodez nach Millau, daß er die Kette in Montrozier gesehen hätte. »Dann wird sie morgen also am Kerker von Gabriac sein und übermorgen hier«, rechnete sich Maître Beaulouis aus und kratzte sich am linken Ellenbogen, was er immer tat, wenn er völlig ratlos war.

Bei einer Bevölkerung von ungefähr dreitausend Seelen hatte die Stadt genau vier öffentliche Schreiber; diese Anzahl hätte durchaus genügt, wenn die Leute aus dem Rouergue im allgemeinen, insbesondere aber die aus Bellerocaille nicht so streitsüchtig gewesen wären. Darüber hinaus konnte nur einer dieser Schreiber, nämlich der Küster, Texte ins Lateinische übertragen. Da er völlig überlastet war, brauchte er mindestens eine Woche, oft länger, um seine Aufträge zu erledigen. Jetzt, wo er seinen Gefangenen mit der hölzernen Nase zur Verfügung hatte, sah Beaulouis sich imstande, dieses Monopol zu durchbrechen, weil er eine qualitativ höherwertige Leistung zu einem niedrigeren Preis anbieten konnte. Baron Raoul wäre sicher mehr als erfreut, ihm das Amt eines Schreibers zu verkaufen.

Wie ein Pachtgut war ein Amt eine Ware wie jede andere, die man für bares Geld kaufen konnte. Sobald man ein Amt erworben hatte, ging es in den Familienbesitz über und konnte somit vererbt werden. Da Ämter an und für sich ein Privileg der Adeligen waren, bot der Kauf solcher Adelsvorrechte Nichtadeligen die Möglichkeit, gesellschaftlich aufzusteigen. Doch um seinen Plan in die Tat umzusetzen, mußte Maître Beaulouis erst einmal einen Weg finden, wie Justinien der Kette Hauptmann Cabrels entgehen könnte.

Justinien beendete gerade ein Briefchen an eine junge Mutter aus Sentenac, deren Kindbett glücklich verlaufen war, als die Wärter kamen und die abendliche Suppe brachten.

Während diejenigen, die sich mit dem Sol des Königs begnügen mußten, ihre abscheuliche Brühe mit angewiderter Miene schlürften, konnte Justinien sich nicht zwischen einem Fisch aus dem Dourdou mit Käse und Hammelkotelett mit Morcheln entscheiden. Er wählte den Fisch.

»Mein Lob an Madame Beaulouis, sie hat sich selbst übertroffen«, sagte er mit vollem Mund zu Bredin, der ihm Wein einschenkte.

»Das kann man von der Suppe nicht behaupten«, lästerte ein Salzfälscher, der erst vor kurzem zu einer lebenslangen Galeerenstrafe verurteilt worden war.

Alle brachen in schallendes Gelächter aus, mit Ausnahme von Baldo und Vitou, die neiderfüllt auf den Teller ihres schlimmsten Alptraums schielten.

»Ja, ja, macht euch nur lustig, Lumpenpack! Euch wird das Lachen schon morgen vergehen, wenn ihr erst mal die Suppe bei Hauptmann Cabrel gekostet habt!«

Die Neuigkeit fuhr ihnen in die Glieder. Alle starrten Bredin an, als ob er eine Feuersbrunst oder eine Überschwemmung angekündigt habe.

»Die Kette kommt?« gelang es Justinien herauszubringen, dessen Kehle wie zugeschnürt war.

»Sie ist in Gabriac und wird morgen früh hier sein.«

Baldo wurde auf seinem Bündel Stroh richtig munter.

»Dann ist es mit den Privilegien vorbei, Holznase!« sagte er mit veränderter Stimme. Seit Bredin ihm die Vorderzähne herausgeschlagen hatte, zischelte er. »Die Stunde der Abrechnung rückt näher. Morgen hast du keine Schließer mehr, die dich beschützen.«

»Soll ich ihn verprügeln?« erkundigte sich der Wärter.

»Nein, laß sein«, erwiderte Justinien.

Er fürchtete sich sehr vor diesem langen Marsch nach Marseille. Vielleicht würde er eine Gelegenheit finden, sich unterwegs heimlich davonzumachen? Als er weiteressen wollte, stellte er fest, daß er keinen Hunger mehr hatte. Der Appetit war ihm restlos vergangen.

Justinien schlief sehr unruhig, als er plötzlich von einem heftigen Schmerz in seinem linken Bein aus dem Schlaf gerissen wurde und hochfuhr. Er schrie. Man hatte ihm das Schienbein gebrochen. Im Kerker war es völlig dunkel, er konnte nichts erkennen und nahm an, daß es Baldo und Vitou gelungen war, sich ihrer Ketten zu entledigen, als das Geräusch der sich über ihm schließenden Falltür ihm verriet, wer über ihn hergefallen war.

Der erste, der die Kette entdeckte, war der Späher vom Ostturm. Er entfernte sich von seinem Posten und rief der Wache im Hof zu:

»Die Kette kommt an die Kreuzung der Quatre-Chemins. Geht und benachrichtigt den Schließer!«

Mit Ausnahme vielleicht der Osterprozession gab es kein anderes Spektakel, das so faszinierend war. Wenn die Kette vorbeizog, kam jede Tätigkeit zum Erliegen, die Karren fuhren zur Seite, die Fußgänger blieben stehen, die Kaufleute erschienen auf der Schwelle ihrer Geschäfte, die Klatschbasen an ihren Fenstern; selbst die Kinder erstarrten zu Salzsäulen: alle hatten sie nur Augen für die finstere Ansammlung von erschöpften Männern, von denen immer zwei links und zwei rechts von einer langen Kette marschierten, an die sie mit dem Hals angekettet waren, so daß sie wie die Gräten eines Fisches aus der Fabelwelt aussahen.

Kahlgeschoren und mit einer roten Weste bekleidet, gingen sie mitten auf dem Weg. Wachen, die mit Stoßwaffen, Partisanen genannt, ausgerüstet waren, behielten jeden im Auge. An ihrer Spitze ritt der Befehlshaber der Kette, Hauptmann Auguste de Cabrel, aufrecht wie eine Lanze, eingehüllt in eine rote Staubwolke. Dieser argwöhnische Gascogner war früher Offizier auf der Galeere *Mazarine* gewesen und hatte inzwischen die Branche gewechselt. Das Ende des Zugs bildeten fünf Karren, die von kräftigen Ochsen aus dem Aubrac gezogen wurden und unter deren Planen die für den guten Verlauf dieses Unterfangens unerläßlichen Dinge transportiert wurden.

Ein solches Unternehmen verlangte eine straffe Organisation. Um von der Marinepräfektur die Genehmigung zu bekommen, hatte der Hauptmann tausendeinhundert Livres für Ketten, Eisenspangen, Schäkel, Zugtiere und Gerätschaften zum Brandmarken ausgegeben. Darüber hinaus mußte er noch zwölf Männer zur Bewachung der Sträflinge, einen Schmied, einen Ochsenhirt, einen Koch und einen Küchenjungen anstellen.

Die Kette überquerte die Pont-Vieux, gelangte durch das Westtor in die Unterstadt und folgte dem Verlauf der Rue du Paparel bis hinauf zum Kerker. Maître Beaulouis und seine Söhne erwarteten sie bereits im unteren Hof. Ihre Gefangenen standen in einer Reihe entlang der Befestigungsmauer und boten einen jämmerlichen Anblick. Nach mehreren Wochen im Halbdunkel war ihre Haut so weiß wie Kreide, und ihre Augen vertrugen nur schlecht das gleißende Licht der Sonne. Etwas abseits lag Justinien, von Fieber geschüttelt, ausgestreckt auf den Pflastersteinen.

Die Tore öffneten sich, Hauptmann Cabrel trat ein. Der Befehlshaber der Kette und der Kerkermeister begrüßten sich kühl. Sie haßten sich, seit Maître Beaulouis eines von Cabrels Vorrechten attackiert hatte und ihm Sträflinge aushändigte, die er bereits gebrandmarkt hatte. Der entgangene Gewinn und vor allem das schlechte Beispiel, das Beaulouis damit anderen Kerkermeistern gab, hatten Hauptmann Cabrel veranlaßt, ihn vor das lehnsherrliche Gericht zu zitieren. Aber Richter Cressayet hatte seine Klage nachdrücklich zugunsten des Schließers abgewiesen.

Er inspizierte sorgfältig jeden Gefangenen, bevor er die Empfangsbestätigung unterzeichnete. Er bekam vom Schatzmeister der Galeerenflotte der Levante für jeden Sträfling, den er lebend in Marseille ablieferte, einen Pauschalpreis von fünfundzwanzig Livres. Mit dieser Summe waren alle Ausgaben, die während der Reise entstanden, abgegolten: die Verpflegung für die Sträflinge, der Sold für die Eskorte und die Bediensteten, das Futter für die Tiere und die unzähligen Zölle, die an Brücken, Fähren, an jeder Lehensgrenze, an den Toren der Marktflecken und Dörfer zu entrichten waren: darüber hinaus gingen alle zusätzlichen Kosten und unvorhergesehenen Ausgaben zu seinen Lasten. Das, was übrigblieb, war sein Gewinn. Man kann sich also denken, daß Hauptmann Cabrel darauf bedacht war, seine Ausgaben auf das Allernotwendigste zu beschränken. Für einen ordentlichen Gewinn scheute er sich nicht, die Etappen auszudehnen, die Rationen zu kürzen und nur eine kleine Eskorte in Dienst zu nehmen. Die fehlenden Wachen machte er dadurch wett, daß er unter seinen Gefangenen Entsetzen verbreitete.

Wenn die Kette sich verspätete oder es auf dem Weg einigen Gefangen gelang, zu entkommen, sah die Charta, die ihn an die Administration des Königs band, Geldbußen vor. Nur eine Reise ohne irgendwelche Scherereien brachte ihm einen ordentlichen Gewinn. Es war daher ausgeschlossen, daß Cabrel einen Galeerensträfling mitnahm, der womöglich seine Gewinnspanne hätte beeinträchtigen können, indem er das Fortkommen der Kette behinderte oder, schlimmer noch, vor Entkräftung nach ein paar Tagen verstarb und somit Kosten verursachte, die Cabrel nicht wieder erstattet würden.

Justinien schrie auf, als dieser sein gebrochenes Bein rücksichtslos untersuchte. Sein Gebrüll verscheuchte alle Vögel auf den Dächern.

»Wie ist das passiert?« erkundigte er sich mißtrauisch.

»Er ist ausgerutscht«, entgegnete Beaulouis kurz angebunden.

Sie beäugten sich einen Augenblick lang mißtrauisch, dann strich der Befehlshaber der Kette Justinien von seiner Liste.

»Ich nehme ihn das nächste Mal mit. Wirklich schade, denn er ist jung und gutgewachsen.«

Bevor er zum nächsten ging, überzeugte er sich noch davon, daß sich hinter der hölzernen Nase kein Aussatz verbarg.

Alle anderen wurden mitgenommen, Bredin, Jacquot und

Lucien holten sich die Ketten wieder, bevor sie die Gefangenen Cabrels Männern überstellten. Diese Gelegenheit nutzte Baldo und verpaßte Justinien einen kräftigen Tritt gegen sein Bein, der daraufhin vor Schmerz in Ohnmacht fiel.

Sobald sich die Kette auf den Weg gemacht hatte und die Tore wieder geschlossen waren, brachte Beaulouis den jungen Mann in eine der Zellen im Turm und schickte nach Le Clapec, einem Nägelhersteller, der, wie die meisten, die mit Feuer umgingen, sich ein wenig auf die Kunst des Heilens verstand. Der Mann renkte den Bruch geschickt wieder ein und senkte das Fieber, indem er ihm einen Tee aus bitteren Blättern zu trinken gab, den er mit etwas Honig süßte.

Justinien war jung, sein Schienbein wuchs rasch wieder zusammen.

Jetzt, wo er im Trockenen untergebracht war und gut zu essen bekam, war er nicht mehr angekettet, und er beglich sein Kostgeld, indem er Briefe, Kostenaufstellungen, Gesuche, Bittschriften, Eingaben und Liebesbriefchen schrieb. Wenn er nicht schrieb, liebte er es, sich mit den Ellenbogen auf eine der Schießscharten aufzustützen und seinen Blick über die Dächer, die Mauern aus rosafarbenem Sandstein, den Fluß und seine alte Brücke schweifen zu lassen, bis hin zu dem großen Dolmen, den man trotz der Entfernung inmitten der Wegkreuzung erkennen konnte, über die er drei Monate zuvor völlig ahnungslos gekommen war.

Eines Tages würde er von dort die Kette näherkommen sehen, und damit wäre dieses Dasein, das gerade erst begonnen hatte, vorbei. Es sei denn, der Schließer würde in der Zwischenzeit eine Lösung finden, die nicht darin bestand, ihm wieder irgendwelche Knochen zu brechen. Oder er würde fliehen.

Es war mitten im Monat der Ernten, als die Honigbienen aus dem Bienenstock am Ufer entlangzogen, von dem unwiderstehlichen Drang getrieben, alle Drohnen niederzumetzeln. Ein paar Tage darauf beging Pierre Galine das, was in den

Gerichtsakten des Rouergue als Präzedenzfall unter »kulinarischer Kindsmord« verzeichnet werden sollte.

Die Gefangennahme Galines entpuppte sich auf Anhieb als wahrer Goldregen für seinen Kerkermeister. Kaum hatte Beaulouis ihn in Empfang genommen, da trommelten schon die ersten Neugierigen an das Tor und baten inständig, »gleichgültig, was es koste«, eingelassen zu werden. Er entsprach also lediglich dem allgemeinen Wunsch, wenn er Galine allein in einer Zelle im ersten Stock ankettete und Besuche gegen ein Entgelt ermöglichte.

Angesichts des Erfolgs seiner Idee und der Dreistigkeit einiger Leute mußte er seinen Mörder schützen, indem er zwischen ihm und dem Besucherstrom eine Barriere errichtete. Beaulouis hatte außerdem die gute Idee, sich durch einen Siegelsetzer bei Gericht den Text des Urteils zu beschaffen, das er dann von Justinien wieder und wieder abschreiben ließ. Er verkaufte die Abschriften für fünf Sols das Stück, und sie fanden genauso reißenden Absatz wie die Ablässe sonntags nach dem Hochamt.

Als er erfuhr, daß der Henker aus Rodez unabkömmlich war und man den aus Albi nicht hatte erreichen können, erhöhte er den Besucherpreis und verlangte drei Liards pro Person (der Preis, den man für eine ganze Nacht mit einer Metze aus der Rue des Branlotins zahlen mußte). Zuvor hatte er noch die Luken vestopft, so daß die Zelle im Halbdunkel lag, und er von den Besuchern einen Aufschlag für die Fackeln verlangen konnte.

Das Gericht erklärt Pierre Galine rechtmäßig des gemeinen, abscheulichen und verachtungswürdigen Verbrechens des kulinarischen Kindsmordes an der Person des Kindes Désiré Crespiaget für erwiesen und überführt. Als Sühne wird besagter Galine dazu verurteilt, auf den Place du Trou verbracht zu werden, wo man ihm auf einem Schafott, das dortselbst errichtet wird, die Arme, Schenkel, Beine und das Kreuz bei lebendigem Leibe langsam brechen wird. Anschließend wird er, mit dem Gesicht gen Himmel, auf ein Rad gespannt, um seine Tage derart und so lange zu beschließen, wie es unserem Herrn beliebt, ihn in diesem Zustand zu belassen.

Justinien beendete gerade seine achte Abschrift seit Terz, als Beaulouis in seine Zelle trat und sich, mit ungewöhnlich nachdenklicher Miene, am Ellenbogen kratzte.

»Ich glaube, es gibt eine Möglichkeit, wie du der Galeere entgehen kannst.«

Justinien fuhr hoch.

»Kommt die Kette früher? Naht sie bereits?«

»Nein, sei unbesorgt, sie wird nicht vor dem Michaelstag hierherkommen. Hör mal, wenn du in meinen Handel einwilligst, dann verwende ich mich für dich bei Richter Cressayet dafür, daß er deine Begnadigung erwirkt.«

»Wenn ich in was einwillige?«

»Es ist ganz einfach. Der Prévôt hat noch immer keinen Henker für Galine gefunden. Er bietet jedem Freiwilligen eine Prämie von fünfzig Livres. Melde dich, und wenn der Baron dich nimmt, teilst du dir mit mir die Prämie, schwörst auf die Bibel, daß du nach deiner Begnadigung die nächsten zehn Jahre mein Schreiber sein wirst, und du bist vor den Galeeren gerettet.«

Die törichte Hoffnung, die gerade in Justinien aufgekeimt war, schwand sofort wieder.

»Ihr beliebt zu scherzen, Maître Beaulouis. Wie kommt Ihr auf den Einfall, daß ich jemanden rädere? Niemals wäre ich dazu... Ich habe noch nie jemanden eigenhändig getötet, nicht einmal ein Huhn, gerade mal eine Ratte.«

Der Kerkermeister – erleichtert, Argumente zu hören, die praktischer und nicht moralischer Natur waren – versuchte sich als Schmeichler.

»Denk doch nach, mein Junge. Das ist eine einmalige Gelegenheit, der Galeere zu entgehen. Du vergißt ganz, daß der einzige Weg, zwanzig Jahre auf einer Galeere zu überstehen, der ist, ein guter Ruderer zu sein. Da gute Ruderer aber kostbar sind, so wird man, wenn ihre Zeit abläuft, immer einen Vorwand finden, um sie weiter zu behalten. Was ich damit sagen will, ist, daß eine Verurteilung auf Zeit immer eine lebenslange Verurteilung ist.«

Justinien hielt es nicht für hilfreich, sich danach zu erkundigen, was mit den schlechten Ruderern geschah.

»Ich sage Euch noch einmal, daß ich mich gar nicht darauf verstehe, jemandem die Knochen zu brechen.«

»Ich sage dir doch, daß ich es dir beibringen werde... Du wirst sehen, wenn du weißt, welche Stellen man treffen muß, ist es genauso leicht wie Holzhacken. Hast du schon mal Holz gehackt? Nun, es ist ähnlich. Also, bist du einverstanden?«

Die Mitglieder des Rates verstummten, als der Gerichtsdiener Maître Beaulouis ankündigte, der den an den Händen gefesselten Justinien vor sich herstieß.

Richter Cressayet erkannte den jungen Spitzbuben mit der falschen Nase wieder, der ihm mit seinen Unschuldsbeteuerungen in den Ohren gelegen hatte. Er runzelte die Stirn und nestelte an seinem Beffchen. Irgend etwas, das er nicht genauer fassen konnte, störte ihn.

Baron Raoul verzog enttäuscht das Gesicht. Das zerlumpte Aussehen des Anwärters, sein jugendliches Alter, diese falsche Nase und die Tatsache, daß er lediglich eine Sandale an den Füßen trug, mißfielen ihm.

»Einem Mann die Knochen zu brechen, ist keine Kleinigkeit«, sagte er zum Kerkermeister gewandt. »Ist dieses Bürschchen dazu überhaupt in der Lage?«

»Er wird es sein, edler Baron. Ich habe gesehen, wie Maître Pradel aus Rodez arbeitet, ich werde es ihm zeigen«, behauptete Beaulouis zuversichtlich.

Justinien fragte sich gerade, ob der Zeitpunkt geeignet sei, sein Gnadengesuch zu erwähnen, das unbeantwortet geblieben war, als der Baron einen Strahl Kautabak ausspuckte und sich erhob; ihm folgte ein Knabe, der wohl sein Sohn war, denn die Ähnlichkeit war wirklich verblüffend. Er sah mit Sorge, daß sie beide näherkamen, senkte den Blick und machte sich auf das Schlimmste gefaßt. Sie umkreisten ihn, so wie man einen Gaul umkreist, von dem man noch nicht sicher sagen kann, ob man ihn kaufen will.

»Sag uns, Bauernlümmel, warum hast du nur einen Schuh an?« fragte ihn schließlich der Baron.

Justinien sah auf. Ihre Blicke begegneten sich. Die Augen des Adeligen lagen noch tiefer in seinen Augenhöhlen als sonst.

»Eine Ratte hat den anderen gefressen, edler Baron.«

Guillaume, der Sohn, interessierte sich mehr für die Nase aus Holz und fragte höflich, ob er sie sich genauer ansehen dürfe. Justinien band sie ab und reichte sie ihm.

Der Knabe drehte sie zwischen seinen Fingern hin und her und musterte prüfend jedes noch so kleine Detail.

»Sie ist nicht gut gearbeitet.«

»Das stimmt, aber ich habe sie sehr schnell angefertigt, ich hatte nicht die Zeit, sie fein auszuarbeiten. Und außerdem ist es kein gutes Holz.«

Guillaume gab ihm seine Nase zurück, und er band sie sich schleunigst wieder um. Der Baron war zu seinem Platz zurückgekehrt und erklärte nun:

»Da dieser Schmutzfink meine hohe Gerichtsbarkeit vertreten soll, ist es wenig passend, wenn er wie eine Vogelscheuche aussieht. Er ist dreckig und stinkt wie eine Latrine. Er möge ein Bad nehmen und am Tag der Hinrichtung – den ich übrigens auf morgen festsetze, denn diese Angelegenheit duldet keinen weiteren Aufschub – anständig gekleidet erscheinen.«

Über Beaulouis' Gesicht ging ein breites Lächeln, Justinien entspannte sich. Er war angenommen worden und würde nicht Galeerensträfling werden!

Während der Kerkermeister seine Ketten öffnete, indem er die Schäkel mit der Zange herauszog, legte Duvalier, der Beisitzer, dem Baron das Schreiben vor, in dem das Vergehen für nichtig erklärt wurde, außerdem das Begnadigungsschreiben, mit dem die Verurteilung aufgehoben wurde, und das Schreiben, welches Justinien dazu befugte, das Amt des Scharfrichters in Bellerocaille für einen Tag auszuüben.

Der Siegelsetzer zündete seine Kerze an und ließ von einem Stäbchen dicke Tropfen roten Wachses auf jedes der Dokumente laufen. Der Baron drückte das Siegel der Boutefeux' hinein, das er an seinem linken Mittelfinger trug, dann verließ er den Rat und überließ es seinem Richter und seinem Prévôt, sich um die Einzelheiten zu kümmern. Guillaume folgte ihm; er mußte kleine Schritte machen, um auf seiner Höhe zu bleiben. Alle Anwesenden im großen Saal erhoben sich, setzten sich aber nicht wieder, nachdem Vater und Sohn gegangen waren.

Justinien rieb sich die Handgelenke, die durch die Eisenketten aufgescheuert worden waren, als der Beisitzer ihn nach seinem Namen fragte, um ihn an der dafür vorgesehenen Stelle in seinen Dokumenten eintragen zu können.

»Justinien Pibrac«, sagte er und fragte sich, was wohl der echte Pibrac von dieser Namensaneignung gehalten hätte.

Der Beisitzer gab die drei Schreiben an den Richter weiter, der sie sich noch einmal aufmerksam durchlas, bevor er zwei davon Justinien überreichte.

»Und meine Begnadigung?« wunderte sich der letzte.

»Alles zu seiner Zeit. Die bekommst du nach der Hinrichtung ausgehändigt.«

Plötzlich wußte Cressayet, was ihm beim Anblick dieses Spitzbuben Kopfzerbrechen bereitete. Er bedeutete dem Kerkermeister näher zu treten.

»Sagt mir, Maître Beaulouis, wenn mich mein Gedächtnis nicht täuscht, und es ist normalerweise ganz ausgezeichnet, dann habe ich diesen Halunken hier doch vor gut drei Monaten verurteilt. Könnt ihr mir erklären, warum er nicht mit der letzten Kette gegangen ist?«

»Seine Komplizen brachen ihm ein Bein, Euer Ehren, und Hauptmann Cabrel wollte ihn deshalb nicht.«

»Hm, hm, hmmhmm«, brummelte der Richter und zupfte an seinem Beffchen herum, das mittlerweile mit Fingerabdrücken übersät war. Er ahnte, daß der Schließer in dieser Angelegenheit nicht unparteiisch war, aber er hatte nicht die geringste Ahnung, wieso und warum.

Der Prévôt Henri de Foulques erinnerte Justinien daran, daß die Hinrichtung unwiderruflich zur None beginnen müsse, morgen, Place du Trou.

»Die Zeit ist festgesetzt, also nütze sie, denn ein weiterer Aufschub wird dir nicht gewährt. Deine Begnadigung hängt davon ab, ob du deinen Teil des Handels erfüllst.«

Und schon kehrte er wieder an seinen Platz zurück und setzte die Bekanntmachung für den Ausrufer auf.

Beaulouis und sein ehemaliger Gefangener gingen schweigend davon, überquerten den Ehrenhof und betraten den unteren Hof, während jeder seinen Gedanken nachhing.

Der Kerkermeister frohlockte, Justinien grübelte. Der Prévôt hatte ihn nicht gerade ermutigt, sondern eher seine aufkeimende Euphorie erstickt. Bis jetzt war noch nichts gewonnen. Erst mußte er noch etwas tun, aber was für ein »Etwas«!

»Was soll ich jetzt machen?« fragte er Beaulouis kläglich, der gerade nach seinen Söhnen gerufen und ihnen aufgetragen hatte, ein Bad herzurichten.

»Du wirst den Anweisungen des Barons Folge leisten. Erst einmal schrubbst du dir deinen dreckigen Pelz, aber während du darauf wartest, daß das Wasser heiß gemacht wird, komm mit und such dir ein paar Kleider aus.«

Justinien folgte ihm in das Lager, in dem Beaulouis die Kleidungsstücke und Sachen zum Verkauf anbot, die die Gefangenen bei ihm in Zahlung gegeben hatten, und blieb staunend vor der Auswahl stehen.

Dutzende von Wämsern, Jacken, Mänteln und Umhängen hingen von der Decke herab, aufgereiht auf langen Holzstangen. Eine ganze Wandfläche war nur Hüten vorbehalten, und genau gegenüber befanden sich Regale mit Brettern voller Perücken unterschiedlichster Machart und Güte, voller Schuhe in allen Größen, Stiefeln und sogar einigen Holzschuhen. Die Truhen, die an allen Wänden standen, quollen über vor Hemden, Oberschenkelhosen, Strümpfen, Stulpen, Bändern, Taschentüchern, Handschuhen, und in den Schubladen, die man auf die Tische gestellt hatte, sah er jede

Menge Tabaksdosen, darunter ganz kunstvoll gefertigte, Tabakspfeifen, Tabaksreiben, Feuersteine, aber auch ein ganzes Sortiment Messer, deren Klingen zusammengeklappt werden konnten. Unter diesen erkannte Justinien gerührt auch Pibracs Messer wieder, das Martin ihm geschenkt hatte und das ihm zusammen mit seinen anderen Sachen gestohlen worden war.

»Das ist meins. Seht her, mein Name steht darauf.«

Tatsächlich, Beaulouis las auf dem Horngriff *Jules Pibrac.*

»Aber du heißt doch gar nicht Jules mit Vornamen.«

»Es ist der Vorname meines Vaters«, log er und sah im Geiste wieder vor sich, wie Papa Martin es ihm vor vier Jahren geschenkt hatte, am Tag, bevor er sich auf den Weg zum Priesterseminar des Ordens der Wächter der immerwährenden Anbetung des Heiligen Präputiums gemacht hatte.

III

Von frühester Kindheit an hatten Martin Coutoulys Abenteuer und die seines unzertrennlichen Gefährten Jules Pibrac, mit dem er ein Vierteljahrhundert lang zusammen zur See gefahren war, Justinien begleitet.

»Wir waren derart unzertrennlich, daß, ob du's glaubst oder nicht, mein Junge, wenn der eine furzte, der andere stank.«

Martin war sechzehn Jahre alt, als er Roumégoux mit der Absicht verließ, nach Marseille zu gelangen und das Meer zu sehen. Kurz vor Nîmes traf er auf Jules Pibrac, der aus Clermont kam und ebenfalls das Meer sehen wollte. Seit jenem Augenblick waren sie unzertrennlich.

Sie heuerten als Schiffsjungen auf einem venezianischen Dreimaster an, der vor der Küste von Alexandria von maghrebinischen Piraten versenkt wurde. Diese hatten sie aus dem Wasser gefischt, um sie dann auf dem Markt von Kairo an einen gutsituierten Hersteller von Eunuchen aus der Pyramidengegend zu verkaufen. (»Ob du's glaubst oder nicht, Justinien, aber diese Ungläubigen sind derart im Irrtum, daß Gott sie dazu verurteilt hat, alles verkehrt herum zu machen... Du lächelst dumm, aber nur, weil du nicht weißt, daß diese Leute von rechts nach links schreiben und auch lesen, daß die Männer Kleider tragen wie die Weiber, und genau wie sie gehen die Männer zum Pinkeln in die Hocke! Ich habe mit meinen eigenen Augen gesehen, daß sie sich auf ihre angewinkelten Beine setzen, ohne jemals einen Krampf zu bekommen, und wenn sie zu ihrem Allah beten, dann stecken sie erniedrigend die Stirn in den Staub und strecken ihr Hinterteil dabei unzüchtig wie die Sodomiten in die Höhe. Ich will zu Krötenscheiße erstarren, wenn ich lüge!«)

Ganz offensichtlich (»Man zerstört die Hoden des Kindes durch ein heißes Bad.«) erforderte die Herstellung von Eunuchen für den Harem ein großes Maß an Geschicklichkeit und verlangte eine perfekte Beherrschung der Technik, die El Hadj Mahmoud in den Fingerspitzen hatte, die er lang und bemalt trug. Ein weiteres Eisen in seinem Feuer war, daß er äußerst geschickt die beschädigten Jungfräulichkeiten gewisser Prinzessinnen des Sultans wieder zusammenflickte.

Martin und Jules lebten fünf Jahre in der beständigen Angst, daß sie nun ihrerseits eines Tages bei dem geringsten Verstoß kastriert werden könnten.

Ihre Rettung verdankten die beiden Unzertrennlichen spanischen Mönchen eines Bettelordens, der sich dem Freikauf von Christen, die Gefangene der Ungläubigen waren, verschrieben hatte.

Kaum waren sie in Malaga an Land gegangen, da heuerten sie auch schon auf der kleinen Brigantine eines griechischen Kapitäns an, der bisweilen Schmuggler und bei jeder sich bietenden Gelegenheit Pirat war. Das war eine glückliche Zeit für Martin und Jules. So glücklich, daß sie wohlhabend genug wurden, um sich selbst eine kleine Brigantine leisten und auf eigene Kappe die Piraterie betreiben zu können.

Wieder wurde das Schiff von Muselmanen versenkt, diesmal vor der Küste von Tripolis, und diesmal wurden sie von El Djibril, einem reichen Oasenbesitzer gekauft. Dieser war gerade auf dem Weg zurück nach Fes, wohin er die neuen Sklaven bringen wollte, als seine Karawane von einer Bande maskierter Plünderer angegriffen wurde.

Da Martin und Jules erheblich dazu beigetragen hatten, diesen Angriff abzuwehren, gewannen sie El Djibrils Vertrauen. Nachdem er sie vor allen feierlich auf die Wangen geküßt hatte, machte er sie zu den Kommandeuren seiner Leibwache.

Pibrac hatte bei einem der getöteten Tuaregs ein schönes Messer mit einer tauschierten Stahlklinge gefunden, das aus dem gekrümmten Horn einer Giraffe gemacht worden war und bernsteinfarben schimmerte. Er durfte es behalten.

Jedesmal, wenn Martin bei seiner Erzählung an dieser Stelle angekommen war, wollte Justinien das Messer anfassen. Martin, der seine Geschichten gern erzählte, wenn er gerade seine kleinen Schiffsmodelle schnitzte, hielt dann inne und ließ ihn gewähren.

Eine Reise, die El Djibril zu seinen Oasen in die Cyrenaika unternahm, nutzten Martin und Jules zur Flucht. Zusammen mit vier Tuareg-Sklaven und zwei Eunuchen aus dem Harem machten sie sich davon. Die letzteren verzehrten sie auf ihrem Weg. (»Wir hatten sie deswegen mitgenommen. Sie waren ordentlich fett, und wir hatten mehrere Tage lang zu essen.«)

Eines Nachts wurde Martin von seinem Gefährten geweckt, der bis über beide Ohren grinste. (»Er hatte den vier Tuaregs soeben die Kehle durchgeschnitten. Ob du's glaubst oder nicht, aber es hieß: sie oder wir. Im übrigen hatten wir von diesem Moment an genügend Wasser und getrocknetes Fleisch, um bis zur Küste durchzuhalten.«) Dort hatten sie sich eine Feluke verschafft und waren nach dreiwöchiger Irrfahrt schließlich halb verdurstet in Zypern angekommen. (»In der Zeit, als unser Boot so dahintrieb, hat Pibrac seinen Namen auf dem Griff eingeritzt. Er hat dazu eine Harpunenspitze benutzt, die wir auf dem Boot gefunden hatten. Während der letzten Tage waren wir so durstig, daß wir unseren eigenen Saft getrunken haben. Das schmeckte nicht sonderlich, das kann ich dir versichern, aber ich hätte alles getrunken... Da, hol mir lieber einen Krug Rotwein, anstatt so ein Gesicht zu ziehen.«)

Da sie erst einmal von der Seefahrt genug hatten, gingen Martin und Jules an Bord eines Pilgerschiffes, das gerade aus dem Heiligen Land kam, mit der festen Absicht nach Hause zurückzukehren und Soldaten zu werden.

Während der Überfahrt wurde Pibrac von einer äußerst schmerzhaften Entzündung der Gedärme niedergeworfen, die ihn innerhalb von zwei Tagen dahinraffte. Martin hatte ihn in ein Tuch gehüllt und seinen Leichnam darin eingenäht. (»Ich habe den Faden mit seinem Messer durchtrennt. Und ich war es, der die Planke angehoben hat. Gewöhnlich treibt der Körper erst noch etwas auf dem Wasser, bevor er untergeht, aber bei ihm war das anders, er ist wie ein Stein untergegangen, so als würde man gehen, ohne sich vorher noch einmal umzudrehen. Das hat mir das Herz zerrissen, ich hatte das Gefühl, ein Waisenkind geworden zu sein.«)

Martin war nach Roumégoux zurückgekehrt, aber er war nicht Soldat in irgendeiner Armee geworden. Eine Zeitlang hatte er sich unentschlossen treiben lassen, bis er schließlich Éponine geheiratet hatte, die jüngste der Töchter Navechs, des Kerzenziehers. Sie hatten einen Sohn, der nur wenige Tage lebte. Damit Éponine ihre Milch hergeben konnte, wurde sie Amme.

Und dann eines Tages, besser gesagt eines Abends, war der Großwächter Melchior Fendard zu ihnen gekommen und hatte einen großen Weidenkorb auf den Tisch gestellt. Als Éponine entdeckte, was sich darin verbarg, mußte sie überrascht schlucken.

»Bei den Brüsten der Heiligen Agathe! Wer kann nur so etwas Abscheuliches tun?«

»Wir haben es so gefunden. Es muß gerade passiert sein. Unser Heilkundiger hat die Wunden ausgebrannt. Was ich nicht verstehe, ist, wieso es, nach allem, was es durchstehen mußte, ruhig weiterschlafen kann.«

Éponine nahm das Neugeborene aus dem Korb, um sich zu vergewissern, daß es keinen Pferdefuß hatte und ihm auch kein Horn aus der Stirn wuchs.

»So ein schönes, pausbäckiges Kindchen! Es ist zum Gotterbarmen, daß man es so entstellt hat.«

Plötzlich verhärteten sich die Gesichtszüge der Amme. Sie beugte sich über das Bübchen und schnupperte an ihm, bevor sie dann mit gestrenger Stimme meinte:

»Es ist nicht weiter verwunderlich, daß es so gut schläft, es stinkt nach Schnaps.«

Der Großwächter war zusammengefahren:

»Nach Schnaps? Was redest du da, meine Tochter?«

»Die reine Wahrheit, Monseigneur. Ich sage, daß dieses Kind völlig betrunken ist. Man hat es an einem Stück Stoff, das mit Rum getränkt war, saugen lassen. So machen es die liederlichen Mütter, wenn sie des Nachts nicht geweckt werden wollen.«

Ungeachtet all dieser ungewöhnlichen Begleitumstände hatte Éponine eingewilligt, das Kind zum üblichen Preis von monatlich fünf Livres in ihre Obhut zu nehmen. Großwächter Melchior war sehr ungehalten in das Kloster zurückgekehrt, weil er nun ein Kind getauft hatte, das betrunken gewesen war, und er fragte sich einmal mehr, wer wohl seine Eltern waren. Als man das Kind gefunden hatte, war es, bis auf ein besticktes Taschentuch um seine Schenkel, nackt gewesen. Darauf hatte jemand mit Holzkohle »Verzeiht« geschrieben.

Zu jener Zeit schneuzte sich das gemeine Volk in die Finger, die Bürgerlichen in die Ärmel und nur Adelige und die Geistlichkeit benutzten Taschentücher. Die Qualität des Tuches, mit dem der Korb ausgeschlagen war, die feine Stikkerei auf dem Taschentuch, die Tatsache, daß der Reiter oder die Reiterin, schreiben konnte, hatte den Großwächter annehmen lassen, daß es sich nur um einen Bastard von hohem Stande handeln konnte, dessen Geburt in dieses Jammertal eher Kummer als reine Freude bescherte. »Man« hatte sich nicht dazu durchringen können, das Kind zu töten, also hatte »man« es vor dem Klosterportal ausgesetzt... Aber warum war es so grauenhaft entstellt worden? Damit es später seinem Erzeuger nicht ähnlich sah? Und warum die Nase? Abbé Melchior konnte sich noch so sehr anstrengen und sich die Nasen aller Edelmänner der Gegend in Erinnerung rufen, es kam ihm keine in den Sinn, die auffallend genug gewesen wäre, um eine solch boshafte Tat zu rechtfertigen.

Der Prälat konnte das Klosterportal bereits erkennen, als er einen streunenden Hund bemerkte, der am Sockel der Statue seines Ahnen nach irgend etwas schnappte und sich, als er näherkam, knurrend davonmachte. Woher hätte er wissen sollen, daß das Tier die Nase entdeckt hatte, die man dem Neugeborenen zwei Stunden zuvor abgebissen und in den Staub gespuckt hatte?

Später am Abend öffnete Abbé Melchior das Geburtsregister von Roumégoux und trug das Kind unter dem Namen Justinien Trouvé ein. Justinien in Erinnerung an den Basileus, den byzantinischen Kaiser Justinien Rhinotmetos – der, dem seine Feinde die Nase abgeschnitten hatten –, und Trouvé – Findling –, weil das neben Dieudonné und Deodatus der Nachname war, den man Findelkindern gab.

Gegen Ende des Sommers lächelte Justinien zum ersten Mal und fing an zu brabbeln, wenn man mit ihm sprach. Zu Éponine kroch er auf allen vieren und nahm alles in den Mund, was er in die Finger bekam. Zu Ostern hörte er auf seinen Namen und führte mit drei oder vier Worten Gespräche mit den Hunden, den Hühnern, den Ameisen und dem Tischbein.

Zu seinem ersten Geburtstag, am 10. Juni 1664, erschien der Großwächter Melchior Fendard wieder bei den Coutoulys. Er zeigte sich sehr zufrieden, ein gutgewachsenes, pausbäckiges Kind mit einer gesunden Gesichtsfarbe vorzufinden, das sogar schon in der Lage war, ein paar Schritte zu gehen. Ohne diese klaffende, fleischfarbene Wunde …

»Ich gratuliere dir, meine Tochter, das ist ja ein Kerlchen, das nur so vor Gesundheit strotzt.«

Justinien, der von dem großen Kruzifix aus vergoldetem Silber angezogen wurde, das um den Hals seines Paten hing, plapperte vor sich hin und breitete seine Ärmchen aus, um danach zu greifen.

Der Geistliche mißverstand diese Geste und sagte mit gerührter Stimme: »Dieses liebe Kind erkennt mich wieder.«

Mit fünf Jahren kletterte Justinien bereits auf Bäume, und Martin brachte ihm Lesen und Schreiben bei, zunächst mit einem Leitfaden zur Kindererziehung und später mit der *Ilias* und der *Odyssee*.

Am Zehnten des Monats ging Éponine zum Kloster und holte sich ihren Lohn, und an jedem 10. Juni besuchte der Großwächter seinen Schützling und stellte erneut fest, daß er »ordentlich gewachsen und für sein Alter ein helles Köpfchen« sei.

Vielleicht werden wir einen Wächter aus ihm machen? dachte er gerührt.

An dem Tag, als Justinien sieben Jahre alt wurde, kam Abbé Melchior wie gewöhnlich zu einem Besuch vorbei, doch in diesem Jahr tätschelte er ihm nicht wie sonst die Wangen oder beglückwünschte seine Ziehmutter zu dem freundlichen Kind, sondern er nahm den Jungen bei der Hand und brachte ihn in die Gemeindeschule.

Zu jener Zeit hatte Justinien keine Nase, und sein Erscheinen versetzte seine Mitschüler, die ihn für einen Aussätzigen hielten, in Aufruhr. Es bedurfte der ganzen Autorität des Großwächters, um die Klasse wieder zur Ruhe zu bringen.

»Justinien hat einen Unfall erlitten. Das ist ein großes Unglück, und es wäre ungerecht, davor Angst zu haben oder es ihm nachzutragen.«

Da es nicht genügend Bänke und Pulte für alle gab, bedeutete ihm der Schulmeister auf dem gestampften, binsenbedeckten Lehmboden Platz zu nehmen. Justinien setzte sich, seiner Größe entsprechend, hin und senkte den Kopf, weil es ihm unangenehm war, von allen angestarrt zu werden. Er wartete die erste Pause ab, um sich davonzumachen und zu seinen Adoptiveltern, den Coutoulys, zurückzulaufen.

Éponine hatte eben ein Stück Brot auf ihre Messerspitze gesteckt und schälte Zwiebeln, ohne dabei zu weinen, und Martin schnitzte gerade an einer Gallionsfigur für eine spanische Galeone, als Justinien in das große Zimmer mit der niedrigen Decke stürmte.

»Warum habe ich nicht wie alle eine Nase?«

Die Coutoulys sahen sich an. Das hätten sie auch gerne gewußt.

»Wir wissen es nicht, mein Junge. Alles, was Monseigneur

uns gesagt hat, als er dich zu uns brachte, war, daß man dich so vor dem Portal des Klosters gefunden hat.«

»Er hat gesagt, ich hatte einen ›Unfall‹. Was ist das, ein Unfall?«

Der ehemalige Seefahrer kratzte sich mit der Klinge seines Messers im Nacken.

»Hmm, hmm... Ein Unfall, nun ja... ein Unfall ist es, wenn zum Beispiel, wie letztes Jahr, der Sohn der Toizacs von der Postkutsche überfahren wird. Seither fehlt ihm ein Bein, und er kann nicht mehr arbeiten... Was Monseigneur sagen wollte, ist, daß es nicht deine Schuld ist, daß du keine Nase hast.«

»Es passierte, als du noch ein kleines Würmchen warst«, erklärte Éponine. »Eines Abends kam Monseigneur durch diese Tür, du lagst in einem Korb, und da hattest du schon keine Nase.«

»Wie ist das passiert?«

»Ah, das hat er nicht gesagt.«

»Ich hatte also auch mal eine Nase«, sagte der Junge. Warum hatte man sie ihm weggemacht, und wer hatte so etwas getan?

Darauf wußten weder Martin noch Éponine eine Antwort.

Justinien weigerte sich, in die Schule zurückzukehren, und ging statt dessen zum befestigten Kloster des Ordens, das im XI. Jahrhundert in einem Tal, eine Meile vom Marktflecken entfernt, errichtet worden war.

Als er vor dem großen, mit dem Wappen der Fendards verzierten Portal angekommen war, zog er an der Glocke. Während er wartete, besah er sich die steinerne Statue des Bannerherrn Gauthier Fendard, dem Begründer des Ordens der Wächter der immerwährenden Anbetung des Heiligen Präputiums. Dort also hatte sein amtlich registriertes Leben begonnen!

Abbé Melchior Fendard, zwölfter Großwächter des Ordens, grübelte wieder einmal vor einem Topf voll kochenden Wassers darüber nach, wie dieses unerklärliche Wunder zustande kam, daß alles Wasser, das man zum Sieden gebracht hatte, irgendwohin verschwand, als der Bruder Pförtner sein Patenkind zu ihm in die Küche brachte. Er runzelte die Stirn.

»Was tust du hier? Du solltest doch im Unterricht sein.«

Der Junge war näher getreten und hatte ihm die Hand geküßt.

»Ich bitte Euch, Pate, sagt mir, wer meine Eltern sind und warum ich keine Nase mehr habe.«

Der Abbé gab sich unwissend.

»Als Eusebius dich vor dem Portal fand, warst du schon so.«

»Aber warum, Pate? Hatte ich etwas Böses getan?«

»Du hattest überhaupt nichts getan! Du warst nicht viel größer als ein Steckling. Noch viel zu klein, um etwas Böses tun zu können... oder etwas Gutes.«

»Warum hat Gott dann so etwas geschehen lassen?«

Der Prälat seufzte. Ihm mißfielen die Fragen des Jungen und noch mehr mißfiel ihm der Ton, in dem er sie stellte. Was konnte er ihm darauf antworten? Er selbst wußte kaum mehr. Auf den Tag genau vor sieben Jahren hatte Bruder Eusebius nach dem Vespergottesdienst einen Reiter bemerkt, der einen Korb am Fuße der Statue des Gründers abstellte. Er war zu weit weg gewesen, um sagen zu können, ob es sich um einen Mann oder eine Frau gehandelt hatte, doch er hatte gesehen, wie der Reiter (oder die Reiterin) zögerte, umkehrte, das Kindchen aus dem Korb hob, als wolle er (sie) ihm ein letztes Mal Lebewohl sagen, und ihm dann mit einem kräftigen Biß die Nase abtrennte. Danach stieg er oder sie wieder in den Sattel, gab dem Pferd die Sporen und verschwand auf der Straße in Richtung Racleterre.

Der Abbé legte ihm die Hände auf die Schultern.

»Höre, Justinien, die Wege des Herrn sind unergründlich. Er allein weiß es. Vielleicht wird Er dir eines Tages auf deine Fragen eine Antwort geben, aber im Augenblick solltest du deinen Verstand wohl besser für die Schule nutzen. Vergiß nicht, wenn du nicht ordentlich lesen, schreiben und rechnen kannst, kann selbst ich dir nicht ermöglichen, im Seminar aufgenommen zu werden. Und das wäre doch jammerschade, denn wenn man bedenkt, daß wir alle sterblich sind und uns am Jüngsten Tag eine gestrenge Prüfung erwartet, dann ist es doch die Pflicht eines jeden Christen, für sein ewiges Seelenheil zu sorgen, nicht wahr? Glaube mir, mein Kind, sein Leben Gott zu weihen ist der schnellste Weg, um für sein persönliches Seelenheil zu sorgen. Geh nun, kehre zum Unterricht zurück, entschuldige dich in aller Form beim Schulmeister und mach mir Ehre!«

Justinien ging. Er war besorgt um seine Zukunft und wenig geneigt, einem Gott zu dienen, der es zuließ, daß einem völlig unschuldigen Wesen die Nase abgebissen wurde, ohne daß Er eingriff. Wer sonst hätte es gekonnt? Der Junge schloß daraus, daß Gott ihn aus unerfindlichen Gründen nicht liebte, und er beschloß, auf der Hut zu sein. Er gehorchte seinem Paten nicht und ging nicht zurück in die Schule, sondern verbrachte statt dessen den Tag damit, am Ufer des Flusses, erfüllt von einem Gefühl der Ungerechtigkeit, zu sitzen.

Am nächsten Tag wie auch an den folgenden Tagen blieb er zu Hause und lauschte den tausendundeins Seeabenteuern Martin Coutoulys und seines unzertrennlichen Gefährten Jules Pibrac.

Eines Tages überraschte Martin ihn dabei, wie er sich auf seine Narbe eine gräuliche Salbe schmierte, die entsetzlich nach Hühnerdreck stank. Der Quacksalber, der ihm die Salbe verkauft hatte, hatte ihm erzählt, daß mit dieser Salbe alles, »egal was«, wieder nachwachsen würde, »genauso wie ein abgebrochener Nagel oder kurze Haare«. Der Hausierer schwor beim Haupte der zwölf Apostel, daß ihm das Geheimnis für die Zusammensetzung von einer alten klugen Eidechse anvertraut worden sei.

»Die Eidechsen verwenden das gleiche, wenn sie ihren Schwanz verlieren.«

»Ihr sprecht ihre Sprache?« hatte der kleine Junge verblüfft gefragt.

»Fließend, du Knirps. Hör nur!«

Der Mann hatte ein paar Pfeifgeräusche von sich gegeben, die den Jungen an die Töne erinnerte, die Papa Martin machte, wenn er Essensreste zwischen den Zähnen entfernte.

»Und was heißt das?«

»Das heißt: Wenn jemand in Roumégoux diese Salbe braucht, dann bist du es.«

»Wie hast du denn den Mann bezahlt?« fragte ihn sein Adoptivvater.

Justinien wurde rot und blickte auf seine nackten Füße. Er hatte seine Holzschuhe hergegeben.

»Oje!« sagte der alte Mann und verzog das Gesicht. »Die waren doch ganz neu! Na, da wirst du aber von Éponine was zu hören bekommen.«

Und dann hatte Martin eine Idee, die das Leben des Jungen verändern sollte. Er wählte ein Stück Lindenholz – eine Sorte, die sich leicht bearbeiten ließ – und schnitzte eine Nase daraus. Nach drei mißglückten Versuchen war er endlich zufrieden.

Justinien, der vor dem kalten Kamin saß, half Éponine gerade einen Sack Bohnen zu enthülsen, als Martin ihm die Nase aus Holz zeigte. Die Augen des Jungen leuchteten, und als er lächelte, wurde dem alten Seemann ganz warm ums Herz.

»Wie soll sie denn halten?«

»Ich zeig es dir. Aber probier sie doch erst einmal, vielleicht muß ich noch etwas ändern. Und wisch dir diesen Mist aus dem Gesicht. Diese Salbe stinkt doch bloß wie ein voller Nachttopf.«

Mit sanften Schlägen des Daumens auf die Klinge beseitigte Martin hier eine Unebenheit, glättete da eine Wölbung und vergrößerte ein wenig ein Nasenloch. Anschließend bohrte er in jeden Nasenflügel ein kleines Loch und zog durch das Innere ein Lederband, das er im Nacken des Jungen, der ganz hingerissen war, verknotete.

Justinien war zum Brunnen gehüpft und hatte einen Eimer mit Wasser gefüllt, um sich darin zu begutachten, von vorne, im Profil, im Halbprofil... Oh, natürlich, es war nur eine Holznase, die niemanden täuschen konnte, aber es war so *viel* besser als dieses fleischfarbene Loch mit den ausgefransten Rändern, das alle Blicke auf sich zog.

Am nächsten Tag erschien Justinien in der Schule. Nachdem sich die allgemeine Überraschung gelegt hatte, wurde er von der ganzen Klase, dem Schulmeister eingeschlossen, umringt.

»Sie ist wirklich gut gemacht.«

»Ja wirklich! Seht mal, da sind sogar Löcher in den Nasenlöchern...«

»Das ist doch ganz normal, wenn sie keine hätte, müßte ich ja durch den Mund atmen.«

Von jenem denkwürdigen Tag an entwickelte sich Justinien zu einem guten, aufmerksamen und gewissenhaften Schüler, wenn er auch dazu neigte, zu widersprechen.

Justinien war den Kinderschuhen entwachsen und auf dem Weg, ein junger Mann zu werden, als sein Pate ihn zu seinem Noviziat in das Priesteramt des Ordens schickte. Dazu mußte er nach Racleterre, einem kleinen Marktflecken, der ungefähr zehn Meilen von Roumégoux entfernt war. Am Tag seiner Abreise schenkte Martin ihm sein Messer.

Justinien war angesichts der Bedeutung, die dieses Geschenk hatte, ganz sprachlos gewesen und hatte nicht gewagt, es zu berühren.

»Nun nimm es schon, du Dummkopf«, hatte der frühere Seemann beharrt und ihm das Messer in die Hand gedrückt. »So kannst du, wenn irgend etwas mit deiner Nase sein sollte, dir notfalls eine neue machen.«

»Aber das ist doch Pibracs Messer, das kann ich nicht annehmen.«

Solange er sich zurückerinnern konnte, sah er Martin mit diesem Messer vor sich, wie er Boote schnitzte, sein Fleisch schnitt, seine Pfeife reinigte.

»Er hätte gewollt, daß du es bekommst... und ich will es auch, also hier, nimm es.«

Außer dem Messer gab Martin ihm noch einen Silbertaler im Wert von drei Livres. Nicht so wie sein Pate, der Großwächter, der ihm, gewissermaßen als Abschiedsgeschenk, eine alte Mönchskutte, die nicht sonderlich roch, ein Stück Kordel anstelle eines Gürtels und ein Paar abgelaufener Sandalen mit auf den Weg gab. Dann hatte er ihn mitten auf dem Kopf einen Zollbreit kahlgeschoren, die für Novizen übliche Tonsur. Während er das tat, hatte er Justinien in weihevollem Ton vor den Dämonen gewarnt, diesen Dienern des Teufels, vor denen es auf den Straßen des Königreichs nur so wimmelte und auf die er möglicherweise treffen könnte.

»Das Schlimme, mein Kind, ist, daß dir der Dämon in vielerlei Gestalt begegnen und dich foppen kann. Er kann sich dir in Gestalt eines Pferdes, eines Hundes, einer Katze und natürlich in Gestalt eines Ziegenbocks zeigen. Aber auch als anständig gekleideter Mann, schmucker Soldat oder sogar als hübsches Weibsbild. Er ist sogar schon unter der Kutte eines Jesuiten entdeckt worden.«

»Aber was soll ich denn da tun?«

»Man muß wachsam und aufmerksam sein. Der Dämon kann zwar eine bestimmte Gestalt annehmen, aber er kann sie nicht perfekt nachahmen. Deshalb ist er ja auch nur ein Dämon. Irgend etwas wird immer fehlen oder zu stark betont sein. Denk daran, daß man in den ganz offensichtlichen Fällen Schwefel riecht, und wenn er einen fahren läßt, verwelken die Blumen in einem Umkreis von zwanzig Fuß... Du mußt immer auf der Hut sein. Er wird nicht umsonst auch das Böse genannt.«

»Etwas verstehe ich nicht, Patenonkel, warum ist Gott, der doch allmächtig ist, in dieser ganzen Zeit damit noch nicht fertig geworden?«

Die Glocke, die zur Ablösung der Wächter der immerwährenden Anbetung des Heiligen Präputiums läutete, hatte Abbé Melchior einer Antwort enthoben. Er forderte den jungen Mann auf, sich den Wächtern anzuschließen, die gerade in den Hof kamen und auf die Kapelle aus dem XI. Jahrhundert zugingen. Ihre Stimmen vereinten sich mit denen derjenigen, die gerade aus der Kapelle kamen und das *Veni Creator* sangen. Für keinen einzigen Augenblick, und sei er auch noch so winzig, durfte die Kette der immerwährenden Anbetung unterbrochen werden. So ging es nun schon seit fünf Jahrhunderten, und so würde es bis zum Jüngsten Tag weitergehen.

Draußen im Gang konnte der junge Mann nur schlecht seine mangelnde Begeisterung bei dem Gedanken daran verbergen, zwei Stunden lang ununterbrochen auf dem Fliesenboden kniend zu beten. Er folgte den Wächtern dennoch und trat nach ihnen in die Kapelle, in der es stark nach Weihrauch roch. Im Vorbeigehen versäumte er es nicht, die Grabplatte, unter der der Bannerherr Gauthier Fendard aus reiner Demut hatte begraben werden wollen, mit Füßen zu treten.

Ohne ihren Gesang zu unterbrechen, knieten sich die Wächter auf die schachbrettartig angeordneten Steinplatten. Sie breiteten die Arme aus und richteten ihre Augen auf das geheiligte Präputium des Jesuskindes – ein kleines Stück zusammengeschrumpften Fleisches. In dem phallusförmigen Reliquiar aus Kristallglas, das mit Gold und Vermeil eingefaßt war, konnte man es kaum erkennen.

Zwei Stunden später kündigte das Läuten der Glocke die Ablösung an, und andere Wächter erschienen. Justinien konnte sich endlich auf den Weg zum Priesterseminar des Ordens machen.

Dieses befand sich zehn Meilen von Roumégoux entfernt auf dem Weg nach Racleterre. Er war anderthalb Tage dorthin unterwegs. Die einzig nennenswerten Zwischenfälle: Er bekam einen Sonnenbrand auf seiner frischen Tonsur und er mußte sich gegen herumirrende Hunde zur Wehr setzen, die ihn nur zu gern verspeist hätten, denn sie waren anscheinend völlig ausgehungert.

Ein Stück des Weges ging er zusammen mit einem berufsmäßigen Ablaßerbitter, der im Auftrag eines Lehnsherrn aus dem Limousin, der viel abzubüßen hatte, zur Schwarzen Madonna von Rocamadour unterwegs war.

Dieser etwa dreißig Jahre alte Mann rühmte sich, schon einmal im Heiligen Land und dreimal in Compostela gewesen zu sein, einmal davon barfuß (was ihm den dreifachen Satz einbrachte). Seine Offenheit überraschte Justinien, denn der Mann gab freimütig zu, daß er diesen Beruf eher aus Reise- und Abenteuerlust, denn aus Gottesfurcht gewählt hatte.

»Ich würde auch gern reisen. Ich möchte so gerne das Meer sehen..., aber ich gehöre mir nicht, ich bin von Gott dem Orden versprochen. Ich muß also ein Wächter werden.«

»Ein Wächter! Du bist auf dem Weg zum Priesterseminar ihres Ordens?«

Alle Fröhlichkeit war aus dem Gesicht des Ablaßerbitters gewichen.

»Ja, es befindet sich eine Meile von Racleterre entfernt. Kennst du unseren Orden?«

»Wer hat nicht schon von ihm gehört? Und eher Schlechtes, will ich dir sagen. Man erzählt sich, es sei schlimmer, als Soldat zu werden... Man sagt auch, daß die, die dort eintreten, den Orden niemals wieder verlassen.«

»Das ist verständlich, denn wir sind ein kontemplativer Orden, der der immerwährenden Anbetung des heiligen Präputiums geweiht ist.«

»Man sagt, daß sich das echte in San Giovanni in Laterano, in Rom befindet.«

»Das echte was?«

»Das echte Präputium. Mehrere Ablaßerbitter haben es dort gesehen, und der Papst hat seine Echtheit bestätigt. Deshalb kommen kaum noch Pilger nach Roumégoux.«

Dem Jungen war plötzlich angst und bange. Und wenn dieser Mann hier nun einer dieser Dämonen war, die ihn in Versuchung führen wollten und um die sein Patenonkel, Abbé Melchior, ein solches Aufhebens gemacht hatte?

»Besser, du wirst gar nicht erst Mönch, sondern machst dich gleich auf den Weg nach Marseille. Du mußt dich nur für einen Pilger ausgeben, dem man den Paß gestohlen hat. Du wirst jederzeit einen Kapitän finden, der dich mitnimmt.«

Die von den Pfarrern der Gemeinden ausgestellten Pässe berechtigten die Pilger unter anderem zu betteln und in einem Hospiz beherbergt zu werden. Und sie dienten darüber hinaus der Obrigkeit dazu, die echten von den falschen Pilgern unterscheiden zu können.

Als sie im Schatten einer großen Ulme Rast machten, nutzte Justinien die Gelegenheit, um unauffällig an seinem Weggefährten zu schnuppern, doch ihm haftete lediglich der ehrbare Geruch eines Mannes an, der jedesmal, wenn er einen Brunnen entdeckte, ein Bad nahm. Nichts schien ihm zu fehlen oder überzählig zu sein, aber wie konnte man dessen gewiß sein? Der aufschlußreiche Makel konnte sich unter der Kleidung verbergen. Justinien konnte zwar seine Finger zählen, nicht aber seine Zehen, die in Stiefeln steckten. Er erkannte die Grenzen einer theoretischen Unterweisung, wenn sie mit der Praxis in Berührung kam.

Als sich ihre Wege trennten, stellte ihm der Ablaßerbitter zum Abschied noch eine Frage:

»Weißt du eigentlich, wozu die Tonsur, die sie dir gemacht haben, wirklich dient?«

»Natürlich. Als Zeichen, daß ein Laie in den Stand der Kleriker tritt. Da ich Novize bin, ist meine nur zwei Zoll breit, aber wenn ich Wächter sein werde, wird sie vier Zoll messen.«

»Ich fragte dich, ob du weißt, wozu sie dient.«

»Wie?«

»Damit man eine glatte Fläche hat, wohin man sich während des Beischlafs küssen kann.«

Nachdem er das gesagt hatte, ließ ihn der Ablaßerbitter einfach stehen und ging davon, ohne sich noch einmal umzudrehen.

Im Jahr der schwarzen Pest, 1347, vom Bannerherrn Raimond Fendard, dem sechsten Großwächter des Ordens, gegründet, gehörte das Priesterseminar von Racleterre zum Mutterhaus in Roumégoux und hatte die Aufgabe, Wächter zur immerwährenden Anbetung heranzubilden. Zu diesem

Zwecke bediente man sich seit drei Jahrhunderten einer Erziehung, die ihresgleichen suchte und von der sich auch Ignatius von Loyola, der ein Vierteljahr lang Gast im Orden gewesen war, hatte weitgehend leiten lassen, als er vor hundertfünzig Jahren seine Gesellschaft Jesu ins Leben gerufen hatte. Doch wenn es das Ziel der Gesellschaft war, seine Postulanten darauf vorzubereiten, der Welt zu trotzen, so war es das Ziel des Ordens, seine Mitglieder für eine immerwährende Gefangenschaft zu formen.

Auf Lebenszeit vom Großwächter in sein Amt berufen, lenkte und verwaltete der Rektor durchschnittlich die Geschicke von an die hundert Postulanten, die in Dekurien aufgeteilt waren. Ihm zur Seite standen ein Sittenpräfekt, ein Prior und zwölf Regenten. Den letztgenannten wiederum gingen Gehilfen zur Hand, die sich aus den Postulanten rekrutierten. Diese Gehilfen hatten die Aufgabe, besonders großen Glaubenseifer zu zeigen, um so den der anderen anzuspornen. Sie mußten nötigenfalls auch bespitzeln und denunzieren. Man nannte sie Dekurionen, und ihre Devise war: »Wo du auch bist, ich sehe dich.«

Um die neuen Postulanten vor allen äußeren Einflüssen zu bewahren, wurden sie innerhalb des Ordens durch die hohen Mauern des Seminars von der Außenwelt abgeschnitten; außerdem hielt man ihren Geist gefangen, indem man sie vom Wecken bis zum Schlafengehen einem äußerst rigiden Reglement unterwarf. Jeder Verstoß wurde von einem Tribunal verurteilt: dem Offizialat. Die Strafe richtete sich nach der Schwere der Vergehen. Diejenigen, die sich einer Todsünde schuldig gemacht hatten, wurden, um sich davon zu erlösen, zu einem Aufenthalt im »Schwarzen Schaf«, dem Gefängnis des Ordens, verurteilt, das von gestrengen Schwestern geführt wurde.

Justinien mußte seine Nase abnehmen und sich von den Zollposten genauestens mustern lassen, bevor man ihm erlaubte, den Marktflecken zu betreten.

Er erkundigte sich nach dem Weg, durchschritt einige

bevölkerte Straßen und gelangte schließlich zum Place Royale, wo sich das Seminar befand. Es lag hinter Mauern verborgen, die so dick waren wie die der gegenüberliegenden Burg Armogaste.

Justinien ging auf die Pforte zu, die von zwei mächtigen hundertjährigen Eichen umrahmt wurde, und zog an der Glocke. Eine Luke öffnete sich, dahinter erschien ein bärtiges Gesicht.

»Ich komme aus Roumégoux. Ich bin ein neuer Postulant.«

Die Pforte öffnete sich einen Spaltbreit, er trat ein und sofort schloß sie sich wieder. Es gab ihm einen Stich, als er an die Worte des Ablaßerbitters dachte. Er folgte dem Bruder Pförtner und erblickte ein großes Gebäude wie in Roumégoux, das um eine Kapelle herum errichtet worden war, die der von Saint-Prépuce zum Verwechseln ähnlich sah. Er ging einen Wandelgang entlang, bis sie zu einer Treppe kamen, die in den ersten Stock führte. Dort befanden sich die Räumlichkeiten des Rektors Gédéon. Als Justinien eintrat, las dieser gerade den *Discours sur l'histoire universelle* von Monseigneur Bossuet, dem Erzieher des Sohns Ludwigs XIV.

Nach einer eher etwas linkischen Verbeugung überreichte Justinien ihm ein Schreiben, das das Siegel des Großwächters trug.

Der Rektor las den Brief, wobei er an manchen Stellen seinen Kopf, auf dem eine Perücke saß, schüttelte und dann verstohlen einen neugierigen Blick auf Justiniens Nase warf.

»Postulant Justinien Trouvé, der Orden hat nichts mit unentschlossenen Herzen, mittelmäßigem Verstand und schwächlichen Leibern im Sinn. Ihr habt zwei Jahre, um uns zu beweisen, daß Ihr nichts dergleichen seid.«

»Ich hoffe, ich werde mich der Ehre würdig erweisen, die mir . . .«

Eine Ohrfeige schnitt ihm das Wort ab, verrückte seine Nase, betäubte ihn halb.

»Regel Nummer eins«, erklärte Rektor Gédéon in freundlichem Ton, »ein Postulant spricht nur dann, wenn man ihn dazu auffordert.«

Justinien schob seine Nase wieder an ihren Platz; seine Wange brannte wie Feuer, und wilde Gedanken schossen ihm durch den Kopf.

»Ihr müßt wissen, mein Junge, diese Ohrfeige war gewiß keine Strafe, weil Ihr gegen eine Vorschrift verstoßen habt, die Ihr überhaupt nicht kanntet; nein, diese Ohrfeige ist Bestandteil einer Erziehungsmethode, die dazu dient, selbst das Gedächtnis der Begriffsstutzigsten durchzulüften. Ich bemerke Euren skeptischen, aber auch vorwurfsvollen Blick, doch ich kann Euch versichern, daß Ihr wohl nicht so schnell unsere Regel Nummer eins vergessen werdet. Habe ich mich klar und deutlich ausgedrückt, Postulant Trouvé? Antwortet.«

»Ja, edler Rektor«, log Justinien, der nicht zugehört hatte.

Seine Wange schmerzte. Es war das erste Mal, daß man ihn geohrfeigt hatte, und er mochte es überhaupt nicht.

»Wie alt seid Ihr? Antwortet.«

»Sechzehn Jahre, edler Rektor.«

Rektor Gédéon seufzte. Er bedauerte es, daß die Mönche so spät rekrutiert wurden, und er gehörte zu denjenigen, die dem Großwächter – denn nur dieser konnte die Vorschrift ändern – empfahlen, die Altersgrenze aufzuheben. »Je jünger unsere Postulanten sind, Monseigneur, desto einfacher ist es für uns, sie zu formen. Ihr Geist ist dann noch so biegsam wie weiches Gras, und es ist leichter für uns, ihnen für immer die Lust oder auch nur den Gedanken daran, eines Tages ein anderes Leben zu führen, auszutreiben.« Der Rektor seufzte noch einmal. »Sein Geist ist sicher schon hart wie Stein«, mutmaßte er und musterte den Neuen zweifelnd.

»Folgt mir. Ich werde Euch nun Eurem Sittenpräfekt vorstellen.«

Dieser befand sich am anderen Ende des Ganges in einem Zimmer, das zwischen zwei Schlafsälen lag. Justinien sah einen alterslosen, kleinen, knochigen Mann. Er war schlecht gekleidet und trug eine schwarze Soutane, die an den Ärmeln und am Hals abgewetzt war. Er blickte Justinien mit schmerzerfülltem Gesicht an, wie jemand, der jeden Augenblick eine schlechte Nachricht bekanntgeben wird. In Wirklichkeit war er kurzsichtig. Seine Aufgabe im Seminar war es nicht, den Verstand der Postulanten zu entwickeln, sondern ihn zu disziplinieren. Deshalb hatte er auf die Wand hinter sich *Fide et obsequio* malen lassen – Treue und Gehorsam –, denn diese Worte drückten am besten aus, was er von jedem erwartete.

»Edler Präfekt, das ist der Postulant Justinien Trouvé, der aus Roumégoux zu uns kommt. Ich bitte Euch, ihn mit unseren Vorschriften vertraut zu machen«, sagte Rektor Gédéon. »Er kennt bereits die Regel Nummer eins«, fügte er hinzu und überließ ihm Justinien, der sich die Backe rieb, als wolle er die brennende Stelle wegwischen.

Der Sittenpräfekt liebte es, die Postulanten mit Äpfeln zu vergleichen und die Sünde mit einem Wurm, der in der Lage ist, den ganzen Korb voller Äpfel faulig werden zu lassen. Seine Aufgabe war es, die Würmer aufzuspüren und auszumerzen. Als er die Nase aus Holz erblickte, verhärteten sich seine Gesichtszüge.

»Werft mir das her! Los, sofort! Hier werden die Manieriertheiten eines Gecken nicht geduldet.«

Justinien fuhr zusammen. Seine Nase hergeben? Es mußte sich um ein Mißverständnis handeln. Was sollte dieser Empfang? Warum war man so versessen darauf, ihn derart zu demütigen? Sein Patenonkel hatte solche Schikanen nie erwähnt.

»Mit Verlaub, edler Präfekt, das ist meine Nase, und mir liegt daran, sie zu behalten. Ich habe ein Recht darauf.«

So, das war heraus.

Eine zweite Ohrfeige, auf dieselbe Wange und wesentlich kräftiger als die vorherige, brachte ihm Regel Nummer eins wieder in Erinnerung.

»Postulant Trouvé, Ihr müßt wissen, daß von nun an Euer einziges Recht darin besteht, zu gehorchen. Legt diesen lächerlichen Schnickschnack ab und gebt ihn mir!«

Der junge Mann gehorchte; er biß die Zähne zusammen, um nicht loszuweinen. Der Präfekt kam auf ihn zu, blinzelte und sah ein häßliches Loch. Er verbarg seine Überraschung hinter einem trockenen Lachen, dann entschuldigte er sich bei Justinien und gab ihm die Nase zurück.

»Ich bitte Euch, meinen Irrtum zu entschuldigen, aber ich dachte, es handele sich um einen modischen Firlefanz. Ehm... da nehmt, ehm, Ihr könnt Euch wieder anziehen, wenn ich so sagen darf.«

Justinien band sich die Nase wieder um, wobei er Schwierigkeiten hatte, einen Knoten zu machen, weil ihm die Finger so zitterten. Dann inspizierte der Präfekt den Inhalt seines Beutels. Als er die *Odyssee* entdeckte, zerriß er das Buch trotz seines Ledereinbandes in zwei Teile und warf die Stücke auf den Boden. Dieses Mal weinte Justinien: zusammen mit seiner Nase und seinem Messer war dieses Buch das Kostbarste, was er besaß. Martin hatte es ihm geschenkt.

»Schürzt Eure Kutte«, verlangte der Präfekt, der sich Gewißheit verschaffen wollte, daß Justinien auch nichts darunter verbarg.

Als er das Messer erblickte, das in den Beinkleidern steckte, entfuhr ihm ein nervöser Seufzer.

»Gebt es her«, sagte er und streckte die Hand aus.

Justinien reichte ihm Pibracs Messer. Als nächstes war der Taler an der Reihe, der drei Livres wert war. Räuber in einem Wald hätten ihn nicht besser ausnehmen können.

»Wann werde ich...«

Eine dritte Ohrfeige entlockte ihm diesmal einen Wutschrei, der den Präfekten einen Schritt zurückweichen ließ. Also wirklich, dieser Neue gefiel ihm nicht.

Der Prior, zu dem ihn der Präfekt geleitete, war kugelrund und sah gutmütig aus. Seine Tonsur war so groß wie ein Suppenteller und ließ nur noch einen schmalen Kranz grauer Haare übrig. Da er bereits über Justiniens Nase Bescheid wußte, stellte er diesbezüglich keine Fragen, sondern beschränkte sich darauf, seine Lateinkenntnisse zu prüfen.

»Sagt die Zehn Gebote auf. Antwortet.«

Justinien kam dem Befehl mit niedergeschlagen klingender Stimme nach.

»Das ist gar nicht schlecht. Nun zeigt mir, wie Ihr schreibt.«

Der Junge gehorchte und schrieb flüssig: »Ich bitte um die Erlaubnis sprechen zu dürfen.«

Der Prior sah ihn kurz prüfend an, bevor er antwortete: »Ich höre.«

»Ich möchte wissen, ob der edle Sittenpräfekt das Recht hat, mein Buch zu zerreißen und sich meines Messers und meines Geldes zu bemächtigen.«

»Welches Buch war das? Antwortet.«

»*Die Odyssee* von Homer.«

»Weltliche Bücher sind nicht gestattet, genauso wie jeglicher persönliche Besitz. Warum solltet ihr diese Dinge behalten, wo Ihr sie doch nicht mehr braucht? Folgt mir nun, ich werde Euch zu Pater Vaillant bringen, Eurem Regens. Und hört auf zu weinen wie ein kleines Kind.«

Justinien wischte sich die Tränen mit geballten Fäusten fort. Der Prior bemerkte, wie Justiniens Knöchel ganz weiß wurden, weil er die Finger so stark zusammenpreßte. Genau wie der Präfekt kam er zu dem Schluß, daß ihm der Neuzugang gar nicht gefiel.

Nachdem sie wieder ins Erdgeschoß hinabgestiegen waren, folgten sie dem langen Wandelgang und kamen dabei auch an der verschlossenen Pforte vorbei. Justinien mußte wieder an den Ablaßerbitter denken. Sie betraten ein geräumiges Klassenzimmer mit einer niedrigen Decke, in dem ungefähr vierzig Postulanten saßen, die sich von ihren Plätzen erhoben. Alle Blicke waren auf Justiniens Nase gerichtet.

»Hier ist ein Neuer, edler Regens. Heute nacht wird er in der neunten Dekurie schlafen.«

Mißbilligendes Gemurmel war aus der Ecke zu hören, in der die betreffende Dekurie saß.

»Ruhe!« befahl der Regens und griff nach seinem gedrehten Ochsenziemer, dem Zeichen seiner Autorität.

Der Prior ging hinaus. Die Klasse setzte sich wieder.

»Schreibt Euren Namen an die Tafel, damit wir Euch kennenlernen, und dann setzt Euch neben Dekurio Ravignac«, sagte er und deutete dabei auf einen Postulanten, der allein hinter einem Schreibpult in der ersten Reihe saß.

Justinien nahm die Kreide, die man ihm reichte, und schrieb, so schön er konnte, JUSTINIEN TROUVÉ, was bei allen schallendes Gelächter auslöste. Trotz Regel Nummer eins stimmten einige ein Spottlied an und machten sich über seine unbekannte Herkunft lustig.

Mit gesenktem Blick und feuerroten Wangen setzte sich Justinien neben einen blonden jungen Mann von ungefähr zwanzig Jahren, der eine schöne, graue Soutane trug, auf die ein rotes Kreuz genäht war, das Zeichen des Dekurios. Er war schmächtig, hatte ein pickelfreies Gesicht und wirkte zugleich bescheiden und prahlerisch. Der junge Mann zog aus seinem Pult ein Register hervor, in das er den Namen des Neuen eintrug.

»Weißt du denn wenigstens dein Geburtsdatum?«

»Natürlich. 10. Juni 1663.«

»Das sagt sich so. Wie kannst du dir da sicher sein, du bist doch nur ein Findelkind? Weißt du denn, wie alt du warst, als man dich ausgesetzt hat?«

Hinter ihrem Rücken fingen die anderen zu prusten an. Justinien bemerkte, wie seine Nachbarn zur Rechten ihm Grimassen schnitten und dabei an ihren Nasen herumspielten.

»Und nun« fuhr der Dekurio fort, »nenne mir deinen Geburtsort.«

Als er nicht antwortete, meinte Ravignac entgegenkommend:

»Wenn du ihn nicht weißt, genügt es mir auch, wenn du mir deinen Fundort nennst.«

Justinien schwieg weiterhin hartnäckig. Mit gesenktem Kopf und steifem Nacken starrte er, ohne sie wahrzunehmen, auf seine geballten Fäuste. Diese merkwürdige Verhärtung, die er in seiner Brust spürte, hatte sich nach der ersten

Ohrfeige immer weiter ausgebreitet, seine Verzweiflung in einen unbändigen Zorn verwandelt und Gedanken von einer bis dahin nicht gekannten Gewalttätigkeit in ihm ausgelöst.

Der Dekurio meldete sich. Pater Vaillant gestattete ihm zu sprechen.

»Der Postulant Trouvé verweigert die Antwort, edler Regens.«

Der Regens packte seinen Ochsenziemer.

»Postulant Trouvé, kommt hierher!« sagte er und wies dabei auf das Podium.

Justinien rührte sich nicht. Sein gesamter Plexus und noch mehr waren mittlerweile derart zusammengeschnürt, daß ihm richtig schlecht war. Aufgeregtes Gemurmel machte sich im Zimmer breit. Diejenigen, die hinten saßen, erhoben sich von ihren Plätzen, um besser sehen zu können.

»Los, vorwärts, gehorch schon; wenn nicht, wirst du nur noch mehr Scherereien bekommen«, drohte ihm Ravignac und verpaßte ihm einen Stoß, um ihn aus der Bank zu schubsen. Da packte Justinien ihn beim Schopf und zog mit aller Macht, bis er ihm zwei Büschel Haare ausgerissen hatte. Der Dekurio stieß einen Schmerzensschrei aus, der auf Justinien äußerst befreiend wirkte. Um sich noch mehr Erleichterung zu verschaffen, versetzte er ihm unbeholfen einen Fausthieb, wobei er, natürlich, die Nase anvisierte. Die Klasse brüllte vor Vergnügen, und der Regens stürzte herbei.

Die beiden jungen Männer wälzten sich am Boden. Völlig unempfindlich gegen die Schläge, die Pater Vaillant mit dem Ochsenziemer austeilte, hatte sich Justinien wieder in Ravignacs Haaren festgekrallt. Mehrere Dekurionen waren nötig, um Ravignac zu befreien und seinen Angreifer zu überwältigen. Jemand eilte davon, um den Rektor zu verständigen. Das jammernde Opfer wurde auf die Krankenstation gebracht, während Justinien so lange an Händen und Füßen festgehalten wurde, bis der Vorsteher kam. Er hatte in dem Gemenge seine Nase verloren und forderte sie lauthals zurück. Wenn der Rektor kommen würde, würde er ihm erklären, daß er darauf verzichte, Wächter zu werden, und er das Priesterseminar unverzüglich verlassen wolle, noch heute...

Die Perücke frisch gepudert, stürmte Rektor Gédéon mit mürrischem Gesicht in das Klassenzimmer. Der Sittenpräfekt folgte ihm auf dem Fuße.

»Man hätte meinen können, man habe es mit einem Besessenen zu tun. Er wollte den armen Ravignac gar nicht mehr loslassen. Wir mußten ihn fast niederschlagen, um ihn zu bändigen«, erklärte Pater Vaillant völlig außer Atem.

»Edler Rektor, ich will gehen. Ich will wieder nach Hause«, mischte sich Justinien ein, wobei er sich wehrte.

Der Rektor beugte sich über ihn und ohrfeigte ihn zum vierten Mal. Regel Nummer eins.

»Morgen wird sich zur Terz das Offizialat versammeln, dort wird man entscheiden. Bis dahin kommst du in den Kerker.«

Während er redete, musterte der Rektor neugierig das unschöne Loch, das das Gesicht des jungen Mannes entstellte.

»Meine Nase! Ich will meine Nase!« schrie Justinien, während man ihn aus dem Klassenzimmer schleppte.

Er konnte gerade noch erkennen, wie der Sittenpräfekt sie mit einem einzigen Tritt unter seinem Absatz zermalmte, so wie man eine Nuß zermalmt. Er hörte auf, sich zur Wehr zu setzen, tat noch einen allerletzten Seufzer und schien in Ohnmacht zu fallen. Überrascht hielten seine Träger inne. Sie legten ihn auf den Steinboden des Wandelganges, und einer von ihnen tätschelte ihm die Wange. Justinien richtete sich urplötzlich wieder auf und hatte nur noch einen einzigen Gedanken im Kopf: weg hier.

»Er flieht!« schrie man hinter ihm her.

Unter den verdutzten Blicken einer Zenturie, die gerade den Kniefall übte, überquerte er den Hof und kam an die Pforte... sie war zugesperrt. Da seine Verfolger rasch näher kamen, lief er auf den Schuppen zu, der direkt an der Umfriedung lag und den Brüdern Gärtner als Lagerraum diente. Er stürzte hinein und verkeilte die Tür mit einer

Schaufel. Draußen hämmerte man schon gegen die Tür und forderte ihn auf, sich zu ergeben.

»Gebt mir einen Passierschein für Roumégoux, und ich komme heraus«, entgegnete er ihnen, während er seine Barrikade durch eine Bank, ein schweres Wagenrad und drei Säcke Nüsse verstärkte.

Von den Fenstern her drohte keine Gefahr: sie lagen zu weit oben und waren vergittert. Er kletterte die Leiter, die auf den Hängeboden führte, hoch und versetzte damit eine ganze Schar Ratten in Aufruhr, die er mehr hörte, als daß er sie sah. Äpfel trockneten auf ausgebreiteten Tüchern und verströmten einen leicht säuerlichen Geruch.

Justinien öffnete die Dachluke und beugte sich hinaus. Mittlerweile hatten sich viele rund um den Schuppen versammelt. Sein Erscheinen sorgte für neuen Aufruhr. Man zeigte mit dem Finger auf ihn.

»Postulant Trouvé«, schrie ihm der Rektor Gédéon zu, »ich fordere Euch auf, Euch zu ergeben!«

Justinien ignorierte ihn. Er stieg die Leiter wieder hinab, nicht ohne sich zuvor noch ein paar Äpfel genommen zu haben, die er mit gesundem Appetit verspeiste. Die Schläge des Regens mit dem Ochsenziemer brannten auf seinem Rücken. Wenn mich der Patenonkel doch nur vorgewarnt hätte! dachte er. Jemand versuchte, die Tür aufzubrechen. Er griff sich eine Hacke und hielt sich bereit, um sich zu verteidigen. Seine Entschlossenheit gefiel ihm, sie erinnerte ihn an die Geschichten von Martin und Jules.

Die Tür hielt stand.

»Ihr werdet es noch bitter bereuen, Ihr elender Dickschädel! Ihr werdet zuletzt doch noch herauskommen müssen«, rief ihm der Rektor von der anderen Seite der Tür her zu.

Plötzlich hörte Justinien, daß ein Schlüssel ins Schloß gesteckt wurde. Er sah, wie sich der Riegel in das Schließblech schob. Dann hörte er Gelächter: Man hatte ihn soeben eingeschlossen. Jetzt, da er sozusagen nichts mehr zu tun hatte, fing er an, den Schuppen zu durchstöbern. Er entdeckte ein paar Stricke und fand eine Kiste voller Gartengeräte, unter anderem ein kleines Messer mit einer dreieckigen Klinge, mit dem man Rosensträucher veredelte. Nachdem er es an der metallenen Ummantelung des Wagenrades geschärft hatte, schnitzte er sich eine Nase aus dem Stiel einer Egge. Während er an der Nase arbeitete, grübelte er darüber nach, wie er wohl fliehen könnte. Von Zeit zu Zeit unterbrach er seine Tätigkeit, um zu lauschen oder um noch einen Apfel zu essen. Er hatte Durst, und es gab rein gar nichts zu trinken hier.

Er überlegte gerade, ob er sich lieber eine griechische Nase oder eine Stupsnase machen sollte, als es zum Vespergottesdienst läutete.

Als die Nase fertig war, band er sie sich mit einem Stück Schnur um, mit dem einer der Säcke mit Nüssen verschlossen worden war. Er bedauerte es, keinen Spiegel zu haben, dann hätte er noch einige Änderungen vornehmen können.

Es wurde Abend, und man läutete zur Komplet. Er wartete noch und kämpfte gegen seine Müdigkeit an, indem er sich die Ankunft des Odysseus in Ithaka erzählte, wie er die übrigen Bewerber ausstach, und schließlich seine Lieblingspassage: das Wiedersehen mit der schönen Penelope.

Als es finstere Nacht war, kletterte er zum Hängeboden hinauf, entfernte einige Dachziegel, dann band er einen der Stricke, die er unten gefunden hatte, an den Dachbalken. So leise wie möglich kletterte er nach draußen und glitt am Schuppen entlang hinab; dabei behinderte ihn die Hacke ein wenig, deren Eisen er vorher abgemacht hatte. Seine Beine hatten gerade den Boden berührt, als plötzlich zwei Dekurionen aus dem Wandelgang hervorkamen und schrien:

»Da ist er!«

Sie stürzten sich auf ihn. Justinien schlug mit dem Stiel der Hacke auf den Nächstbesten ein, der den Schlag mit seinem Unterarm abwehrte und vor Schmerz aufschrie. Der andere umfaßte ihn und brachte Justinien aus dem Gleichgewicht. Sie stürzten. Justinien verlor den Stiel. Seine Finger tasteten nach den Augen seines Angreifers und fanden sie. Der Dekurio stieß einen spitzen Schrei aus und lockerte seinen Griff.

Justinien befreite sich aus seiner Umklammerung und rannte, ohne weiter zu überlegen, einfach geradeaus.

Er hörte, wie hinter ihm »Alarm! Alarm!« gerufen wurde. Türen schlugen, Kerzenleuchter wurden angezündet, von Treppenabsatz zu Treppenabsatz wurde die Nachricht weitergegeben, bis schließlich das ganze Seminar auf den Beinen war. Alles eilte zum Schuppen.

»Von dort ist er gekommen, und er hat mich geschlagen«, berichtete der Dekurio und zeigte ihnen seinen Unterarm, der geschwollen war.

Völlig aufgelöst lief Justinien an der Mauer entlang auf der Suche nach einem Ausgang, konnte aber keinen entdecken. Die Nasenlöcher seiner neuen Nase waren nicht weit genug ausgehöhlt, so daß er durch seinen ganz trockenen Mund atmen mußte. Als er an einem Eckturm vorbeikam, sah er eine kleine Tür. Er wollte sie aufstoßen, aber sie gab nicht nach. Die heftigen, erregten Stimmen und die lärmende Schar hinter ihm versetzen ihn in Panik. »Es ist aus«, sagte er sich, während er vergeblich weiter versuchte, die Tür aufzudrücken. Plötzlich zog er an ihr, anstatt zu drücken, und sie ging auf. Er stürzte hinein und stürmte eine Wendeltreppe hinauf, die ihn auf einen nicht mehr benutzten Wehrgang führte. In der Ferne zu seiner Linken konnte er die dunklen Umrisse der Eichen erkennen, die die Pforte umrahmten. Vorsichtig ging er auf den Gang hinaus, der mit Vogeldreck übersät war. Unten lief man geschäftig im Licht der Fackeln umher. Es herrschte ein heilloses Durcheinander. Als er auf gleicher Höhe mit der ersten Eiche war, beugte sich Justinien zwischen den Zinnen vornüber und schreckte zurück. Falls einer der Zweige nur einen halben Klafter breit war, würde er womöglich nicht kräftig genug sein und unter seinem Gewicht abbrechen. Er sperrte die Augen auf, um die Dunkelheit besser durchdringen zu können, und schätzte, daß ihn wohl gut zwei Klafter von dem ersten Ast trennten, der sein Gewicht tragen könnte. Er ging, um sich die zweite Eiche genauer zu besehen, als seine Verfolger ihrerseits nun den Wehrgang erklommen.

»Da ist er!«

Ohne weiter nachzudenken, setzte Justinien sich auf eine Zinne und sprang. Mit weit ausgebreiteten Armen griff er nach dem dicken Ast, den er nur knapp verfehlte. Er umklammerte den darunterliegenden, der brach ab, er streifte einen weiteren Zweig, der ebenfalls abbrach, allerdings auch seinen Fall bremste. Schließlich fiel er auf den untersten Zweig, und es gelang ihm, sich an ihm festzuklammern. Über sich hörte er Stimmen, die völlig außer Atem klangen.

»Wo ist er?«

»Ist er wirklich gesprungen?«

»Er ist da, ich sehe ihn!«

Er konnte sich weder hochziehen noch länger festhalten und Justinien fühlte, wie seine Finger langsam abrutschten. Er fiel fünf Meter tief. Bei diesem Sturz verstauchte er sich den rechten Knöchel, stieß sich den Augenbrauenbogen an einem Kiesel auf und biß sich ein kleines Stück von der Zunge ab. Er erkannte den Platz, die Umrisse der Burg Armogaste, die Häuser. Er richtete sich auf und versuchte, auf einem Bein hüpfend, zum ersten der Häuser zu gelangen. Dabei brüllte er, so laut er konnte:

»Helft mir, ihr rechtschaffenen Leut'! Wache! Wache!«

Doch schon öffnete sich die Pforte für den Sittenpräfekt und all die anderen, die ihn in kürzester Zeit überwältigt hatten.

»Immerhin ist es mir gelungen, herauszukommen«, sagte er sich, um sich zu trösten.

Justinien erschien vor dem Offizialat mit verbundenem Knöchel. Er wurde zu sechs Monaten im »Schwarzen Schaf« verurteilt, aber sein Patenonkel verwendete sich für ihn und so durfte er die Strafe in Rouméoux in einer der Zellen verbüßen, die auf die Kapelle des Heiligen Präputiums hinausgingen. Dort schrieb er zehn Stunden am Tag das Evangelium ab, und zwar mit Kreide auf einer Schiefertafel, denn Papier war teuer.

Der Winter war gerade vorüber, und wie jedes Jahr nach der Schneeschmelze waren die Wege im Rouergue allmählich wieder befahrbar. In Roumégoux ließen sich die Postkutschen wieder blicken, und mit ihnen tauchten die Hausierer mit ihren staubigen Füßen, die Prediger mit ihren großen Stöcken, die Pilger mit ihren ausgestreckten Händen, die Schweinetreiber, Diebe aller Art, die Steuereintreiber, die Vagabunden, die Galeerensträflinge wieder auf...

Der Monat der Ostereier hatte gerade begonnen, als auf dem Place du Ratoulet an einem Markttag eine Gauklertruppe auftrat. Sie bestand aus einem Troubadour und Seiltänzer, der einen Klafter über der Erde Harfe spielte, einem Jongleur und Akrobaten, der nur auf seinen Händen ging, und zwei Frauen. Die Jüngere tanzte barfüßig die Tarantella, während die andere, deren Haar schon leicht grau war, dazu das Tamburin schlug.

Bei den Coutoulys saß Éponine in der Ecke unter dem Bildnis der Heiligen Agathe und stillte zur selben Zeit zwei Säuglinge, während sie mit ihrem Fuß die Wiege hin und her bewegte, in der ein dritter vor Hunger brüllte. Nicht weit von ihr holte Justinien gerade die ganze Asche aus dem Kamin (Éponine verwendete sie zum Waschen), als Martin mit der Neuigkeit kam, daß »Spaßmacher« auf dem Platz eine Vorstellung gäben. Justinien drehte sich zu seiner Ziehmutter um und sah sie flehentlich an.

»Na, lauf schon, du brennst ja darauf«, seufzte sie und blickte ihren Ehemann finster an.

Justinien ließ Schaufel und Eimer stehen und lief hinter Martin her. Sie mußten die Ellenbogen gebrauchen, um sich einen Weg durch die Menge von Neugierigen zu bahnen, die sich um die Truppe drängte. Der Anblick der Tänzerin, die sich zum ruckartigen Rhythmus des Tamburins bewegte, wirkte auf den jungen Mann, als wenn ihm ein Liebesstrahl durch die Brust gefahren und ihn mit voller Wucht ins Herz getroffen hätte. Sein Puls ging schneller, ihre Blicke begegneten sich mehrere Male. Er wurde rot, als ihr der Rock sehr hoch um ihre langen braunen Schenkel flog.

Martin, der ihn aus den Augenwinkeln beobachtete, machte ein zufriedenes Gesicht. Der Junge reagierte in der Hose so, wie er es sich gewünscht hatte.

Nach seinem Ausschluß aus dem Priesterseminar des Ordens und seiner sechsmonatigen Buße lebte Justinien wieder im Haus seiner Eltern und machte ihnen wirklich nur Freude. Wenn er sich nicht im Haus oder im Garten nützlich machte, verdiente er sich ein paar Sols, indem er beim öffentlichen Schreiber des Dorfes aushalf, der häufig überlastet war, weil seine Zeitgenossen derart streitsüchtig waren.

An diesem Nachmittag jedoch war Justinien zerstreut und beging den Fehler, die ungelenke Schrift für ein Gesuch zur Befreiung vom freitäglichen Fasten zu benutzen, was eindeutig die bescheidene verlangte. Er mußte noch einmal von vorne anfangen und die Kosten für das verschriebene Blatt Papier wurden ihm vom Lohn abgezogen.

Die Sonne ging bereits hinter den in der Ferne liegenden Bergen des Aubrac unter, als er endlich zum Place du Ratoulet zurückkehren konnte. Er fand ihn leer vor. Ein Kesselflicker, der gerade seine Erde zum Entfetten und seine Steine zum Fleckentfernen einpackte, erklärte ihm, wie er zur Pont du Saint-Esprit kam, wohin er die Truppe hatte ziehen sehen. Justinien lief und blieb nicht eher stehen, bis er in Höhe der letzten Häuser angekommen war, die nicht weit von der Brücke entfernt standen. Er trat näher und fühlte, wie sein Herz ihm bis zum Hals schlug, als er am Ufer den Planwagen und den Ochsen, der jetzt graste, entdeckte. Die Gaukler saßen um ein Feuer versammelt, das sie in der Nähe des Brückenbogens entfacht hatten.

Justinien blieb an der Böschung stehen und traute sich nicht, zu ihnen hinunterzugehen. Er begnügte sich, ihnen dabei zuzusehen, wie sie sich um die Feuerstelle drängten, über der ein Topf aus gebranntem Ton warmgemacht wurde. Der Troubadour mit den pockennarbigen Wangen bemerkte ihn zuerst. Er sagte etwas zu Justinien, was dieser nicht verstand. Die anderen drehten sich zu ihm um. Die

Tarantella-Tänzerin ließ das Huhn los, das sie gerade rupfte, und ging ihm entgegen.

»Ich wußte, daß du kommen würdest«, sagte sie mit starkem provenzalischen Akzent.

Sie nahm ihn bei der Hand und zog ihn zu ihrem Lagerplatz. Dabei lächelte sie ihm zu, wobei ihre schönen weißen Zähne und eine breite rosa Zunge zum Vorschein kamen.

»Das ist Baldo und der hier, das ist Vitou. Und das ist meine Mutter, sie wird la Margote genannt... Und du, wie heißt du?«

»Justinien... und... äh, und Ihr?«

»Ich, ich heiße Mouchette.«

Die junge Frau kam ganz dicht an ihn heran, besah sich seine Nase ganz genau, verlangte aber nicht von ihm, sie abzunehmen. Ohne weitere Förmlichkeiten griff sie nach einer bunten Decke und zog ihn hinter eine der Baumgruppen, die das Ufer säumten.

Mit klopfendem Herzen beobachtete er, wie sie die Decke auf dem Gras ausbreitete, sich darauf kniete und ihre Korsage aufschnürte. Schon bald kamen zwei weiße Kugeln mit einer braunen Aureole zum Vorschein, und als er sie berührte, stellte er fest, daß sie weich, warm und fest waren.

Mouchette war einfallsreich, Justinien dafür empfänglich: Sie merkten weder, wie die Zeit verstrich, noch spürten sie die Mücken, die es, genau wie sie beide, aus vollem Herzen genossen. Für den Jungen war es das erste Mal, für die Tänzerin nicht.

»Ich würde dich gerne wiedersehen«, sagte er, als der unvermeidliche Augenblick der Trennung gekommen war.

»Komm morgen wieder«, schlug Mouchette vor, während sie die Zweiglein, die sich in ihren Haaren verfangen hatten, entfernte. »Wir ziehen nicht vor Sonntag weiter. Warte, du schuldest mir noch zwei Sols.«

»Ah! Aber warum?«

»Das ist so Brauch. Du mußt bezahlen.«

»Ich kenne diesen Brauch nicht.«

Er kramte in seinen Taschen, förderte aber nicht mehr als

drei Deniers und einen Obolus zutage. »Gib nur her. Den Rest schreibe ich dir an, den kannst du mir ja morgen zahlen... Übrigens, was ist mit deiner Nase passiert?«

»Ich hatte einen Unfall, als ich klein war.«

»Das muß ja ein merkwürdiger Unfall gewesen sein.«

Bei den Coutoulys hatte man gerade schweigend das Abendessen beendet, als er zur Tür hereinkam.

»Bei der Heiligen Agathe, da bist du ja endlich! Ich habe mir ganz fürchterliche Sorgen gemacht?« rief Éponine, die zugleich wütend und erleichtert war.

Martin lächelte verständnisvoll, als er die dunklen Ringe unter seinen Augen, die Grashalme in seinem Haar und die Mückenstiche auf dem Gesicht und an den Händen bemerkte.

Am nächsten Tag sah Justinien die Gaukler auf dem Platz wieder. Zwischen zwei Darbietungen boten sie an, Messer zu schleifen und Stühle neu mit Stroh zu bespannen. Das verheißungsvolle Lächeln Mouchettes, die ihn in der Menge ausgemacht hatte, versetzte ihn für den Rest des Tages in einen Zustand hektischer Betriebsamkeit.

Sein Arbeitgeber, der öffentliche Schreiber, geriet außer sich vor Wut, als er entdeckte, daß Justinien die gotische Schrift für einen anonymen Brief gewählt hatte, in dem ein Liebhaber an den Ehemann verraten wurde, wo doch eine derartige Mitteilung, wie jedermann wußte, die eckige Schrift verlangte.

Dieses Mal aß er zu Hause zu Abend und wartete, bis seine Adoptiveltern eingeschlafen waren, ehe er sich nach draußen schlich und durch die verlassenen Straßen zum Lagerplatz lief. In seiner zusammengeballten Faust hielt er den Taler im Wert von drei Livres, den ihm Papa Martin an dem Tag geschenkt hatte, als er sich zum Priesterseminar auf den Weg gemacht hatte.

Die Gaukler hatten ihr Lager noch an derselben Stelle. Baldo spielte auf seiner Harfe, und Vitou rauchte eine Meerschaumpfeife, die einen langen, dünnen Pfeifenstiel hatte. Dicht am Feuer lag Mouchette ausgestreckt auf ihrer bunten

Decke. Ihr Kopf lag auf den Schenkeln ihrer Mutter, die sie im Schein der Feuerstelle entlauste.

»Da ist ja dein Jüngelchen mit dem hölzernen Zinken, der seine Schulden bezahlen kommt«, meinte Vitou gehässig und deutete mit dem Pfeifenstiel in Justiniens Richtung, während dieser die Böschung hinabstieg.

»Habe ich es dir nicht gesagt?« flüsterte Mouchette ihrer Mutter zu, die ihr Vorhaltungen gemacht hatte, weil sie ihm Kredit gewährt hatte.

Sie stand auf, packte die Decke und ging zu der Baumgruppe hinüber. Justinien kam ihr dorthin nach. Die Augen der Provenzalin leuchteten genauso wie die einer Elster, als sie den silbernen Taler mit dem Bildnis Ludwig XIV. erblickte. Sie schnürte ihre Korsage auf, ihr Brüste quollen hervor, was dem Jungen, der seine Hände ausstreckte, ernstlich den Atem verschlug. Sie erinnerten ihn an die Brüste der Heiligen Agathe, Jungfrau und Märtyrerin, später heilige Schutzpatronin der Ammen, deren Bildnis er schon oft auf Holzschnitten bewundert hatte, die ihre Marter darstellten (man hatte ihr die Brüste dicht über dem Brustbein abgeschnitten).

An diesem Abend übertraf sich Mouchette selbst. Sie tat die verrücktesten Dinge, die ihn zugleich entzückten und erschreckten.

»Das ist zu gut«, sagte er sich jedes Mal, wenn die Lust ihm Schauer über den Rücken bis hinunter zu den Zehen jagte. »Das kann nur eine Todsünde sein.«

Sie taten es wieder und wieder, und so fort bis zum ersten Hahnenschrei. Als er aufbrach, erinnerte Justinien sie mit verlegener Miene daran, daß er von ihr noch Geld von seinem Taler zurückbekam.

»Ich habe nichts bei mir... und ich bringe es nicht übers Herz, meine Mutter zu wecken, die so gut schläft. Jetzt kannst du mir dein Vertrauen schenken. Komm heute abend wieder«, sagte sie zu ihm, drückte sich dabei an ihn und spielte mit ihrer Zunge in seinem Ohr.

Der Tag brach an, als Justinien nach Hause ging. Er hatte

dunkle Ringe unter den Augen, und sein Haar war zerzaust, aber er war glücklich, daß er sich nicht gewundert hätte, wenn Vögel sich zwitschernd auf seinem Kopf niedergelassen hätten. Er ging zu Bett, war aber viel zu müde, um sich noch auszuziehen, und schlief ein, als im Zimmer nebenan die Kleinen im Chor zu brüllen anfingen, weil sie ihr Fläschchen wollten. Éponine erschien und rüttelte ihn, wie jeden Morgen, wach, damit er Holz holte und Feuer machte.

»Jetzt schläfst du schon in deinen Kleidern?« wunderte sie sich.

Später, als sie die Ringe unter seinen Augen, sein Gähnen, aber auch seine zerstochenen Hände, Wangen und Nacken bemerkt hatte, wurde sie mißtrauisch. »Wo bist du denn so zerstochen worden? Wir haben doch überhaupt keine Mükken hier, wir sind viel zu weit vom Fluß entfernt.«

Nie war ihm ein Tag so lang vorgekommen; und zwar derart lang, daß er mehrmals den Eindruck hatte, die Sonne habe ihren Lauf unterbrochen. Wenn er nicht an Mouchette dachte, glaubte er, ihr Profil in einer Wolke zu sehen, er roch ihren Duft überall und brannte vor Sehnsucht wie ein brünftiger Hirsch.

Am Abend war er viel zu ungeduldig, um so lange warten zu können, bis seine Eltern eingeschlafen waren. Er schlang hastig sein Essen hinunter und lief mit einem: »Ich hab noch etwas Wichtiges zu erledigen« hinaus. Und schon war er draußen und vor ihren Fragen sicher.

Die Gaukler saßen fröhlich bei einem guten Essen zusammen, als er zu ihrem Lagerplatz kam. Sein Anblick ließ sie noch vergnügter lachen.

Er dachte besorgt an sein Geld, als Mouchette, deren Lippen von dem Fett eines Huhnes glänzten, ihn abküßte.

Er setzte sich zu ihnen und nahm die Flasche Wein, die Baldo ihm reichte. Kurze Zeit später lachte er schallend über die gemeinen Scherze, die sie über seine Nase machten. Da er wußte, daß sie alle aus Marseille stammten, stellte er ihnen Fragen über die Schiffe, das Meer, die Möglichkeiten, eine Heuer zu finden.

Schließlich kam der Augenblick, auf den er gewartet hatte: Mouchette nahm ihre bunte Decke und ging zu der Baumgruppe hinüber. Er stand auf, um ihr zu folgen, aber in seinem Kopf drehte es sich, und er mußte sich gegen den Karren lehnen, um nicht das Gleichgewicht zu verlieren.

»Du wolltest doch vorhin wissen, wie es ist, wenn man in einer stürmischen Nacht auf einem Schiff ist, nun, genauso ist es«, erklärte ihm Baldo in spöttischem Ton.

Als Justinien zu der jungen Tänzerin kam, war sie schon nackt und sang mit zarter Stimme *A la claire fontaine* vor sich hin.

Wieder einmal verstrich die Zeit überraschend schnell und wurde lediglich von den in regelmäßigen Abständen zustechenden Mücken unterbrochen.

Es war finstere Nacht, als er nach Hause zurückkehrte. Er schlich dicht an den Hauswänden entlang, darauf bedacht, ja nicht der Wachpatrouille über den Weg zu laufen, die sich sicherlich darüber gewundert hätte, daß er zu so später Stunde noch auf der Straße war.

»Mein Gott, was habe ich bloß getan!!!« jammerte er angesichts der Schwere der begangenen Verfehlung. »Ich bin also nichts weiter als ein erbärmlicher zügelloser Mensch, ein abscheulicher Lüstling, der die erstbeste Gelegenheit zur Ausschweifung nutzt.«

Das, was sich am Ufer des Flusses zugetragen hatte, war eine Todsünde. Nun aber war, im Gegensatz zu einer läßlichen Sünde, der Urheber einer Todsünde automatisch zur Hölle verdammt. Und was noch schlimmer war, diesen Nachmittag mußte er, wie jeden Samstag, zur Beichte in das Kloster des Ordens gehen. Der Gedanke, seinen Patenonkel zu belügen, stimmte ihn traurig, aber er sah keine andere Möglichkeit. Es hieß lügen (indem er etwas wegließ) oder alles bekennen und die vom Gesetz vorgesehenen Konsequenzen zu spüren bekommen, das Ausschweifung mit Kastration bestrafte, gefolgt von einem reinigenden Verbrennen auf dem Scheiterhaufen.

Als Éponine ihn an diesem Morgen wachrüttelte, damit er

Holz holen ging, war sein Blick glasig; er brabbelte ein paar unzusammenhängende Worte und schlief wieder ein.

»Vielleicht ist er ja krank?« meinte Martin beunruhigt und ging zu ihm hinüber.

»Ich fürchte, es ist schlimmer. Da, riech doch mal an ihm...«

Der alte Seemann beugte sich über ihn und schnupperte an dem halboffenen Mund des Jungen.

»Man könnte meinen, er hat ein oder zwei Becher Rebensaft getrunken.«

»Du weißt genausogut wie ich, daß er niemals trinkt! Irgend jemand muß ihn dazu verleitet haben, aber wer? Er trifft sich doch mit niemandem.«

Éponine hatte niemals vergessen, daß Justinien an dem Abend, als Abbé Melchior ihn zu ihnen gebracht hatte, völlig betrunken gewesen war, und sie hatte immer befürchtet, daß dieser Vorfall ihn besonders anfällig für die Trunksucht gemacht hätte.

»Er muß mit den Gauklern von neulich angestoßen haben. Ich habe gesehen, wie er der Tarantella-Tänzerin, einem wirklich hübschen Frauenzimmer, begehrliche Blicke zuwarf. Was willst du, Éponine, er ist ein junger Mann, und es ist Frühling.«

»Da vertust du dich, mein Freund, er ist doch noch ein grüner Bengel! Dem sprießt ja noch nicht einmal der Bart.«

»Reg dich nicht auf, mein Liebchen, er ist kein Mädchen, sondern ein Mann, du kennst doch sicher auch das Sprichwort: ›Ich lasse den Hahn hinaus, gebt auf eure Hennen acht.‹ Am Montag werden sie sowieso weiterziehen... Also, laß ihn schlafen, und ich werde dir dein Holz holen.«

Justinien wachte erst nach zwölf Uhr auf, als Éponine und Martin schon am Mittagstisch saßen.

»Mach schnell und setz dich zu uns, mein Junge, wenn du noch etwas von diesem Hammelragout haben möchtest«, meinte Martin.

Er gehorchte, wich aber den prüfenden Blicken seiner Ziehmutter aus.

»Ich möchte euch um Entschuldigung bitten, ich bin einfach nicht wach geworden.«

Er war ihnen dankbar, daß sie ihn nicht mit Fragen überhäuften, und aß mit gesundem Appetit. Er zählte schon jetzt die Stunden bis Sonnenuntergang.

Als es Zeit war, zur Beichte zu gehen, war er derart nervös, daß er den ganzen Weg bis zum Kloster an seiner Nase herumspielte. Er war fest davon überzeugt, daß der Großwächter ihn sogleich durchschauen würde.

Er log sehr schlecht und wiederholte Wort für Wort die Beichte, die er in der letzten Woche abgelegt hatte, aber der Abbé war zerstreut und bemerkte nichts. Er erteilte ihm die Absolution, nachdem er ihm zehn Vaterunser und ebenso viele Ave Maria und Reuegebete auferlegt hatte.

»Weiß Gott alles, was geschieht? Ich meine: auch das, was in Roumégoux passiert?«

»Gott weiß, was im gesamten Universum geschieht, kleiner Ignorant.«

»Gott kann also hier in diesem Beichtstuhl und zugleich auf dem Place du Ratoulet und an den Ufern des Flusses sein?«

»Gewissermaßen ja. Hör mal, Justinien, wir sind hier nicht im Religionsunterricht, es warten noch andere Sünder auf ihre Absolution. Komm nach dem Vespergottesdienst zu mir, dann werde ich dir die Allgegenwart Gottes erklären...«

Justinien hatte nicht die Geduld, bis zur Messe um 18 Uhr zu warten. Er verließ das Kloster und ging den Weg entlang, der in Serpentinen zum Marktflecken führte, als die Glocken zur Ablösung der Wächter der immerwährenden Anbetung läuteten.

Wie jeden Samstagnachmittag war bei den Coutoulys das ganze Haus voller Mütter, die einmal in der Woche ihre Sprößlinge besuchen kamen.

Justinien hackte im voraus Holz und jätete im Hof das ganze Unkraut, das er dann an die Stallhasen verfütterte.

Am Abend wusch er sich Gesicht und Hände und machte sich auf den Weg zur Pont du Saint-Esprit. Unter seinem

Hemd hatte er eine Flasche spanischen Wein versteckt, den er aus Papa Martins Vorräten gestohlen hatte. Den Diebstahl setzte er mit auf die Liste seiner Todsünden. So weit war es also schon mit ihm gekommen!

Die Gaukler waren hocherfreut, als sie die Flasche vorzüglichen Weins erblickten, und luden ihn ein, mit ihnen zusammen zu Abend zu essen.

Später – er war schon halb betrunken, und sein Herz quoll über vor zärtlicher Mitteilsamkeit – schlug er ihnen vor, sich ihnen anzuschließen und ihnen, wohin sie auch gingen, zu folgen.

»Ich habe schon den ganzen Tag darüber nachgedacht... Laßt mich euch begleiten, wenigstens bis Marseille... Ich möchte so gerne das Meer sehen«, fügte er hinzu und starrte dabei auf Mouchettes Busen, der sich unter der Korsage wölbte.

»Was kannst du denn?« wollte Baldo wissen.

»Ich kann lesen und schreiben, sogar auf Latein. Und ich kann rechnen.«

Sie brachen in schallendes Gelächter aus. Sogar Mouchette, die ihm nachschenkte.

»Kannst du singen, tanzen, jonglieren, einen Salto rückwärts machen? Kannst du wenigstens auf Händen gehen? Nun, man könnte es dir beibringen, aber du müßtest natürlich während deiner Lehrzeit Kostgeld zahlen. Glaub mir, unser Leben ist kein Zuckerschlecken, wir schlafen öfter mit leerem als mit vollem Magen, also, wenn wir noch ein Maul mehr zu stopfen hätten...«

»Dann ist es also abgemacht? Ihr nehmt mich mit?« rief Justinien begeistert.

»Langsam, langsam! Ich habe gesagt, daß du Kostgeld zahlen mußt. Hast du denn Geld?«

»Das hängt von der Summe ab«, sagte er und dachte dabei an das restliche Geld von seinem Taler, der drei Livres wert war.

Er sah nicht, wie la Margote ihrer Tochter ein Zeichen gab, ihm wieder nachzuschenken.

»Zehn Sols für die Unterkunft, zwanzig Sols fürs Essen und siebzig Sols für deine Ausbildung, im Monat. Es wäre besser, wenn du gleich für sechs Monate im voraus bezahlen könntest.«

Obwohl er betrunken war, rechnete Justinien aus, daß das sechshundert Sols, also dreißig Livres machte!

»Das ist viel.«

»So ist es nun mal.«

»Wenn ich das Geld auftreibe, müßt ihr aber das Geld von meinem Taler von der Summe abziehen.«

Er schätzte, daß ihm, selbst wenn man für die letzte Nacht den doppelten Satz veranschlagte, etwas mehr als ein Livre übrigbleiben müßte. Diese Mahnung führte dazu, daß Mouchette enttäuscht das Gesicht verzog.

»Ich dachte, du hättest mir das Geld geschenkt.«

Justinien suchte in seiner Erinnerung vergeblich nach einem solchen Versprechen.

»Das ist ein Mißverständnis...«

Die beleidigte Miene der jungen Frau ließ ihn die Beherrschung verlieren. Baldo schlug schließlich vor:

»Komm morgen abend mit bloß fünfzehn Livres oder mit etwas, das den gleichen Wert hat, und du kannst drei Monate lang mit uns ziehen.«

Mouchette schenkte nach. Sie stießen miteinander an, um die Vereinbarung zu bekräftigen.

Baldo spielte eine traurige Melodie auf seiner Harfe, während Vitou mit brennenden Fackeln jonglierte. La Margote schlief ein und schnarchte. Da Mouchette keine Anzeichen machte, sich die bunte Decke zu nehmen, wurde Justinien ungeduldig.

»Nicht heute abend«, sagte sie griesgrämig. »Ich fühle mich, als hätte ich glühende Steine in meinem Kopf.«

»Aber ich, ich habe Lust.«

»Ich nicht.«

Sprach's und verschwand im Innern ihres Wagens. Er sah, wie sie die Schnüre der Plane zuband.

Ernüchtert stand Justinien auf und verließ den Lagerplatz,

ohne auf Baldos Einladung, noch ein Glas mit ihnen zu trinken, zu antworten.

Er war derart gekränkt, daß er felsenfest entschlossen war, Mouchette nicht wiederzusehen. Dann bekam er sein Geld eben nicht wieder zurück, dann reiste er eben nicht nach Marseille. Er würde das Meer ein andermal sehen.

Wenn er an diesem Abend auch früh zu Bett ging, so hatte er doch die größten Schwierigkeiten einzuschlafen.

Am nächsten Tag, dem Tag des Herrn, aß er nichts, zog seinen Sonntagsstaat an und machte seiner Ziehmutter eine große Freude, als er sie zur Frühmesse begleitete.

Obwohl er wußte, daß eine geweihte Hostie sehr wohl die Zunge eines Lügners verbrennen konnte und dabei gleichzeitig ein grüner und übelriechender Rauch aufstieg (Lüstlingen durchbohrte sie die Zunge), ging er zur Kommunion und schloß die Augen, als der Pfarrer ihm die Hostie auf die Zunge legte.

Nichts geschah. Die Hostie schmeckte wie immer nach Mehl, war salzlos und ungesäuert. Sie löste sich ganz normal auf, und er konnte sie hinunterschlucken, ohne an ihr zu ersticken oder husten zu müssen.

So war es also, trotz der wiederholten Beteuerungen des Großwächters, vielleicht doch möglich, Gott zu narren, Seiner allumfassenden Aufmerksamkeit zu entgehen... War Luzifer nicht ein Engel, der in ständigem Aufruhr gegen seinen Schöpfer stand? Sicher ein gefallener Engel, aber das hatte ihn nicht daran gehindert, sich ein eigenes Reich im Himmelreich zu schaffen. Ein Reich, aus dem man ihn bis zu diesem Tag nicht vertrieben hatte... Außerdem war Luzifer nicht der einzige, der ungestraft Unheil verbreitete. Soviel Justinien wußte, standen ihm Fürst Beelzebub, Großherzog Astaroth und Graf Lucifuge Rofocale zur Seite. Der Letztgenannte kümmerte sich um die Verträge zur Bekehrung zum Teufel und hatte drei Köpfe: den einer Kröte, den eines jungen Mannes und den einer schwarzen Katze. Und dann war da noch Marchocias, der Großmarschall der Legionen des Teufels, der nicht schreiben konnte und seine Befehle mit einem giftigen Schmetterling unterzeichnete, den es nur am rechten Ufer des Styx gab.

Justinien gelangte zu der Einsicht, daß man wohl ungestraft sündigen konnte, vorausgesetzt, man ließ sich dabei nicht erwischen.

Sein unwiderruflicher Entschluß, Mouchette nicht mehr wiederzusehen, geriet ins Wanken, sowie er wußte, daß die Truppe sich auf dem Place du Ratoulet eingefunden hatte.

Um besser widerstehen zu können, verbrachte er den Tag im Wald des Ordens und sammelte Champignons und Brombeeren.

»Selbst wenn ich noch die Absicht hätte, mit ihnen zu ziehen, was ich, selbstverständlich, nicht tun werde, könnte ich es gar nicht, denn ich habe nicht das nötige Geld, und ich habe nicht die leiseste Ahnung, wie ich es mir bis heute Abend beschaffen könnte... es sei denn, ich stehle es.«

Er kehrte in den Marktflecken zurück und konnte schon keine Baumgabel mehr ansehen, ohne dabei nicht sofort an die Gabelung von Mouchettes Schenkeln denken zu müssen.

Anstatt zu dem Platz zu eilen – was er am liebsten getan hätte –, machte er einen großen Bogen, um nicht daran vorbeizukommen.

Martin, der auf der Türschwelle saß und die letzten Strahlen der Sonne genoß, schnitzte aus einem Eibenast den Kiel einer königlichen Fregatte. Justinien setzte sich neben ihn und sah ihm schweigend zu. Aus der Ferne drang der Lärm des Dorfes zu ihnen hinüber, der hin und wieder wegen des begeisterten Applauses noch anschwoll.

Nach einer Weile, die so lange dauerte, daß man einen Kuchen hätte backen können, sah Martin von seiner Arbeit auf und fragte:

»Ist es wegen dieser Tänzerin, daß du wie ein geprügelter Hund aussiehst? Hat ihr vielleicht unser Wein nicht geschmeckt? Obwohl du dir nicht gerade den schlechtesten ausgesucht hast.«

Die Wangen des Jungen wurden so rot wie ein Hahnenkamm. Der alte Seemann lächelte ihn an, um ihn zu beruhigen.

»Sei unbesorgt. Éponine weiß nichts davon. Aber du hättest mich fragen müssen. Ich hoffe, es war die Mühe wert, denn wenn man dich so ansieht, könnte man daran zweifeln.«

Justinien blieb stumm. Martin fragte nicht weiter und wandte sich wieder seiner minuziösen Arbeit zu. Um sie kurz darauf erneut zu unterbrechen:

»Du bist nicht krank?«

»Krank? Nein, ich glaube nicht.«

Es sei denn, dieses quälende Verlangen, Mouchette sehen und vor allen Dingen berühren zu wollen, war eine Krankheit.

»Du siehst mich verwundert an, aber es wird Zeit, daß du weißt, daß das Herumschäkern mit einer Frau unangenehme Folgen haben kann. Man nennt es Tripper oder auch brennende Pisse, weil es dann, wenn du pinkelst, wie Feuer brennt... Pibrac hatte eine unfehlbare Methode, um sich davon zu kurieren: Er aß drei Monate lang kein Fleisch und trank nur Regenwasser.

»Hat er deshalb niemals geheiratet?«

»Nein.«

Martin warf einen kurzen Blick ins Haus, um sich zu vergewissern, daß Éponine ihn nicht hören konnte, und fügte dann hinzu:

»Auch ich hätte nie geheiratet, wenn er überlebt hätte. Ich habe dir doch schon erzählt, daß wir Soldaten in den Truppen des Grafen und Bischofs werden wollten. Er sagte immer, Frauen seien wie Melonen, und man müsse hundert probieren, bevor man eine gute findet. Wir hatten uns vorsichtshalber geschworen, tausend zu probieren.«

Justinien seufzte und murmelte dabei sicherlich zum millionsten Mal:

»Wie gerne wäre ich mit euch unterwegs gewesen! Glaubst du, daß ich auch mal einen Freund wie Pibrac haben werde?«

Die Augen des alten Mannes wurden feucht.

»Das kann ich dir nur wünschen, mein Junge...«

Nach einer abscheulichen Nacht, in der sich Justinien unaufhörlich von einer Seite auf die andere wälzte, erledigte er hastig seine üblichen morgendlichen Arbeiten und lief dann, weil er es nicht mehr aushielt, an die Brücke. Die Uferböschung war leer, die Gaukler hatten ihr Lager abgebrochen.

Er lief um die Feuerstelle, deren Asche noch heiß war, und seine Kehle schnürte sich beim Anblick der Stelle schmerzlich zusammen, an der Mouchette immer ihre bunte Decke ausgebreitet hatte und das Gras auch jetzt noch plattgedrückt war.

Als er zum Marktflecken zurückging, hatte er eine neue unwiderrufliche Entscheidung getroffen: Er würde die Gaukler einholen, und er würde Mouchette wiedersehen.

Er kannte drei Verstecke: das des Klosterverwalters, das des öffentlichen Schreibers, das der Coutoulys.

Das letzte Versteck stand völlig außer Frage, er entschied sich für das erste, das ertragreichste.

Er wählte den Vespergottesdienst, um sich in das Kloster einzuschleichen. Er kletterte an einem Baum hoch, der dicht an der Ringmauer stand und den die Wächter seit jeher benutzten, wenn sie unerlaubt das Kloster verlassen wollten.

In das Zimmer des Verwalters zu gelangen, die kleine Statue des Jesuskindes anzuheben, so wie er es ihn viele Jahre lang hatte machen sehen, und sich der Schatulle zu bemächtigen, die unter dem Sockel versteckt war, war ein leichtes. Er hatte Éponine immer begleitet, wenn sie sich den Lohn für ihre Ammendienste abholte.

Die Schatulle enthielt lediglich einen Taler im Wert von sechs Livres und zwei Liards. Er steckte die drei Münzen ein, stellte die Schatulle wieder an ihren Platz und wollte sich gerade davonmachen, als er das Lämpchen bemerkte, das immer vor der kleinen Statue stand und brannte. In einem Augenblick geistiger Umnachtung stellte er es an den Vorhang, hinter dem sich, in die Mauer eingelassen, die Regale verbargen, in denen die Rechnungsbücher des Klosters standen. Als er hinausging, fing der Vorhang Feuer.

Er war schon weit weg, als er hörte, wie die Glocke Sturm läutete. Von nun an würde nichts mehr so wie früher sein können.

Von dem Sturmläuten aufgeschreckt, strömten die Dorfbewohner zum Kloster. Er versteckte sich in der verfallenen alten Mühle und wartete darauf, daß der Weg sich wieder leerte und er hervorkommen konnte.

Die Coutoulys schliefen tief und fest, als Justinien die schwere gußeiserne Platte des Kamins verrückte und vier Ziegelsteine herausnahm, hinter denen die Ersparnisse seiner Adoptiveltern versteckt waren. Zunächst hatte er nur vorgehabt, sich die neun Livres zu nehmen, die ihm noch fehlten, um die fünfzehn Livres zusammenzubekommen. Aber als er im Innern der Kassette mehr als dreihundert entdeckte, konnte er nicht widerstehen und stahl zwanzig. »Ich hätte es nie für möglich gehalten, daß du zu einer solchen Schandtat imstande bist«, sagte er fassungslos zu sich selbst, während er die Ziegelsteine wieder an ihren Platz legte. Er warf noch einen letzten Blick auf das Haus, in dem er zwanzig Jahre lang gelebt hatte, und verschwand in der Dunkelheit, die nur spärlich von einem Halbmond erhellt wurde.

Justinien marschierte die ganze Nacht durch. Er drehte sich häufig um und fuhr bei dem leisesten Ruf einer Eule zusammen.

Später, als es Tag wurde, setzte er sich unter einen Baum und aß das Brot, den Käse und die Blutwurst mit Knoblauch, die er sich aus Éponines Vorratskammer genommen hatte, bevor er aufgebrochen war... Um diese Zeit ahnten sie sicher schon, daß er sie aus gutem Grund verlassen hatte.

War sein Diebstahl entdeckt worden? Wahrscheinlich. Was würden sie von ihm denken? Und warum hatte er den Vorhang in Brand gesetzt? Natürlich, um seine Missetat zu vertuschen.

»Ich bin nicht nur ein Dieb, ich bin auch noch ein Dummkopf«, urteilte er streng über sich, und er schämte sich, schämte sich wirklich sehr.

Nicht weit von Beaujour begegnete er einem Mann, der Almanache verkaufte. Dieser versicherte ihm, einen Karren mit Gauklern auf der Straße in Richtung Racleterre gesehen zu haben. Seine Beschreibung, vor allem die Mouchettes, ließ keinen Zweifel daran, daß sie es waren. Er ging schneller. Zehn lange Stunden brauchte er noch, bis er ihr Lager entdeckte, das sie zwischen dem Fluß und der Befestigungsmauer aufgeschlagen hatten. Es war schon dunkel, und sie schliefen alle wie die Murmeltiere.

Justinien lehnte sich mit dem Rücken gegen einen Stein in der Nähe der jungen Frau und wartete, daß es Tag wurde. Um nicht einzuschlafen, biß er sich in die Backe. Hin und wieder lächelte er, wenn er sich ausmalte, wie überrascht sie sein würde, wenn sie aufwachte.

Die Fliegen, die Sonne und die Ameisen, die ihm ins Ohr gekrabbelt waren, hatten ihn aus seiner Betäubung geweckt. Zunächst schmerzte ihm der Kopf, dann sah er, daß die Gaukler ihr Lager abgebrochen hatten, und mußte feststellen, daß er splitternackt war. Sie hatten ihm alles gestohlen, alles, sogar seine Nase. Er betastete seinen schmerzenden Kopf, fand eine Beule von der Größe eines Hühnereis und fragte sich, welcher von den Vieren ihn wohl niedergeschlagen hatte. Die Vorstellung, daß es vielleicht Mouchette gewesen sein könte, war ihm unangenehm. Er schleppte sich bis zum Fluß, um seine Beule zu kühlen, als ihn das Geräusch von Stimmen in Schrecken versetzte. Er wollte sich hinter einem großen Felsblock verstecken, aber man hatte ihn schon entdeckt.

»Da ist er!« rief der Mann, dem vier Milizsoldaten aus Racleterre folgten. »Was habe ich Euch gesagt! Nur, als ich ihn vorhin sah, rührte er sich überhaupt nicht, und ich nahm an, man habe ihn umgebracht.«

Die Milizsoldaten richteten ihre scharfen Lanzen auf Justinien.

»Wer bist du? Warum versteckst du dich? Was ist denn das für ein Benehmen? Potz Blitz, außerdem hat er keine Nase!«

Mit einer Hand bedeckte er seine Blöße, mit der anderen hielt er sich seinen schmerzenden Schädel; so trat der junge Mann hinter dem Felsen hervor und bemühte sich, sich etwas Glaubhaftes einfallen zu lassen.

»Ich dachte, die Räuber kämen zurück, um mir den Garaus zu machen.«

Seine Lügen klangen überzeugend. Er gab sich als Pilger aus Clermont aus, der auf dem Weg zur heiligen Stätte von Rocamadour sei.

»Als ich gestern hier ankam, war es Nacht, und die Tore der Stadt waren verschlossen. Ich sah dieses Lager der Gaukler hier am Fluß und ließ mich in ihrer Nähe nieder, um in Sicherheit zu sein. Sie schliefen alle, ich war den ganzen Tag gegangen, ich war müde, bin eingeschlafen und dann...«

Seine Jugend, sein freundliches Aussehen (trotz der fehlenden Nase), seine gewandte Ausdrucksweise, doch vor allem seine dicke Beule, die jeder betastete, überzeugte die Milizsoldaten, und sie ließen ihre Lanzen sinken.

Gerührt von seinem Mißgeschick, forderte Childéric Tricotin, der Schmied, der ihn für tot gehalten und die Miliz gerufen hatte, ihn auf, mit ihm zu kommen.

»So kannst du nicht bleiben, ich werde dir ein paar Kleidungsstücke geben. Bis dahin versuch es damit«, sagte er und reichte ihm etliche Zweige, die er von einer jungen Eiche abgebrochen hatte.

In dieser Aufmachung, die eines Wilden aus der Neuen Welt würdig gewesen wäre, erregte Justinien großes Aufsehen, als er nach Racleterre kam.

Seine Nase, beziehungsweise ihr Nichtvorhandensein, wurde von den Zollsoldaten mißtrauisch beäugt. Als sie zum Place de l'Arbalète kamen, wo sich Tricotins Schmiede befand, folgte ihnen bereits ein ganzer Schwarm Leute, der die Milizsoldaten mit Fragen bedrängte.

»Ich habe weder Stiefel noch Schuhe für dich«, entschuldigte sich der Schmied, nachdem er ihm ein Hemd aus schlechtem grauen Tuch, das am Kragen und den Ärmeln schon abgewetzt war, und ein Paar geflickter Oberschenkelhosen gegeben hatte, die aber, genau wie das Hemd, peinlich sauber waren.

Madame Tricotin bewirtete ihn mit einer Schale, die bis an den Rand mit Zwiebelsuppe gefüllt war, und einem Speckomelett aus vier Eiern. Und ihr Mann ging in den Keller und holte einen Krug Rotwein.

Anschließend borgte sich Justinien das zusammenklappbare Messer des Schmiedes und schnitzte sich eine neue Nase. Da kein besseres Holz zur Hand war, mußte er mit einem Stück Tanne, das voller Splitter war, vorliebnehmen. Unter den belustigten Blicken seiner Gastgeber und ihrer Kinderschar, bohrte er gerade das erste Nasenloch hinein, als der Hauptmann der Miliz wieder erschien. Er wurde von einem Amtsdiener der Prévôté begleitet, der sich seine Geschichte anhören und eine Beschreibung der Straßenräuber haben wollte.

»Es waren Gaukler. Sie schliefen, als ich kam, und ich schlief, als sie mich bewußtlos schlugen.«

Der Amtsdiener, den diese Antwort nicht sonderlich zufriedenstellte, machte ein mißtrauisches Gesicht.

»Wie heißt du? Woher kommst du?«

Justinien unterbrach seine Tätigkeit und aus einer plötzlichen Eingebung heraus log er:

»Ich heiße Justinien Pibrac, und ich komme aus Clermont.«

Er erzählte noch einmal seine Geschichte: er sei ein Pilger und auf dem Weg nach Rocamadour.

»Wer sind deine Eltern?«

Justinien senkte den Kopf, um zu antworten:

»Ich bin ein Findelkind. Ich wuchs bei den Mönchen in Saint-Vincent auf.«

Der Amtsdiener ging, und Justinien konnte in aller Ruhe seine Nase aus Tannenholz fertigmachen.

Nachdem er sich herzlich bei den Tricotins dafür bedankt

hatte, daß sie ihn bei sich aufgenommen hatten, verließ er Racleterre zur Nona. Er hatte es eilig, seine Angreifer einzuholen und sich sein Geld, seine Kleider und sein Messer zurückzuholen.

Da er es nicht gewöhnt war, barfuß zu laufen, hatte er sich schon bald die Füße auf dem steinigen Weg wund gelaufen und mußte öfter Rast machen.

Er ging durch einen Wald, als ein streunender Hund ihn heftig attackierte. Er hatte große Angst, aber es gelang ihm, ihn zurückzudrängen, indem er ihm mit einem schweren Stein auf die Nase traf. Nach diesem Erlebnis suchte er sich einen Ast, von dem er gründlich alle Zweige entfernte, um sich einen Knüppel daraus zu machen.

Er verbrachte die Nacht bei den Zisterziensern des Klosters von Maneval. Es rührte sie, als er ihnen von seinen Mißgeschicken berichtete und seine sehr guten Lateinkenntnisse bei der Komplet, dem Abendgebet, offensichtlich wurden (er behauptete, er habe Latein bei den Mönchen in Clermont gelernt). Am nächsten Tag schenkten sie ihm ein Paar lederne Sandalen, einen Laib Brot und einen Schafskäse, der so hart war wie seine Nase.

Als er durch Tras-la-Carrigue kam, sah er eine kleine Gruppe von Leuten auf dem Marktplatz des Ortes zusammenstehen, die sich lebhaft unterhielten. Justinien ging auf sie zu, grüßte höflich und erkundigte sich, ob sie eine Gauklertruppe in einem Planwagen, der von einem Ochsen gezogen wurde, hätten vorbeikommen sehen. Sie packten ihn an Armen und Beinen und schleppten ihn, trotz seines lautstarken Protestes, zur Prévôté. Man drohte ihm an, ihn den Folterknechten zu übergeben, wenn er nicht das Versteck seiner Komplizen preisgäbe. So erfuhr er, daß die Truppe am Tag zuvor hier am Ort eine Vorstellung gegeben hatte und seitdem mehrere Diebstähle gemeldet worden waren.

»Ich gehöre nicht zu ihnen, ich bin selbst eines ihrer Opfer. Sie haben mich bewußtlos geschlagen und, weil sie mich für tot hielten, vor den Mauern von Racleterre liegenlassen! Ohne die Hilfe eines Schmieds und der guten Mönche von

Maneval wäre ich noch immer nackt und bloß wie mein Handrücken. Wenn ich mich bei Euch nach ihnen erkundigt habe, dann nur, weil ich sie wiederfinden und meine Sachen zurückhaben will. Wenn ich wüßte, wo sie sich versteckten, wäre ich nicht gekommen, um Euch zu fragen.«

Er erzählte wieder die Geschichte, daß er, Pibrac, ein Pilger auf dem Weg zur Schwarzen Madonna von Rocamadour sei, bei Mönchen aufgewachsen wäre, da er ein Findelkind sei... Man glaubte ihm halbwegs. Alle stellten fest, daß er eine dicke Beule hatte (»Gestern war sie noch viel größer!«), aber bevor er weiterziehen durfte, wollte der Prévot seine Aussage überprüfen. Ein Wachtposten ritt zum Zisterzienserkloster. Während man auf seine Rückkehr wartete, verlangte der Prévôt zu sehen, was sich hinter seiner falschen Nase verbarg. Justinien gehorchte.

»Du hättest Aussatz haben können«, sagte der Beamte und bedeutete ihm, sich die Nase wieder umzubinden.

Es war kurz vor dem Abendgottesdienst, als der Posten wieder zurückkam und erklärte, daß die Mönche Justiniens Bericht in allen Punkten bestätigt hätten.

Justinien wurde freigelassen. Während man ihm etwas zu essen gab, lief ein Kind zum Platz hinüber, um seinen Knüppel zu suchen (er war ihm bei seiner Festnahme aus der Hand gerissen worden). Er lehnte die vom Gemeindepfarrer angebotene Gastfreundschaft ab und machte sich entschlossenen Schrittes wieder auf den Weg.

Er schlief unter einem der zahlreichen Dolmen, die die Landstraße säumten. Am nächsten Tag konnte er schon von weitem Bellerocaille erkennen, das hoch oben auf der bemerkenswerten felsigen Bergspitze lag, der es seinen Namen verdankte. Es war Markttag, und auf der Straße drängelten sich die Bauern, die gekommen waren, um dort ihre Waren zu verkaufen.

Da Justinien nichts zu verzollen hatte, durfte er den Zollposten an der Brücke ohne zu zahlen passieren, aber als er an das Westtor kam, mußte er seine Nase abnehmen, bevor er in die Stadt hineingelassen wurde.

Er mischte sich unter die Menge, stieg eine Straße hinauf, die von vielen Fahrzeugen verstopft war, und gelangte so auf einen sehr belebten Platz. Er bahnte sich einen Weg durch die Stände, die mit Fleisch, Käse, Wurzelgemüse aller Art und Früchten beladen waren. Etwas weiter wurden Hühner, die aneinander gebunden waren, an den Füßen gefesselte Schweine, Schafe und ein paar Ziegen verkauft, die kläglich meckerten, sobald man sie berührte.

Justinien interessierte sich einen Moment lang für etwas, das er zunächst für ein besonders abstoßend aussehendes Kind hielt, das in türkische Gewänder gehüllt und an eine Kette gefesselt, sich immer wieder verbeugte. Doch dann begriff er, daß es sich um einen Affen handelte, den sein Meister angeblich aus dem Orient mitgebracht hatte. Dann kam er an einen Karren, auf dem ein in Gelb und Blau gekleideter Dentist stand, der den Hut eines Marquis trug. Als Beweis seines Könnens trug er um seinen Hals eine dreireihige Kette aus Backen-, Eck- und Schneidezähnen. Einige Exemplare waren so groß, daß man Mühe hatte, sich die Statur ihrer ehemaligen Besitzer vorzustellen. Einen Meißel gegen Karies in der einen und eine Zange zum Zähneziehen in der anderen Hand, versicherte er den Umstehenden, daß vor ihren Augen »rasende Zahnschmerzen mit der Wurzel ausgerottet« würden, als Justinien beim Klang eines Tamburins zusammenfuhr. Dem Geräusch folgend, überquerte er den Platz, um zu einer dichten Menschenansammlung zu gelangen, die sich im Kreis um eine Gauklertruppe aufgestellt hatte, die gerade mitten in ihrer Vorführung war.

Baldo klimperte auf seiner Harfe und biß sich dabei angeregt auf die Lippen, während Vitou sich wichtig machte und auf Händen ging und gleichzeitig mit den Füßen sechs bemalte Holzkugeln jonglierte. La Margote schlug mitreißend ihr Tamburin, und Mouchette, schöner denn je, tanzte dazu barfüßig eine leidenschaftliche Tarantella, die ihren Rock hochfliegen ließ und mehr, als schicklich war, entblößte.

Der Anblick dieses »etwas mehr« brachte den jungen

Mann ziemlich durcheinander, und er geriet in Rage. Er dachte nicht mehr nach, sondern bahnte sich, mit dem Knüppel in der Hand, einen Weg in das Rund.

»Gebt mir meine Sachen zurück, ihr Banditen!«

Die Harfe und das Tamburin verklangen, und das Gesicht, das Mouchette schnitt, als sie ihn erkannte, klärte ihn über ihre Gefühle auf. Die Holzkugeln fielen herunter, und Vitou kam wieder auf die Füße. Nicht sonderlich beeindruckt von seinen Anschuldigungen fielen die Gaukler mit vereinten Kräften über ihn her.

»Hilfe! Sie bringen mich um!« rief er aufgeregt Mouchette zu, die auf ihn zukam.

Aber nur, um ihm einen gemeinen Tritt in den Unterleib zu versetzen. Außer sich vor Wut packte er ihre Wade und biß brutal zu. Mit großem Vergnügen spürte er, wie das Fleisch riß und warmes Blut in seinen Mund floß. Äußerst schmerzhafte Tritte in die Nieren brachten ihn dazu, seinen Griff zu lockern. Er schrie wieder um Hilfe.

»Holt die Wache!« rief jemand.

Die Bogenschützen, die von einem Knebelspießträger befehligt wurden, waren an einem Markttag immer in der Nähe und bahnten sich mit den Stielen ihrer Piken einen Weg durch die Menge.

»Macht der Wache Platz! Platz da!« schnauzte der Kommandant mit überheblich klingender Stimme.

Mouchette und ihrer Mutter gelang es, zu entkommen, doch Baldo, Vitou und Justinien wurden, trotz seiner heftigen Proteste, brutal gefesselt und zur Prévôté geschleppt, wo sie kurz verhört wurden.

Justinien brachte zuerst vor Schreck kein Wort heraus, als er hörte, wie Baldo und Vitou erklärten, daß er mit zu ihnen gehöre.

»Sie lügen, wenn sie den Mund aufmachen, edler Herr, es ist alles ganz anders!«

»Die Untersuchung wird es an den Tag bringen«, unterbrach sie der diensthabende Beamte und unterzeichnete die Anordnung, sie einsperren zu lassen.

»Aber ich sage Euch, sie sind die Diebe, und ich bin ihr Opfer! Sie haben mir in Racleterre alles gestohlen. Durchsucht ihre Sachen, und Ihr werdet ein Messer finden, auf dessen Griff mein Name steht!«

»Das stimmt, es ist seins«, gab Baldo zu. »Aber er hat es vor kurzem beim Kartenspiel verloren.«

»Aber ich kann doch überhaupt nicht Karten spielen!«

»Das reicht!« meinte der Beamte ungeduldig und gab das Zeichen, sie abzuführen und Maître Bertrand Beaulouis, dem Schließer, zu übergeben.

IV

Bellerocaille, August 1683

»Selbst wenn es deins ist, bin ich verpflichtet, es dir in Rechnung zu stellen, denn ich habe bei demjenigen, der es mir verkauft hat, dafür bezahlt. Übrigens, jetzt fällt mir wieder ein, daß ich sehr viel dafür gezahlt habe«, warnte Beaulouis, als er Justinien erlaubte, sich Pibracs Messer einzustecken. »Jedenfalls«, fügte er mit seiner gutmütigen Stimme hinzu, »mach dir keine Sorgen wegen des Geldes. Nimm alles, was dir gefällt, du kannst es mir später von deinem Anteil an der Prämie zurückzahlen.«

Justinien ließ sich das nicht zweimal sagen. Er konnte sich zwischen drei Wämsern nicht entscheiden und beschloß, das erste anzuprobieren, als Beaulouis ihm eine umfassende Liste all der Dinge anfertigte, die ihn in den kommenden Stunden erwarteten.

»Vor allem muß du einen Zimmermann finden, der bereit ist, das Schafott zu bauen, und der sich auf der Stelle an die Arbeit macht.«

Wenn es das vorrangige Ziel einer Hinrichtung war, zu töten, um vor Augen zu führen, das man nicht töten soll, dann mußte der Anblick dieses Schauspiels abschreckend sein; daher war das Schafott ein unentbehrlicher Bestandteil, wenn man wollte, daß der größte Teil der Zuschauer aus diesem abschreckenden Beispiel eine Lehre zog.

»Ich werde mir ansehen, was der Henker aus Rodez das letzte Mal gebraucht hat, als er nach Bellerocaille kam.«

»Maître Pradel bringt immer sein eigenes Schafott mit. Er hat vier Henkersknechte, die alles erledigen. Du brauchst also einen Zimmermann. Er muß dir auch ein Andreaskreuz machen, auf dem du den Verurteilten festbindest. Dann mußt du ein Wagenrad und einen acht Fuß hohen Mast besorgen, um es daraufzusetzen. Sodann benötigst du eine fünf Fuß lange Eisenstange, die eineinhalb Daumen dick ist. Du wirst Seile brauchen, um den Verurteilten auf dem Weg zur Hinrichtung und an das Kreuz binden zu können. Ach ja, und natürlich eine Leiter, um ihn auf das Rad zu hieven, nachdem ihm die Knochen gebrochen worden sind. Ich sage es dir lieber gleich, hier liegt deine eigentliche Schwierigkeit. Da du ja keinen Knecht hast, wirst du ihn ganz allein hinaufbefördern müssen. Und rechne nicht damit, daß dir jemand helfen wird: Wenn ihn auch alle sterben sehen wollen, so will doch niemand etwas damit zu tun haben, weder aus der Nähe noch aus der Ferne.«

Justinien, der gerade das zweite Wams anprobierte, machte ein verständnisloses Gesicht.

»Das ist ungerecht. Wenn man zum Tode verurteilt, dann braucht man auch jemanden, der die Strafe vollstreckt. Es ist die böse Tat, die einen entehrt, nicht die Hinrichtung. Der Henker ist jemand sehr Nützliches.«

»Der Abdecker und der Nachttopfleerer sind auch nützliche Menschen, und dennoch – wer möchte schon ihre Töchter zur Frau nehmen? Selbst wenn sie hübsch sind... Und noch viel schlimmer ist es bei den Henkern.«

Beaulouis verließ sich auf dieses Vorurteil und rechnete damit, daß sein Schreiber, wenn er erst einmal begnadigt war, sich selbst abkapseln würde, um der allgemein herrschenden, nicht mehr auszumerzenden Verachtung zu entgehen, und sich nur noch seiner Arbeit als öffentlicher Schreiber widmen würde.

Justinien probierte gerade Soldatenstiefel an, als Bredin ins Lager kam, um ihm mitzuteilen, daß das Wasser jetzt heiß sei.

Obwohl sein letztes Bad über ein Jahr zurücklag (er war von einem Platzregen auf offenem Feld überrascht worden), hatte Justinien kein sonderliches Vergnügen daran, sich in dem engen Holzzuber zu waschen. Beaulouis' Sohn hatte den Zuber in die verdreckte Kammer gestellt, die an den Raum grenzte, in dem sie ihre Folterinstrumente aufbewahrten.

»Und wenn ich auch begnadigt werde, das hier wird mir für immer auf der Schulter bleiben«, sagte er bitter zum Kerkermeister und deutete dabei auf die drei Buchstaben, die ihm auf das rechte Schulterblatt gebrannt worden waren.

Beaulouis zuckte die Achseln.

»Es ist Gesetz, daß die Galeerensträflinge gleich nach ihrer Verurteilung gebrandmarkt werden, damit habe ich nichts zu schaffen, ich mache nur, was mir der Prévôt sagt. Jedenfalls bedeutet begnadigt zu werden nicht, daß man unschuldig ist.«

Justinien seufzte, sein Badewasser wogte sanft.

Nachdem er sauber und abgetrocknet war, knotete er sich ein Band ins Haar, zog sich dann ein fast neues Hemd aus feinem Tuch über, welches er in eine wildlederne Oberschenkelhose steckte, deren rosa Farbe an erregte Nymphenschenkel erinnerte. Um das abzurunden, hatte sich Justinien ein Wams mit aufgeschnittenen Ärmeln aus einem orangefarben bedruckten Satin ausgesucht, und dazu ein Paar schwarze, kurze, nach oben hin trichterförmig weiter werdende Stiefel mit eckigen Kappen, die nach dem Tode Ludwig XIII. endgültig aus der Mode gekommen waren. Über seine Handgelenke zog er Manschetten aus Leinen mit einem Spitzenbesatz, der mit Seidenbändern zugebunden wurde. Als Kopfbedeckung wählte er einen großen Filzhut in den Farben eines kränkelnden Spaniers – braun mit grünlichen Schattierungen –, den ein Federbusch aus nicht mehr ganz neuen Straußenfedern zierte. Den Hut hatte er wegen seiner breiten Krempe gewählt, die gnädig einen Schatten auf seine hölzerne Nase warf. Dann ging er ein paar Schritte auf und ab, wobei er es bedauerte, daß es keinen Spiegel gab. Schließlich fühlte er sich bereit, seine Suche nach den Lieferanten zu beginnen.

»Zimmerleute findest du in der Rue du Bédane und

Schmiede in der Rue de la Bigorne. Wegen der Seile wirst du in die Unterstadt, bis zur Rue du Chanvre gehen müssen.«

Als er gerade aufbrechen wollte, umstellten ihn ein Knebelspießträger und vier Männer in Wachuniform.

»Order des edlen Prévôt. Für den Fall, daß du Lust bekommen solltest, das Weite zu suchen«, erklärte Beaulouis seelenruhig.

Justinien zuckte mit den Achseln (dieser Gedanke war ihm natürlich schon gekommen), atmete tief durch und machte sich auf den Weg. Zum ersten Mal nach seinem Prozeß überquerte er die Zugbrücke, die in Friedenszeiten den ganzen Tag über heruntergelassen war und sich außerhalb der Festung befand. Das Wetter war schön, die Straßen waren so voll wie an einem Markttag, und es lag ein festlicher Duft in der lauen Luft.

»Platz da für die Wache! Platz da! Macht Platz!« rief der Knebelspießträger im Befehlston und benutzte seine Waffe, um die Langsamsten dazu zu bewegen, zur Seite zu gehen.

Diese lange Lanze mit ihrer breiten, scharfen Spitze diente ihm sowohl als Waffe als auch als Zeichen seines Ranges (seine Männer hatten einfache, eisenbeschlagene Piken).

»Platz da! Macht Platz!«

Alle Blicke richteten sich auf Justinien, der inmitten seiner kleinen Eskorte wie eine bedeutende Persönlichkeit dahinschritt.

Man bestaunte natürlich seine Nase, aber man fragte sich auch, wer er wohl sei.

»Wer ist dieser Geck?« hörte er jemanden fragen.

So gingen sie also bis zur Rue du Bédane, die nahezu ausschließlich von der Gilde der Zimmerleute und Tischler bewohnt wurde. Achtzehn teilten sich diese Straße, die sich vom Place du Trou bis hin zum Nordtor erstreckte, durch das die Holztransporte abgewickelt wurden.

Nicht einer von diesen achtzehn Handwerkern nahm seinen Auftrag an. Kaum hatte er das Wort »Schafott« ausgesprochen, verschlossen sich sofort die bis dahin leutseligen Gesichter. Selbst die schlimmsten Holzverderber lehnten hochmütig ab, und wenn sein Begleitschutz nicht dabei gewesen wäre, hätte Maître Calzins, der Vorsitzende der Gilde, ihm gerne einen Tritt in den Hintern verpaßt, weil Justinien die Unverfrorenheit gehabt hatte, so einen Auftrag auch nur anzubieten.

»Es ist sinnlos, noch weiter zu gehen«, sagte Justinien zu dem Wachmann, der unter seiner Uniform schwitzte. »Geleitet mich zum Prévôt, nur er kann diese Leute überzeugen.«

Sie gingen wieder zum Place du Trou hinauf, wo sich das Amtsgebäude des Prévôt befand, dessen Fassade mit Verordnungen der Gendarmerie, königlichen Erlässen, Verlustmeldungen und Ankündigungen öffentlicher Züchtigungen bedeckt war.

In der Halle herrschte reges Treiben.

Justinien ging auf einen Amtsdiener mit Perücke zu, der hinter einem Schreibtisch vor der Tür zum Amtszimmer des Prévôt Wache hielt.

»Ich ersuche dringend um eine Audienz.«

»Wer seid Ihr?« erkundigte sich der Mann und starrte unhöflich lange auf seine hölzerne Nase.

Justinien zeigte ihm seinen schriftlichen Auftrag und sah mit Vergnügen, wie der Mann beim Lesen erschauderte.

Er wurde zum Prévôt vorgelassen, der seinerseits erschrak, allerdings aus einem ganz anderen Grund.

»Donnerwetter! Ohne deine Nase aus Tannenholz hätte ich dich nicht wiedererkannt. Es ist noch ein Glück, daß du darauf verzichtet hast, eine Perücke zu tragen!«

»Soll das heißen, edler Prévôt, daß ich eine schlechte Wahl getroffen habe?«

»Nicht unbedingt... Nun ja, die Jugend muß sich schließlich austoben. Genug davon, was willst du von mir?«

Foulques hörte ihn an, ohne ihn zu unterbrechen, und zeigte sich wenig überrascht von der Haltung der Zimmerleute. Er läutete ein Glöckchen, gab Befehle, und kurze Zeit später kamen ein Gerichtsdiener und ein Soldat der lehnsherrlichen Miliz zu ihnen in die Amtsstube.

»Ihr folgt dem Scharfrichter hier und tragt dafür Sorge, daß man ihm unverzüglich alles, was für die Ausübung seiner Tätigkeit erforderlich ist, aushändigt«, sagte er zu ihnen und deutete dabei auf Justinien, der seinen Hut abgenommen hatte und ihn zwischen den Händen kreisen ließ. »Jede Weigerung ist unzulässig. Die Hinrichtung muß morgen zur Nona stattfinden. Wir dulden keinen Aufschub. Falls erforderlich, zögert nicht, die Sachen zu beschlagnahmen.«

Während der Milizsoldat hinausging, um seine Männer zu sammeln, legte der Gerichtsdiener Foulques einige Requisitionsformulare vor, die dieser blanko unterzeichnete. Justinien setzte seinen Hut wieder auf.

Maître Calzins brachte seinem Jüngsten gerade bei, wie man mit der Reißahle ein Stück Nußbaumholz bearbeitet, als ein immer größer werdender Radau ihn die Ohren spitzen ließ. Man hätte meinen können, ein Trupp Soldaten nähere sich.

»Es sind die Milizsoldaten des Barons!« rief ein Lehrjunge, der auf die Schwelle hinausgetreten war. »Man könnte meinen, sie kämen hierher!«

Maître Calzins wollte eben diese Nachricht überprüfen, als sich seine Werkstatt mit Soldaten füllte; unter ihnen erblickte er auch diesen ungehobelten Gecken mit der Nase aus schlechtem Tannenholz, den er erst vorhin hinausgeworfen hatte.

»Du schon wieder, Nagel zu meinem Sarg, verschwinde, bevor ich dich mit der Wucht meines Hammers Bekanntschaft machen lasse!«

Justinien trat hinter den Gerichtsdiener, der den Zimmermann mit einer herrischen Geste zum Schweigen brachte.

»Wenn man sich weigert, mit dem Scharfrichter zusammenzuarbeiten, kommt das einer Befehlsverweigerung Eurem Lehnsherrn, Baron Raoul, gegenüber gleich. Nun, ich erkühne mich nicht, mir vorzustellen, daß Ihr die Stirn haben solltet, Eurem Lehnsherrn den Gehorsam zu verweigern?«

Der Milizsoldat postierte drei seiner Männer vor dem Eingang und verteilte die übrigen in der geräumigen Werkstatt.

Der Zimmermeister gab sich geschlagen.

»Ich gehorche, edler Gerichtsdiener, ich gehorche, aber ich tue es gezwungenermaßen! Meine Leute sind Zeuge. Ich werde dieses schändliche Blutgerüst und dieses nicht weniger schändliche Kreuz bauen, doch man soll wissen, daß ich dazu gezwungen wurde.«

Justinien ging in der Werkstatt umher und sah sich um.

»Nun, da Ihr angenommen habt, macht Euch bitte auf der Stelle an die Arbeit. Die Zeit drängt.«

Maître Calzins unterdrückte seine Wut und wählte einen übertrieben unterwürfigen Ton, um zu fragen:

»Wohin soll ich Euer Gnaden denn den Auftrag hinstellen?«

»Im Urteil heißt es Place du Trou.«

»Der ist groß. Man muß mir schon sagen, wohin genau.«

Justinien suchte Hilfe beim Gerichtsdiener und bei dem Milizsoldaten, aber beide wandten ihr Gesicht ab.

»Äh ... nun, stellt es dort auf, wo der Henker aus Rodez seins gewöhnlich aufbaut.«

»Gewöhnlich spielt sich das aber auf dem Place Saint-Laurent ab. Es ist das erste Mal, daß auf dem Place du Trou eine Hinrichtung stattfindet.«

»Dann stellt es in die Mitte, genau in die Mitte!«

Justinien drehte dem Zimmermann den Rücken zu und setzte seine Besichtigung der Werkstatt fort. In einem Haufen Abfallholz fand er schließlich ein fünf Daumen langes Stück Lindenholz, das er sich wortlos in die Tasche schob.

Sie machten sich auf den Weg zur Rue de la Bigorne, wo die Schmiede von Bellerocaille waren, doch inzwischen hatte die Nachricht, daß der Henker »seine Einkäufe tätige«, schon die Runde gemacht. Die Leute wichen ihnen jetzt sehr schnell aus, wenn sie vorbeikamen.

Justinien entschied sich für die Schmiede von Maître Lenègre, dem Vorsitzenden der Gilde der Schmiede und Scherenschleifer. Hier spielte sich die gleiche Szene wie vorhin ab, doch wie auch Maître Calzins blieb dem Schmied nichts anderes übrig, als sich den Weisungen des Gerichtsdieners zu fügen. Er versprach, die Stange zu schmieden und »zwei Klafter über dem Schafott« das Wagenrad auf seinem Mast anzubringen.

»An wen soll ich meine Kostenaufstellung schicken?«

»An den edlen Prévôt. Und vergeßt die Leiter nicht«, erinnerte ihn Justinien noch, bevor er ging.

Nach einer Weigerung allererster Güte gab ihm Maître Méjean, der Vorsitzende der Gilde der Seilwarenhändler in der Rue du Chanvre, einen Satz von sechs zwei Fuß langen Seilen, die so dünn wie der kleine Finger, aber sehr stabil waren.

Die Glocken von Bellerocaille schlugen zwölf Uhr mittags, als Justinien in den Kerkerturm zurückkehrte.

Während er von seinen Zwistigkeiten mit den Handwerkern berichtete, servierte Beaulouis ihm ein Essen zu fünf Sols (eine Suppe mit Hasenfleisch, einen großen Krug Marcillac). Doch es schmeckte ihm nicht: die bis dahin ganz abstrakte Vorstellung, jemanden ins Jenseits zu befördern, nahm nun Gestalt an und schnürte ihm die Kehle zu.

»Was geschieht, wenn ich ihn nicht rädern kann?«

»Du wirst nicht begnadigt, du wirst mit der Kette im September gehen, und ich verliere meinen Schreiber. Sobald Lenègre die Stange geliefert hat, werde ich dir zeigen, wie man es macht.«

»Ich habe vor allem Angst, daß ich nicht den Mut haben werde. Ich kann mir noch so oft sagen, daß sein Verbrechen schrecklich war und er die Hinrichtung verdient hat, aber es will mir einfach nicht gelingen, wirklich wütend auf ihn zu sein. Er hat mir nichts getan, dieser Koch, also ihn einfach so zu schlagen, ganz kaltblütig...«

»Du mußt einfach an jemanden denken, der dir verhaßt ist. Denke zum Beispiel an den, der dir die Nase abgeschnitten hat«, schlug Beaulouis vor. »In diesem Fall, wenn es soweit ist, wird Gott dich lenken.«

»Gott wird mich vielleicht lenken, aber *ich* muß dann zuschlagen, und nicht Er.«

Bredin betrat die Zelle.

»Seine Exzellenz Abt François verlangt nach Euch, Vater. Er hat Gäste mitgebracht. Sie wollen zu Galine.«

»Schon wieder! Das ist das dritte Mal seit gestern ... und obendrein zahlt er nie.«

Beaulouis folgte seinem Sohn und ließ die Kerkertür offen.

»Weil du ja beinahe frei bist, sperre ich dich auch nur beinahe ein. Aber du darfst die Umfriedung nicht ohne Eskorte verlassen.«

Justinien rührte das Essen nicht an, ließ sich in der Nähe der Schießscharte nieder, und während er auf Brotstückchen herumkaute, die er in Wein getaucht hatte, begann er, sich aus dem Stück Lindenholz, das er beim Zimmermann »requiriert« hatte, eine neue Nase zu schnitzen. Es war die vierte seit derjenigen, die ihm Papa Martin geschenkt und die der Sittenpräfekt im Priesterseminar wütend zertreten hatte. Daraufhin hatte er sich eine zweite aus Eichenholz gemacht, die ihm von den Gauklern gestohlen worden war, die dritte war in aller Eile in Racleterre angefertigt worden, doch das Tannenholz war während seines Aufenthaltes im Verlies des Königs schimmlig geworden.

Er spuckte auf die Klinge und wetzte sie erst einmal ordentlich an der Kante eines Steins; dabei dachte er wieder an Martin und an den Kummer, den er ihm bereitet hatte.

Als seine Klinge scharf genug war, zeichnete Justinien mit Tinte die Form seiner neuen Nase vor, dann ging er mit behutsamen Schnitten seines Messers daran, das Stückchen Lindenholz zu bearbeiten, so wie es Papa Martin ihm beigebracht hatte. Kurze Zeit später kehrte Maître Beaulouis von seiner Führung mit zufriedener Miene zurück.

»Gute Neuigkeiten. Man hat mir gerade mitgeteilt, daß Maître Calzins und seine Gehilfen mit dem Bau des Schafotts auf dem Platz begonnen haben. Offenbar sind dort schon so viele Leute zusammengekommen, daß der Prévôt ihnen eine Kompanie Gendarmen zur Seite gestellt hat, damit sie in Ruhe zimmern können.«

Der Anblick des nicht angerührten Essens stimmte ihn

verdrießlich. »Warum hast du nichts gegessen? Schmeckt es dir etwa nicht?«

Er nahm eine Scheibe kalten Hammelbratens, biß ab und wandte sich dann interessiert dem zu, was Justinien da aus diesem Stück Holz machte. Er erkannte die vorgezeichnete Form einer Nase und lächelte nachsichtig.

»Übrigens, riechst du eigentlich etwas?«

»Ja, ich rieche, ganz normal.«

»Wie ist das möglich, wenn du doch keine Nase mehr hast?«

»Ich weiß nicht, wie das geht, aber ich rieche alles.«

Da man noch nicht wußte, daß die Nase nur ein einfacher Fortsatz mit der Aufgabe ist, Gerüche zu den Riechnerven im Innern der Nasenhöhle (die bei Justinien intakt war) zu übermitteln, hielt man sie gleichsam für den Sitz des Geruchssinnes.

In jener Nacht konnte Justinien keinen Schlaf finden und nutzte seine Halbfreiheit, um nach oben auf den Turm, an die frische Luft zu klettern. Dort setzte er sich zwischen zwei Zinnen, ließ die Beine baumeln und wartete auf den Sonnenaufgang. Unterdessen grübelte er über sein trauriges Schicksal nach, beschuldigte der Reihe nach Gott, den Teufel, aber auch sich selbst. Fünfzehn Meter unter ihm quakten alle Frösche in den Burggräben im Chor dazu, als wollten sie sich über seine Torheit lustig machen.

Eine Sternschnuppe fiel vom Himmel. Sein Pate hatte ihm erklärt, daß es eine Seele sei, die zur Hölle fahre. Warum sah man denn im Winter niemals Sternschnuppen? Das würde ja bedeuten, daß sich die Zugbrücke in die Hölle nur im Sommer senkte? Die Frage beschäftigte ihn um so mehr, als er wußte, daß er zu diesem Schicksal unausweichlich verdammt war. Die Menge der Todsünden, die er seit Beginn des Jahres begangen hatte, garantierten ihm ein solches Ende. Früher oder später würde sein Stern vom Himmel fallen, und er fragte sich, ob in jener Nacht dann wohl jemand draußen sein würde, um ihn hinabsausen zu sehen.

Als alle Glocken zur Prima läuteten, verließ Justinien seinen Platz zwischen den Zinnen und kehrte in die Zelle zurück. Die Stadttore wurden geöffnet, und bevor er einnickte, hörte er noch das Knarzen des Getriebes, als das Fallgitter hochgezogen und die Zugbrücke der Burg herabgelassen wurde.

Eine Stunde später weckten ihn Beaulouis und seine Söhne. Sie stellten auf seinen Tisch eine Bouillon mit gepökeltem Schweinefleisch, einen Teller mit Weißwürsten und einem ganzen gebratenen Hähnchen sowie eine Schale mit Obst und einen Krug voll leichten Rotweins.

Während er dieses Mahl zu acht Sols aß, besahen der Kerkermeister und seine Söhne sich genauestens die neue Nase, die er sich geschnitzt hatte, eine Nase, gerade wie ein groß geschriebenes I, das den Tatendrang, den sein Gesicht ausstrahlte, unterstrich.

Nachdem er sich satt gegessen hatte, forderte ihn Beaulouis auf, ihm in den Hof zu folgen.

»Maître Lenègre hat die Eisenstange gebracht, ich werde dir zeigen, wie man sie benutzt.«

Obwohl nicht selten jemand zum Tod durch das Rad verurteilt wurde, so war diese Form der Strafe doch nicht gerade alltäglich. Die Erfahrung des Schließers auf diesem Gebiet belief sich auf zwei solcher Hinrichtungen, die er bei Maître Pradel gesehen hatte. Beim ersten Mal hatte er einem Reformierten die Knochen gebrochen, der seinen Sohn in einen Brunnen geworfen hatte, damit er bekehrt würde und, ein paar Jahre darauf, einem Giftmischer aus Séverac, der seinen Wohltäter vergiftet hatte, um ihn zu beerben.

»Zunächst einmal, denk daran, daß du nicht mehr als elf Schläge hast, so ist es Gesetz. Vier für die Beine, vier für die Arme, zwei für die Brust und den letzten für die Taillengegend. Ob der Todeskampf schnell oder langsam vonstatten gehen wird, hängt davon ab, wie du diese Schläge setzt. Vergiß nicht, daß sein Tod furchteinflößend sein muß, deshalb solltest du nicht in die Herzgegend, an den Hals oder auf den Kopf schlagen, sonst könnte es passieren, daß du ihn sofort tötest.«

Beaulouis deutete in Richtung des Kerkerturms und schlug vor:

»Gehen wir doch zu ihm, ich werde es dir dann an seinem Körper näher erklären.«

»Das ist wirklich nicht nötig! Zeigt mir lediglich, wohin genau ich schlagen soll.«

Justinien fürchtete den Augenblick, wenn der Verurteilte begreifen würde, daß er sein Henker war. Der Gedanke daran war ihm schon vorher peinlich.

»Wie du willst. Bei den Gliedmaßen ist das nicht weiter schwierig, du schlägst mitten auf die langen Knochen.«

Er berührte sich am Arm, Unterarm, Ober- und Unterschenkel.

»Bei der Brust mußt du dahin schlagen.«

Er schlug sich gegen das Brustbein.

»Und bei der Taillengegend zielst du auf den Nabel. Aber paß auf, du mußt diesen letzten Schlag wesentlich heftiger ausführen als die vorherigen, wenn du den Rückenknochen treffen und zertrümmern willst.«

Beaulouis verrenkte seinen Arm und berührte damit sein Rückgrat.

»Wenn du willst, verkaufe ich dir einen Hammel, damit du an ihm üben kannst.«

Justinien zog ein Bündel Heu vor. Bei seinen Schlagversuchen stellte sich heraus, daß ein Paar Handschuhe ganz nützlich sein könnte, weil er die Eisenstange dann sicherer im Griff hatte. Er sprach darüber mit dem Kerkermeister, der ihm zustimmte.

»Jetzt, wo du es sagst, fällt mir wieder ein, daß Maître Pradel immer welche trug. Laß uns noch einmal ins Lager gehen, ich habe eine ganze Truhe voll.«

Nachdem er sich schließlich für ein Paar graublaue Handschuhe aus Hirschleder entschieden hatte, hielt Justinien es für ratsam, sich auf den Place du Trou zu begeben und festzustellen, wie weit die Vorbereitungen schon gediehen waren.

Erneut von vier Männern der Wache und ihrem Knebelspießträger flankiert, überquerte er die Zugbrücke und freute sich an dem Geräusch, das seine Stiefel auf dem Holz machten.

Obwohl es noch sehr früh war, drängten sich bereits viele Menschen auf dem Platz.

»Da kommt der Henker!« rief eine Stimme.

Die Neuigkeit machte die Runde. Die Leute drängelten sich, um ihn sehen zu können, und die Soldaten mußten sie mit den Stielen ihrer Spieße zurückdrängen.

»Macht der Wache Platz, ihr Gesindel! Zurück! Zurück!«

In der Mitte des Platzes – von einer Kompanie Gendarmen abgeschirmt, die im Viereck um sie herum standen – errichteten Maître Calzins und seine Gehilfen eine Treppe mit acht Stufen, die zu einer imposanten Plattform hinaufführte. Da sein Kunde sich darauf beschränkt hatte, bei ihm ein »Schafott« in Auftrag zu geben, hatte sich der Zimmermeister diesen Umstand zunutze gemacht und weder bei den Maßen (sechs Meter lang, vier Meter breit und zwei Meter hoch) noch an der Qualität des verwendeten Holzes (beste Eiche aus der Provence) gespart.

Zwei Klafter von diesem außergewöhnlichen Bauwerk entfernt hatte der Schmied Lenègre einen Mast errichtet, an dessen äußerstem Ende das Wagenrad befestigt war, auf dem Galine, nachdem ihm die Knochen gebrochen worden waren, seinen Tod erwarten sollte. Justinien besah sich das Ganze aus der Nähe. Beaulouis hatte recht: er würde es niemals allein schaffen, den Körper dort hinaufzuhieven. Maître Pradel hatte vier Gehilfen, die ihm zur Seite standen.

»Wenn mir keiner helfen will, gut, dann eben nicht, dann lasse ich ihn einfach auf dem Andreaskreuz, sollen sie doch sehen, wie sie zurechtkommen, man kann von niemandem Unmögliches verlangen ... Übrigens, wo ist dieses Kreuz?«

Er schenkte den gehässigen Blicken, mit denen Maître Calzins seine neue Nase bedachte, keine weitere Beachtung, sondern ging einmal um das Schafott herum und fand das Kreuz auf den Pflastersteinen, neben der Leiter und einer Kiste mit Nägeln und Bolzen, aus der ein Fuchsschwanz ragte. Alles schien ihm in Ordnung zu sein. Dennoch ging er noch einmal um das Schafott herum und machte dabei ein ziemlich unzufriedenes Gesicht, um den Zimmermann zu verärgern. Was ihm auch gelang. Dann ging er zum Knebelspießträger hinüber, der sich gerade mit einem Kollegen von der Gendarmerie unterhielt, gab ihm das Zeichen zum Aufbruch und kehrte zum Kerkerturm zurück, um ihn bis zu jener schicksalhaften Stunde nicht mehr zu verlassen.

Justinien rührte das Essen zu zehn Sols nicht an, das ihm Madame Beaulouis zubereitet hatte.

»Meine Kehle ist wie zugeschnürt, ich bringe nichts hinunter.«

»Das ist normal, ich stelle es dir beiseite, und du wirst es später essen. Maître Pradel ißt hinterher immer sehr ordentlich.«

Der Kerkermeister füllte ihm gleichwohl seinen Becher mit leichtem Rotwein.

»Hier, trink wenigstens, der Wein ist gut.«

Justinien stürzte den Inhalt in einem Zug hinunter. Er setzte den Becher ab und verzog dabei das Gesicht. In der Ferne waren Ovationen zu hören.

»Das kommt vom Place du Trou. Das muß der Graf und Bischof aus Rodez sein, der gerade auf dem Balkon des Amtsgebäudes des Prévôt Platz nimmt.«

»Der Graf und Bischof ist zugegen?«

»Mitsamt seinem ganzen Hofstaat ist er heute morgen eingetroffen. Ebenso der Administrator des Königs und Gesandtschaften aus Rodez, Villefranche und Millau. Ach ja, diese Angelegenheit wird noch viel Staub aufwirbeln. Ich habe noch nie so viele Menschen in der Stadt gesehen! Nicht einmal zur Kirchweih an Saint-Laurent, und doch... Aber was hast du? Du machst vielleicht ein Gesicht!«

Wenn die Leute sogar von so weither kamen wie Millau, dann kamen mit Sicherheit auch welche aus Roumégoux, das näher war. Und wenn ihn nun jemand wiedererkannte und anzeigte? Dann würde er wieder festgenommen und verurteilt werden. Dieses Mal würde man ihn zum Tod durch den Strang verurteilen oder ihn vielleicht mit dem Beil köpfen. Er wußte nicht genau, welche Strafen auf die Verbrechen standen, die er in Rouḿegoux begangen hatte, bevor er geflohen war, um Mouchette zu suchen.

»Alle Fenster am Platz sind vermietet«, fuhr Beaulouis mit einer Stimme fort, die neidisch klang. »Die Plätze an der Schenke Au Bien Nourri – Zum fetten Mann, die direkt zum Schafott hin liegen, sind für fünf Livres weggegangen. Fünf Livres! Man soll es nicht für möglich halten ... Übrigens, ich habe das Schafott gesehen. Es ist mindestens doppelt so groß wie das von Maître Pradel! Ich würde ja zu gern das Gesicht des Prévôt sehen, wenn Calzins ihm seine Kostenaufstellung präsentiert.«

Justinien hörte nicht hin, er dachte an Mouchette. Er leerte seinen Becher, Beaulouis schenkte ihm nach.

V

»Es ist Zeit«, erklärte der Hauptmann der Miliz des Barons und legte die Order vor, die besagte, daß der Verurteilte seinem Henker zu übergeben sei.

Bredin trug die Haftentlassung in das Register ein, seine Brüder zündeten die Fackeln an, und Beaulouis ging allen voran die Treppe hinauf, die zu Pierre Galines Zelle führte. Dieser war in letzter Zeit ebenso häufig besucht worden wie eine heilige Reliquie und rührte sich deshalb kein bißchen, als der kleine kreisförmige Raum, in dem er seit zwei Wochen dahinvegetierte, sich mit Menschen füllte.

Wie alle, die dafür gezahlt hatten, ihn sehen zu dürfen, war Justinien enttäuscht darüber, daß Galine völlig normal aussah. Er war mittelgroß, hatte nichts Auffälliges an sich, sein Blick war ausdruckslos, nichts an ihm deutete darauf hin, daß er ein solches Verbrechen begangen hatte.

Jacquot und Lucien räumten die Holzbarrieren beiseite, mit denen man des Stroms der Neugierigen Herr geworden war (»Wenn man sie gelassen hätte, hätten sie ihm sämtliche Haare ausgerissen, um sich daraus einen Zaubertrank zuzubereiten.«), Bredin und sein Vater entfernten die Schäkel aus den Ketten, die um seine Gliedmaßen und den Hals lagen, dann befahlen sie ihm, sich auszuziehen.

»Dein Hemd kannst du anbehalten.«

Mit abwesendem Gesichtsausdruck, so als ob er in Gedanken mit etwas beschäftigt sei, was nichts mit seiner derzeitigen Lage zu tun habe, gehorchte Galine wortlos.

»Du kannst dir die Sachen nehmen«, sagte Beaulouis zu Justinien und deutet dabei auf das Wams, die Oberschenkelhose, die Strümpfe und Schuhe des Verurteilten. »Bis auf das Hemd, das er wegen der Schicklichkeit anbehalten muß, geht alles, was ihm gehört, in den Besitz des Henkers über. So ist es Gesetz.«

Bei dem Wort »Henker« drehte Galine den Kopf zu dem jungen Mann, und wie bei allen anderen verweilte auch sein Blick auf Justiniens Nase. Dieser schlug die Augen nieder. Er rührte den Kleiderhaufen, der sich auf dem Boden angesammelt hatte, nicht an.

»Beeil dich gefälligst«, knurrte der Hauptmann der Miliz.

»Los! Jetzt bist du dran, du kannst ihn fesseln«, meinte der Schließer.

Justinien, der Galines Blicken auswich, packte die von den Ketten wundgescheuerten Handgelenke, band sie ihm auf dem Rücken zusammen und zog die Knoten ordentlich fest.

Man hörte das eilige Geklapper von Sandalen auf der Treppe. Ein Mönch aus dem Orden der Barmherzigen Brüder, der unter seiner Kutte schweißgebadet war und ein Kruzifix in Händen hielt, das fast genauso groß war wie er, erschien im Kerker.

»Ich bitte Euch tausendmal für meine Verspätung um Entschuldigung, aber es drängt sich eine riesige Menschenmenge vor dem Kerker, so daß ich schon dachte, man würde mich nie hindurchlassen.«

Der Hauptmann reagierte äußerst ungehalten.

»Allmächtiger, ich dachte, er hätte schon gebeichtet. Wir werden noch zu spät kommen!«

Galine kniete vor dem Kruzifix nieder, sein Gesichtsausdruck war jetzt noch abwesender.

Beaulouis, seine Söhne und Justinien gingen auf den Gang hinaus. Der Hauptmann blieb an der Schwelle des Kerkers stehen, trat ungeduldig von einem Fuß auf den anderen und trommelte gegen die Klinge seines Rapiers.

»Könnte man ihn nicht losbinden«, erkundigte sich der Barmherzige Bruder, »zumindest für die Zeit der Beichte?«

»Nichts da, es geht auch so! Dieses Scheusal hat es nicht

verdient, daß man auch noch Rücksicht auf es nimmt. Beeilt Euch, Bruder, wir haben schon genug Zeit verloren.«

In dem engen Gang befühlte Beaulouis den Stoff von Galines Kleidern. Sie waren aus gutem Tuch gemacht, das aus Saint-Geniez kam.

»Hoffentlich geht alles gut«, murmelte Justinien und klopfte sich auf seine Nase aus Lindenholz.

»Warum sollte es nicht? Ich habe dir gezeigt, wo und wie du schlagen mußt. Du schlägst, das ist schon alles.«

»Ich weiß, was ich zu tun habe, aber ich habe Angst, es schlecht zu machen.«

»Hör auf, dich zu quälen. Ich sage es dir noch einmal, es ist wirklich einfach. Sieh ihn dir doch an, er ist ein schmächtiges Bürschchen.«

»Los, Bruder, macht schon!« schimpfte der Hauptmann und stampfte mit den Füßen.

Als die Sterbegebete gesprochen waren, segnete der Barmherzige Bruder den Verurteilten und half ihm, sich zu erheben. Justinien stellte sich hinter ihn. Sie setzten sich in Bewegung.

In dem sonnendurchfluteten Hof hatten vierzig Milizsoldaten in zwei Reihen Stellung bezogen. Der Hauptmann bestieg sein Pferd.

»Seid Ihr bereit?« fragte er und sah dabei Justinien an.

»Ich glaube schon...«

Der Soldat wollte schon den Befehl geben, die Tore zu öffnen, als der junge Mann ihn daran hinderte.

»Entschuldigt, edler Hauptmann, aber ich habe noch etwas vergessen.«

Er lief zum Turm hinüber und kam fast sofort wieder heraus. Er wirkte fahrig und hatte jetzt die Stange, die Fesseln und die Handschuhe bei sich. Der Hauptmann warf ihm einen vernichtenden Blick zu, enthielt sich aber jeden Kommentars. Er gab den Männern, die an den Toren standen, ein Zeichen. Die schweren Scharniere bewegten sich in ihren Angeln. Ein ungeheures Gebrüll hob an:

»Da ist er! Da ist er!« schrie die Menge, die nur mit Mühe

von einem Spalier Wachsoldaten zurückgehalten werden konnte.

Auf dem freien Platz, der noch blieb, standen ungefähr zwanzig Büßer in schwarzen Kutten. Sie stimmten ein *Salve Regina* an und setzten sich an die Spitze des Zuges. Ihnen folgte der Hauptmann, dann kamen Justinien und sein Gefangener, die von Milizsoldaten flankiert wurden; als letzter ging der Barmherzige Bruder mit seinem schweren Kruzifix. Menschentrauben klebten an den Fenstern, und man zeigte mit Fingern auf sie.

»Da ist die Bestie! In die Hölle mit ihm! In die Hölle!«

Justinien, der sich ein paar Schritte hinter Galine hielt, zog seinen Hut noch etwas tiefer ins Gesicht. Plötzlich begann Galine, als ob der Wahnsinn ihn gepackt hätte, eine wunderliche Sarabande zu tanzen. Als man begriff, warum (das Pflaster, das von der Sonne aufgeheizt war, verbrannte ihm seine nackten Füße), löste das allgemeine Heiterkeit aus.

»In der Hölle wird es schlimmer sein«, rief ihm ein Mann zu, der hoch oben auf dem Vordach einer Färberei stand.

»Seht nur den Henker! Man könnte meinen, er will Gründlinge fischen!« schrie ein anderer und deutete auf Justinien, der seine Stange geschultert hatte.

Das Lachen wurde noch lauter. Selbst die, die nichts sehen konnten, fielen solidarisch in das schallende Gelächter mit ein.

Die Büßer verließen gerade die Rue du Paparel und bogen in die Rue Magne ein, an deren Ende sich der Place du Trou befand, als Galine – der herumtänzelte, weil er versuchte, seine Füße möglichst zwischen die glühendheißen Pflastersteine zu setzen – ihm mit tiefer Stimme zuflüsterte:

»Töte mich rasch, und meine Familie wird dir dafür zehn Louisdors geben.«

Zehn Louisdors! Das wären ja zweihundertvierzig Livres, viertausendachthundert Sols, siebenundfünfzigtausendsechshundert Deniers oder hundertfünfzehntausendzweihundert Oboles... Die Summe war derart beachtlich, daß

Justinien Mühe hatte, sie sich vorzustellen. Er reagierte nicht.

Schließlich kamen sie auf dem Platz an, in dessen Mitte bereits das riesige Schafott von Maître Calzins prangte. Der Baron und alle seine geladenen Gäste von Rang hatten sich auf dem Balkon des Amtsgebäudes des Prévôt niedergelassen, der reich geschmückt war mit den Wappen der Bouteleux und denen des Grafen und Bischof von Rodez.

Bedienstete in Livréen gingen herum und boten Erfrischungen an: Anisgebäck, Törtchen, die nach Orangenblüten dufteten und mit Schafskäse belegt waren, Schälchen voller Erdbeeren aus dem Wald von Ribaudins, die man in Bordeaux-Wein eingelegt hatte. Zu ihren Füßen hatte sich bereits seit den frühen Morgenstunden eine riesige Menschenmenge eingefunden, die aß, trank, lachte, sang und Bänke mietete, um besser sehen zu können.

Die Büßer stellten sich in unmittelbarer Nähe des Schafotts auf, während der Hauptmann und seine Männer am Fuße der schönen Treppe aus provenzalischem Eichenholz beiseite traten, um den Scharfrichter, den Verurteilten und den Barmherzigen Bruder mitsamt seinem großen Kruzifix vorbeizulassen.

Justinien, der unter seinem Wams schwitzte, hörte, wie der Barmherzige Bruder Galine ins Gewissen redete, der ihn um nichts gebeten hatte.

»Sei tapfer, mein Sohn, denn du mußt diesen Kelch trinken, und sei er auch noch so bitter, mit dem gleichen Mut trinken, wie es unser Herr Jesus Christus am Kreuze getan hat! Obgleich er so unschuldig war, wie du schuldig bist.«

»Laßt uns jetzt beginnen, Bruder, geht beiseite«, sagte Justinien zu ihm und hinderte ihn daran, ihnen über die Treppe zu folgen.

Als Pierre Galine auf der Plattform erschien, löste das einen heftigen Tumult aus.

»In die Hölle! In die Hölle! In die Hölle mit der Bestie!«

Als Justinien mit seiner Eisenstange oben auf dem Schafott zu sehen war, kehrte wieder Ruhe ein. Man hörte, wie jemand »einen Liard für einen Schemel« bot, »um die Bestie besser begaffen zu können«. Alles wurde noch schlimmer, als Justinien Galine losbinden wollte, damit dieser sich auf das Andreaskreuz legen konnte. Die Knoten waren so fest, daß er sie einfach nicht aufbekam.

»Zehn Louisdors, wenn du mich rasch tötest. Meine Familie wird dir gleich danach das Geld geben«, wiederholte der Koch sein Angebot und senkte dabei den Kopf, damit die Bewegungen seiner Lippen nicht zu erkennen waren.

Nachdem Justinien sich erfolglos mehrere Fingernägel abgebrochen hatte, sah er sich nervös um. Er bemerkte den Hauptmann, der noch immer auf seinem Pferd ungefähr zehn Klafter von ihm entfernt saß. Justinien trat an den Rand des Schafotts und rief ihm zu.

»Edler Hauptmann, ich bitte Euch! Leiht mir Euren Degen.«

Der Soldat, der darüber verärgert war, daß nun plötzlich er im Mittelpunkt der Aufmerksamkeit stand, wagte nicht abzulehnen. Er näherte sich dem Schafott und richtete sich in den Steigbügeln auf, um ihm die Waffe zu reichen.

»Ich habe meinen im Kerker liegengelassen« erklärte Justinien und dankte ihm mit einem Blick.

Als er die widerborstigen Knoten durchtrennte, erneuerte Galine sein Angebot.

»Zehn Louisdors. Denk doch nur daran, was du mit soviel Gold alles machen könntest! Mein Vater wird es dir sofort geben. Er sieht gerade zu dir her...«

Justinien, der so tat, als ob er taub sei, schob ihn, ohne grob zu sein, auf das Kreuz zu und befahl ihm, sich darauf zu legen. Folgsam legte sich Galine auf die Verlängerung der Balken, die in Form eines X angeordnet waren, so daß sein Nacken in der Lücke dazwischen zu liegen kam.

Als sein junger Henker ihn erneut fesselte, versuchte er es hartnäckig noch einmal:

»Wenn du mir jetzt meinen Hals zerschmetterst, wirst du in weniger als einer Stunde ein reicher Mann sein. Du kannst dir sogar eine Nase aus reinem Gold machen lassen.«

Justinien spürte die Last von Hunderten von Blicken, die jede seiner Handbewegungen genau verfolgten, auf sich und konzentrierte sich darauf, ihn zu fesseln. Nachdem Galine ordentlich festgebunden war, richtete er sich auf und wischte sich den Schweiß von der Stirn. Um mehr Bewegungsfreiheit zu haben, zog er sein Wams aus, das er ordentlich zusammenlegte und neben den Dolch und die Seile legte. Dann streifte er sich die Handschuhe über und hob die schwere Stange auf. Die Menge hielt den Atem an. Alle hörten das Knarren der Holzbretter unter seinen Stiefeln, als er sich mit dem Rücken zur Sonne aufstellte, damit er nicht geblendet wurde.

Der Augenblick war gekommen. »Denk einfach an den, der dir die Nase abgerissen hat«, hatte ihm der Schließer vorgeschlagen, aber wie sollte man jemanden in Gedanken vor sich sehen, dem man niemals begegnet war? Er zog es vor, an Baldo und Vitou, und sogar ein bißchen an Mouchette zu denken.

Justinien fixierte den linken Unterarm und schlug zu, so wie man zuschlägt, wenn man Holz hackt. Mit einem dunklen und dumpfen Klang zerschmetterte die Stange die Elle und die Speiche, prallte vom Balken zurück und schickte eine Schockwelle zurück, sie so stark war, daß er von den Zehen bis in die Haarspitzen erbebte. Er ließ die Stange los und stieß einen Schmerzensschrei aus, der sich mit dem Galines vermischte.

Trotz seiner Ungeschicklichkeit löste dieser erste Schlag einen wahren Begeisterungssturm aus. Man beklatschte jeden Bruch.

»Ich muß zu kräftig und in einem zu schrägen Winkel zugeschlagen haben«, sagte er zu sich, als er die Stange wieder aufhob.

Er warf einen besorgten Blick zum Balkon des Amtsgebäudes hinüber.

Der zweite, gut gezielte Schlag zertrümmerte Galines Oberarmknochen. Der schrie wie am Spieß und zerrte an seinen Fesseln. Die Menge rief Justinien zu:

»Gut gemacht!«

Der dritte und der vierte Schlag ließen von den Knochen des rechten Arms nur noch Splitter übrig. Galines Schreie wurden so durchdringend und so lang, daß später die Wachposten an den drei Stadttoren schworen, sie gehört zu haben.

Justinien holte tief Luft und wischte sich erneut mit dem Ärmel den Schweiß von der Stirn. Auch Galine war heiß geworden. Der Schweiß lief ihm in Strömen über sein bleiches Gesicht und durchtränkte sein Hemd, das an seinem mageren Körper klebte. Darunter zeichneten sich die Rippen und sein Geschlecht ab (welches durch den Schmerz erstaunlicherweise ganz klein geworden war). Er wirkte keineswegs mehr geistesabwesend und schnappte rasselnd und keuchend, mit verzerrtem Mund, nach Luft. Er litt wirklich Höllenqualen.

»Hab Erbarmen... Töte mich... Aus Liebe zu unserem Herrn... Töte mich... Aagghh...«

Justinien zerschmetterte ihm beide Beine in Rekordzeit.

»Nicht so schnell!« protestierte eine Frauenstimme.

Das Fleisch rund um die Fesseln schwoll an, dunkelrote Flecken wurden unter der Haut sichtbar. Galine fing an zu wimmern, was den Pöbel nur noch mehr aufstachelte, weil sein Wehklagen nun gelegentlich an das Quäken eines Säuglings erinnerte.

Der neunte und der zehnte Hieb drückten seinen Brustkorb ein und entlockten ihm das langgezogene Brüllen eines Tieres im Todeskampf. Sein Kopf, der keinen Halt hatte, hing nach hinten, Schweiß tropfte ihm an den Haaren entlang und verdampfte, sobald er mit dem glühendheißen Pflaster in Berührung kam.

Für den elften und letzten Schlag nahm Justinien all seine Kraft zusammen und schlug die Stange mit voller Wucht auf den Nabel. Dadurch wurde das Rückgrat zerschmettert, ein paar Nerven durchtrennt und eine Niere an der zehnten Rippe zerquetscht.

»Gut, das wär's«, murmelte er und drehte sich zum Balkon des Amtsgebäudes um. Er sah, wie Baron Raoul sich erhob und mit lauter Stimme verkündete:

»Die Gerechtigkeit ist wiederhergestellt.«

Die Menschenmenge applaudierte ihm. Der Baron lud nun den Grafen und Bischof ein, ihn auf die Burg zu begleiten. Dort erwartete sie ein Bankett, Spiele und später ein Ball.

Justinien band Galine los. Dieser röchelte schwach, und rötlicher Speichel lief ihm aus dem Mund.

Der Hauptmann kam, um seinen Degen zurückzuverlangen. Justinien gab ihn ihm.

»Würdet Ihr mir helfen? Er ist zu schwer, als daß ich es allein schaffen könnte.«

Entrüstet wandte sich der Soldat ab.

Die Büßer näherten sich dem Schafott und sangen nun wieder ihr *Salve, Regina*. Unterdessen stieg der Barmherzige Bruder auf die Plattform, um dem Sterbenden beizustehen.

»Ich bitte Euch, helft mir!« flehte der Henker ihn an.

Nur sehr widerstrebend willigte der Bruder ein. Sie trugen Galine ohne Schwierigkeiten hinunter, aber als sie ihn dann zweieinhalb Meter hochheben mußten, wurde die Sache schwieriger. Mit dem verrenkten Körper auf dem Rücken, kletterte Justinien vorsichtig die Leiter hinauf, die der Mönch festhielt. Dieser stimmte in den Gesang der Büßer mit ein und sang während der ganzen Prozedur mit, sogar dann noch, als Galine sich über ihm entleerte und ihn beschmutzte.

Justinien, der kurz davor war, sich zu übergeben, gelang es, Galine auf das Rad zu legen, das Gesicht gen Himmel, so wie es im Urteil festgesetzt worden war. Die Hinrichtung war vorüber. Er war wieder ein freier Mann.

Anstatt sich allmählich zu verlaufen, schob sich die Menschenmenge immer heftiger vorwärts, und es gelang ihr, die Sperren der Milizsoldaten und der Wachen zu durchbrechen. Alles drängte sich um den Mast, und jeder verrenkte sich den Hals, um einen Blick auf das Gesicht des Sterbenden zu erhaschen, in der Hoffnung, eine Gemütsbewegung ablesen zu können. Einige kletterten, weil sie besser sehen wollten, auf das Schafott; sie machten einen Bogen um den Henker, der sich gerade sein Wams wieder anzog, und stellten überrascht fest, daß er eine Nase aus Holz unter seinem breitkrempigen Hut trug.

Die Zuschauer verließen langsam die Fensterplätze und Balkone. Nun bemerkten einige unter ihnen, daß sich Taschendiebe während des Spektakels bei ihnen bedient hatten.

Auf geheimnisvolle Weise in Kenntnis gesetzt, tauchten mit einem Mal Raben auf den Dächern auf.

Obwohl Justinien jetzt nicht von einer Eskorte begleitet wurde, teilte sich die Menge wie von Zauberhand, als er vom Schafott hinabstieg und sich in das Amtsgebäude des Prévôt begab, um sich seine Begnadigung und seine Prämie abzuholen.

Foulques sprach gerade mit Richter Cressayet, der ein Pergament mit dem Siegel des Barons in Händen hielt, als der Amtsdiener ihn in die geräumige Amtsstube führte.

»Ich komme, um meine Begnadigung zu holen.«

»Hier ist sie«, sagte der Richter und übergab ihm das Pergament, das er gerade in der Hand hatte. »Ich rate dir, die Ergänzung, die noch angefügt wurde, zu lesen, wenn du des Lesens mächtig bist.«

Wenn er seine Arbeit getan hat, soll der obengenannte Justinien Pibrac die Mauern unserer Stadt noch vor Sonnenuntergang verlassen und niemals wieder in dieses Baronat zurückkehren. Wenn er es doch tut, ist diese vorliegende Begnadigung hinfällig.

Ein breites Lächeln huschte über sein Gesicht, als er sich die Enttäuschung seines Kerkermeisters ausmalte.

»Und die Prämie?«

Foulques reagierte zornig:

»Du bist wirklich ganz schön dreist! Diese Prämie war dazu bestimmt, einen rechtschaffenen Freiwilligen zu ermutigen, und nicht für einen Spitzbuben gedacht, den man zur Galeere verurteilt hat! Die Begnadigung ist Lohn genug! Und jetzt geh uns aus den Augen! Und wenn du noch hier sein solltest, nachdem die Stadttore geschlossen wurden, hat die Wache Order, dich festzunehmen. Was findest du daran so komisch? Wagst du es etwa, dich lustig zu machen, du Strolch?«

»Nein, edler Prévôt, keineswegs! Ich dachte an Maître Beaulouis. Er rechnete mit diesem Geld, um sich seine Auslagen zu ersetzen. Und außerdem hatte ich versprochen, sein Schreiber zu sein...«

Ach, das war es also! dachte Richter Cressayet.

Bevor Justinien ging, legte er noch die Eisenstange auf den Schreibtisch des Amtsdieners; dieser starrte sie nur an und wagte es nicht, sie anzufassen. Justinien machte sich auf den Weg zum Kerkerturm, wobei er den noch immer sehr belebten Platz mied und über verlassene Gäßchen an sein Ziel gelangte. Sein Kerkermeister erwartete ihn, sich am Ellenbogen kratzend, bereits im Hof.

»Ah! Mir wurde die Zeit allmählich lang. Hast du das Geld?«

Als Justinien ihm den Standpunkt des Prévôt und des Richters darlegte, wurde Beaulouis hochrot. Die Lektüre des Zusatzes, durch den sein zukünftiger Schreiber verbannt wurde, gab ihm den Rest. Er hatte das Gefühl, als hätte sich eine Zinne von der Kurtine gelöst und wäre ihm auf den Schädel gefallen.

»So geht das aber nicht!« wetterte er. »Wer wird mich jetzt bezahlen, hm? Du schuldest mir mehr als zwanzig Livres, du mußt zahlen!«

»Wie könnte ich? Ihr wißt genausogut wie ich, daß ich nichts habe. Gebt mir meine alten Sachen und Ihr bekommt von mir diese Kleider hier zurück.«

»Und das gute Essen? Und meine klugen Ratschläge, ohne die du noch immer ein Galeerensträfling wärst?«

»Nehmt Euch die Kleider des Verurteilten.«

»Zu gütig, aber damit sind wir noch lange nicht quitt«, brummelte Beaulouis und warf ihm einen finsteren Blick zu.

Bredin und Jacqout kamen in den Hof. Sie waren auf dem

Place du Trou gewesen und hatten dort der Hinrichtung zugesehen. Sie beglückwünschten Justinien.

»Du hast deine Sache gut gemacht. Man sagt, der Baron sei zufrieden. Obgleich, zu Beginn, als du die Stange losgelassen hast, das hat einen schlechten Eindruck gemacht.«

Ihr Vater machte große Augen.

»Er hat die Stange losgelassen!«

»Weil ich zu schräg zugeschlagen habe. Die Stange prallte vom Kreuz ab, und das habe ich sehr schmerzhaft bis in die Zähne zu spüren bekommen.«

Er berichtete ihnen von Galines Vorschlag.

»Er wollte, daß ich ihn mit einem Schlag töte. Sein Vater hätte mir zum Lohn dafür zehn Louisdors gegeben... Ich hätte das Angebot vielleicht annehmen sollen, dann wäre ich jetzt reich.«

Beaulouis lachte hämisch.

»Dann säßest du jetzt wieder im Kerker, mit nichts als dem Sol des Königs. Zunächst, man hätte dich gesehen, und außerdem wärst du niemals bezahlt worden, denn Galine hat keine Familie mehr. Ich habe seinen Vater sehr gut gekannt, er war Fischer auf dem See Pareloup, er verkaufte uns seine Hechte. Er ist schon seit über zehn Jahren tot.«

Justinien zog gerade schweren Herzens die schönen Kleider wieder aus, als der Kerkermeister verkündete, daß er sich zum Amtsgebäude des Prévôt begeben werde, um sich über die Gründe, die zu diesem verhängnisvollen Zusatz geführt hatten, Klarheit zu verschaffen.

»Und du, du verläßt diese Stadt nicht vor meiner Rückkehr. Das letzte Wort ist noch nicht gesprochen.«

In weniger als zehn Klafter Entfernung, im großen Burgsaal, beglückwünschte der Graf und Bischof aus Rodez Baron Raoul zu der exemplarischen Zurschaustellung hoher Gerichtsbarkeit, an der er gerade teilgenommen hatte.

»Mit Ausnahme dieses Fehlers nach dem ersten Schlag..., mein Scharfrichter hätte es auch nicht besser machen können. Und der Kerl hat immerhin mehr als dreißig Jahre Erfahrung. Nun, er wird alt, und sein Sohn ist ein Dummkopf. Gebt acht, Cousin, daß ich ihn Euch nicht abspenstig mache. Trotz seiner komischen Nase sieht er ganz annehmbar aus. Außerdem schlägt er kurz und heftig. Sein elfter Schlag war großartig, ich dachte schon, er wird ihn in zwei Stücke hauen.«

Baron Raoul stimmte ihm zu. Wie der Graf und Bischof dachte auch er, daß der junge Spitzbube seine Sache eigentlich ganz gut gemacht hatte.

»Übrigens, wie kommt es, daß Euer Baronat nur einen einfachen Pranger aufzuweisen hat? Euer Stand gestattet Euch doch zwei Galgenbalken, soviel ich weiß...«

»Vier, edler Herr, mein Stand gestattet mir vier Galgenbalken«, entgegnete der Baron schroff.

Die Galgenbalken waren steinerne Säulen, die untereinander durch Querbalken verbunden waren.

Es waren die Bannerherren, die lediglich zwei solcher Pfeiler hatten. Die Grafen konnten sechs haben, die Herzöge und Markgrafen acht. Der König soviele er wollte.

»Glaubt mir, Cousin, der erbauliche Anblick ein paar Gehängter, die von den Raben gefressen werden, ist mit der abschreckendste. Wann habt Ihr zum letzten Mal jemandem die Knochen brechen lassen?«

Der Baron verzog mürrisch das Gesicht.

»Das war das erste Mal, edler Herr. Meine Gendarmerie ist gut, und meine Leute sind friedlich. Hier geschieht selten ein schweres Verbrechen.«

»Das ist doch kein hinreichender Grund. Bei uns wird, ob es nun ein gutes oder ein schlechtes Jahr ist, zwei oder dreimal gerädert, und wir hängen oder verbrennen mindestens einmal im Monat. Ich versichere Euch, nichts wirkt abschreckender... Vielleicht hätte es sich Euer abscheulicher Saucenverderber zweimal überlegt, wenn er vorher schon einmal einem solchen Schauspiel wie dem, dem er sich heute unterziehen mußte, beigewohnt hätte.«

»Sicher, Eure Exzellenz, sicher, aber wer weiß das schon?«

»Ich werde es Euch sagen.«

Der Graf und Bischof legte seine beringte Hand auf Baron Raouls Schulter und nahm seinen leicht verletzbaren Vasallen beiseite.

»Laßt Euch die Summe aller Zolleinnahmen seit Beginn dieser Geschichte geben und vergleicht sie mit den Zahlen des vergangenen Jahres, dann werdet Ihr mein Gefallen an der hohen Gerichtsbarkeit besser verstehen.«

Der Baron, der nur die Rätsel liebte, deren Urheber er selbst war, ließ seinen Steuereinnehmer kommen, der ihm mitteilte, daß seit der Festnahme Galines die Einnahmen an den drei Stadttoren alle Rekorde schlugen. Die Erträge waren so hoch, daß er hundert Musketen für seine Miliz kaufen konnte. »Geht und holt Foulques«, befahl der Baron und rieb sich die Hände.

Der Prévôt kam unverzüglich und hoffte inständig, daß er nicht gerufen worden war, weil der Lehnsherr von den Diebstählen, die während der Hinrichtung geschehen waren, erfahren hatte. Diese Vorfälle hatten ernsthaft seine Überzeugung von der abschreckenden Wirkung dieses Schauspiels ins Wanken gebracht.

»Foulques, ich habe beschlossen, daß auch wir unsere Galgenbalken bekommen sollten. Ich beauftrage Euch mit der Durchführung. Und beeilt Euch!«

»Zu Diensten, edler Baron. Wo wollt Ihr, daß man sie errichtet?«

»Ich dachte an die Kreuzung der Quatre-Chemins.«

Foulques stimmte ihm zu.

»Eine kluge Wahl, edler Baron. Dieser Weg ist sehr belebt und man kann ihn von weitem sehen. Aber es fehlt uns jemand, der sich darum kümmert, und wie Ihr bereits bemerkt habt, lockt das Amt des Henkers nicht gerade viele.«

»Das soll kein Hindernis sein, dann behalten wir eben den jungen Spitzbuben mit der hölzernen Nase, er hat seine Sache doch sehr ordentlich gemacht. Hört die Bestie, die noch immer im Sterben liegt, man kann sie bis hierher stöhnen hören.«

»Mit Verlaub, edler Baron, wir haben ihn bereits aus der Stadt verbannt. Er wird jetzt schon sehr weit gekommen sein.«

»Fangt ihn wieder ein. Ich verlasse mich ganz auf Euch; Ihr werdet schon eine Begründung finden, die ihn zur Einsicht bringt.«

»Zu Diensten, edler Baron.«

Justinien marschierte seit vier Stunden.

Er trug wieder seine zerlumpten Sachen und humpelte barfuß nach Rodez (seine einzige Sandale hatte er weggeworfen, weil sie ihn mehr gestört als ihm genutzt hätte). Er wollte bis nach Bordeaux und sich dort in die Neue Welt einschiffen, als ihn die Bogenschützen der Gendarmerie einholten.

»Das ist er«, sagte einer von ihnen und deutete auf seine Holznase.

»Was wollt Ihr von mir? Ich bin frei. Hier ist meine Haftentlassung, die Aufhebung des Urteils und die Begnadigung. Seht das Siegel des Barons.«

»Das ist gleich, du mußt uns folgen. Order des edlen Barons.«

Der Bogenschütze reichte ihm die Hand, um ihm auf die Kruppe des Pferdes zu helfen. Sie waren zu viert. Justinien gehorchte zu Tode betrübt.

Der Rückweg war lang und ließ ihm genügend Zeit, das Schlimmste zu befürchten. Jemand hatte ihn wiedererkannt und angezeigt. Man würde ihn wegen seiner Missetaten zum Tode verurteilen... Er fragte sich, wen sie wohl dieses Mal davon überzeugen würden, das Amt des Scharfrichters zu übernehmen.

Mitternacht war vorbei, als sie zum Westtor kamen, wo man sie in die Stadt einließ, die in tiefem Schlaf lag.

»Wohin bringt Ihr mich?«

»Zum Prévôt.«

Als sie am Place du Trou vorbeikamen, war Pierre Galine noch immer nicht gestorben. Da einige Frauen versucht hatten, ihn zur Ader zu lassen, hatte man Wachen postiert, um einen Übergriff zu verhindern. Manchmal verstummte Galine. Man hielt ihn für tot und stellte die Leiter auf, um sich davon zu überzeugen, doch dann fing er erneut zu stöhnen an.

»Laßt uns ihm wenigstens ein paar Tropfen Blut abnehmen«, baten diese Frauen inständig, die trotz der späten Stunde noch immer um die Wachen schlichen, in der einen Hand ein Messer, in der anderen ein Gefäß.

Das Blut eines Hingerichteten war besonders wirksam gegen Fieber, gegen die Höhenkrankheit, Mondsüchtigkeit und selbstverständlich bei jeder nur vorstellbaren Art von Knochenbrüchen.

Der Prévôt schlief. Man hütete sich, ihn zu wecken. Justinien wurde in einen Saal gebracht, in dem Soldaten auf einem Faß Würfel spielten. Ein Knebelspießträger zeigte ihm ein Bündel Stroh und befahl ihm, sich dort friedlich zu verhalten. Man kettete ihn nicht an, und er durfte sein Messer behalten, was ein gutes Zeichen war, aber man ließ ihn nicht aus den Augen, was ein schlechtes Zeichen war.

Er versuchte, etwas aus ihnen herauszubekommen, aber niemand gab ihm eine Antwort. So ergab er sich in sein Unglück und versuchte einzuschlafen.

Durch die zum Platz hin geöffneten Fenster hörte er manchmal, wie Galine auf seinem Rad stöhnte. Dieser klammerte sich an sein Leben wie an einen Ast über einem Abgrund.

VI

Bellerocaille, am Tag nach der Hinrichtung

Justinien träumte gerade, daß er im Galopp mit Mouchette auf einem Pferd dahinschoß, das dem glich, auf dem er gestern hinter dem Bogenschützen gesessen hatte, als ihn plötzlich eine Hand unsanft an der Schulter packte und wachrüttelte.

»Aufstehen, der Prévôt erwartet dich!«

Zerzaust, mit vom Schlaf verquollenen Augen, folgte er der Wache und rückte eilige seine Nase zurecht, die im Schlaf verrutscht war. Der Amtsdiener, der vor der Tür der Amtsstube hockte, warf einen tadelnden Blick auf seine zerlumpten Kleider und die Strohhalme, die noch in seinem unordentlichen Haar staken. Beaulouis hatte ihm sogar sein Haarband wieder abgenommen, und er hatte schweigend alles erduldet, doch als es um das Messer von Pibrac ging, hatte er in einem so entschlossenen Ton »Niemals!« gerufen, daß der Kerkermeister nicht weiter auf seinem Vorhaben bestanden hatte.

Justinien betrat die Amtsstube des Prévôt, in der sich dieser lautstark mit dem Zimmermeister Calzins auseinandersetzte.

»Ihr habt ja den Verstand verloren. Für eine solche Summe könnte sich der Baron einen ganzen Wald kaufen! Ich warne Euch, Maître Calzins, so einfach werdet Ihr unsere Börse nicht schröpfen.«

Während er das sagte, hielt er dem Zimmermann, der unbeeindruckt schien, eine Kostenaufstellung unter die Nase, die mehrere Seiten umfaßte.

»Da ich keine besonderen Anweisungen bekommen

hatte« – Maître Calzins deutete bei diesen Worten auf Justinien – »habe ich geglaubt, gut daran zu tun, an das Ansehen unseres edlen Barons Raoul zu denken. Ihr hättet doch wohl nicht gewollt, daß ich es aus einfachem Tannenholz anfertige?«

»Das versteht sich Maître Calzins, aber fünfhundertfünfzig Livres! Nein wirklich!«

»Mit Verlaub, edler Prévôt, es ist ein sehr schönes Schafott geworden, und man wird es noch so oft benutzen können, wie es nötig ist, natürlich nur, wenn es richtig gepflegt wird.«

Dabei wies der Zimmermann wieder mit einer Handbewegung auf den jungen Mann.

»Es ist ein schönes Stück, da bin ich ganz Eurer Meinung, aber fünfhundertfünfzig Livres, nie! Ihr müßt etwas vom Preis ablassen, sonst wird der Auftrag für die Galgenbalken und seine Behausung jemand anderem zugesprochen.«

Bei dem Wort Behausung hatte Foulques auf Justinien gedeutet, der jetzt zum Zeichen des Unverständnisses die Augenbrauen hochzog. Seine Behausung? Was für eine Behausung? Er trat einen Schritt vor.

»Edler Prévôt, ich erhebe Einspruch. Ich hatte schon fast Boussac erreicht, als Eure Bogenschützen mich eingeholt und gewaltsam hierher zurückgebracht haben.«

»Ich weiß, auf Geheiß des Barons. Hör mir jetzt gut zu. Deine gestrige Arbeit ist an höchster Stelle mit Wohlwollen aufgenommen worden. Der edle Baron Raoul hat also beschlossen, dir das Amt des Scharfrichters auf Dauer anzubieten. Es ist ein unverhofftes Glück für einen Spitzbuben wie dich, eine so verdienstvolle Stellung innerhalb unserer schönen Stadt zu finden.«

Foulques ergriff ein Pergament, das auf seinem mit Papieren überhäuften Schreibtisch lag, und hielt es ihm hin. Ohne das Schriftstück zu berühren, beugte sich Justinien vor, um es zu lesen. Er sah, daß es sich um eine Ernennungsurkunde handelte, die ihn zum Scharfrichter von Bellerocaille bestellte.

»Ich will auf keinen Fall Henker werden. Und Ihr könnt

mich nicht dazu zwingen. Ich habe das erfüllt, was Ihr von mir verlangt habt, und der Baron hat mich begnadigt. Ich bin also frei. Ich denke nicht, daß er die Art von Herrscher ist, die ihr eigenes Siegel nicht anerkennt.«

»Ich sage dir doch, daß der Baron Gefallen an dir gefunden hat. Er will dich als Scharfrichter. Und du wirst es nicht bereuen: Dieses Amt bringt allerlei nicht zu unterschätzende Vorteile mit sich.«

Justinien sah ihn ungläubig an, dann faltete er fieberhaft sein Begnadigungsschreiben auseinander und deutete auf das Siegel des Barons.

»Seht es Euch nur an, ich bin frei! Ich will kein Henker werden! Ich will Seemann werden, wie ... ehm ... mein Vater Jules Pibrac ... Ich will mein Glück in der Neuen Welt versuchen.«

»Ganz ruhig, du Wirrkopf. In deinem Alter und in deiner Lage schlägt man kein Amt aus, das einhundertzwanzig Livres ohne Abzüge pro Jahr einbringt. Ganz zu schweigen von dem Rest. Hier, du Querkopf, unterschreib, wenn du schreiben kannst, sonst mach ein Kreuz!«

»Ich kann sehr wohl schreiben, und zwar sicherlich besser als Ihr, und ich werde diese Ernennungsurkunde niemals unterzeichnen, das ist nicht gerecht. Ich rufe den Rat des Barons an!«

Ehe Justinien auch nur eine Handbewegung machen konnte, hatte Foulques ihm das Begnadigungsschreiben schon entrissen und es in tausend kleine Schnipsel zerfetzt.

»Du kannst also besser schreiben als ich? Bist du auch im Zerreißen genauso gut wie ich?«

Justinien begriff. Ohne seine Begnadigung und mit einer gebrandmarkten Schulter war es fast unmöglich, sich frei im Land zu bewegen, ohne bei der ersten Kontrolle durch einen Wachposten, die Miliz oder die Gendarmerie mit ernsthaften Schwierigkeiten rechnen zu müssen. Ein schneller Blick auf den Zimmermann bestätigte ihm, daß er von dieser Seite keinerlei Hilfe zu erwarten hatte. Er fühlte sich in die Enge getrieben.

Seine Verzweiflung rührte Foulques, der jetzt versuchte, ihm wieder Hoffnung zu machen.

»Diese Ernennung muß jedes Jahr erneuert werden, unterschreibe nur, bis zum nächsten Mal habe ich einen Ersatz für dich gefunden. Darauf gebe ich dir mein Wort.«

Mit Tränen in den Augen ergriff Justinien die dargebotene Feder und unterzeichnete. Maître Calzins schnaubte vor Verachtung. Auf dem Platz wieherte ein Pferd.

»Sehr gut, edler Scharfrichter, sehr gut. Begebt Euch jetzt bitte zum Beisitzer Duvalier, damit er Euch in Euer Amt einführt und Euch über die Rechte und Privilegien Eures Standes in Kenntnis setzt. Lernt sie auswendig und haltet Euch genau daran, denn man wird viel von Euch verlangen und Euch wenig nachsehen.«

»Diesen Flegel als edel zu bezeichnen! Ich glaube, Ihr vergeßt Euch, edler Prévôt«, sagte der Zimmermann aufgebracht, und seine Stirn und seine Wangen waren vor Unmut rot angelaufen.

»Erlaubt mir, daß ich Euch darauf hinweise, daß Maître Pibrac durch die Unterzeichnung dieser Ernennungsurkunde ein Beamter der lehnsherrlichen Gerichtsbarkeit geworden ist. Mit anderen Worten, er steht in der Rangordnung vier Stufen über Euch. Jegliche Verletzung dieser Tatsache wird als äußerst schwerwiegend betrachtet und entsprechend geahndet werden. Ist das klar, Zimmermeister?«

»Vollkommen klar, edler Prévôt«, versicherte Calzins mit scheinheiliger Miene.

Der Amtsdiener führte Justinien zu einer kleinen fensterlosen Kammer, in der es nach kaltem Kerzenwachs roch und in der drei Schreiber und der Beisitzer Duvalier eifrig arbeiteten. Duvaliers Augen waren gerändert, und unter seiner Haut schimmerte der schwarze Bart, denn der Magister hatte die Nacht damit verbracht, eine Charta für den Scharfrichter des Baronats Bellerocaille aufzusetzen, die mit wenigen Abweichungen der des Scharfrichters von Rodez, Maître Pradel, glich. Da es keine Sitzgelegenheit gab, blieb Justinien stehen und war in seine verworrenen Gedanken vertieft.

»Zunächst, edler Scharfrichter, müßt Ihr wissen, daß Eure Ernennungsurkunde sich ausschließlich auf Hinrichtungen bezieht, damit meine ich alle Arten der Bestrafung, die auf einem Schafott, an einem Galgen oder auf einem Scheiterhaufen vollstreckt werden. Die Folter hingegen, die im allgemeinen auf dem Boden, ja manchmal gar auf Knien vollstreckt wird, ist das alleinige Vorrecht von Bertrand Beaulouis, dem Kerkermeister des herrschaftlichen Gefängnisses. Zwar seid Ihr angehalten, zu köpfen, zu hängen, zu verbrennen und zu rädern, doch Ihr dürft auf keinen Fall jemanden an den Pranger stellen oder in Halseisen legen. Ebenso ist es Euch untersagt, ein öffentliches Schuldbekenntnis zu erzwingen, zu brandmarken, auszupeitschen, zu verstümmeln und die ordentliche oder außerordentliche Folter durchzuführen.«

Der Beisitzer überreichte ihm eine Auflistung.

»Dies ist die Liste der Gegenstände, die zur Ausübung Eures Berufs vonnöten sind und die Ihr Euch in kürzester Zeit beschaffen müßt. Ihre Pflege obliegt Eurer Sorgfalt. Es werden regelmäßige Überprüfungen vorgenommen.«

Justinien las: Ein Beil, ein Schwert, ein Richtblock, eine Stange zum Knochenbrechen, ein Andreaskreuz, eine Richtbühne, vier Galgenbalken, Hanfkordeln.

»Wir gewähren Euch eine jährliche Rente von einhundertundzwanzig Livres«, fuhr Duvalier fort, »und jeder Eurer Dienste wird entsprechend den Vergütungen, die auch in Rodez üblich sind, entlohnt. Für einen abgeschlagenen Kopf: achtzig Livres. Für das Hängen: dreißig Livres zuzüglich der Kordeln. Für eine Überführung zum Scheiterhaufen, das Verbrennen und das Verstreuen der Asche in alle Winde: siebzig Livres, zuzüglich der Kosten für das Holz und andere notwendige Ausgaben für die Durchführung der obengenannten Strafe. Für das Knochenbrechen: fünfzig Livres, zuzüglich zehn Livres für die Zurschaustellung auf dem Rad und fünf Livres für die Überführung zum Richtplatz. Eure Kostenaufstellungen sind in der Woche nach der erbrachten Leistung anzufertigen... Seid Ihr des Schreibens kundig?«

»Ja.«

»Sehr gut, das spart Euch die Kosten für einen öffentlichen Schreiber. So, nun müßt Ihr noch wissen, daß Euch Euer Amt dazu verpflichtet, außerhalb der Stadtmauern zu leben.«

»Oh! Und wo soll ich wohnen? In der freien Natur?«

»Eure Behausung ist in der Nähe des Galgens vorgesehen, der in Kürze an der Kreuzung der Quatre-Chemins aufgestellt werden wird.«

»Sehr gut, und was mache ich in der Zwischenzeit?«

Duvaliers Gesichtsausdruck wurde unsicher.

»Um diese Frage zu klären, müßt Ihr mit dem edlen Prévôt Foulques sprechen. Was Eure Charta betrifft, nehmt außerdem zur Kenntnis, daß Ihr verpflichtet seid, ständig – selbst an Feiertagen – Kleidungsstücke zu tragen, die sich von denen der anderen Bürger unterscheiden und keinerlei Zweifel an Eurem Stand aufkommen lassen. Das beruhigt die ehrlichen Bürger und wirkt abschreckend auf die Übeltäter.«

Justinien hörte mit Bestürzung, daß ab jetzt alle seine Kleider rot wie Ochsenblut sein mußten, eine Farbe, die ihm schon allein beim bloßen Hinsehen Migräne verursachte.

»Selbst der Hut?«

»Selbst der Hut. Doch jetzt wollen wir, mit Eurem Einverständnis, zu den Euch eingeräumten Vorteilen kommen, die die furchtbare Härte Eures Amtes mildern sollen. Der Baron befreit Euch von allen Hilfsarbeiten, den Arbeiten in der Silbermine, von der Abgabe des Zehnten und von der Salzsteuer. Er erläßt Euch ebenfalls den Frondienst, den Wachdienst, die Abgaben für die Mühle und die Presse sowie die Verpflichtung, in Kriegszeiten Soldaten Bleibe zu gewähren. Alle Zahlstellen und Fähren das Baronats sind für Euch frei. Außerdem gewährt Euch der Baron – wiederum, angesichts des besonderen Wesens Eures Amtes – das Recht, offensive und defensive Waffen zu tragen, die zum Schutz Eurer eigenen Person vonnöten sind.«

»Ich habe also das Recht, ein Schwert zu tragen?«

Nur Edelleuten stand dieses Vorrecht zu.

Duvalier überreichte ihm die entsprechende Verordnung, die das Siegel des Barons trug, dann setzte er seine Ausführungen fort:

»Ab dem Augenblick, da Euch ein Verurteilter übergeben wird, obliegt Euch alles Weitere. Seine Kleidungsstücke gehen in Euren Besitz über, ausgenommen das Hemd, das er aus Gründen der Schicklichkeit anbehalten muß. Der Körper darf nur auf dem Richtplatz und nirgendwo sonst zur Schau gestellt werden. Und zwar so lange, bis der Verwesungsprozeß einsetzt... Und nun, edler Scharfrichter, folgen die strikten Bedingungen, denen zufolge Ihr bevollmächtigt seid, eine direkte Abgabe zu erheben.«

Außer dem Recht, Waffen zu tragen wie ein Edelmann, war er also auch befugt, die Steuer der direkten Abgabe zu erheben wie ein Herrscher.

»Diese Naturalsteuer wird dreimal wöchentlich erhoben, und zwar bei den Kaufleuten, den Handwerkern und einigen anderen, deren vollständige Auflistung ich Euch hier übergebe.«

Die Liste war lang, sie erstreckte sich über vier Spalten. Justinien las, daß er jeden Montag, Mittwoch und Samstag eine Handvoll Weizen entnehmen durfte, dieses Recht galt auch für alle anderen Körner, alle Arten von Eiern, Butter, Käse, Brot, Obst, Honig, Wurzeln, Geflügel, Holzscheite und Reisigbündel, Kerzen, Kohle und so weiter. Die Entnahme verdoppelte sich an den Tagen, an denen eine Hinrichtung stattfand, sowie an Feier- und an Markttagen.

»Was versteht Ihr unter ›eine Handvoll‹?«

Der Beisitzer erlaubte sich ein breites Lächeln. Diese Frage bewies, daß der zerlumpte Kerl mit der Holznase trotz seines verwahrlosten Äußeren und seiner scheinbaren Abwesenheit seine Ausführungen aufmerksam verfolgte.

»In jenem Punkt, den Ihr da ansprecht, haben wir uns nach dem Recht der direkten Abgabe gerichtet, wie es im Limousin gehandhabt wird. Eure Steuer umfaßt genau das, was Ihr mit einer Hand halten oder in Eurer hohlen Hand fassen könnt. Nicht mehr und nicht weniger.«

Justinien betrachtete verwundert seine Hände, als der Amtsdiener in der Türöffnung erschien.

»Der edle Prévôt verlangt nach Euch«, sagte er und wandte sich dabei an den jungen Mann, der die respektvolle Anrede bemerkte.

»Ich bin aber noch nicht fertig«, beklagte sich der Beisitzer.

»Der edle Prévôt hat ›auf der Stelle‹ gesagt«, beharrte der Sekretär und wirkte wie jemand, der eine Anweisung ausführt, ohne die Gründe dafür zu kennen.

Der Magister beugte sich.

»Nun gut, lassen wir den edlen Prévôt nicht warten. Doch Ihr müßt noch wissen, edler Scharfrichter, daß es Euch schärfstens untersagt ist, Bellerocaille zu verlassen, es sei denn, Ihr hättet eine Erlaubnis, die einzig und allein der edle Herr Baron erteilen kann. Abgesehen von dieser kleinen Auflage seid Ihr frei und könnt kommen und gehen, wie es Euch beliebt.«

»Genauso frei, wie ich es in meinem Verlies war«, sagte sich Justinien bitter, während er dem Amtsdiener durch die Gänge folgte. Das Amtszimmer von Foulques war leer.

»Der edle Baron hat nach ihm verlangt. Er hat sich gerade auf den Weg zur Burg gemacht«, erklärte einer der Siegelsetzer.

Justinien ließ sich auf einem Schemel nieder und wartete. Er zwang sich, Ruhe in seine Gedanken zu bringen. Eine Stunde war vergangen, und er war gerade dabei, sich widerwillig einzugestehen, daß der Titel eines Beamten der lehnsherrlichen Gerichtsbarkeit, der ihm soeben verliehen worden war, seine Eitelkeit nicht unberührt ließ, als der Prévôt zurückkam. Er schien vollkommen überlastet.

»Galine ist tot, und bei dieser Hitze stinkt er schon, das stört die Bevölkerung. Du wirst also... Verzeihung... Ihr werdet also Euer Amt sofort antreten und so schnell wie möglich den Kadaver zur Kreuzung der Quatre-Chemins bringen und ihn dort wieder auf das Rad spannen. Und baut auch das Schafott ab.«

»Das kann ich nicht alles alleine machen, ich brauche Hilfe!«

»Ich weiß, daß Ihr ein Anrecht auf zwei Knechte habt, aber die müßt Ihr selbst einstellen. Seht zu, daß Ihr sie findet!«

Foulques überlegte eine Weile, dann fügte er hinzu:

»Was die Kosten angeht, so werden wir ebenso verfahren wie vorgestern. Ihr bestellt und laßt die Kostenaufstellung hierherbringen. Aber Vorsicht, diesmal bin ich wachsam! Achtet auf die Preise, denn es kommt nicht in Frage, daß wir ein Beil aus massivem Gold oder einen Richtblock aus Ebenholz bezahlen ... Doch zunächst befreit uns von diesem stinkenden Kadaver ... Oder nein, zuallererst müßt Ihr Euch anständige Kleider beschaffen. Der edle Baron würde es auf keinen Fall dulden, daß sich sein Scharfrichter in einer so armseligen Aufmachung zeigt. Was ist mit den Geckenkleidern geschehen, die Ihr bei der Hinrichtung getragen habt?«

Justinien erklärte es ihm. Foulques schickte einen Knebelspießträger aus, um sie wieder herbeizuschaffen.

»Die werdet Ihr tragen, bis die Kleidungsstücke, zu denen Euer Amt Euch verpflichtet, fertiggestellt sind.«

»Und meine Behausung? Der Beisitzer hat mir erklärt, daß ich verpflichtet bin, in der Nähe der Galgenbalken, die an der Kreuzung der Quatre-Chemins errichtet werden sollen, zu wohnen. Doch als ich gestern dort vorbeigekommen bin, war noch nichts zu sehen, und ich hege Zweifel, daß es dort heute abend eine Unterkunft für mich geben wird.«

»Ich weiß, ich weiß, stellt mir diese Frage heute abend noch einmal, Maître Pibrac, dann werde ich Euch in Kenntnis setzen.«

Foulques kam soeben von der Burg, wohin ihn der Baron beordert hatte, um ihm den Befehl zu erteilen, den Bau des Galgens voranzutreiben.

»Dem edlen Grafen und Bischof gefällt es in unserer Stadt, und er beabsichtigt, seinen Aufenthalt zu verlängern«, hatte er ihm gesagt. »Nehmt so viele Leute, wie Ihr braucht, und arbeitet, wenn es sein muß, auch in der Nacht, aber mein Galgen muß vor seiner Abreise fertig sein. Ich möchte, daß er die Einweihung mit seiner Anwesenheit ehrt. Was ist im übrigen mit meinem Scharfrichter?«

»Wir haben ihn wiedergefunden, und er hat die Ernennungsurkunde unterschrieben. In diesem Augenblick liest er mit dem Beisitzer Duvalier seine Charta. Wann beabsichtigt Ihr, die Einweihung durchzuführen?«

»Übermorgen muß alles fertig sein. Sorgt auch dafür, daß wir zwei, drei Räuber haben, die wir bei dieser Gelegenheit hängen können.«

»Es ist allerdings so, daß wir im Augenblick niemanden haben, der zum Tode verurteilt ist.«

»Ich beauftrage Euch hiermit, einen zu finden, Prévôt!«

»Zu Diensten, edler Baron.«

Justinien trug wieder seine schönen Kleider und wurde von einer Eskorte begleitet, die von einem Offizier der Miliz befehligt wurde. So verließ er das Amtsgebäude des Prévôt und begab sich zum Rad. Auf dem Platz drängten sich noch Neugierige, die beeindruckt das Schauspiel beobachteten, wie Galine von einem Dutzend Raben zerfleischt wurde. Er hörte, wie sie sich über die Fortschritte der Vögel unterhielten, die dabei waren, den Leib aufzureißen, um die Eingeweide zu verspeisen. Einige der Schaulustigen schützten sich gegen den Gestank, indem sie Taschentücher, die sie mit Jasminessenz getränkt hatten, an ihre Nasen drückten.

Statt sich um die Leiche zu kümmern, mißachtete Justinien seine Anweisungen und begab sich zunächst zu Maître Favaldou, dem Vorsitzenden der Gilde der Waffenschmiede von Bellerocaille. Dort bestellte er ein großes Schwert und ein Beil, das scharf genug war, um damit jeden beliebigen Kopf abschlagen zu können. Das Schwert würde dazu dienen, die Edelleute zu köpfen, wohingegen das Beil für alle anderen gut genug war.

Maître Favaldou erkannte ihn, da er ihm am vorhergehenden Nachmittag beim Knochenbrechen zugesehen hatte. Er vermied es, sich ihm gegenüber ähnlich ablehnend zu verhalten wie die anderen Handwerker, denn das Mißgeschick von

Maître Calzins und Maître Lenègre hatte inzwischen in der Stadt die Runde gemacht.

»Wohin soll ich die Bestellung liefen?«

»Zur Kreuzung der Quatre-Chemins.«

»Aber dort wohnt doch niemand«, beunruhigte sich der Waffenschmied.

»Der edle Baron Raoul läßt dort einen Galgen errichten.«

»Also stimmt es, was man sich erzählt! Das ist eine gute Neuigkeit: Es ist richtig, dem Baronat fehlt schon lange ein Galgen... Eure Bestellung wird umgehend geliefert.«

Justinien hatte, seit er das Geschäft betreten hatte, begeistert die Degen und Pistolen aller Marken betrachtet, die zum Kauf ausgestellt waren. Jetzt nahm er sich Zeit, um sich ein Rapier aus Sevilla auszusuchen, dessen Korb mit Hunden, die einen Hirsch jagten, verziert war, außerdem einen linkshändigen Degen aus Italien, ein Paar Pistolen, die er auswählte, um sich mehr Autorität zu verleihen und ein Wehrgehenk aus krapprotem Leder, um all seine Waffen tragen zu können.

»Habt die Güte und setzte diese Einkäufe mit auf die Kostenaufstellung, Maître Favaldou. Ich nehme auch dieses Pulverhorn und diese Patronentasche.«

»Ihr nehmt nichts von alledem. Legt diese Waffen wieder an ihren Platz und geht«, befahl ihm der Waffenschmied in schneidendem Ton.

Selbst der Offizier der Miliz befand es für notwendig, einzugreifen

»Nur Leute von Stand dürfen einen Degen tragen«, erinnerte er in einem Ton, in dem man einen Hund zurechtweist, der sich vergessen hat.

»Leute von Stand *und* Scharfrichter«, triumphierte Justinien und suchte unter seinen zahlreichen Papieren nach der entsprechenden lehnsherrlichen Verfügung.

Das Gesicht von Unmut gerötet, verneigte sich der Offizier der Miliz beim Anblick des Siegels, und der Waffenschmied mußte Justinien helfen, das Wehrgehenk anzulegen, das er zunächst falsch herum umgeschnallt hatte. Bewaffnet wie ein Kriegstreiber aus einer italienischen Komödie begab sich Justinien zu Maître Calmejane, dem Besitzer des Mietstalls, der Pferde (mit dem Verbot, sie galoppieren zu lassen) und Lieferwagen vermietete.

Mit einem Karren und einem Maulesel ungewissen Alters kam der junge Mann zurück zum Place du Trou, um sich um Galines Leichnam zu kümmern.

Seine Eskorte blieb ein wenig zurück, als er den Maulesel anband und seine Waffen ablegte. Dann zog er das Wams aus, nahm den Hut ab, lehnte die Leiter an den Mast des Rades, stieg hinauf und verscheuchte die Raben.

Beim Anblick der leeren Augenhöhlen und des aufgerissenen Leibes, aus dem von grünen Fliegen übersäte Eingeweide quollen, drehte sich ihm, da er seit dem Vortag nichts mehr gegessen hatte, der Magen um. Eilig stieg er von der Leiter, fiel auf die Knie und erbrach grüne Galle auf die grauen Pflastersteine. Vereinzelt erklang spöttisches Gelächter.

»Ich muß zuerst etwas zu mir nehmen, sonst gelingt es mir nie«, sagte er sich und machte sich daran, sich wieder von Kopf bis Fuß zu bewaffnen.

Er ging auf das Schild der Herberge »Au Bien Nourri« zu. Sein Eintritt in die Herberge blieb nicht unbemerkt, denn mit seinem Rapier stieß er ungeschickt alles um, was sich in seiner Reichweite befand.

Der Wirt Sébrazac weigerte sich, ihn zu bedienen.

»So etwas will ich nicht unter meinem Dach!«

Justinien ließ sich an einem der langen Tische nieder und erklärte, daß er nicht eher wieder aufzustehen gedächte, bevor er nicht etwas im Magen hätte. Er setzte seinen Hut ab, legte seine Pistolen auf den Tisch und machte sich daran, sie zu laden, wie es ihm der Waffenschmied in aller Kürze gezeigt hatte. Seine unmittelbaren Nachbarn verließen den Tisch, und der Offizier der Miliz zog es vor, draußen zu warten.

Justinien aß mit gesundem Appetit und trank kräftig. Bald erfüllte ihn ein verführerisches Wohlgefühl. Er bezeichnete seine Lage als »recht ungewöhnlich« und überraschte sich dabei, wie er aus vollem Herzen darüber lachte. Er brauchte nur die Pistolen anzusehen, die vor ihm auf dem Tisch lagen, um sich zu beweisen, daß er nicht träumte. Auch das Gewicht seines Rapiers vermittelte ihm ein Gefühl, das man als angenehm bezeichnen konnte.

Er machte dem Wirt ein Zeichen und bestellte eine zweite verkorkte Weinflasche.

Empört über so viel Unverfrorenheit, lief Sébrazac über den Platz, um sich beim Prévôt zu beklagen.

»Bei mir sitzt seit einer Stunde dieser Henker und schlemmt! Er verscheucht mir die Gäste, und als ich mich geweigert habe, ihm eine zweite Flasche Wein zu servieren, hat er mich mit seinen beiden Pistolen bedroht.«

»Er hat Pistolen?«

»Ob er Pistolen hat? Zum Teufel! Er hat sogar ein Rapier, mit dem er alles umstößt. Das ist wirklich unzumutbar! Und der Offizier der Miliz, der ihn begleitet, weigert sich, einzugreifen.«

»Seit heute morgen hat unsere Stadt ihren eigenen Scharfrichter, genauso wie Rodez, Nîmes, Albi und Paris, er bekleidet den Rang eines Beamten der lehnsherrlichen Gerichtsbarkeit.«

»Auf was wartet er dann, um uns von diesem Aas zu befreien, das stinkt wie ein ganzer Friedhof? Bald ist Mittagszeit, und meine Herberge liegt genau gegenüber vom Rad. Ich kann nicht mal meine Fenster öffnen!«

»Gestern nachmittag habt Ihr Euch darüber aber nicht beklagt! Man hat mir zugetragen, daß Ihr jeden Platz auf Eurem Balkon für zehn Livres vermietet habt.«

»Fünf, edler Prévôt. Nur fünf. Man übertreibt immer!«

Justinien hatte die zweite Flasche fast geleert, als der Prévôt die Herberge »Au Bien Nourri« betrat. Sein gestrenger Blick glitt von den Pistolen auf dem Tisch zu dem iberischen Rapier, das in dem Wehrgehenk aus krapprotem Leder steckte.

»Was hat das zu bedeuten? Hatte ich dir nicht befohlen,

dich zuerst um den Leichnam zu kümmern? Was sitzt du hier, schlemmst und spielst den Prahlhans? Bei Gott, du bist ja betrunken, du Spitzbube!«

Justinien lachte kindlich.

»Ah, edler Prévôt, Ihr vergeßt Euch! Man muß mich jetzt mit ›Maître Pibrac‹ ansprechen oder aber mit ›edler Scharfrichter‹!«

Dennoch erhob er sich, um sich zu erklären.

»Ihr müßt mich verstehen, edler Prévôt, ich wollte Euch ja gehorchen. Ich bin auf das Rad gestiegen, doch als ich aus der Nähe gesehen habe, was die Raben aus dem Unglückseligen gemacht haben, hat sich mein Magen umgedreht. Ich hatte seit gestern morgen nichts mehr gegessen, also habe ich mich zunächst hierher begeben.«

»Und diese Waffen? Woher kommen die?«

»Der Waffenschmied Maître Favaldou hat sie mir verkauft. Ich habe immer davon geträumt, Waffen zu tragen, vor allem einen Degen. Als mich also der Beisitzer davon in Kenntnis gesetzt hat, daß ich berechtigt bin, mich zu bewaffnen... Wenn ich Zeit dazu gehabt habe, werde ich lernen, damit umzugehen, und dann Gnade dem, der meine Nase schief ansieht!«

Soviel Treuherzigkeit entwaffnete den Prévôt. Er machte ihm ein Zeichen, sich wieder zu setzen und nahm ebenfalls Platz.

»*Oderint, dum metuant!*« tönte der junge Mann und hob drohend den Zeigefinger, wie es der Sittenpräfekt am Priesterseminar getan hatte.

Dann brach er in Gelächter aus.

Foulques erinnerte sich daran, daß er ihn mit Leichtigkeit hatte lesen und schreiben sehen.

»Wie kommt es, daß ein Spitzbube wie du des Lateinischen mächtig ist?«

Soviel Vertraulichkeit mißfiel dem jungen Mann.

»Ich bin kein Spitzbube. Meine Verurteilung zur Galeere war ein ebensolches Unrecht wie die Tatsache, daß ich Euer Henker geworden bin. Und jetzt, edler Prévôt, werde ich mich um den Toten kümmern, wie Ihr es mir befohlen hat. Zu Diensten!«

Er erhob sich, schob die Pistolen wieder in den Gürtel, setzte den Hut auf, grüßte würdevoll und verließ die Herberge. Im Vorbeigehen stieß er mit seinem Degen die Flasche und den Becher um, die auf dem Kachelboden zersplitterten.

»Bitte um Vergebung«, sagte er in den Raum hinein, »aber ich bin noch nicht daran gewöhnt.«

Draußen drängten sich die Menschen. Als er hinaustrat, kam Bewegung in die Menge. Seine Miene, die sich durch das Erscheinen des Prévôt ernüchtert hatte, hellte sich wieder auf. Diese Neugierde gefiel ihm, denn er spürte, daß sie mit Furcht gemischt war.

So gerade wie möglich ging er auf den Karren zu, der unter dem Rad stand. Es war Zeit, denn der Maulesel hatte den Strick, mit dem er an den Mast gebunden war, fast vollkommen durchgekaut. Justinien machte einen neuen Knoten und zwang sich zugleich, darüber nachzudenken, wie er alleine Galine von seinem Rad herunterholen und in den Wagen befördern sollte. Die Anstrengung erschien ihm unsäglich.

Er legte erneut seine Waffen ab, und dann kam ihm ein Einfall, den er sicherlich nicht auszuführen gewagt hätte, wenn er nicht betrunken gewesen wäre. Er stieg auf die Leiter. Die Raben flogen voller Bedauern davon. Unter den Zuschauern machte sich Gemurmel breit. Der Prévôt und der Wirt erschienen auf der Schwelle der Herberge. Sie sahen, wie er die Leiter hinaufkletterte und schließlich den Leichnam erreichte. Doch statt ihn auf seinen Rücken zu laden und wieder herabzusteigen, beobachteten sie voller Erstaunen, wie er Galine direkt auf den Karren warf, der unterhalb des Rades stand.

Die Folgen blieben nicht aus. Bei einem Sturz aus einer solchen Höhe zerschmetterte der Leichnam mit seinen rund sechzig Kilogramm den Boden des Karrens und erschreckte das Maultier, das zwischen den Deichseln auszuschlagen begann und heftig an dem Strick riß, mit dem es an den Mast festgebunden war. Justinien, der gerade wieder die Leiter hinabsteigen wollte, fiel durch das Gerüttel wie eine überreife Frucht auf die Pflastersteine. Er tat sich bei diesem Sturz sehr weh.

Ein Teil der Zuschauer hielt es für wenig christlich, die sterblichen Überreste eines Toten so zu behandeln, während der andere Teil lachte und die Sache ganz nach seinem Geschmack fand. Gedemütigt und von Prellungen geplagt, erhob sich Justinien mühsam. Es war ein wahres Wunder, daß er sich nichts gebrochen hatte. Ein heftiger Schmerz zuckte durch seine Schulter und die linke Hüfte.

»Das war kein guter Einfall«, gab er zu, während er den Sitz seiner Nase überprüfte. »Ich hätte ihn auf den Boden fallen lassen und dann in den Karren heben sollen.«

Er wollte das Maultier beruhigen, das weiter am Mast zerrte und versuchte, ihn mit seinen großen gelben Zähnen zu beißen.

»Achtung!« schrie plötzlich eine Stimme.

Zu spät! Ein besonders heftiger Ruck hatte das Rad aus der Halterung des Mastes springen lassen, und es stürzte auf eine Gruppe neugieriger Zuschauer. Dabei wurden zwei von ihnen ernsthaft an der Stirn und an der Brust verletzt. Einige Minuten lang herrschte große Verwirrung auf dem Platz. Während der Prévôt mit Hilfe des Offiziers der Miliz den Abtransport der Verletzten zum Hospiz der Franziskaner in die Wege leitete, gelang es Justinien, den Maulesel zu beruhigen.

Der Boden des Karrens war durch den Aufprall zwar in Mitleidenschaft gezogen worden, doch noch solide genug, um Galine zu befördern, ohne dabei Gefahr zu laufen, ihn unterwegs zu verlieren. Justinien zog sein Wams wieder an, schnallte das Wehrgehenk um, schob die Waffen hinein und setzte seinen Hut auf. Dann verließ er den Platz in Begleitung seiner Eskorte, die sich wieder eingefunden hatte, gefolgt von den Raben, den Fliegen und natürlich allen Blicken.

Er fuhr die Rue Magne hinauf, kam am Haus Crespiaget vorbei, in dem der verstümmelte Leichnam acht Jahre lang Koch gewesen war, bog dann in die Rue du Paparel ein und fuhr in umgekehrter Richtung denselben Weg zurück, auf dem er am Vortag gekommen war. Das Maultier hatte sich offensichtlich noch nicht von seinem Schrecken erholt und zeigte sich störrisch. Es blieb grundlos stehen, und trotz der schlimmsten Drohungen war es nicht dazu zu bewegen, auch nur noch einen Huf vorwärts zu setzen. Die Rue du Paparel war für seinen Geschmack sichtlich zu steil, und es weigerte sich, sich vom Fleck zu rühren.

Soviel Böswilligkeit brachte Justinien aus der Fassung, und er fand den Augenblick gekommen, seine teure Damaszenerklinge aus Sevilla aus der Scheide zu ziehen. Dann holte er mit einer weiten Geste aus und piekste das Maultier mit der Degenspitze ins Hinterteil. Das Tier brüllte wild auf und begann geradewegs auf der steilen Straße voranzuschießen. Der Offizier der Miliz, der es übernommen hatte, ihm den Weg zu bahnen, hatte eben noch Zeit, sich an das Schaufenster einer Apotheke zu drücken.

Nur dem Einschreiten eines Ochsenhirten war es zu verdanken, daß die wilde Kavalkade ein Ende fand und ein weiteres Drama verhindert wurde. Als er allerdings den Inhalt des Karrens entdeckte, wurde er bleich.

»Auch dies war keine gute Idee«, stellte Justinien betrübt fest, während er die lange Klinge wieder in die Scheide schob.

Er war so verwirrt, daß er beinahe die Scheide verfehlt und sich vier Finger abgetrennt hätte.

Er bedankte sich bei dem Ochsenhirten, der jetzt mit einem zutiefst überraschten Gesichtsausdruck auf seine Nase starrte. Dann ergriff er wieder die Zügel und zog sie vorsichtig an. Das Maultier geruhte zu gehorchen.

Der Karren mit der grausigen Ladung fuhr am Kerkerturm vorbei und verließ die Stadt durch das Westtor. Die Wachen am Zolltor, die vom Offizier der Miliz verständigt worden waren, hielten den Verkehr an, um den Karren vorbeizulassen.

Sie fuhren über die Pont-Vieux, folgten eine Weile dem pappelumsäumten Ufer des Dourdou und bogen dann ins

Landesinnere zur Kreuzung der Quatre-Chemins ab. Alle Reisenden, die sich nach Rodez, Clermont, Pont-de-Salars und Millau begaben, mußten über diese Kreuzung fahren.

An dieser Stelle erhob sich seit jeher ein riesiger Dolmen, der im ganzen Rouergue und darüber hinaus dafür bekannt war, daß es Glück brachte, ihn zu umrunden. Der Ursprung dieser Gewohnheit lag im tiefen Nebel der Urzeit, aber selbst die ungläubigen Postillone hätten es nie gewagt, weiterzufahren, ohne diesem Ritual ihren Tribut zu zollen.

Als Justinien und seine Eskorte eintrafen, herrschte an der Kreuzung lebhaftes Treiben unter der Oberaufsicht von Maître Calzins, dem der Bauauftrag zugesprochen worden war, nachdem er zweihundert Livres von der Kostenaufstellung für das Schafott nachgelassen hatte. Auf einem großen Landstück vor dem Dolmen hatte ein Trupp Erdarbeiter das Gestrüpp ausgerissen und war jetzt damit beschäftigt, den Boden zu ebnen, während die Zimmerleute den Ort mit Seilen absteckten, an dem sich die Galgenbalken und die Behausung für den Scharfrichter und seine Arbeitsgeräte erheben sollten. Zur Rechten des Dolmen wurden die ausgerissenen Dornen und das Gestrüpp verbrannt. Auf der anderen Seite grasten neben zahlreichen Karren und Bretterstapeln friedlich die Maultiere.

Als Justinien mit seiner unheimlichen Ladung ankam, wurde das friedliche Schaffen gestört. Noch schlimmer wurde es, als er geradewegs auf Maître Calzins zuging, um ihm mitzuteilen, daß er sich zum Place du Trou begeben solle, um dort das Schafott abzubauen und es hier wieder aufzustellen.

Der Anblick der Pistolen und des Rapiers beeindruckten Calzins sehr, und so schluckte er seinen Groll hinunter und wählte sechs Männer aus, die ihn begleiten sollten.

»Und vergeßt nicht den Mast, das Rad und die Leiter! Und kümmert Euch auch um eine große Plane, um das Schafott zu schützen, falls es regnen sollte.«

Ohne zu antworten, ging Maître Calzins zu seinen Gefährten, die inzwischen den größten Karren angespannt hatten.

Justinien lachte, als er sah, wie sie gewissenhaft den Dolmen umrundeten, ehe sie den Weg nach Bellerocaille einschlugen. Auch er hatte vor kurzem die Runde gemacht, und man konnte kaum behaupten, daß ihm das Glück gebracht hätte.

Er warf einen kritischen Blick über die Kreuzung. Hierher wollte man ihn also verbannen! Abseits von der Stadt, mitten in die steinige, mit Disteln und Dornen überwucherte Ebene im Blickfeld der Burg, die sich nur eine halbe Meile entfernt in der Landschaft erhob.

Da er nicht wußte, was er mit Galines Körper machen sollte, ließ er ihn einfach in dem Karren liegen und machte sich daran, das Maultier auszuspannen, das friedlich in Gesellschaft seiner Artgenossen graste. Der Offizier der Miliz kam, um sich nach dem weiteren Verlauf zu erkundigen. Justinien zuckte mit philosophischer Gelassenheit die Achseln.

»Wir müssen warten, bis der Holzverderber mit dem Mast und dem Rad zurückkommt, da der Körper wieder auf das Rad gespannt werden muß. Vorher können wir nicht in den Ort zurückkehren.«

Der Offizier der Miliz und seine Männer richteten sich unter der großen Steinplatte des Dolmen, der einzigen schattigen Stelle im ganzen Umkreis, ein und ertrugen ihr Los geduldig.

Da die Wartezeit recht lang zu werden versprach, setzte sich Justinien auf einen Bretterstapel und begann, mit seinen Pistolen herumzuspielen. Er hielt es nicht länger aus und verschreckte alle Anwesenden, indem er auf die Raben zielte, die zurückgekommen waren. Er verfehlte sie. Der Offizier der Miliz kam auf ihn zu, um ihn mit aufgebrachter Stimme zurechtzuweisen.

»Was fällt Euch ein? Wißt Ihr denn nicht, daß es verboten ist, sie zu töten?«

Er spielte auf den lehnsherrlichen Erlaß an, Raben, Krähen und andere Aasvögel zu schützen, da man sie als städtische Kadaververwerter sehr nützlich fand.

»Ich habe absichtlich daneben gezielt, Ihr könnt mir glauben, daß ich sie sonst getroffen hätte...«, log er und hielt den Lauf unter seine Nasenlöcher aus Lindenholz, um den stechenden Geruch des Pulvers einzuatmen.

»Es ist ebenso verboten, sie in irgendeiner Weise zu stören. Der edle Baron will nicht, daß sie in andere Gefilde ziehen.«

Kleinlaut steckte Justinien seine Waffen ein. Der Offizier der Miliz ging zurück zum Dolmen, wo seine Männer inzwischen angefangen hatten, Karten zu spielen.

Justinien hatte seinen Degen gezogen, dessen Klinge er jetzt von oben bis unten hin zu der feinen Spitze musterte. Der Name des Waffenschmiedes, Sebastián Hernández, war mit feinen Silberstreifen in die Klinge tauschiert. Er machte einige Schritte und ließ sie durch die Luft sausen. Der zischende Laut des Stahls begeisterte ihn. Die wenigen Fechtstunden, die er bekommen hatte, hatte ihm Papa Martin erteilt. Er hatte dabei einen Knüppel benutzt, um ihn in die Handhabung des Entermessers einzuweisen, denn das war die einzige Waffe, die er beherrschte.

Er köpfte einige Klatschmohnblüten und machte sich dann an die Disteln. Obgleich die Waffe leicht war, ermüdete sein Arm schnell, da er eine solche Anstrengung nicht gewöhnt war. Er streifte die Klinge an seinem Ärmel ab und schob sie vorsichtig zurück in die Scheide.

Alle Reisenden, die über die Kreuzung kamen, erkundigten sich bei den Arbeitern, was dieser Aufruhr zu bedeuten habe. Einer von ihnen, ein Kurzwarenhändler vom Land, beugte sich über die Rüstleiter und riß ein Stück vom Hemd des Toten ab.

Der Offizier der Miliz maßregelte ihn vom Dolmen aus:

»Laß das auf der Stelle los, du Schurke, und zieh deines Weges.«

Dann wandte er sich an Justinien, der auf seinem Bretterstapel vor sich hinträumte und rief ihm zu:

»Es ist Euer Toter. Ihr müßt ihn bewachen!«

Justinien ging auf den Hausierer zu, der seine Ware auf den Rücken gebunden hatte.

»Warum tust du etwas so Abscheuliches?« fragte er ihn und deutete dabei auf den blutbefleckten Stoffetzen, den er in der Hand hielt.

»Ich kenne Leute, die daraus einen Talisman anfertigen und die für diese Art von Ware bezahlen.«

»Wenn das so ist, kannst du ihn behalten, aber du mußt mir etwas dafür zahlen... Sagen wir... Ich weiß nicht... Sagen wir zehn Sols, das ist nicht teuer.«

»Bei allen pockennarbigen Mönchen! Zehn Sols, bei meinem Allerwertesten! Warum sollte ich einem Taugenichts wie dir etwas bezahlen?«

»Weil ich der Henker von Bellerocaille bin und der Tote mir gehört.«

Der Hausierer ließ den Stoffetzen zurück in den Wagen fallen und machte sich eiligst auf den Weg nach Millau...

Einige Augenblicke später kam er zurück und drehte seine Runde um den Dolmen, was er zuvor in der Eile vergessen hatte.

Bald fanden sich die Raben wieder auf der Rüstleiter des Karrens ein. Die Zeit verging.

Nachdem Galines Leichnam verschwunden war, hatten auch die Neugierigen den Place du Trou verlassen. Als Maître Calzins und seine Leute ankamen und sich daran machten, das Schafott abzubauen, kamen sie zurück.

Ein Knebelspießträger kam aus dem Amtsgebäude und verständigte den Zimmermann, daß der Prévôt ihn in seinem Büro erwartete.

Foulques war ausnehmend schlecht gelaunt. Der Besuch des Waffenschmiedes Favaldou und seine unglaublich hohe Kostenaufstellung hatten ihn vollständig ermüdet.

»Wie weit sei Ihr mit den Arbeiten, Maître Calzins?«

»Wir kommen gut voran. Wenn uns Euer Henker nicht in unvorhergesehener Weise dazwischen kommt, werden wir rechtzeitig fertig sein.«

»Schluß damit! Ich wiederhole, daß dieser junge Mann ab jetzt unser Scharfrichter ist und alle Rechte genießt, die mit seinem Amt verbunden sind. Ich empfehle Euch im übrigen, aufmerksam die Charta zu lesen, die wir in der Stadt haben aushängen und verlesen lassen. Vor allem den Absatz über das Recht, direkte Abgaben zu erheben, und denkt daran, wenn Ihr Eure Kostenaufstellung macht.«

»Was hat das zu bedeuten? Ich verstehe Euch nicht, edler Prévôt.«

»Der Baron hat soeben beschlossen, daß die beachtlichen Kosten, die durch die Schaffung dieses Amtes entstehen, zum Teil von der Gilde mitzutragen sind.«

Die Gilde war ein Zusammenschluß der Kaufleute und Handwerker von Bellerocaille. Sie war so mächtig, daß der Baron keine Steuer erlassen konnte, ohne sich zuvor mit ihr zu beraten.

»Diesem Erlaß wird die Gilde niemals zustimmen.«

»Sie wird zustimmen, wenn die Auflistung der verzeichneten Gewinne, die seit der Gefangennahme von Pierre Galine erzielt wurden, verlesen wird.«

Der Amtsdiener betrat das Zimmer und verkündete, daß der Wirt Sébrazac im Vorzimmer warte.

»Was will der denn noch von mir?«

»Ich glaube, es geht um eine Kostenaufstellung, edler Prévôt.«

»Er soll noch warten!«

Foulques ging um seinen Schreibtisch herum auf den Zimmermann zu, der durch das Fenster beobachtete, wie seine Leute die Treppe des Schafotts abbauten.

»Was glaubt Ihr, wann die Behausung für den Scharfrichter fertig sein wird?«

»Morgen nachmittag, edler Prévôt.«

»Und wie lange braucht ihr, um das Schafott wieder aufzubauen?«

»Etwa drei Stunden.«

»Sehr gut. Baut es an der Kreuzung der Quatre-Chemins wieder auf. Es ist groß genug, um eine ganze Kompanie von Drachen unterzubringen, es müßte als vorübergehende Behausung für unseren Scharfrichter ausreichen.«

Justinien lehnte an dem Bretterstoß und träumte, daß er soeben Baldo im Einzelkampf aufgespießt hätte und sich jetzt daran machte, Vitou ein ähnliches Los zu bescheren (Mouchette, die mit Ketten an einen Baum gefesselt war, wartete, bis sie an der Reihe war.) Plötzlich weckte ihn das Rumpeln der Räder auf dem Weg. Er stand ernüchtert und mit schwerem Kopf auf. Im Schlaf war sein Hut zur Seite gerutscht, und seine linke Wange war von der Sonne verbrannt. Er sah, daß sich der vollbeladene Karren des Zimmermanns näherte. Ihm folgte ein Zug Neugieriger, den der weite Weg bis zur Kreuzung der Quatre-Chemins nicht abgeschreckt hatte. Schon näherten sich die ersten dem von Raben belagerten Wagen und schielten auf das Hemd des Toten. Die Raben flogen davon. Der Offizier der Miliz erhob sich, seine Männer unterbrachen ihr Spiel und griffen zu den Lanzen.

Justinien ging auf die Leute zu, während er seine schmerzenden Schläfen massierte.

»Zurück, übles Gesindel! Laßt den Toten in Frieden!«

Die Leute erkannten ihn und traten zurück, jedoch nur einige Schritte. Und da es in der Natur aller ehrbaren Leute lag, beim Anblicke dessen zu erzittern, der durch das Gesetz ermächtigt war, ihresgleichen zu töten, erzitterten auch sie.

Justinien baute sich vor Calzins auf, der das Abladen des Schafotts überwachte, und machte sich ein weiteres Mal unbeliebt, indem er einige der Männer aufforderte, den Mast aufzurichten und dann das Rad und den Körper daran zu befestigen.

»Sie werden dieses Ungeheuer nicht anrühren!«

»Sie werden das tun, was ich ihnen zu tun befehle, sonst wird der hier anwesende Offizier der Miliz eingreifen.«

Während einer der Erdarbeiter ein Loch für den Mast grub, ging Justinien wieder zu dem Toten und dem Kreis der Neugierigen, die erneut näher gekommen waren. Eine Frau wagte es als erste, das Wort an ihn zu richten.

»Ich zahle Euch einen Sol, wenn Ihr mich ein Stück von seinem Hemd nehmen laßt.«

Während sie sprach, legte sie das Geldstück in seine Hand. Justinien zögerte nur kurz.

»Für einen Sol gibt es aber nur ein kleines Stückchen.«

Sogleich streckten sich ihm andere Hände, die Geldstücke hielten, entgegen. Er nahm sie alle an und zerteilte selbst das Hemd des Kochs mit seinem Messer. Es dauerte nicht länger als dreißig Vaterunser, und das Hemd war vollends verschwunden. Und bald hing ein Galine, nackt wie am Tag seiner Geburt, zwei Meter über dem Boden auf dem Rad.

Die Raben kamen zurück.

Barhäuptig und ohne sich weiter um die Sonne zu kümmern, trug Justinien seinen Hut, der zur Hälfte mit Geldstükken gefüllt war, zu seinem Bretterstoß, wo er sich daranmachte, sie zu zählen. Dabei teilte er die Silbersols, die Liards und die Kupferhardis in kleine Häufchen. Die Höhe der gesamten Summe erstaunte ihn. Einhundertundzehn Sols! Fünfeinhalb Pfund, genug, um mehr als ein Dutzend Hemden zu kaufen!

»Ich hätte kleinere Stücke machen sollen!« sagte er sich.

Inzwischen wurde zehn Klafter von dem künftigen Galgen entfernt – dieser war mittlerweile fast fertiggestellt – das Schafott mit kräftigen Hammerschlägen wieder aufgebaut.

»Ist das denn nötig? Wäre es nicht besser, es abgeschlagen aufzubewahren?« fragte Justinien Calzins, der ihm boshaft zulächelte.

»Das war ja auch meine Meinung, bis mir der edle Prévôt erklärt hat, daß er es als Behausung für Euch vorgesehen hat, bis die Eure endgültig fertig ist.«

Da Justinien spürte, daß ihn alle beobachteten, zwang er sich, vollkommen ungerührt zu bleiben.

»Ein Schafott als Unterkunft für einen Henker, das ist doch vollkommen natürlich! Ich werde also in die Stadt gehen und mir das nötige Mobiliar beschaffen, ehe es Nacht wird.«

Er holte sein Maultier, spannte es vor den Karren und machte sich auf den Weg nach Bellerocaille, und er unterließ es bewußt, die Runde um den Dolmen zu machen. Als erstes übergab er den beschädigten Karren und das Maultier wieder ihrem Besitzer. Als dieser beim Anblick der zerbrochenen Bodenbretter zornig das Gesicht verzog, schnitt ihm Justinien knapp das Wort ab:

»Erspart mir Euer Gejammer und gebt Euch damit zufrieden, Eure Kostenaufstellung zu erhöhen... Das hättet Ihr ja ohnehin getan. Dann weist Eure Reitknechte an, mir einen neuen Karren bereitzustellen. Und diesmal will ich ein Pferd und keinen hundertjährigen, starrköpfigen Maulesel. Beides soll vor dem Amtsgebäude des Prévôt bereitstehen, wenn ich es verlasse.«

Ohne eine Antwort abzuwarten, kehrte der dem Besitzer des Mietstalls Calmejane den Rücken und ging, noch immer von seiner Eskorte begleitet, mit entschlossenem Schritt zum Place du Trou.

Ehe der Amtsdiener ihn in Foulques Amtszimmer führte, deutete er auf die Eisenstange, die an der Wand lehnte, und sagte:

»Vergeßt sie nicht, wenn Ihr geht! Auu!«

»Verzeiht«, sagte Justinien, der ihn aus Unachtsamkeit mit seinem Rapier angestoßen hatte.

Foulques saß mit sorgenvoller Miene in seinem Zimmer und schrieb (er mußte schließlich drei zum Tode Verurteilte finden).

»Stimmt es, edler Prévôt, daß Ihr mir das Schafott als Unterkunft zugedacht habt?«

»Warum nicht? Es bietet vorübergehend Schutz, und spätestens übermorgen, also am Freitag, wird Eure Dienstbehausung fertiggestellt sein.«

»Wäre es nicht anständiger gewesen, mich vorübergehend in einem Zimmer der Herberge ›Au Bien Nourri‹ unterzubringen?«

»Lest Eure Charta noch einmal, edler Scharfrichter. Sie ist in dem Augenblick in Kraft getreten, da man sie Euch überreicht hat. Ihr könnt nicht innerhalb der Stadtmauern nächtigen, ohne gegen sie zu verstoßen.«

»Gut, so sei es. Jetzt werde ich mich mit Eurer Erlaubnis

auf die Suche nach einem Strohsack machen und nach einigen Dingen, um mich einzurichten.«

»Aber bitte, edler Scharfrichter, aber bitte. Doch mäßigt künftig Euren aufwendigen Geschmack. Wenn ich nach diesen Kostenaufstellungen gehe, dann schuldet Ihr uns schon mehr als fünfeinhalb Jahre Eures Lohns.«

»Das ist doch klar, edler Prévôt. Da ich nichts besitze, brauche ich alles. So zum Beispiel auch ein Pferd ... Warum? Ich wohne schließlich so weit von der Stadt entfernt, daß ich es brauche, um mich in meinen grauenerregenden roten Kleidern zeigen zu könen.«

»Das werden wir später sehen. Alles zu seiner Zeit. Beschränkt Euch im Augenblick auf das Notwendigste. Für den Rest werden wir später sorgen ... Warum lächelt Ihr?«

»Habt Ihr mir nicht versichert, daß meine Behausung übermorgen, also am Freitag fertiggestellt sein wird?«

»Das habe ich gesagt.«

»Heute ist also Mittwoch?«

»Ja ... bis es Mitternacht schlägt. Aber worauf wollt Ihr hinaus?«

Justinien faltete die Abschrift seiner Charta auseinander und verlas mit dröhnender Stimme den Absatz, in dem es um die Tage der direkten Abgabe ging: Montag, Mittwoch, Samstag. »Ich werde also die direkten Abgaben eintreiben. Mit Verlaub, edler Prévôt, darf ich Euch vorschlagen, daß mir ein Ausrufer vorangeht und den Kaufleuten die Charta vorliest? ... Vielleicht wäre es auch nicht unnütz, mein Geleit zu verdoppeln. Es wäre auch gut, wenn mich ein Gerichtsdiener begleiten würde, um Protokoll zu führen, für den Fall, daß mir die Abgabe verweigert wird.«

Der Prévôt Henri de Foulques begriff, daß er diesen jungen Dieb mit der Holznase gründlich unterschätzt hatte. Als dieser das Amtsgebäude mitsamt einem Ausrufer und seiner Trommel, einem Gerichtsdiener mit weißem Kragen, einem Hauptmann der Miliz und einem vierfachen Geleit verlassen hatte, wies er seinen Sekretär an, ihm die Akte des Justinien Pibrac zu holen.

Kurz vor Sonnenuntergang begaben sich die Arbeiter und ihr Meister nach Bellerocaille zurück und ließen Justinien allein in Gesellschaft seines Mietpferdes und der entstellten Leiche von Pierre Galine zurück. Nicht einer von ihnen wünschte ihm eine gute Nacht, und als der letzte Karren hinter der Pappelreihe am Ufer verschwunden war, wurde dem jungen Mann schwer ums Herz. Er ging zu der Kreuzung hinüber und dachte an die herumirrenden Hunde und die Wölfe, die bald von dem Aas angezogen werden würden.

Die Grillen, die das Gelärme der Menschen vertrieben hatte, waren zurückgekommen und holten die verlorene Zeit nach, während Hunderte von Staren in engen Reihen über den Himmel flogen. Wolken kamen auf.

Justinien kletterte auf den Dolmen und warf einen Blick auf die umgepflügte Kreuzung. Die Luft duftete nach dem frischgeschnittenen Gras, wenn nicht gerade eine Laune des Windes den Gestank des Kadavers zu ihm herübertrieb. Man hatte drei Ar vom Gestrüpp freigelegt und großenteils auch die Steine abgesucht, zwei von vier Galgenbalken ragten in die Luft und boten einen Anblick, der bis jetzt noch nicht sonderlich gefährlich anmutete.

Die Ausmaße seiner künftigen Behausung waren mit Kordeln abgesteckt, die zwischen Pfählen gespannt waren. Etwas weiter, zu seiner Rechten, erhob sich das wiederaufgestellte Schafott, das ihm als Unterkunft für diese Nacht zugewiesen worden war.

»Ich bin ihr Hund in seiner Hütte«, sagte er sich finster und betrachtete den Klepper, den er gemietet hatte und der jetzt in der Nähe des Karrens graste. Um sein Mobiliar und die Ausbeute der direkten Abgabe hierherzubringen, hatte er zweimal hin- und herfahren müssen, und jetzt war in Ermangelung eines besseren Ortes alles unter dem Schafott abgestellt worden.

»Sie müssen sich meiner sehr sicher sein, wenn sie mich ganz alleine hierlassen.«

Tatsächlich hinderte ihn nichts daran, zu gehen und die ganze Nacht hindurch zu laufen. Wenn man sein Verschwinden bemerken würde, wäre er schon weit. Er stellte sich vor, wie er in Bordeaux ankam und an Bord eines Schiffes ging, das ihn in die Neue Welt bringen würde.

Er sprang wieder auf den Boden und ging zu seinem Schafott zurück, wo er sich, so gut es ging, eingerichtet hatte. Auf der Erde hatte er anstelle eines Fußbodens eine Plane ausgebreitet, auf der er ein Baldachinbett, einen Tisch, eine Bank und eine Truhe für seine Kleidung aufgestellt hatte. In einem Teil des Raums waren die Güter aufgestapelt, die er bei den Kaufleuten eingezogen hatte. Sicher, alle hatten lautstark Einspruch erhoben, sich energisch geweigert, gewichtig gedroht, aber schließlich hatten alle nachgegeben. Fast jedesmal hatte der Gerichtsdiener eingreifen müssen, und nur die Kaltblütigkeit des Hauptmanns der Miliz hatte einen Aufstand in der Gasse der Kornhändler verhindert (diese hatten seine Hand für unnormal groß befunden und verlangt, daß sie von einer religiösen Obrigkeit untersucht würde). Ebenso war es bei den Weinhändlern gewesen, einer Gilde, die sich instinktiv gegen die unvorhergesehene Steuer gewehrt hatte. Auch wenn Justinien nur das Recht hatte, eine Handvoll von allem zu nehmen, war die Ausbeute doch beeindruckend. Letztendlich waren es die schwierigen und unsicheren Straßen gewesen, die dazu geführt hatten, daß sich eine große Anzahl von Läden, Fabriken und Werkstätten in Bellerocaille angesiedelt hatten. Von jeher war in dem Ort alles hergestellt worden, was zur Versorgung seiner Bürger und auch der Bauern notwendig war.

Justinien öffnete sein Klappmesser, schnitt sich ein Stück geräucherten Schinken ab und aß ihn, während er eine verkorkte Flasche Wein öffnete, der aus einem Faß der Franziskanerabtei stammte. Selbst ein Schwachkopf konnte begreifen, daß er sich bei drei wöchentlichen Entnahmen in kürzester Zeit einen beachtlichen Vorrat schaffen würde, den er entweder verkaufen oder tauschen könnte.

Mit Hilfe des Weines siegte schließlich sein Optimismus. Er stellte sich vor, wie er sich ein Jahr später weigern würde, die Erneuerung seiner Ernennungsurkunde zu unterschreiben, den Herren seine Ehre erweisen und mit einer prall gefüllten Börse nach Bordeaux ziehen würde. Er sah deutlich seinen Aufbruch in die Neue Welt vor sich, wo er sich ein riesiges Reich schaffen würde. Selbst Gott würde es kaum glauben können! Er wäre im übrigen so gerecht und so beliebt, daß seine Untertanen ihren Kindern die Nasen abschneiden würden, damit sie ihm glichen.

Er trank seine Flasche Wein aus und aß dazu ein Stück Ziegenkäse, dessen Geschmack er als »sehr streng« befand. Dann öffnete er eine zweite Flasche und ging hinaus, um die letzten Sonnenstrahlen zu genießen.

Von einer plötzlichen Eingebung getrieben, zündete er nacheinander die großen Haufen von Gestrüpp und Dornen an, die die Erdarbeiter ausgerissen hatten. Dann ließ er sich auf dem Schafott nieder und bewunderte – wie Nero von seinem Balkon aus das Flammenmeer Roms –, wie die Glut den Horizont rot färbte und dicke weiße Rauchwolken ausstieß. Und wieder sah er sich als Kaiser der Neuen Welt. Diesmal eroberte er die Alte Welt an der Spitze einer Armee von Rothäuten, denn das war ja die Hautfarbe der Lümmel dort unten (das hatte er in einem der Almanache von Papa Martin gelesen). Auf seinem Weg würde er Angst und Schrecken um sich verbreiten.

Plötzlich ließ ihn Pferdegalopp zusammenfahren. Kein ehrlicher Mensch reiste zu so später Stunde, es konnte sich also nur um Banditen handeln, die es auf seine Habe abgesehen hatten. Mit klopfendem Herzen stieg er eilig von dem Schafott, kniete sich unter die Treppe und lud seine Pistolen. Er schoß in die Luft und schrie, so laut er konnte:

»Halt da! Keinen Schritt weiter, oder ich blase euch das Hirn aus dem Kopf!«

»Wir sind die Wache, zum Teufel. Wir sind es, die dir das Hirn ausblasen, wenn du dich nicht zeigst, du Schurke!«

Justinien wagte sich ein wenig vor und atmete auf, als er die Uniformen in den Farben des Barons erkannte. Er verließ sein Versteck. Die Reiter bildeten einen Kreis um ihn, und die Pferde schnaubten geräuschvoll.

»Da wird nur Gestrüpp verbrannt«, sagte einer der Bogenschützen, nachdem er die Feuer genauer untersucht hatte.

»Ihr seid wegen der Feuer hergekommen?« wunderte sich der junge Mann grinsend. »Habt Ihr gedacht, daß ich meine ›Hundehütte‹ angezündet hätte?«

Er deutete dabei auf die dunklen Umrisse des Schafotts.

Die Späher der Burg hatten das Feuer entdeckt und gerufen: »Es brennt an der Kreuzung der Quatre-Chemins!« Der Prévôt hatte eine Wachpatrouille ausgesandt, um den Schaden zu sichten.

»Warum diese Feuersbrunst?« fragte die Wache streng, ohne von seinem Pferd abzusteigen.

»*Primo* bin ich ebenso ein Beamter der Gendarmerie wie Ihr selbst, und angesichts dieser Tatsache bitte ich Euch, mir etwas mehr Respekt zu bezeugen. Außerdem bin ich, falls Ihr es noch nicht wissen solltet, hier zu Hause. Ich zünde also so viele Feuer an, wie es mir gefällt. Und ich denke nicht daran, Euch eine gute Nacht zu wünschen.«

Er kehrte ihnen den Rücken und ging unter das einen Klafter hohe Schafott, ohne dabei den Kopf beugen zu müssen. Da es Nacht wurde, schlug er mit seinen Feuersteinen Feuer und zündete mehrere Kerzen mit Baumwolldochten an. Draußen machte die Wache kehrt und ritt zurück.

Er schnitt sich eine Scheibe von der Lammkeule ab und aß sie mit einem Stück Brot, es war jenes weiche Brot, dessen gebräunte Kruste zuvor mit Eigelb bestrichen und mit Weizenkörnern bestreut wurde, Éponine hatte es jeden Sonntag gebacken, und er hatte es so gern gegessen... Bei der Vorstellung, daß Roumégoux nur drei Tagesreisen – vielleicht vier für die Langsamen – von Bellerocaille entfernt lag, erzitterte er. Früher oder später würde ihn jemand erkennen. Mit seiner Nase war das zwangsläufig.

Er trank noch einen kräftigen Schluck und versuchte, wieder zum Kaiser von ganz Amerika zu werden, doch die Stimmung war verflogen. Er hörte den Schrei einer Waldmaus, die in die Fänge eines Marders geraten war. Und wieder dachte er an die Wölfe. Er lud seine Pistolen. Um nicht im Schlaf gefressen zu werden, verstellte er den Zugang zu dem Raum unter dem Schafott mit Brettern, die in Mengen auf der Baustelle herumlagen.

Er legte das Rapier und die geladenen Pistolen auf den Tisch, die Eisenstange an das Fußende seines Bettes und den linkshändigen Degen aus Italien unter das Kopfkissen. So gerüstet setzte er sich an den Tisch und zählte sein Geld noch einmal. Außer den fünfeinhalb Livres vom Verkauf des Hemdes, das der Tote getragen hatte, waren es noch acht weitere Livres. Kaufleute hatten sie ihm gegeben, die nicht wollten, daß er ihre Waren mit seiner Hand berührte, da sie sie als unrein betrachteten, seit er damit getötet hatte.

Eine Weile betrachtete er die Häufchen von Silber- und Kupfermünzen. Nicht alle trugen das Bildnis des Barons Raoul, bei weitem nicht. Hier erkannte man das Profil des alten Königs Ludwig XIII. und das des jungen Ludwigs XIV. Dort auf der Dublone das wenig einnehmende Gesicht des Königs Karl II. von Spanien. Im ganzen Königreich waren mehr als achtunddreißig verschiedene Münzarten im Umlauf. Er trank auf all diese großen Männer, dann ließ er die Geldstücke in seine neue rauhlederne Börse gleiten.

Als die Wölfe angriffen, schlief er tief und fest. Der Lärm der zum Schutz aufgestellten Bretter, die unter dem Ansturm zusammenbrachen, ließ ihn hochfahren.

»He, wer da?« rief er, tastete auf dem Tisch nach seinen Pistolen und schoß auf die schwarzen Schatten mit den langen, spitzen Ohren.

Ein Wolf heulte auf, während er den Rückzug antrat, ein anderer kletterte über das Durcheinander der zusammengefallenen Bretterwand. Justinien legte seine leeren Pistolen ab und bückte sich, um nach der Eisenstange zu greifen. Diese Bewegung rettete ihn. Der Wolf, der sich auf ihn stürzen wollte, sprang über ihn hinweg und schlug gegen die Bretterwand aus provenzalischer Eiche, einem außergewöhnlich harten Holz. Justinien versetzte ihm mit der Eisenstange einen Schlag auf den Schädel, so daß er auf der Plane zusammenbrach. Er hörte das Mietpferd – zuerst vor Schrecken, dann vor Schmerz – wiehern, doch er hütete sich, seinen Unterschlupf zu verlassen.

Als der Angriff beendet schien, schlug er mit seinen Steinen Feuer und zündete die Kerzen an, um seine Pistolen nachladen zu können. Er warf beunruhigte Blicke zum Eingang, aber auch auf den Wolf, der mit blutendem Schädel auf dem Boden lag, aber keineswegs tot war und in seiner Bewußtlosigkeit nach Luft rang.

Sobald er seine Waffen wieder geladen hatte, ging er auf die Treppe zu und versuchte, draußen etwas zu sehen. Die Nacht war so schwarz, daß er nichts erkennen konnte. Gerade wollte er sich etwas weiter vorwagen, als er die Bretter über seinem Kopf knarren hörte und begriff, daß dort oben ein Wolf auf ihn lauerte. Er schoß, und die Bleikugel durchschlug zwar nicht die dicken Bretter, doch das Tier erschrak und sprang vom Schafott. Mit der zweiten Pistole schoß Justinien in seine Richtung, doch er traf ihn nicht.

Er lud die Pistolen erneut und hielt sich für einen zweiten Angriff bereit, der jedoch ausblieb. Also richtete er den Bretterschutzwall wieder auf und verstärkte ihn mit der Bank, dem Tisch und der Truhe. Dann wollte er dem bewußtlosen Wolf die Kehle durchschneiden, doch er brachte es nicht übers Herz. Obgleich das Tier mager war, war es doch sehr schön. »Wölfe sind Hunde, die in Freiheit leben«, hatte Martin mit bewundernder Stimme über sie gesagt. Justinien legte ihm eine Schlinge um den Hals und band ihn an dem Mittelpfeiler fest, der den Boden des Schafotts abstützte.

Dann warf er sich erschöpft auf sein Bett und schlief wieder ein. Draußen brach der Himmel auf, und es begann zu regnen. Zunächst waren es nur einige Tropfen, doch bald schüttete es wie aus Kübeln. Der Regen drang zwischen den Brettern hindurch und tropfte ins Innere. In den Falten der Plane bildeten sich Pfützen, die Kerzen erloschen, und Justinien schreckte durchnäßt aus dem Schlaf auf.

Gegen das Gewitter konnte er nichts unternehmen, und es blieb ihm nichts anderes übrig, als abzuwarten und seine verderblichen Lebensmittel in Sicherheit zu bringen.

Als es Tag wurde und Maître Calzins und seine Leute die Kreuzung der Quatre-Chemins erreichten, glaubten sie, ihren Augen nicht zu trauen: Sie entdeckten den Scharfrichter (in der Stadt sprach man von nichts anderem als von ihm), der einem riesigen grauen Wolf von etwa drei Jahren, den er an dem Mast festgebunden hatte, Fleischstücke zuwarf. Diese schnitt er aus den Überresten des halb verschlungenen Mietpferdes des Mietstalls Calmejane.

So verliefen der erste Tag und die erste Nacht des Scharfrichters von Bellerocaille, Justinien Pibrac, der inzwischen zum Vorfahren und Begründer der ältesten und bemerkenswertesten Henkerdynastie unserer Zeit geworden ist.

ZWEITER TEIL

I

Bellerocaille, Hauptkantonsort im Departement Aveyron, Mai 1901

»Ein Karren, der zuviel Mist geladen hat, ist auf der Straße umgekippt, Monsieur Pibrac. Der Weg ist bis zur Pont de la République versperrt.«

Léon warf dem Kind eine kleine Münze zu und wendete seinen Wagen, der von einem stämmigen Pferd gezogen wurde. Er fuhr die Rue Droite wieder hinauf, bog in die Rue du Dragon ein und kam erneut an der Bäckerei vorbei, die er gerade erst verlassen hatte. Seit dem Tod seines Schwiegervaters Arsène Bouzouc, der jetzt drei Jahre zurücklag, war Léon Herr über die Backstube. Doch er hatte sich noch immer nicht entschließen können, das Ladenschild der Bäkkerei Arsène Bouzouc auszuwechseln, sondern hatte sich damit begnügt, ihm den Hinweis »Konditorei« hinzuzufügen.

Er sah in die Bäckerei, wo seine Frau Hortense gerade die Magd des Bürgermeisters bediente. Jetzt entdeckte auch sie ihn, hinkte zur Tür und warf ihm einen fragenden Blick zu.

»Die Rue Droite ist versperrt, ich werde die Straße an der Burg nehmen«, erklärte er und fügte in fast flehendem Ton hinzu: »Bitte, Hortense, überwinde dich doch und komm mit mir zum Herrenhaus. Deine Mutter kann sich doch ausnahmsweise einmal um den Laden kümmern.«

»Ich habe nein gesagt, und dabei bleibt es.«

Als sie ihm den Rücken kehrte und zu ihrem Tresen zurückhumpelte, war ihr Gesicht noch verschlossener als sonst.

Trotz ihrer fünfunddreißig Jahre war Hortense noch schlank, doch sie kämpfte jeden Tag gegen die Beleibtheit an, indem sie sich zahlreiche Entsagungen auferlegte. Ihr Wesen – von Geburt an verbittert, da ihr eines Bein kürzer war als das andere – wurde allerdings dadurch nicht gerade heiterer. Diese Behinderung hatte ihr die Jugend verdorben, und sie wäre dazu verdammt gewesen, ihre Tage als alte Jungfer zu beenden, wenn nicht Léon, der Lehrling ihres Vaters, sie vor vierzehn Jahren geheiratet hätte. Sie hatte zwei Töchter und einen Sohn geboren, die Gott sei Dank nicht verunstaltet waren. Und Léon war es gelungen, den Umsatz der Bäckerei zu verdreifachen, indem er durch seine Feinbackwaren erheblich mehr Kundschaft angezogen hatte. Dennoch war Hortense nicht glücklich, im Gegenteil... Wie sollte sie jemanden lieben, der sie nur genommen hatte, weil er »nichts Besseres« gefunden hatte? Im ganzen Aveyron wollte zwar niemand eine Hinkende, selbst wenn sie hübsch war, doch wer hätte schon einen Pibrac gewollt?

Léon gab seinem Pferd die Peitsche, und der Karren setzte sich wieder in Richtung Rue Mange und Rue du Paparel in Bewegung. Die Leute, denen er begegnete, wandten den Blick ab oder murmelten mit spitzen Lippen einen Gruß. Einige, zumeist ältere Menschen, bekreuzigten sich, und ihre Hand umschloß eilig das Medaillon mit dem Bildnis des Heiligen Benedikt... Es hatte sich nichts geändert!

Léon war der erste seines Geschlechts, der sich mit einem Mädchen aus der Gegend vermählt, sich von der *Tradition* abgewandt hatte und versuchte, sich in die städtische Gemeinschaft einzufügen. Wie hatte sich dieses scheue und schüchterne junge Mädchen, das ihn so sehr gerührt hatte, in ein so scheinheiliges, herrschsüchtiges Weib verwandeln können? Was war geschehen? Daß er ein Pibrac war, erklärte noch nicht alles... Vielleicht hatte sie die Hartnäkkigkeit der Vorurteile unterschätzt, die noch immer fortbestanden, obwohl sein Vater Hippolyte Pibrac der Siebte sich gezwungenermaßen schon vor dreißig Jahren in den Ruhestand begeben hatte. Das Dekret Crémieux hatte 1870 die Kommissionen in den Provinzen ihres Amtes enthoben und dem Scharfrichter der Hauptstadt das alleinige Recht zugesprochen, Hinrichtungsurteile zu vollstrecken.

Sein Wagen verließ die Rue Magne und bog vorsichtig in die abschüssige Rue du Paparel ein. Diese führte an der Burg derer von Boutefeux entlang, die seit ihrer Plünderung im Jahr 1792 leerstand. Jetzt beriet man darüber, sie wiederherzurichten, um dort das städtische Museum unterzubringen, das sich jetzt noch auf recht beengtem Raum im Rathaus, dem vormaligen Amtsgebäude des Prévôt, befand.

Eine Familie von Holzsammlern näherte sich. Beladen wie die Packesel, quälten sie sich den Berg hinauf, und er mußte am Straßenrand anhalten, um sie vorbeizulassen. In Scharen verließen die früheren Bergbauern die ausgedorrte Hochebene von Ségala und von Aubrac, um Reisig zu sammeln und in der Stadt zu verkaufen, was allerdings große Unzufriedenheit bei den Holz- und Kohlehändlern auslöste, die von nicht zulässigem Wettbewerb sprachen. Der Stadtrat, der jetzt in den Händen der Republikaner (der »Roten«) war, ließ sie gewähren.

»Nur zehn Sous das Bündel! Damit wir nicht den Berg rauf müssen!« rief ihm ein Mann in seiner rauhen Mundart zu.

Léon lehnte voller Bedauern ab. Sein Backofen verbrauchte viel Holz, und er hätte keinesfalls einen so guten Preis ausgeschlagen, wenn nicht am Vortag plötzlich – was noch nie geschehen war – Doktor Octave Beaulouis, der Führer der Konservativen (der »Weißen«), mit einem breiten Lächeln seinen Laden betreten hätte.

»Ich möchte Sie um zwei Gefälligkeiten bitten, mein Guter.«

Léon hatte den Doktor, der zu den Honoratioren der Stadt gehörte, mit großen Augen angesehen.

»Mich?«

»Aber ja, Sie.«

Der erste Gefallen bestand darin, kein Holz mehr bei den Reisigsammlern zu kaufen, und der zweite, eine Petition zu unterzeichnen, um Barthélemy Boutefeux, den »roten« Bürgermeister zu zwingen, endlich Maßnahmen zu ergreifen, um das tägliche Eindringen dieses Bettelpacks zu unterbinden.

»Am Anfang haben sie sich ja damit begnügt, aufzusammeln, was am Boden lag, aber jetzt brechen sie ganze Äste ab und verwüsten den Wald von Ribaudins, um nur ein Beispiel zu nennen.«

Léon stotterte einige ungeschickte Sätze über die »besondere Ehre«, seinen Namen unter die der Notabeln der Stadt zu setzen, und unterzeichnete die Petition. Er war nicht sonderlich erstaunt, festzustellen, daß die erste Unterschrift vom Präsidenten der Vereinigung der Kohle- und Holzhändler stammte.

»Übrigens, mein lieber Pibrac, unsere Gesellschaft empfängt am nächsten Sonntag den verdienstvollen Professor Marguerite. Er wird einen Vortrag zu dem Thema *Ist das Bedürfnis nach Ruhe dem Menschen natürlicher als das Bedürfnis nach Freiheit?* halten. Gesellen Sie sich doch zu uns, ich rechne auf Ihren Beusch.«

Doktor Beaulouis, der Präsident und Begründer der Gesellschaft der »Freunde der guten alten Zeit«, bereitete eifrig die bevorstehenden Wahlen vor und war fest entschlossen, diesmal den »widerspruchsvollen« und »gottlosen« Boutefeux, vormals Baron von Bellerocaille, der die Stadt in die Hungersnot führte, aus dem Rathaus zu vertreiben.

War das das Ende der Vorurteile? Auf alle Fälle ein Köder, sagte sich Léon, als er den Wassergraben der Burg und den Turm hinter sich ließ, in dem der Vorfahr und Begründer ihres Geschlechts eingesperrt gewesen war. Als Kind war sein Vater Hippolyte oft mit ihm zu den Ruinen der Burg gegangen, und jeder Spaziergang endete unweigerlich mit einer Besichtigung des Turms. Dort hatte sich ehemals der Kerker des Lehnsherren befunden, in dem der erste der ihren in Ketten gelegen hatte.

»Sieh es dir an, Léon, sieh es dir an«, sagte Hippolyte jedesmal. »Durch diese Schießscharte hat er den Dolmen und die Kreuzung des Jüngsten Gerichts gesehen.«

»Gab es damals den Wald Vergogne denn noch nicht?«

»Nein, den haben Sie erst unter dem Vierten angepflanzt, damit man uns von der Stadt aus nicht mehr sehen mußte.«

Durch das westliche Stadttor, das verschont geblieben war, als man die Befestigungsmauern abgerissen hatte, damit die Stadt sich weiter ausdehnen konnte, erreichte er die Pont-Vieux. Er überquerte sie und folgte eine Weile der alten Straße, die nicht mehr benutzt wurde, seit man stromaufwärts die Pont de la Republique gebaut hatte. Dann bog er ab und gelangte in das Wäldchen Vergogne. Bald konnte er durch die Ulmenstämme hindurch die Umrisse des Dolmen erkennen.

Die Revolution hatte zwar die Galgenbalken und die Estrade für Pranger und Galgen ebenso wie die Schenken und die Andenkenhändler verschwinden lassen, doch das Herrenhaus des Scharfrichters stand noch immer, im Schutz seiner hohen, mit Partisanenklingen bewehrten Mauer.

Léon verließ den Wald, fuhr um den von Gänseblümchen und hohem Gras umwucherten Dolmen herum und lenkte sein Pferd auf den schmalen Pfad, der zu dem großen Steintor führte. Über dem Tor prangten das Familienwappen und die stolze Inschrift: »Gott und wir allein richten.« Rötliche Tradeskantien rankten sich in den Fugen der rosafarbenen Sandsteinblöcke empor, es waren dieselben, die man für den Bau der Kathedrale von Rodez verwendet hatte.

Er stieg ab und öffnete einen der schweren Torflügel. Schon jetzt fürchtete er die Anspielungen auf die Abwesenheit von Hortense an einem Tag wie diesem. Vor ihm lag das hufeisenförmig gebaute Herrenhaus, das von zwei runden, mit Zinnen bewehrten Türmen flankiert wurde.

Die von der Stadt abgewandte Fassade hatte große Fenster, die auf den weitläufigen gepflasterten Hof und den Park zeigten. In der Ferne sah man inmitten einer Baumgruppe die romanische Kapelle, darunter lag die Krypta, in der die bronzenen Grabfiguren der Vorfahren ruhten. Die von Justinien dem Ersten, dem Vorfahren und Begründer ihres Geschlechts, und seiner geliebten Frau Guillaumette waren aneinandergekettet.

Er nahm sein Pferd am Zügel und ging durch das Tor, das den Südturm mit dem linken Flügel des Herrenhauses verband. Es war ein langgestreckter, mit Schieferplatten gedeckter Bau, der in einen Pferdestall, einen Heuschober und einen Schuppen für die Kutschen unterteilt war. Hinzu kam ein weiterer Schuppen, in dem sämtliche Hinrichtungs- und Folterwerkzeuge untergebracht waren, unter anderem auch die »Mechanische« von Justinien III., die auseinandergenommen und sorgfältig in Truhen verstaut war. Der rechte Flügel beherbergte den Kuhstall, den Heuboden, den Hühnerstall, den Kaninchenstall und – durch eine Trennwand abgeteilt – Verschläge für die Schweine Victor und Hugo.

Als Léon in den großen, gepflasterten Hof trat, sah er seinen Vater Hippolyte, seinen jüngeren Bruder Henri, den alten Henkersknecht Casimir und die Brüder Lambert, Teilpächter des Anwesens, die gerade dabei waren, den alten Armeekrankenwagen aus dem Wagenschuppen zu holen. Hippolyte hatte ihn 1868 von der Intendantur der 122. Stellung gekauft und ihn äußerst geschickt umgebaut, um unabhängig zu sein für den Fall, daß ihm während seiner zahlreichen Reisen durch das Département die Herbergswirte die Unterkunft verweigerten. Die Guillotine und das Zubehör fanden Platz in einer eigens dafür eingerichteten Verschalung unter dem Boden des Wagens und ließen so im Inneren ausreichend Platz für eine Schlafstelle, einen kleinen Wohnbereich, eine Waschecke und eine bescheidene Kochstelle. Der so hergerichtete Krankenwagen war kaum benutzt worden, denn zwei Jahre nach seiner Fertigstellung hatte das Dekret Crémieux seinen Einsatz überflüssig gemacht.

Léon begrüßte sie und half ihnen.

»Hortense ist leidend, sie bittet ihre Abwesenheit zu entschuldigen«, sagte er kläglich.

Wider Erwarten ging niemand auf diese Lüge ein. Sie kannten seine Frau zur Genüge und wußten, daß es ihr lieber gewesen wäre, eine prall gefüllte Börse zu verlieren, als auf dem Weg zu ihrer unstandesgemäßen Schwiegerfamilie gesehen zu werden.

Dabei würden heute Henri, Adèle und ihre Kinder Antoine und Saturnin das Herrenhaus verlassen, um sich von Bordeaux aus nach Amerika einzuschiffen. Hortenses Hilfe wäre in der Küche sehr willkommen gewesen, wo Berthe, trotz ihrer angegriffenen Gesundheit, das letzte gemeinsame Essen vorbereitete. »Ihr Herz ist wie ein gesprungener Topf. Der kann auch hundert Jahre halten, wenn man ihn pfleglich behandelt«, hatte der Arzt nach ihrem ersten Schwächeanfall im letzten Winter festgestellt.

Als der Wagen schließlich in der Mitte des Hofes stand, klappte Hippolyte das Trittbrett aus und kletterte behende hinein, um die Luken zu öffnen und durchzulüften.

Man sah Hippolyte seine fünfundsechzig Jahre nicht an; allein die Vorstellung, zu altern, entrüstete ihn derart, daß er sein Bestes tat, um den verräterischen Anzeichen entgegenzuwirken. Als er im Alter von vierunddreißig Jahren an seiner rechten Schläfe das erste weiße Haar entdeckt hatte, war er äußerst erstaunt gewesen und ebenso wachsam wie Robinson Crusoe, als dieser einen menschlichen Fußabdruck auf der verlassenen Insel ausmachte. Er hatte das Haar ausgerissen. Doch als weitere auftauchten, änderte er seine Taktik und begann, sie zu färben. Ebenso hielt er es, als sich in seinem Schnäuzer und in dem W-förmigen Kinnbart die ersten weißen Fäden zeigten.

Léon ging zu seinem Karren zurück und zog unter dem Sitz einen Beutel hervor, der fünfpfündige, noch warme Brotlaibe enthielt und eine Keksdose, die mit seinem Honigbrot gefüllt war, das ihm die Begeisterung seiner Kundschaft und den Neid von mehr als zwanzig anderen Bäckern und Konditoren von Bellerocaille eingetragen hatte.

»Hier, für die Reise«, sagte er und hielt seinem Bruder den Beutel hin.

»Danke, Léon. Dein Brot und dein Kuchen ist sicherlich das, was uns dort unten am meisten fehlen wird.«

»Dort unten«, das war Kalifornien. Schon vor einem Jahrhundert waren andere Zweitgeborene der Pibracs ausgewandert, deren Nachkommen Henri jetzt dort erwarteten.

»Ich habe Adèle das Rezept gegeben. Sie wird euch welche backen.«

Gemeinsam gingen sie in die Küche des Herrenhauses. Léon küßte Berthe, seine Mutter, die Kartoffeln schälte und gleichzeitig das Zicklein überwachte, das am Spieß über der Feuerstelle hing. Als sie sich wunderte, daß Hortense ihn nicht begleitete, errötete er und wiederholte seine Lüge. Dann setzte er sich ihr gegenüber, klappte sein Taschenmesser auf und schälte eine Kartoffel. Henri ging zu Adèle und den Kindern, die in ihrem Zimmer letzte Hand an das Gepäck legten. Er schloß die Truhen und Koffer und rief durchs Fenster die Brüder Lambert, damit sie ihm beim Heruntertragen und Beladen des Wagens halfen.

Das Essen fand in einer Stimmung gezwungener Heiterkeit statt. Berthes Augen wurden jedoch feucht, sobald ihr Blick auf Antoine und Saturnin fiel, die sie nicht wiedersehen würde. Sie waren fünf und sechs Jahre alt, aßen mit gesundem Appetit und stritten sich darum, wer von beiden Griffu, dem riesigen Wachhund, der mit ihnen aufgewachsen war, die Knochen des Zickleins vorwerfen dürfe. Und wenn auch Hippolyte mit fröhlicher Stimme alle Pibracs aufzählte, die schon vor ihnen ausgewandert waren, so kam die Freude doch nicht von Herzen.

»Und wenn der Sechste nicht so früh gestorben wäre, dann hätte sicherlich auch ich dazugehört. Ich hätte mich allerdings in Australien niedergelassen.«

Dann kam der gefürchtete Augenblick des Abschiednehmens. Alle begaben sich in den Hof. Die Brüder Lambert spannten Zéphir und Pompon vor den Wagen. Man umarmte sich, man hielt sich umschlungen, die Tränen rollten, und die Nasen liefen.

Diese Trennung war um so grausamer, als sie Hippolytes letzten Hoffnungen ein Ende setzte: Wenn der Staat das Dekret Crémieux zurücknehmen und die Kommissionen in den Départements wieder einsetzen würde, gäbe es keinen Pibrac mehr, der das Amt hätte übernehmen können. Berthe hatte ihm drei Söhne geschenkt, der Älteste, Justinien, war an Tetanus gestorben. Léon hatte allem abgeschworen, indem er Bäcker wurde, und heute wanderte Henri in die Neue Welt aus und nahm die sanfte Adèle und ihre beiden Söhne mit sich.

Nachdem sie ein letztes Mal Griffu gestreichelt hatten, kletterten Antoine und Saturnin in den hinteren Teil des Wagens. Adèle setzte sich neben Henri, der jetzt die Bremsen losdrehte. Der Wagen rumpelte auf das Tor zu, das Casimir geöffnet hatte. Der alte, jetzt siebzigjährige Henkersknecht zog den Hut und winkte dem Wagen lange nach, der einmal den Dolmen umrundete, ehe er im Wald Vergogne verschwand.

Léon verabschiedete sich von seinen Eltern, und die Brüder Lambert folgten bald seinem Beispiel. Hippolyte, Berthe und Casimir standen im Hof und sahen sich finster an: Sie waren allein. In der Ferne hörten sie, wie ein Specht mit der Regelmäßigkeit eines Uhrpendels an einem Baumstamm hackte.

Am nächsten Tag kam Léon zurück, um ihnen die grauenvolle Nachricht zu überbringen.

Margot und Béatrice befanden sich in der Obhut der Schule von Saint Prépuce. Parfait stand mit seinem Vater am Backofen, Princesse, die Katze, streifte im Hof herum, die Magd kaufte ein. Hortense und ihre Mutter, die Witwe Bouzouc, füllten die Regale mit Kuchen, um sich auf den Ansturm gegen elf Uhr vorzubereiten. In diesem Augenblick betrat der Gendarmeriekommandant Calmejane das Geschäft. Beim Anblick seines betroffenen Gesichtsausdrucks, verschluckte Hortense ihr Willkommenslächeln.

»Guten Tag, Mesdames, ist Léon da?«

»Ich werde ihn holen, Kommandant«, sagte Hortense, hinkte zum Hinterzimmer und rief laut: »Léon, komm schnell!«

Mit Schweißperlen auf der Stirn und von der Hitze geröteten Wangen, die Augenbrauen und den Schnäuzer mit Mehl betäubt, eilte Léon von seinem Backofen herbei. Als er den

Gendarm sah, lächelte er. Calmejane war einer der wenigen ehrbaren Bürger von Bellerocaille, der freundschaftliche Beziehungen zu den Pibracs unterhielt.

»Freut mich, Sie zu sehen, Kommandant. Was kann ich für Sie tun?«

Ohne Umschweife, aber voller Mitgefühl erzählte er ihm, daß am selben Morgen eine Gruppe von Schnittholzsägern auf Wanderschaft im Wald von Palanges die Leichen von Henri und einem der Kinder entdeckt hatten.

»Und woher wissen die Schnittholzsäger, daß es sich um meinen Bruder handelt?«

»Ich habe die Toten gesehen. Aber um ganz sicher zu gehen, möchte ich, daß Sie sie identifizieren.«

Die Körper lagen unter einer Plane, die man in einer Ecke im Hof der neuen Gendarmerie am Place de la République ausgebreitet hatte. Nur wenige Schritte entfernt standen die Schnittholzsäger neben ihrem Wagen und warteten rauchend. Als sie den Sohn des Henkers Pibrac näherkommen sahen, verstummte ihre Unterhaltung.

Léon bückte sich, hob eine Ecke der Plane an und ließ sie augenblicklich wieder fallen, auf seinem Gesicht lag ein erschütterter Ausdruck.

»Wie ist das möglich, mein Gott? Wo sind Adèle und Saturnin?«

Der Kommandant machte den Schnittholzsägern ein Zeichen, näher zu kommen.

»Habt ihr die Umgebung abgesucht?«

»Wir haben nur in der Hütte, in der sie lagen, nachgesehen, aber nicht rundherum. Wir konnten ja nicht ahnen, daß es noch mehr waren.«

»Keine Spur von dem Wagen? Von den Pferden?«

»Wir haben alles, was wir gefunden haben, hergebracht«, sagte der Mann und deutete auf die Plane. »Außerdem haben wir einen ganzen Morgen Arbeit versäumt.«

»Alles deutet darauf hin, daß Ihr Bruder ein Opfer der Fersenröster des Hauptmanns Thomas geworden ist. Er ist diesen Monat schon mehrmalig gesichtet worden, und zwar immer im Wald von Palanges... Meiner Ansicht nach hat er alles mitgenommen, den Wagen, Adèle und den Kleinen. Ich habe einen Suchtrupp ausgesandt und die Gendarmerie von Laissac verständigen lassen. He, Léon, hören Sie mir zu?«

Léon wandte den Blick von den Leibern ab, die sich unter der Plane abzeichneten.

»Ich dachte an meinen Vater. Sie kennen ihn ja, ich muß ihn sofort verständigen. Er weiß, was jetzt zu tun ist.«

Erschüttert ging er auf den Ausgang zu. Warum, bei allen Heiligen, hatten die Banditen auch das Kind nicht verschont?

Ohne vorher zur Bäckerei zurückzugehen, hielt Léon einen Kutscher an, der zwar das Gesicht verzog, als er ihn sah, dann jedoch die Fahrt annahm. Eine halbe Stunde später erreichte Léon das Herrenhaus. Seine Mutter bereitete, wie jeden Dienstag, in ihrem alten verzinkten Kupfertopf auf kleiner Flamme eine Salbe. Casimir stopfte seine Socken, die die zu langen Fußnägel durchlöchert hatten, und Hippolyte arbeitete in der Bibliothek an einem Entwurf für eine *Abhandlung über die Kreuzigung.*

Die Nachricht erschütterte sie zutiefst. Hippolytes Knie zitterten, und Léon mußte ihn stützen und zu einem Stuhl führen. Casimir weinte und knirschte mit den Zähnen, und Berthe vergaß ihr Feuer, so daß die Salbe zu kochen begann und verdorben war.

Hippolyte faßte sich als erster und wies die anderen an:

»Ihr beide spannt Taillevent vor den Landauer«, befahl er Léon und Casimir. »Und du, Berthe, bereite uns Proviant für zwei Tage vor. Wir müssen herausfinden, was mit Adèle und Saturnin geschehen ist.«

Während jeder schweigend seiner Arbeit nachging, nahm er den Mannlicher, den ihm Otto Gutmann, der Scharfrichter von München, letztes Jahr geschenkt hatte, und begann das Magazin zu laden. Griffu wedelte mit dem Schwanz, um seine Freude zu zeigen: Er liebte die Jagd.

Als alles fertig war, schloß Hippolyte das Wehrgehenk seiner zehnschüssigen Lefaucheux und stieg mit Griffu und seinen Waffen in den Landauer. Mit seinem doppelläufigen Gewehr bewaffnet, setzte sich Casimir neben Léon, der die Zügel hielt. Berthe öffnete die Torflügel, und der Landauer verließ das Herrenhaus. Léon lenkte den Wagen in Richtung Bellerocaille.

Hippolyte steckte den Kopf zum Fenster heraus und rief: »Was machst du denn? Nimm die Straße nach Rodez!«

Sein schwarzer, zusammengebundener Haarschopf flatterte im Wind.

»Wollen Sie sich nicht zuerst die Leichen in der Gendarmerie ansehen?«

»Wozu? Sie sind tot. Kümmern wir uns zunächst um die, die vielleich noch am Leben sind.«

Sie überholten den Müller Halsdorf, der gerade noch Zeit hatte, in den Straßengraben zu springen, um nicht von dem schwarz-roten Landauer umgerissen zu werden, der mit voller Geschwindigkeit über die Straße jagte.

»Léon lenkte den Wagen, der mit verhängten Zügeln dahinschoß, und neben ihm habe ich Casimir gesehen, der bis an die Zähne bewaffnet war. Pibrac saß im Inneren des Landauers, und ich kann euch sagen, daß er nicht besonders freundlich aussah«, erzählte der Müller später einer aufmerksamen Zuhörerschaft.

Als sie an der Stelle ankamen, die man im Volksmund »La Pierre-Creuse«, den hohlen Stein, nannte – es handelte sich um eine große Felsplatte, unter der Generationen von Reisenden und Pilgern Schutz gefunden hatten –, folgte Léon den Angaben der Schnittholzsäger und lenkte Taillevent auf einen Waldweg, der von Dornen und Brennesseln gesäumt war.

Nach etwa tausend Metern kamen sie an eine Lichtung, auf der eine teilweise zerstörte und von Pflanzen umwucherte Köhlerei stand. Die Hütte, in der sie die Leichen gefunden hatten, lag am Waldrand. Die Zweige und das Blattwerk waren noch grün und zeugten ebenso wie das frische Stroh im Innern davon, daß sich hier erst vor kurzem mehrere Personen aufgehalten hatten. Léon erzitterte, als er die Steine und die Asche der Feuerstelle sah, auf der die Banditen Henris und Antoines Fußsohlen versengt hatten.

»Ich verstehe nicht, warum sie sich an dem Kleinen vergriffen haben«, fragte er sich, und vor seinen Augen tauchten wieder die verstümmelten Körper unter der Plane auf.

»Vielleicht hatte Henri noch Zeit, seine Börse zu verstekken, und sie wollten ihn zwingen, das Versteck preiszugeben«, mutmaßte Casimir, der den gestampften Lehmboden nach irgendwelchen Spuren absuchte.

»Vielleicht haben sie sie gefoltert, weil sie wußten, daß sie zur Familie Pibrac gehörten?« sagte Léon düster und wandte sich an seinen Vater. »Vielleicht haben Sie früher einmal einen ihrer Verwandten oder Freunde geköpft?«

Hippolyte schüttelte verneinend den Kopf.

»Nein. Adèle trug die Börse bei sich. Zerstreut wie er war, hätte Henri sie verloren, ehe sie Rodez erreicht hätten. Ich weiß, daß sie sie in einer Tasche verborgen hatte, die sie eigens zu diesem Zweck ins Innere ihres Kleides genäht hatte. Wenn sich also Adèle in ihrer Gewalt befunden hätte, glaubt ihr denn, sie hätte – ohne ein Wort zu sagen – zugelassen, daß man Antoine folterte? Je mehr ich darüber nachdenke, desto mehr bin ich davon überzeugt, daß es ihnen gelungen ist, zu entkommen... Sie leben, und sie sind irgendwo in diesem Wald.«

Es sei denn, man hätte sie verfolgt, wieder eingefangen, getötet und dann irgendwo liegengelassen, dachte Léon. Griffu schnüffelte geräuschvoll an der Laubschütte, hielt bisweilen inne, so als sei er nicht sicher. Sie verließen die Hütte und untersuchten die Lichtung, auf der sie mehrere Wagenspuren fanden, unter anderem auch die des ehemaligen Krankenwagens, die breiter als die anderen und somit leicht erkennbar waren.

»Sie haben das Herrenhaus nach der Mittagsruhe verlassen und den Wald vermutlich bei Einbruch der Dunkelheit erreicht. Meiner Ansicht nach hat der Angriff nicht hier stattgefunden. Henri hat sicherlich das Lager an dem großen

Weg aufgeschlagen... Die Schurken haben sie hierher gebracht, um ihre Ruhe zu haben... Kommt, fahren wir zurück zur ›Pierre-Creuse‹.«

Als sie sich der großen Felsplatte näherten, blieb Griffu, der vor dem Pferd herlief, plötzlich stehen, Schwanz und Ohren steil aufgestellt, und schnüffelte. Léon zog die Zügel an, und Taillevent hielt an. Plötzlich bellte der Wachhund freudig und sprang in das dichte Farnfeld. Sie ließen den Landauer in der Mitte des Weges stehen und eilten ihm nach. Mit klopfendem Herzen bahnten sie sich einen Weg durch die Dornen.

»Wenn sie tot wären, würde er nicht so bellen!« rief Casimir außer Atem.

Hoffentlich ist es nicht wegen eines Wildschweins, dachte Léon, der von Natur aus pessimistisch war.

Hoffentlich ist Saturnin noch am Leben, dachte Hippolyte.

Was sie dann entdeckt hatten und hatten tun müssen, blieb ein streng gehütetes Geheimnis zwischen ihnen. Später verlor keiner ein Sterbenswörtchen darüber... niemandem gegenüber.

II

Thomas Lerecoux, der spätere Hauptmann einer Bande von gefährlichen Fersenröstern, war der fünfte Sproß einer Familie mit elf Kindern gewesen. Seine Eltern, arme Bauern aus der Gegend von Roumégoux, bewirtschafteten ein kleines Stück Land, das so abschüssig war, daß man sich an gewissen Stellen anseilen mußte, um das Korn schneiden zu können.

Eines Tages bot ein Nachbar ein Hektar Land, unmittelbar neben dem ihren, doch flacher und in besserer Lage, zum Kauf an.

Thomas hatte bei der Aushebung die richtige Nummer gezogen, die ihn vom Militärdienst befreite, doch sein Vater befahl ihm, nach Rodez zu gehen und sie dort an einen Menschenhändler zu verkaufen.

»Aber ich will kein Soldat werden, das ist ein Sklavenleben!«

»Der Kauf dieses Landstücks ist eine zu gute Gelegenheit. Du mußt gehen, Thomas, du bist nicht der Älteste im Haus.«

»Das ist ungerecht.«

»So will es der Brauch!«

Thomas unterwarf sich. In Begleitung seines Vaters begab er sich nach Rodez, wo ein Menschenhändler einen Vertrag für einen Tausch mit dem Sohn eines reichen Grundbesitzers, der die falsche Nummer gezogen hatte, aufsetzte. Er unterzeichnete, und sein Vater steckte das Geld ein. Am selben Abend wies man ihn dem 122. Regiment der Infanterie zu.

Thomas hatte ein heftiges Wesen und einen Charakter, der nicht dazu angetan war, gute Miene zum bösen Spiel zu machen, und so zeigte er sich von Anfang an widerspenstig gegenüber jeglicher Form des Drills. Kurze Zeit später wurde Thomas Lerecoux der Auflehnung gegen einen Unteroffizier, der ihn ins Gesicht geschlagen hatte, angeklagt und streng bestraft. Man brachte ihn in eine Militärfestung in der Nähe von Besançon, wo man seiner Gewalttätigkeit mit noch größerer Gewalttätigkeit begegnete, die ihn demütigte und schließlich seinen Charakter brach. Er wurde zu einem skrupellosen Wesen, hinterhältig wie eine Harke, die man im Gras vergessen hat.

Sieben Jahre vergingen, bis sich die Verwaltung entschloß, ihn freizulassen, dann überließen sie ihn plötzlich mitten im Winter, mit kahlgeschorenem Schädel und einigen Francs in der Tasche, sich selbst.

Mit der unbestimmten Absicht, nach Hause zurückzukehren, machte sich Thomas auf den Weg nach Süden.

Als seine Ersparnisse aufgebraucht waren und er Hunger hatte, griff er einen Hausierer an, der sich nach Leibeskräften wehrte und unvorsichtigerweise immer wieder schrie: »Ich sehe dich, du Bandit! Ich sehe dich, und ich werde dich wiedererkennen!« Thomas spaltete ihm den Schädel mit einem großen Stein, nahm ihm die Börse ab (deren Inhalt leider recht mager war) und verging sich lange an seinem Leichnam, ehe er ihn in einen Graben warf und mit trockenen Blättern bedeckte.

Nachts marschierte er, tagsüber schlief er. So zog er seines Weges, der von Morden und Vergewaltigungen gesäumt war: Einmal war es ein Scherenschleifer aus Berry, ein andermal ein Maulwurfsfänger aus der Dauphiné.

Eines Abends, als es schneite und er vor Kälte zitterte, überfiel er ein kleines Gehöft. Er fesselte die Frauen und die Kinder und versengte dem Mann die Fußsohlen, bis dieser das Versteck seiner Ersparnisse preisgab. Er hatte zwar nur dreißig Francs erbeutet, doch brachte er vorsichtshalber alle um, vergewaltigte, um etwas Abwechslung zu finden, eine der Frauen und setzte dann das Gehöft in Brand.

Zwei Tage lang zog er quer durch die Wälder und Felder

seines Weges; Sobald er jemanden sah, verkroch er sich. Unterdessen schmiedete er einen ausführlichen Plan für seine Zukunft: Er wollte nach Hause zurückkehren, dort ein (sehr ebenes) Landstück von zwanzig Hektar kaufen, sich verheiraten und ein Haus für seine künftige Familie bauen.

Auf seinem Weg nach Süden tötete Thomas einen Kaminkehrer aus Savoyen, der nur fünf Francs bei sich hatte, und einen Schnürsenkelhändler, bei dem er sogar nur zwei Francs fand. Das war zwar nicht viel, aber immerhin besser als gar nichts, und es war so einfach! Er begann ein Gespräch, er erweckte das Vertrauen seiner Opfer, wartete auf den geeigneten Augenblick und bum! Immer schlug er von hinten zu und immer sehr heftig auf den Kopf, um jegliche Möglichkeit eines Gegenangriffs auszuschließen. Der schönste Augenblick war der des Durchsuchens (wieviel würde er dieses Mal finden?), und dann folgte die Vergewaltigung, die immer sehr lang, anstrengend und lautstark war.

Er fuhr fort, alles zu töten, was schwach, allein und schutzlos war, doch schließlich mußte er sich eingestehen, daß der Verdienst nicht der Anstrengung entsprach und daß es Monate dauern würde, ehe er die Summe beisammen hätte, die er zur Verwirklichung seiner Zukunftspläne brauchte. Er begann, von einer Bande zu träumen, die ihm große Taten ermöglichen würde: Eine Bande, die er befehligen würde wie ein Hauptmann seine Kompanie.

Als Thomas Lerecoux ins Aveyron kam, um sein Hauptquartier im Wald von Palanges aufzuschlagen, waren sechs Jahre seit seiner Freilassung aus dem Militärgefängnis vergangen. Allerdings besaß er keinen Acker in der Nähe von Roumégoux, sondern er war der Anführer einer Diebesbande, die von allen Gendarmen in Frankreich und Navarra gesucht wurde. Oft entkam er nur mit knapper Not, doch nie wurde er gefaßt. Wenn es kalt wurde, zog er sich in sein Winterquartier zurück, um dann im Frühjahr mit den ersten Knospen wieder loszuziehen.

Im Monat Mai des Jahres 1901 hatte Hauptmann Thomas,

wie er sich gerne nennen ließ, unter den vielen Hütten, die sie in dem großen Wald ausgemacht hatten, ein verlassenes Köhlerlager in der Nähe der »Pierre-Creuse« als Bleibe gewählt. Er spielte gerade Würfel mit Raflette, einem ehemaligen Armeesträfling aus dem Limousin, als Zek, der Zigeuner aus der Estremadura, der mit Marius auf dem großen Weg Wache hielt, meldete, daß eine Familie mit einem großen Kutschenwagen eben ihr Nachtlager in der Nähe der »Pierre-Creuse« aufschlage.

»Wie viele sind es?«

»Ein Paar und *dos chicos!* Ich habe *también* große Koffer gesehen.«

»Das ist gut, das ist sehr gut!« schrie Thomas. »Gehen wir!«

Außer Raflette, Zek und Marius gehörten noch Guez aus Nîmes, Ducasse und Kénavo zur Bande des Hauptmanns Thomas.

Alle besaßen sie hochmoderne Repetiergewehre wie die, die jetzt bei der Armee und Gendarmerie die alten Chassepotgewehre mit Zündnadel ersetzt hatten. Sie hatten sie letzten Sommer bei einem Überfall auf einen kleinen Gendarmerieposten in Saint-Luzon erbeutet.

Im Gänsemarsch schlichen die Fersenröster hinter ihrem Hauptmann über den Waldpfad, der von einer Mondsichel, die bisweilen hinter den Wolken verschwand, schwach erleuchtet wurde.

Thomas' Plan war äußerst einfach: Er hatte vor, die Reisenden außer Gefecht zu setzen, die Spuren des Angriffs zu beseitigen und dann den Wagen zu ihrem Quartier zu bringen. Dort könnten sie die Beute in Ruhe und Sicherheit teilen, eine ruhige Nacht verbringen und am nächsten Morgen zur nächsten Lagerstätte aufbrechen um dort auf einen neuen Überfall zu lauern.

Die Reisenden hatten sich um ein Feuer versammelt, das sie vor der Kutsche angezündet hatten. Zwei Reisekoffer, die mit einem edel bestickten Tischtuch bedeckt waren, waren zu einem improvisierten Tisch zusammengeschoben. Ganz in der Nähe grasten zwei angepflockte Pferde mit gesundem Appetit. Die Kinder versuchten, Nachtfalter zu fangen, die vom Licht der Wetterlampe angelockt wurden. Die hübsche blonde Frau goß Suppe in die Teller, der Mann schnitt Scheiben von einem großen Brotlaib herunter und sagte irgend etwas, das Thomas, der hinter einem Gebüsch verborgen war, nicht verstehen konnte. Er pirschte sich lautlos heran und machte seinen Männern ein Zeichen, sich bereitzuhalten. Zek lächelte ihm zu und seine breiten weißen Zähne schimmerten in der Dunkelheit.

»Papa, Saturnin sagt, daß der Mond nützlicher wäre als die Sonne. Stimmt das?«

»Wie kommst du darauf?« fragte der Mann das Kind.

»Der Mond scheint nachts, und die Sonne nur am Tag, da hat sie es viel leichter.«

»Gar nicht dumm«, sagte sich Thomas, während der Mann den Kopf schüttelte und sich an seine Frau wandte:

»Ich frage mich, woher er solche Sachen hat?«

»Casimir hat es mir gesagt!«

Thomas erhob sich und näherte sich der Feuerstelle. Seine Männer taten es ihm gleich und spannten den Abzug ihrer Waffen.

»Ducasse, Zek, die Pferde«, befahl er, während er den Lauf seines Repetiergewehrs auf den Mann richtete, der mit grimmigem Gesicht aufgestanden war, den Teller mit Suppe noch in der Hand.

Ducasse und der Zigeuner näherten sich den Pferden, um sie loszubinden.

»Hört auf, laßt die Pferde!« schimpfte Henri, doch er bewegte sich nicht und hielt den Blick auf das Gewehr gerichtet, denn er kannte das Modell.

Calmejane hatte im letzten Jahr eines an seinen Vater verkauft.

»Was willst du?« fragte er Thomas.

»Alles.«

Die Fersenröster hatten gerade Zéphir und Pompon losgebunden und wollten sie vor den Wagen spannen, als Henri seinen Teller mit der kochendheißen Suppe nach ihnen warf. Zéphir wieherte vor Schmerzen und bäumte sich in den Deichseln auf. Damit machte er Pompon scheu, der im Galopp vorschoß und dabei den Zigeuner zu Boden riß, der in seinem Kauderwelsch losfluchte: *»Hijo de puta!«*

»Fangt sie ein«, brüllte Thomas, nachdem er Henri den Gewehrkolben in die Magengrube gerammt hatte.

Eines der Kinder, Antoine, stürzte sich auf Thomas, doch ein weiterer Schlag mit dem Gewehrkolben, der das Kind an der Stirn traf, ließ es augenblicklich bewußtlos zu Boden sinken. Adèle wollte auf es zustürzen, doch Raflette packte sie beim Haarschopf und riß sie brutal zurück, so daß sie vor Schmerzen aufschrie. Ein Hieb mit dem Knie ins Kreuz brachte sie zum Schweigen.

Marius und Guez kamen unverrichteter Dinge zurück: Die Pferde waren zu schnell gewesen, und sie hatten sie nicht einfangen können.

Thomas war äußerst enttäuscht, denn die Tiere waren sehr schön. Er versetzte Henri, der nach Luft ringend am Boden lag, einen heftigen Schlag. Doch dann hatte er eine bessere Idee. Er ergriff den großen Topf, in dem die Suppe auf der Glut brodelte, schüttete den Inhalt über Henris Kopf und verbrühte ihn grausam.

»Henri!« schrie Adèle auf.

Saturnin hatte dem Schauspiel bisher regungslos beigewohnt. Jetzt schmiegte er sich angesichts seines Bruders Antoine, der regungslos dalag, angsterfüllt an seine Mutter.

»Schade, sie war gut«, sagte Raflette, indem er ein Stück Brot in den halbgefüllten Teller tunkte, der noch auf dem Reisekoffer stand.

»Jetzt sind die Pferde weg, und wir müssen den Wagen bis zur Lichtung schieben. Aber das wird uns dieser Schuft bezahlen. Spannt ihn vor den Wagen, er soll ziehen, und ihr schiebt! Wir können nicht ewig hier auf dem großen Weg bleiben!«

Alle beobachteten belustigt, wie Ducasse und Zek Henri vor den Wagen spannten, als Adèle, Saturnin an ihre Brust gepreßt, alles auf eine Karte setzte und mit einem Satz aus dem Lichtkegel der Wetterlampe sprang, um sich in die Dunkelheit des Unterholzes zu schlagen.

Thomas schoß, und seine Männer folgten seinem Beispiel. Die Kugeln pfiffen durch die Blätter, zersplitterten die Zweige und bohrten sich in die Baumstämme, von denen mörderische Holzsplitter abplatzten, die wie Geschosse durch die Luft zischten.

»Diese Hexe! Wer sie findet, darf sie die ganze Nacht über für sich allein behalten«, versprach Thomas seinen Männern, um sie zur Verfolgung anzuspornen.

Adèle, die von einer Kugel am Oberschenkel getroffen, von den Dornen zerkratzt und vollkommen außer Atem war (sie war es nicht gewohnt, so schnell zu laufen), kroch unter ein dichtes Dornengestrüpp, wo sie sich auf den Boden drückte und ihrem Sohn ins Ohr flüsterte:

»Mach keinen Lärm, mein Liebling, mach keinen Lärm!«

Sie spürte, wie das Blut über ihren Schenkel lief, und fragte sich, ob die Verletzung wohl schwer war. O Gott, was würden sie mit Henri und Antoine machen? Wie hatte so etwas passieren können, dabei waren sie doch so glücklich gewesen? Wenn sie an Henris von Brandblasen entstelltes Gesicht dachte, glaubte sie ohnmächtig zu werden.

Ihre Verfolger konnten sich nicht vorstellen, daß sie sich so nahe der »Pierre-Creuse« versteckt hatte, und liefen um das dunkle Dornengestrüpp herum.

Eine gute Weile später hörte Adèle sie zurückkommen. Einer lief nur wenige Zoll von ihr entfernt vorbei und schimpfte mit starkem provenzalischen Akzent:

»Der Hauptmann wird wütend sein!«

Und tatsächlich hörte sie einige Augenblicke später das Brüllen des Mannes, der Henri verbrüht hatte:

»Saubande! Das zwingt uns, noch heute nacht aufzubrechen. Außerdem haben wir überall gesucht und nichts Brauchbares gefunden. Aber Menschen, die von einem bestickten Tischtuch essen und in einem richtigen kleinen Haus reisen, haben auf alle Fälle verstecktes Geld bei sich.

Dieser Hurensohn muß reden! Aber jetzt müssen wir uns zuerst beeilen und die Lichtung erreichen. Los, ihr Taugenichtse, schiebt den Wagen, und zwar etwas plötzlich!«

Saturnin, der dicht neben ihr lag, bewegte sich und einige Reiser knackten.

»Beweg dich nicht! Sie können uns hören, ich höre sie ja auch. Versuch zu schlafen.«

Ein Schmerzensschrei gellte durch die Nacht. Sie glaubte Henris Stimme zu erkennen. Das Geräusch der eisenbeschlagenen Räder auf den Kieselsteinen verlor sich in der Ferne und gab ihr zu verstehen, daß die unmittelbare Gefahr vorüber war. Ihre Angst ließ nach, und ihr Gehirn begann wieder zu arbeiten. Sie fror.

Da die Nacht jetzt wieder still geworden war, versuchte sie aufzustehen, doch ihre Kräfte reichten nur zu einer schwachen Bewegung aus. Die Lage schien ihr verzweifelt. Sie hätte Hilfe holen, die Gendarmerie verständigen, die Banditen verfolgen, Henri und Antoine retten müssen. Sie stöhnte. Die Betäubung, die der Einschlag der Kugel verursacht hatte, wich langsam, und ein brennender Schmerz trat an ihre Stelle. Doch dieser Schmerz half ihr, gegen die unwiderstehliche Müdigkeit anzukämpfen, die sie überfiel.

Da er sich an der Brust mit dem vertrauten Geruch in Sicherheit fühlte, war Saturnin schließlich eingeschlafen. Er atmete tief und gleichmäßig.

Als er aufwachte, war es Tag. Auf den Dornen schimmerte der Morgentau, und in den Bäumen über ihm zwitscherten die Vögel.

»Ich habe Hunger«, sagte er und hob den Kopf, um seine Mutter anzusehen.

Diese starrte ihn aus wässrigen Augen mit einem Blick an, den er an ihr nicht kannte, und trotz ihres geöffneten Mundes blieb sie still.

»Mama, ich habe Hunger. Wann gehen wir?«

Da sie sich nicht bewegte, nahm er an, daß sie schlief. Dann sah er voller Entsetzen Ameisen in und aus ihren Nasenlöchern und ihrem Mund kriechen.

»Da dürft ihr nicht hineingehen«, schimpfte er und versuchte zappelnd, sich aus den Armen, die ihn umschlossen, zu befreien.

Es gelang ihm nicht, die starren Arme schlossen ihn ein wie ein Käfig. Auch ein weiterer Versuch, sich ihnen zu entwinden, war vergeblich. Er schrie auf, als er spürte, wie eine Ameise über seinen Hals krabbelte. Dann schlummerte er ein und schreckte später durch das Gepolter der Postkutsche auf dem Weg von Millau nach Rodez auf, die mit voller Geschwindigkeit an der »Pierre-Creuse« vorbeidonnerte. Die Sonne stand hoch am Himmel, und ihre Strahlen drangen durch das Unterholz und das Dornengestrüpp.

»Ich will nach Hause, Mama. Ich habe Hunger... Es ist nicht schön hier...«

Er weinte und fiel dann erneut in einen unruhigen Schlaf. Als er die Augen wieder öffnete, war es Nacht. Er hatte große Angst, da er glaubte, in der Dunkelheit, die ihn umgab, hohnlachende Monster zu entdecken.

»Mama, Mama«, murmelte er, ehe er in eine schützende Benommenheit versank.

Im Morgengrauen hörte er die Schnittholzsäger auf dem Weg, der sich ganz in der Nähe des Dornengestrüpps durch den Wald schlängelte, doch er hatte Angst und rührte sich nicht. Viel später, als er Hundegebell hörte, das ihn an Griffu erinnerte, glaubte er zu träumen. Dann hörte er Pferdgetrappel im Hochwald und plötzlich eine Stimme: »Ich sehe sie!« rief Hippolyte. »Adèle, Saturnin, wir sind es!«

»Beim Heiligen Vater! Es sieht so aus, als wären sie tot!«

»Aber nein, sieh doch, sie bewegen sich!«

Die spitzen Dornen des Brombeergestrüpps zerkratzten sie, doch schließlich gelang es ihnen, die Körper freizulegen. Sie stellten Adèles Tod fest und den beunruhigenden Erschöpfungszustand des Kindes.

Casimir deutete auf das Kleid, auf dem sich ein großer, getrockneter Blutfleck abzeichnete.

»Die Kugel muß die Oberschenkelarterie durchschlagen haben. Sie ist verblutet.«

»Es ist alles gut, Saturnin, komm, mein Junge«, sagte Hippolyte und kniete nieder, um dem Jungen zu helfen, sich aus der Umarmung seiner Mutter freizumachen.

Dann verstand er.

»Adèles Arme sind hart wie Eisen. Wir müssen sie brechen, wenn wir den Jungen rausholen wollen. Kommt und helft mir, statt Löcher in die Luft zu starren. Und du, mein Junge, mach die Augen fest zu.«

Die Knochen zersplitterten mit einem grauenvollen Geräusch, das ihnen ihr Leben lang in den Ohren widerhallte.

Das Kind zitterte und war zu schwach, um zu laufen. Sie mußten es zum Landauer tragen, wo sie es in Decken einhüllten. Auf der Rückfahrt beruhigte es sich langsam und nahm einige Löffel Honig und etwas Zitronenwasser zu sich. Als sie mitten in der Nacht ankamen, schimmerte hinter den Fenstern des Herrenhauses Licht. Zwei Gendarmen tranken in der Küche Kaffee, ein dritter saß, den Kopf auf die Arme gelegt, neben der Feuerstelle und schlief. Berthe lag in ihrem Zimmer auf dem Bett, die Schuhe noch an den Füßen, die Augen geöffnet. Ihr Körper war ebenso steif wie der von Adèle.

»Wir sind hergekommen, um zu fragen, was mit den Leichen geschehen soll, und da haben wir sie auf der Treppe gefunden, aber sie war schon eine Weile tot. Der Arzt hat gesagt, daß ihr Herz nicht mehr mitgemacht hätte«, erklärte der Gendarmeriehauptmann. »Da niemand zu Hause war, hat der Kommandant uns befohlen, hier zu warten.«

Erschüttert streichelte Hippolyte die Stirn der Verstorbenen, dann versuchte er, ihr die Augen zu schließen, doch es gelang ihm nicht.

»Sie hätten meine Schwiegertochter verständigen können, damit sie sie aufbahrt und bei ihr wacht.«

»Der Kommandant hat gesagt, er würde sich darum kümmern, aber es ist niemand gekommen.«

Léons Wangen wurden dunkelrot. Er wäre am liebsten im Erdboden versunken.

Die Beisetzung von Berthe, Henri, Adèle und Antoine fand am übernächsten Tag in der Kirche von Saint-Laurent statt, wo die Pibracs ihre festen Betstühle hatten (seit der Revolution in der ersten Reihe, unter dem Ancien Régime in der zweiten). Es war ein Privileg, das sie nicht ihrem Stand, sondern ihrem Reichtum verdankten.

Dann wurden die vier Särge in die Familiengruft gebracht, wo man sie neben die anderen stellte. Der letzte war der von Clémence, der Witwe von Justinien V. und Mutter von Justinien VI. und Hippolyte, die vor zwei Jahren an einer Angina gestorben war.

Noch am selben Tag gegen Abend fuhr Hippolyte nach Bellerocaille zurück und begab sich zur Gendarmerie, um zu erfahren, wie weit die Untersuchung gediehen war. Die Jagd nach der Bande hatte bisher zu keinem Ergebnis geführt, außer, daß man Zéphir und Pompon wiedergefunden hatte.

»Aber wir geben die Hoffnung nicht auf. Wenn es sein muß, werden wir die Armee einschalten«, versicherte ihm Calmejane, während er ihn zur Tür begleitete. »Was werden Sie mit ihrem Enkel machen?«

»Er wird bei seinem Onkel wohnen... vorübergehend« sagte der alte Scharfrichter, doch in seiner Stimme schwang ein gewisser Vorbehalt.

Der Kommandant war mit dieser Entscheidung zufrieden. Das Kind war zu klein, um nur mit zwei alten Männern und einem Hund von der Größe eines Fohlens im Herrenhaus zu wohnen.

Eine Woche war seit der Entdeckung der Schnittholzsäger vergangen, als die Feldhüter an allen Kreuzungen und auf allen Plätzen die Trommel schlugen und mit lauter Stimme verkündeten, daß Monsieur Hippolyte Pibrac dem, der Hinweise geben könnte, die zur Verhaftung der Mörder seines Sohnes, seiner Schwiegertochter und seines Enkels führten, eine Belohnung von fünftausend Francs in Goldstücken bot (»Ich wiederhole: fünftausend Francs in Goldstücken!«).

Doch damit begnügte sich Hippolyte nicht. Er fuhr nach

Rodez, wo sich die Schriftleitungen der Zeitungen *Journal de L'Aveyron* (die Zeitung der »Weißen«) und *Courrier Republicain* (die Zeitung der »Roten«) befanden. Dort ließ er sein Angebot jeweils eine Woche lang auf einer ganzen Seite veröffentlichen. Außerdem ließ er zehntausend Handzettel drucken, auf denen die Summe mit roten Buchstaben auf schwarzem Grund zu sehen war, so daß selbst die, die des Lesens nicht kundig waren, es verstehen konnten. Dem Mietstall Cabrel zahlte er eine hohe Summe dafür, daß man diese Handzettel den Kutschern aushändigte, die sie im gesamten Département und über seine Grenzen hinaus verteilen sollten. Er stellte auch einhundert arbeitslose Bergbauern ein, die sie an die Baumstämme entlang dem großen Wald von Palanges nageln sollten.

Diese Vorgehensweise erstaunte zwar niemanden, die Höhe der Belohnung war hingegen in aller Munde. Mit fünftausend Francs in Goldstücken konnte man sich ein Haus bauen lassen, sich einen Acker kaufen und noch dazu ein schönes Pferd, mit dem man um den Besitz herumreiten konnte...

Die Bande hielt sich schon seit einer Woche in einer verlassenen Schäferhütte in der Gegend von Saint-Félix versteckt, als Thomas Raflette und Marius nach Laissac schickte, um dort die dringlichsten Vorräte zu besorgen. Als sie zurückkamen, brachten sie nicht nur die Waren mit, sondern auch mehrere Exemplare des Handzettels mit der Belohnung. So erfuhr Thomas, wer seine letzten Opfer gewesen waren. Die Männer waren erstaunt, als sie ihn bleich werden sahen. Da keiner von ihnen aus der Gegend stammte, sagte ihnen der Name Pibrac nichts. Für Thomas hingegen, der in Roumégoux geboren war, stand er in einer Reihe mit den Dracs – den furchterregenden Fabelwesen der Region –, den Werwölfen, dem Schwarzen Mann und Knecht Ruprecht. Beständig hatte man ungehorsamen Kindern gedroht: »Und wenn du nicht brav bist, hole ich den Pibrac, du weißt ja, was der mit bösen Buben deiner Sorte macht!« Man sprach ihnen auch die Fähigkeit zu, andere verhexen zu können. Er erinnerte sich an die Erzählungen seiner Mutter, daß die Bewohner des Herrenhauses an der Kreuzung des Jüngsten Gerichts über die Fledermäuse herrschten.

»Fünftausend Francs in Gold, verdammt! Da werden wir die ganze Gegend auf den Fersen haben«, knurrte Ducasse.

Thomas nickte, und sein Gesicht war sorgenvoll. Dazu gab es auch allen Grund, wenn man die Anzahl der Menschen bedachte, die schon für einhundert Francs in Papiergeld bereit gewesen wären, Vater und Mutter umzubringen... allen voran seine eigene feine Bande von Wegelagerern...

»Wir sollten vielleicht für einige Zeit untertauchen. Wir könnten auf das Schwarze Plateau gehen. Ich kenne dort einige Grotten, die einen guten Unterschlupf bieten würden«, schlug Marius vor, »was hältst du davon, Hauptmann?«

»Was das Verschwinden angeht, so bin ich einverstanden, nicht aber mit den Grotten.«

»Und warum das? Sie sind groß und fast trocken. Ich habe mich dort zu der Zeit versteckt, als ich noch mit dem Mesner zusammengearbeitet habe.«

»Ich kenne sie auch, und sie sind voll von Fledermäusen.«

»Na und? Die gab es schon immer, diese Tiere tun keiner Menschenseele was zuleide!«

»Früher nicht. Aber jetzt haben wir die Pibracs umgebracht, jetzt ist alles möglich. Wir werden sehr vorsichtig sein müssen. Noch viel mehr als früher!«

Die Fersenröster sahen sich an, einige runzelten die Stirn. War der Hauptmann verrückt geworden? So hatten sie ihn noch nie erlebt.

»Fünftausend Francs in Gold! Könnt ihr euch das vorstellen? Ich hätte nie gedacht, daß die Henker so reich sind. Hauptmann, glaubst du, daß er das Geld wirklich hat?«

»Ich habe immer gehört, daß die Pibracs sehr reich sind. Sie haben einen großen Landsitz in der Nähe von Sauveterre, und man sagt, daß sie auch Mietshäuser in Albi und in Rodez besäßen.«

»Und glaubst du, daß er sein Geld in seinem Haus aufbewahrt?«

Thomas sah ihn finster an. Er verstand, worauf Guez hinauswollte. Auch die anderen verstanden es und rückten näher, um einen Kreis um ihn zu bilden.

»Woher soll ich das wissen?«

»Wenn er soviel bietet, dann hat er noch mehr«, sagte Zek.

Thomas wurde wütend:

»Selbst für eine Million würde ich mich nie mit dem Siebten anlegen. Man merkt, daß ihr nicht aus der Gegend kommt, ihr kennt ihn nicht!«

Der stämmige Guez spuckte auf den Boden:

»Henker hin oder her, der macht mir keine angst. Für fünftausend Francs in Gold würde ich sogar unter dem Bett von Luzifer stehlen.«

Thomas sah ihn mitleidig an.

»Ich sage euch doch, daß die Pibracs Unglück bringen. Ihr seht es ja selbst. Jetzt müssen wir uns verstecken und verpassen die gute Jahreszeit!«

Wie das Leben der Bauern, richtete sich auch das der ländlichen Banditen nach den Jahreszeiten, im Frühjahr und im Sommer war ihre Hauptarbeitszeit, dann in der toten Jahreszeit wurden sie ruhiger, und bei Schnee zogen sie sich in ihr Winterquartier zurück.

»Trotzdem... all das Gold!«

Thomas betrachtete Guez einen Augenblick lang, ehe er angewidert den Kopf schüttelte:

»Du kennst unsere Abmachung. Jeder ist frei, die Bande zu verlassen, wenn er es für richtig hält. Ich zwinge niemanden, bei mir zu bleiben. Wenn dir der Sinn danach steht, dann geh, aber rechne nicht auf mich, ich werde mich nie mit einem Pibrac anlegen... Einstweilen gebietet die Vorsicht, die Zelte abzubrechen. Vielleicht hat man euch in Lissac gesehen und ist euch hierher gefolgt«, dabei sah er Raflette und Marius an, die, in ihrem beruflichen Ehrgefühl gekränkt, mit den Schultern zuckten.

Die folgenden Tage waren anstrengend: Thomas fühlte sich nirgendwo in Sicherheit und wechselte jeden Abend den Unterschlupf, was seine Männer aufbrachte. Die meisten von ihnen dachten daran, ihn zu verraten und die Belohnung einzustreichen. Doch sie wußten nicht, wie sie es anstellen sollten: Denn wie sollten sie ihn ausliefern, ohne sich nicht zugleich selbst zu verraten? Keiner von ihnen war so dumm zu glauben, daß die Belohnung ohne Beweise ausgehändigt würde, es war sogar wahrscheinlich, daß man sie erst nach der Festnahme der Bande bekommen würde.

Zek, der junge Zigeuner, entschloß sich als erster, als er erfuhr, daß Hippolyte Pibrac, um den sein Anführer solches Aufhebens machte, ein alter Mann im Ruhestand war, der allein mit einem noch älteren Diener in einem abgelegenen Herrenhaus wohnte.

Zek, Mitte Dreißig, voller Ungestüm und Ehrgeiz und sicher, unter einem guten Stern zu stehen, war zu allem bereit, um eines Tages mit Taschen voller Gold und hocherhobenen Hauptes nach Hause zurückzukehren. Das war in der Nähe von Badajoz, dort zog seine Sippe umher. Mit fünftausend Francs in Gold würde er das Ansehen der Ältesten zurückgewinnen und vielleicht eines Tages sogar einen Platz in ihrem Rat einnehmen.

Der junge Mann, der eines Morgens an der Kreuzung des Jüngsten Gerichts auftauchte und sich dem großen Steintor näherte, war also außerordentlich entschlossen.

Casimir trug einen Wassereimer vom Brunnen zum Gemüsegarten, und Hippolyte goß die Pflanzen, als der Glockenzug des Eingangstors erklang. Sie sahen sich an, in ihren Augen leuchtete ein Hoffnungsschimmer: Sie erwarteten niemanden, und die wenigen Freunde, die unangemeldet hätten kommen können, wußten, daß das Tor nie verschlossen war.

Es kam Zek vor, als müßte er sehr lange warten, dann öffnete sich ein Torflügel einen Spalt breit und der kahle Kopf eines ziemlich gebrechlich wirkenden Siebzigjährigen tauchte auf. Zek lächelte. Die Sache ließ sich gut an.

»Was willst du?« fragte Casimir kurzangebunden.

»Ich möchte Señor Pibrac sprachen.«

Wenn es stimmte, was ihm seine Kumpane auf dem Markt von Séverac berichtet hatten, und der andere Bewohner genauso war, konnte er sogleich, nachdem er die Örtlichkeiten ausgekundschaftet hatte, zum offenen Angriff übergehen. Jetzt mußte er sich nur noch Einlaß verschaffen und sich davon überzeugen, daß sie wirklich allein waren.

»Was willst du von ihm?«

Zek lächelte breit und zeigte zwei Goldzähne. Er kannte die Zauberformel. Er suchte in seinen Taschen und zog den Handzettel hervor.

»Es ist wegen der Belohnung.«

Casimir öffnete den Torflügel weiter, ließ ihn eintreten und schloß ihn dann schnell wieder. Zek zuckte zusammen, als er den zweiten Alten entdeckte, den er von draußen nicht hatte sehen können. Er trug einen Revolver am Gürtel, und was noch schlimmer war, neben ihm lag ein riesiger Wachhund, dessen Maul von Narben gezeichnet war. Obwohl im Gesicht des Alten die Jahre ihre Spuren hinterlassen hatten, waren sein W-förmiger Bart und sein Haupthaar von einem tiefen Schwarz, in dem kein weißes Fädchen schimmerte.

»Ich bin Hippolyte Pibrac. Ich höre.«

Zek fiel das Schlucken schwer, und er fühlte sich plötzlich gar nicht mehr so sicher. Von den beiden Alten ging etwas Unheimliches aus, das ihm zusammen mit den hohen, partisanenbewehrten Mauern Unbehagen bereitete. Er war wie versteinert, als der Wachhund sich ihm näherte und ihn beschnüffelte.

»Nun? Du wolltest mich sprechen?«

»Ich kenne das *escondite* von denen, die Sie suchen.«

»Das was?«

»Ich sage, ich weiß, wo sich der Hauptmann Thomas versteckt hält.«

»Woher weißt du, daß er es ist, den wir suchen, auf dem Handzettel steht kein Name.«

»Ich habe sie gehört, als sie darüber gesprochen haben.«
»Was haben sie gesagt?«
»*Bueno,* sie sprachen von dem Angriff an der ›Pierre-Creuse‹, da habe ich gemerkt, wer sie sind.«
Der Alte, dessen Haar schwarz gefärbt war wie das eines koketten Frauenzimmers, machte einen Schritt auf ihn zu und sah ihm scharf in die Augen. Zek spürte seinen Atem in seinem Gesicht. Er trat einen Schritt zurück und prallte gegen den Kahlen, der hinter ihm stand und dessen Atem er jetzt im Nacken spürte. Es lief wirklich gar nichts so, wie er es sich vorgestellt hatte.
»Wo sind sie?«
Zek versuchte, Zeit zu gewinnen.
»He! He! Und wer sagt mir, daß Sie mir die Belohnung geben werden, wenn ich Ihnen ihr *escondite* verraten haben?«
Da er sich seiner Sache zu sicher gewesen war, hatte er es vorher nicht für nötig gehalten, sich eine glaubhafte Geschichte auszudenken. Er hatte den Plan gehabt, sich Zutritt zu dem Haus zu verschaffen, nachzusehen, ob sie wirklich allein waren, und sie dann zu überwältigen, um aus ihnen herauszupressen, wo ihr Gold war: das für die Belohnung, aber auch der Rest, der irgendwo versteckt sein mußte. Und davon war Zek nicht abzubringen: Wenn man fünftausend Francs Belohnung aussetzte, dann hatte man auch noch mehr. Aber da waren dieser riesige Hund, dessen Zähne nur auf ihn zu warten schienen, und der Revolver am Gürtel des alten Henkers ...
»Und was beweist, daß du nicht einer der ihren bist und sie verraten willst? Oder uns in einen plumpen Hinterhalt zu locken versuchst?«
Zek erbleichte, doch das sah man nicht unter seiner sonnengebräunten Haut. Er warf einen verstohlenen Blick auf das geschlossene Tor, was Hippolyte vollends von seinen unlauteren Absichten überzeugte. Also zog er seine zehnschüssige Lefaucheux aus dem Gürtel und spannte den Abzughahn.

»*Hombre, no*!« schrie Zek, von der Geschwindigkeit der Ereignisse überrumpelt, mit schreckgeweiteten Augen.

»Durchsuch ihn!« befahl Hippolyte.

Zek wußte, daß er verloren war. Casimir fand eine sechsschüssige Bulldog, ein Navajomesser mit Perlmuttgriff und eine schöne Silberuhr, die ihm bei der Aufteilung der letzten Beute zugekommen war. Es war die Uhr, die Hippolyte Henri an jenem Tag geschenkt hatte, als er gelernt hatte, die Uhrzeit zu lesen.

Griffu hing ihm an den Fersen, und der schwarze Lauf der Lefaucheux war auf ihn gerichtet. So blieb Zek nichts anderes übrig, als den beiden Greisen in die Küche zu folgen. Von den schweren Deckenbalken hingen Knoblauchzöpfe, Würste, Schinken, Bündel von Schalotten und Mais herab.

Die Geschicklichkeit, mit der Casimir ihn an einen Stuhl fesselte, erinnerte ihn daran, daß er sich in die Höhle eines alten Henkers gewagt hatte. Er verfolgte, wie dieser seine Pistole sicherte und sie wieder in die Tasche aus braunem Leder schob. Dann lächelte er seinem Knecht zu und sagte:

»Hol die Spanischen Stiefel. Nimm die vom Zweiten, die sind in besserem Zustand. Aber zuerst mach uns Kaffee.«

Ohne sich weiter um den Gefangenen zu kümmern, begann Casimir, das Feuer in der Feuerstelle zu entfachen, Hippolyte stieg hinauf in sein Arbeits- und Lesezimmer. Er wußte, daß dort die Memoiren des Vorfahren und Begründers standen, in denen die Handhabung der Folterinstrumente – die Folter war 1780 abgeschafft worden – beschrieben war. Griffu legte sich zu Füßen des Gefangenen und schien einzuschlafen.

Hippolyte öffnete einen Schrank, dessen Regalböden mit prachtvoll gebundenenWerken beladen waren. Er zog eine große Handschrift heraus, die in blutrotes Leder gebunden und mit dem Familienwappen verziert war, und schlug das Kapitel *Von der Anwendung der ordentlichen und der außerordentlichen Folter* auf.

Da sein Arbeitszimmer mit Notizen und Dokumenten für seine *Abhandlung über die Kreuzigung*, an der er gerade arbeitete, bedeckt war, ging er zurück in die Küche. Er setzte sich an den Tisch, ganz in die Nähe von Zek, und vertiefte sich aufmerksam in die Zeichnungen seines Vorfahren.

Nachdem sie ihren Kaffee getrunken hatten, räumte Casimir die Tassen in den Spülstein und verließ die Küche. Wenige Minuten später kehrte er zurück, die Arme beladen mit beidseitig gelochten Eichenbrettern, mit Keilen, ebenfalls aus Eichenholz, und mit einem silberbeschlagenen Hammer, den er auf den Tisch legte.

»*He! Que es todo esto*?« fragte Zek beunruhigt.

Trotz seines lebhaften Widerstands rückten die beiden Alten ihre Brillen zurecht und machten sich daran, jeweils zwei Bretter mit Hilfe von Lederschnüren, die durch die Löcher gezogen wurden, an seinen Beinen zu befestigen.

»So«, sagte Hippolyte, als sie fertig waren. »Ich werde dir jetzt die ordentliche Frage mit dem vierten Keil stellen. Wenn das nicht ausreicht, werden wir die außerordentliche Frage mit dem achten Keil stellen. Du wirst sehen, nach Aussage meines Vorfahren gibt es nichts Wirkungsvolleres, um jemanden ein Geständnis abzuringen, selbst dann, wenn er nichts weiß...«

»*Lo siento mucho, Señor Pibrac, pero no entiendo nada de lo que dice.*«

»Was sagt er? Ich verstehe nichts von seinem Gestotter.«

»Ich glaube, er will sagen, daß er nicht weiß, was wir von ihm wollen«, übersetzte Casimir.

Hippolyte schob den ersten Keil zwischen die beiden ersten Bretter und trieb ihn mit Hammerschlägen tiefer, was die Wirkung hatte, daß das Bein zwischen den Brettern eingeklemmt wurde. Der Zigeuner stieß einen Schmerzensschrei aus. Griffu sprang auf und spitzte die Ohren. Hippolyte schob einen zweiten Keil, dieses Mal einen dickeren, zwischen die Bretter und schlug ihn mit seinem Hammer aus dem XVII. Jahrhundert ein. Zek schrie wieder auf, dann wurde er ohnmächtig. Nach einigen kräftigen Ohrfeigen erlangte er wieder das Bewußtsein. Ein weiterer Keil ließ seine Knochen unter dem Druck zersplittern wie trockenes Holz.

Er heulte auf. Noch nie hatte er solche Schmerzen empfunden. Der Schmerz durchzuckte seine Schenkel, breitete sich in der Leistenbeuge aus und fuhr in die Eingeweide, die sich umeinander zu drehen schienen wie ein Wäschestück, das man auswringt.

»Hört auf, *por favor*, ich sage alles. Alles, alles...«

Zek gab jeden Unterschlupf der Bande preis, er zählte die Namen und Spitznamen jedes einzelnen auf, beschrieb ihr Äußeres haarklein und listete sodann die lange Abfolge ihrer Schandtaten auf, bis hin zur letzten, die sie bei der »Pierre-Creuse« begangen hatten.

»Warum habt ihr das Kind gefoltert?«

»Das war Thomas! Das war der Hauptmann! Er wollte wissen, wo das Geld versteckt war. Er sagte, daß die Reisenden immer ein Versteck haben. Er dachte, wenn er den *niño* verbrennt, würde der *cabrón*... eh, ich meine der Vater, reden. Aber er hat nichts gesagt...«

Tränen brannten in Hippolytes Augen.

»Das hat er getan, um Adèle zu schützen«, sagte er zu Casimir, der ebenfalls sehr gerührt war. »Wenn diese Mörder erfahren hätten, daß sie die Börse hatte, hätten sie den Wald so lange durchsucht, bis sie sie gefunden hätten. Da er schwieg, obwohl man Antoine vor seinen Augen folterte, hat er Saturnin gerettet, und er hätte auch Adèle gerettet, wenn sie nicht verletzt gewesen wäre...«

»Mein armer Henri, das muß grauenvoll gewesen sein«, murmelte der alte Mann, während er den vierten Keil zwischen die Bretter schob und ihn mit brutalen Schlägen einhämmerte. Unter dem Druck zerbarsten das Wadenbein und das Schienbein des Zigeuners, der einen langen, heiseren Schrei ausstieß, ehe er erneut das Bewußtsein verlor.

»Unser Vorfahr schreibt, daß er nie einen Knochen gesehen habe, der dem vierten Keil widerstanden habe. Siehst du, er hat wieder einmal recht!«

»Zerbrechen wir das andere Bein auch?« fragte Casimir, während er Zek in die Wange kniff, um ihn aus seiner Ohnmacht zu erwecken.

»Nein, wir haben Besseres zu tun. Wenn du dich nicht zu eingerostet fühlst, werden wir die ›Mechanische‹ aufbauen und ihn in aller Form köpfen. Das ist fast legal, wir greifen nur dem Gerichtsurteil ein wenig vor.«

Hippolyte trat in den Hof hinaus, um den Himmel und die Wolken zu betrachten.

»Es wird heute nicht regnen, wir können sie also draußen aufbauen. Na komm, das wird uns an unsere besten Jahre erinnern.«

Casimir deutete auf den Gefolterten.

»Sollen wir ihn in der Küche lassen?«

»Nein, wir nehmen ihn mit. Er soll Zeit genug haben, zu begreifen, was ihn erwartet.«

Gesagt, getan. Der alte Henker und sein Knecht ergriffen den Zigeuner, der noch immer ohnmächtig war, und trugen ihn vor den Schuppen, in dem die Werkzeuge für die Folter und die Hinrichtung untergebracht waren. Casimir öffnete die beiden Türflügel und arretierte sie mit Steinen.

Bei den Pibracs wurde nichts weggeworfen, und alles, was sieben Generationen zur Ausübung ihres Amtes benutzt hatten, war sorgfältig aufgehoben, gepflegt und katalogisiert worden. Stapel von Galgenbalken, die Vorrichtung zum Aufhängen des Galgens mit den dazugehörigen Leitern, der Pranger und selbst die Räder, auf denen die drei ersten Justiniens gerädert hatten, ehe diese Strafe abgeschafft wurde, waren auseinandergenommen und säuberlich in Regalen gestapelt worden. Die Eichenbretter des von Meister Calzin gebauten Blutgerüsts lagen sorgfältig numeriert neben denen des zerlegbaren Schafotts, das Justinien III. (der Rächer) erdacht hatte, und bei dem ein Teil in das andere gefügt wurde, ohne daß man Bolzen, Schrauben oder Nägel gebraucht hätte. An der Wand aufgereiht, standen rund ein Dutzend Richtblöcke, deren Mitte vom Gebrauch leicht ausgehöhlt war. Etwas weiter stand die private Guillotine der Familie, die ebenfalls Justinien III. entworfen und gebaut hatte. Er war mit Abstand der schöpferischste des Geschlechts gewesen, und die Neuheiten, die er entwickelt hatte, ließen eher auf sein handwerkliches Geschick als auf sein menschliches Feingefühl schließen.

Als Zek wieder zu Bewußtsein kam und die Augen öffnete, begriff er nicht sofort, was die beiden unheilvollen Greise mit all diesen Holzteilen vorhatten. Sein rechtes Bein steckte immer noch in dem Spanischen Stiefel, doch es war nur noch ein Brei aus zerquetschten Knochen und Muskeln. Sein rechter Fuß war auf das Doppelte seiner normalen Größe angeschwollen und hatte eine violette Färbung angenommen.

»*Mi pierna, mi pierna*«, stammelte er.

Der Schmerz erregte Übelkeit und Ohrensausen. Plötzlich wurde er starr vor Entsetzen. Hippolyte und Casimir hatten soeben zwei Holme aufgerichtet, die er voller Grauen erkannt hatte. Vor drei Jahren, als Zek durch Bourg-en-Bresse gereist war, hatte man auf dem Champ-de-Mars Joseph Vacher hingerichtet, der mehreren Hirten den Bauch aufgeschlitzt hatte. Damals hatte Zek die Guillotine gesehen.

»*No, hombre, eso no se puede*...«

Dann begann er laut zu schreien...

Unwillig unterbrachen sie ihre Arbeit, um ihn zum Schweigen zu bringen. Doch Zek war wie wahnsinnig und brüllte nur immer lauter. Das machte die Hühner nervös, die auf dem Hof herumpickten.

Sie knebelten ihn und setzten dann ihre Arbeit fort.

Dreißig Minuten später war das Werk vollendet. Zek sah, wie sie ins Herrenhaus gingen und kurze Zeit später gewaschen und in anderen Kleidern wieder herauskamen. Hippolyte trug einen Zylinder und Casimir eine Melone.

Sie nahmen ihm den Spanischen Stiefel ab und banden ihn los. Casimir holte aus einem verzierten Lederetui eine silberne Schere mit abgerundeten Ecken und machte sich daran, ihm im Nacken die Haare abzuschneiden, dann folgte der buntgemusterte Kragen, den Hippolyte in die Tasche schob.

Da er nicht laufen konnte, hoben sie ihn hoch und trugen ihn zur Guillotine, wo sie ihn ohne weitere Umstände auf das Schaukelbrett legten und nach vorne kippten. Zek spannte den Nacken an und krümmte den Rücken. Das Fallbeil sauste herunter, und sein Kopf fiel in den Bronzekübel mit dem Wappen der Pibracs.

»Siehst du, Casimir, das macht sie zwar nicht wieder lebendig, aber es erleichtert unseren Schmerz ein wenig.«

Zek wurde als Dünger am Fuß einer jungen Eiche im Park begraben.

»So erweist er sich zumindest einmal in seinem Leben als nützlich«, sagte Hippolyte anstelle einer Gedenkrede.

Die »Mechanische« wurde auseinandergenommen, gereinigt und wieder in der Scheune verstaut. Casimir goß einige Eimer voll Wasser über die Pflastersteine. Hippolyte ging in sein Arbeitszimmer, setzte sich an seinen Schreibtisch, öffnete das Familienbuch, in dem er seit seinem vierzehnten Lebensjahr peinlich genau alle Vorkommnisse eintrug, und schrieb alle Einzelheiten dieses ereignisreichen Tages, es war der 22. Mai 1901, nieder.

Dank der Hinweise von Monsieur Pibrac spürten die Gendarmen einige Tage später Thomas und seine Bande in den Ruinen der Mühle von Roquelaure auf. Dort hatten sie sich versteckt, nachdem sie festgestellt hatten, daß der Zigeuner aus der Estremadura verschwunden war.

Nach einem zwanzigminütigen wilden Kampf ergaben sich die Banditen, da ihnen die Munition ausgegangen war. Ducasse und Kénavo waren tot, Marius war leicht am Oberschenkel verletzt, und Thomas, Raflette und Guez blieben unversehrt.

Einige Journalisten aus der Hauptstadt nahmen die mühselige Reise auf sich, um an dem Prozeß teilzunehmen, nachdem sie in der Zeitung gelesen hatten, daß eine der ältesten Henkersfamilien in die Geschichte verwickelt war.

Hippolytes Aussage und vor allem sein Schlußantrag, den man mit Spannung erwartet hatte, wurden unterschiedlich aufgenommen. Der alte Mann wandte sich zur Anklagebank, deutete drohend mit dem Zeigefinger auf die Angeklagten und rief mit donnernder Stimme:

»Zittert, ihr Mörder, und seid verdammt! Ich habe Beelzebub verständigt. Er erwartet euch persönlich an den Pforten der Hölle!«

Thomas fiel auf die Knie und verbarg sein Gesicht in den Händen. Alle Frauen unter den zahlreichen Zuschauern bekreuzigten sich gleichzeitig, und einige Männer schlossen sich ihnen an. Die Journalisten waren begeistert. Angesichts einer solchen Aussage hatte sich ihre Reise gelohnt. Niemand achtete auf Léon, der sich, von Scham übermannt, mit hochrotem Kopf aus dem Gerichtssaal schlich.

Alles wurde noch schlimmer, als er am nächsten Tag die Zeitungen las: »Skandal vor Gericht«, »Die Verwünschung des Henkers Pibrac« usw. Er sattelte sein Pferd und galoppierte zum Herrenhaus.

»Einen solchen Skandal hätten Sie uns ersparen können!« rief er und warf die Zeitungen auf den Tisch. »Sie sind offenbar der Ansicht, daß es noch nicht genug Vorurteile gibt, wir müssen auch noch zum Gespött des Départements und ganz Frankreichs werden.« Er wies auf die Zeitungen aus der Hauptstadt.

Hippolyte und Casimir schlugen die Zeitungen auf, begannen zu lesen und lachten bei einigen Passagen laut auf. Sie tauschten die Seiten aus und machten sich über die Skizzen lustig, die die Artikel illustrierten.

»Du bist doch in der *Tradition* erzogen worden«, wunderte sich Hippolyte, »was kümmert es dich, was die Leute reden? Das hat es immer gegeben, und das wird es immer geben. Es ist dir also nichts von den Übungen zum Selbstschutz geblieben?«

Justinien der Erste hatte diese Übungen ausgearbeitet. Sie bestanden darin, sich an die Vorurteile zu gewöhnen, sie in all ihren Vorkommensweisen zu studieren und zu lernen, darauf zu antworten. Die sieben Stammhalter hatten die Vorurteile in über sechshundert Darstellungen aufgezeichnet und – zumeist tadelnde – Antworten darauf entworfen.

»Was diese Schreiberlinge über uns sagen, ist völlig bedeutungslos, und es ist auch nicht das erste Mal. Wichtig ist,

Léon, daß ich durch meine Verwünschung diese menschlichen Würmer bis zur letzten Sekunde in Angst und Schrekken versetzt habe. Vor allem ihren Anführer. Hast du sein Gesicht gesehen?... Siehst du, das allein zählt. Und das war erst der Anfang...«

Léon verkrampfte sich.

»Vater, ich flehe Sie an, lassen Sie sich nicht zu weiteren Überspanntheiten hinreißen. Denken Sie an Saturnin, der in diesem Jahr in die Schule kommt.«

»Mach dir keine Sorgen, ich denke daran, aber darum vergesse ich auch nicht Henri, Adèle, Antoine und Berthe. Hast du schon vergessen, was sie ihnen angetan haben? Und das Dornengestrüpp, Léon? Erinnerst du dich an das Dornengestrüpp und an das, was wir tun mußten?«

Der Prozeß gegen die Fersenröster aus dem Aveyron dauerte acht Monate. Thomas Lerecoux, Raflette, Guez und Marius wurden zum Tode verurteilt. Ihre Anwälte setzten sich in den Zug nach Paris und baten bei Präsident Loubet um ihre Begnadigung, doch sie wurde abgelehnt. Das Datum der Hinrichtung wurde festgesetzt. Ein Gendarm wurde mit einer Depesche nach Auteuil geschickt, wo Anatole Deibler lebte, um ihm den dienstlichen Auftrag für eine vierfache Hinrichtung im Département Aveyron zu überbringen.

Anatole lächelte.

»Wo ist es?« fragte Louis, sein Vater, der von seinem Lehnstuhl aus das rosafarbene Formular erkannt hatte.

»In Bellerocaille. Die Fersenröster aus dem Aveyron, eine vierfache.«

Das welke Gesicht des alten Henkers im Ruhestand hellte sich auf.

»Übermittle dem Siebten und Casimir meine Grüße. Und wenn du Zeit hast, dann bitte ihn, dir seine ›Mechanische‹ wie er sie nennt, zu zeigen, sie ist ein wahres Schmuckstück.«

Die Arme über seiner Lefaucheux gekreuzt, auf dem Kopf einen altmodischen Zylinder, Bart und Haare frisch gefärbt, so beobachtete Hippolyte mit Interesse die Einfahrt der Lokomotive in den neuen Bahnhof von Bellerocaille. Casimir stand mit seiner doppelläufigen Büchse am Riemen und hohen Stiefeln neben ihm. Beide waren von dem Schauspiel dieser Maschine – man behauptete, daß sie die Milch der Kühe im Euter sauer werden ließ – gefesselt.

Obwohl der Bahnsteig voller Menschen war, hatte sich um sie herum ein »natürlicher« Abstand gebildet.

Unter wildem Quietschen und Kreischen der Bremsen und mit fauchenden Rauchwolken kam die Lokomotive zum Stehen. Die Reisenden stiegen aus. Ein bewegtes Treiben folgte. Langsam leerte sich der Bahnhof, und bald blieben nur noch Hippolyte und Casimir zurück, die sich nicht vom Fleck gerührt hatten. Da öffnete sich die Tür der ersten Klasse, und ein gutgekleideter, fülliger Mann von etwa vierzig Jahren, mit freundlichem Gesicht, rotem Schnäuzer und Kinnbart und einem Zylinder auf dem Kopf stieg aus. Vier Männer mit Melonen folgten ihm.

»Da sind sie!« rief Hippolyte und ging ihnen mit einem Willkommenslächeln entgegen.

Er hatte Anatole Deibler zum letzten Mal im vergangenen Jahr während der Weltausstellung getroffen.

Louis Deibler, sein Vater, stammte aus einer alten Henkersfamilie aus Württemberg und hatte in Paris innerhalb von neunzehn Jahren einhundertvierundfünfzig Köpfe rollen lassen. Als sich sein Gesundheitszustand verschlechterte, übertrug er das Amt seinem Sohn Anatole, der schon seit sechs Jahren sein Gehilfe war.

»Wie geht es deinem Vater« fragte Hippolyte, nachdem sie sich herzlich die Hände geschüttelt hatten.

»Mal so, mal so«, antwortete Anatole, »doch als er gehört hat, daß wir hier eine Hinrichtung durchführen würden, wollte er uns unbedingt begleiten. Rosalie ließ seinen Arzt holen, der es ihm dann verbot.«

Der Bahnhofsvorsteher unterbrach ihr Geplauder, um zu

fragen, was er mit dem »Gepäck« der Herren machen sollte. Er wagte es nicht, das Wort Guillotine auszusprechen.

»Du kannst es in unseren Wagen bringen lassen. Darum sind wir mit ihm gekommen«, schlug Hippolyte Deibler vor. »Wir können sie am Rathaus abladen, ehe wir zum Herrenhaus fahren.«

Anatole war über diese feinfühlige Aufmerksamkeit äußerst erfreut. Da er recht geizig war, hatte er schon befürchtet, einen Wagen mieten zu müssen, und das hätte sicherlich seiner Börse einen harten Schlag versetzt. Sagte man nicht in Paris, daß die Menschen in Aveyron doppelt so viel verlangten wie die in der Auvergne?

»Ich habe ihnen zwar wieder und wieder in allen Tonlagen vorgebetet, daß es praktischer und billiger wäre, wenn du unsere Guillotine benutzen würdest, aber diese dummen Beamten wollten nichts davon hören«, erklärte Hippolyte, während sie das Ausladen der Kisten auf dem Bahnsteig und ihren Transport zu dem Kutschwagen überwachten. Hippolyte hatte ihn neu gestrichen, nachdem ihn die Gendarmen bei den Banditen gefunden und zurückgebracht hatten.

Die Fahrt vom Bahnhof in die Oberstadt zum Place du Trou, wo das Rathaus lag, war für die Gäste aus Paris von einem gewissen ungewöhnlichen Reiz.

Wie bei Laragne-Garou, der Hexe, die bisweilen in die Stadt kam, um sich mit einigen lebensnotwendigen Waren einzudecken, waren auch Hippolytes seltene Besuche Gegenstand der allgemeinen Aufmerksamkeit. »Ich habe den Henker gesehen«, erzählten sich die, die ihn getroffen hatten, so als würden sie sagen: »Ich habe eine schwarze Katze unter einer Leiter durchhuschen sehen.« Hippolyte saß kerzengerade, mit undurchdringlichem Gesicht auf seinem Sitz und antwortete den wenigen, die es wagten, ihn zu grüßen, mit einem knappen Kopfnicken. Zumeist waren es Menschen, denen er durch seine Fähigkeiten im Gliedereinrenken geholfen hatte.

»Seht euch die Alte an!« rief Léopold, der erste Gehilfe.

»Sie hat sich bei unserem Anblick bekreuzigt. Hier geht es ja noch zu wie im Mittelalter!«

Anatole hingegen fiel mehr das Tempo auf, mit dem die anderen Kutschen dem rot-schwarzen Kastenwagen Platz machten. So etwas hätte man in Paris nicht erlebt. In Paris erkannte ihn außer einigen Schreibern und seinen Nachbarn niemand. Er beneidete den alten Mann, der so friedlich sein Dasein als Ausgestoßener genoß. Ich hoffe, daß ich in seinem Alter ebenso rüstig sein werde. Allerdings hätte ich sicher nicht die Kühnheit, mir die Haare zu färben, falls mir trotz der Geschwindigkeit, mit der ich sie im Augenblick verliere, überhaupt noch welche bleiben sollten. Und dieser Casimir! Welche Haltung, welche Überlegenheit! Ein wahrer Henkersknecht, wie er im Buche steht! Ah, die beiden sind wirklich vortrefflich ...

Sobald die Guillotine in einem verriegelten Schuppen des Rathauses untergebracht und die amtlichen Papiere ausgefüllt worden waren, rollte der Wagen durch die Rue Droite in Richtung Unterstadt und Pont de la République.

»Donnerwetter!« staunte Anatol, als an der Kreuzung des Jüngsten Gerichts das Herrenhaus vor ihnen lag. «Das ist ja noch viel eindrucksvoller, als ich es mir vorgestellt habe.«

Das Essen war in bester Stimmung zu Ende gegangen. Jetzt rauchten Hippolyte und Anatole und unterhielten sich, die Gehilfen hatten die Gürtel aufgeschnallt, kosteten den Pflaumenschnaps und hörten ihnen zu. Ihr Gastgeber hatte sich wirklich Mühe gemacht: Zuerst hatte man ihnen eine Knoblauchsuppe mit Croutons serviert, dann folgten verschiedene Wurstsorten, die sie mit einem Brot gegessen hatten, das so gut war wie Kuchen. Anschließend hatte man einen Hasen gereicht, der mit einem in Olivenöl gegarten und mit gebräuntem Knoblauch bestreuten Maronenmus angerichtet war. Es folgten ein Endiviensalat und fünf Käsesorten und zu guter Letzt ein Blätterteigkuchen mit Marzipanfüllung, der das Herz eines jeden Leckermauls höher schlagen ließe. Sie tranken einen ausgezeichneten Rotwein. Die staubigen

Flaschen trugen ein Etikett mit dem Familienwappen und der Aufschrift »Clos Pibrac«.

Zwar hatten alle bemerkt, daß Hippolyte nur Wasser trank, doch das verwunderte niemanden. Alle Anwesenden kannten den Grund für seine Abstinenz: Als Hippolyte im Alter von nur fünfundzwanzig Jahren den Befehl bekommen hatte, eine junge Abtreiberin hinzurichten, hatte er geglaubt, gut daran zu tun, einige Gläser Rum zu trinken, um seiner Aufregung Herr zu werden. Alles ging gut, bis zu dem Augenblick, da die Frau die Guillotine sah. Sie versuchte zu fliehen, und Hippolyte mußte recht hart zufassen. Der Alkohol hatte seine Aufmerksamkeit getrübt, so daß er eine Ungeschicklichkeit beging, die das Weib ausnutzte, um ihn grausam in die rechte Hand zu beißen. Der Biß war so furchtbar, daß man das erste Glied des kleinen Fingers und die beiden ersten des Ringfingers hatte abnehmen müssen.

Draußen pfiff der Wind in heftigen Böen, verfing sich im Schornstein und heulte wie ein Drac, der in eine Falle geraten war. Casimir legte einige Holzscheite im Kamin nach. Hippolyte trank einen Schluck von seinem Brennesseltee, ehe er seine Schimpftirade über das Gesetz von 1872 fortsetzte, das den Gebrauch des Schafotts verbot und die Henker zwang, direkt auf dem Boden zu arbeiten.

»Ich erinnere mich, daß ich mir damals gesagt habe ›Das ist der Anfang vom Ende‹. Denn ich bitte dich, Anatole, das Blutgerüst ist schließlich das Merkmal der abschreckenden Strafe. Und die Abschreckung ist nicht von der Anziehungskraft zu trennen. Man könnte meinen, sie schämten sich ihrer Verurteilungen und wollten die Leute entmutigen, der Hinrichtung beizuwohnen. Nimm nur die unmögliche Zeit, zu der sie dich morgen köpfen lassen. Sieben Uhr morgens! Warum nicht gleich still und heimlich um Mitternacht, so als wären wir Mörder.«

»Sie wissen gar nicht, wie nahe Sie der Wahrheit sind. Im Justizministerium gibt es seit einiger Zeit Gerüchte: Es geht darum, die Öffentlichkeit auszuschließen und die Hinrichtungen im abgeschlossenen Gefängnishof vorzunehmen.«

Hippolyte machte große Augen:

»So viel Unverantwortlichkeit erschreckt mich. Doch das Schlimmste steht uns noch bevor, wenn dieser Kauz von Fallières gewählt werden sollte.«

»Ich weiß, ich weiß!« sagte Anatole finster.

Armand Fallières war ein entschlossener Gegner der Todesstrafe, genauso wie Victor Hugo, der für Hippolyte ein rotes Tuch war. Als der Poet 1885 gestorben war, hatte man in der Kirche von Saint-Laurent eine Gedenkmesse für ihn gelesen, an der Hippolyte, ganz in rot gekleidet, teilgenommen hatte. Während des Gottesdienstes hatte er auffallend hämisch gegrinst und den Gottesdienst vor dem Ende verlassen, wobei er seine eisenbeschlagenen Stiefel laut auf dem Steinboden hatte knallen lassen. Die Zeitungen hatten sein Verhalten gegeißelt. Casimir hatte alle Artikel ausgeschnitten und sie in die dafür vorgesehenen Hefte geklebt. Bei den Pibracs wurde wirklich nichts weggeworfen.

Anatole drehte sich eine x-te Zigarette und sagte sich wieder einmal, daß er wirklich zu viel rauchte, als Hippolyte ihn ohne Umschweife fragte:

»Ich habe eine Bitte. Aber zuvor mußt du wissen, daß ich es dir in keiner Weise übelnehme, wenn du sie mir abschlägst.«

»Ich höre.«

»Ich möchte dir morgen gerne assistieren.«

Da er der oberste Henker war, konnte Anatole jeden, den er wollte, einstellen. Obgleich ihm die Idee mißfiel (er ahnte Komplikationen), erklärte er sich einverstanden, denn er brachte es nicht übers Herz, dem einzigen Freund, den sein Vater je gehabt hatte, etwas abzuschlagen. Außerdem war Hippolyte in der kleinen Welt der fünfundsechzig Henkerfamilien eine Art lebende Legende, und er hatte ihm von jeher Achtung eingeflößt.

Ein fahler, kalter Morgen graute über Bellerocaille, als Casimir den Landauer vor dem ehemaligen Amtsgebäude des Prévôt zum Stehen brachte, auf dessen Frontgiebel jetzt neben dem Wappen derer von Boutefeux die Trikolore wehte. Eine Abteilung des 122. Infanterieregiments, deren Waffen an der Mauer lehnten, erwartete sie bereits.

Anatole holte seine Guillotine aus dem Schuppen, und seine Gehilfen begannen, sie auf dem Place du Trou aufzubauen. Die ersten Schaulustigen tauchten, in ihre Mäntel gehüllt, auf, ihr Atem dampfte in der kalten Luft.

Hippolyte war im Landauer sitzengeblieben, und Casimir hatte ihn in die Rue du Dragon zu Léons Bäckerladen gefahren, der gerade geöffnet wurde. Seine hinkende Schwiegertochter und die Magd bedienten die ersten Kunden.

»Guten Tag, Hortense. Ich komme Saturnin abholen. Guten Tag, Kleine« fügte er an die Magd gewandt zu, die errötete.

Er bemerkte, mit welcher Eile seine Schwiegertochter ihn aus den Augen der Öffentlichkeit zu schaffen und in das Hinterzimmer zu schieben versuchte. Dort frühstückten die Kinder und die Witwe Emilie Bouzouc, die sich bei seinem Anblick bekreuzigte. Hippolyte übersah sie und lächelte Saturnin zu, der seine Tasse mit Milchkaffee vergaß und ihn umarmte.

»Frühstücke ruhig fertig. Wir haben noch Zeit.«

Hortense konnte nicht umhin zu fragen: »Denken Sie wirklich, Schwiegervater, daß das ein geeignetes Schauspiel für ein fünfjähriges Kind ist?«

»Sie vergessen, daß es sich nicht um irgendein Kind handelt, er ist ein Pibrac. Der Achte! Und außerdem ist es das erste und sicherlich auch das letzte Mal, daß er mich im Amt sehen kann.«

Hortense hörte auf, mit dem Kreuz zu spielen, das sie um den Hals trug.

»Sie nehmen an der Hinrichtung teil?«

»Warum machen Sie ein so einfältiges Gesicht? Haben diese Gesellen nicht meinen Sohn, meine Schwiegertochter und meinen Enkel umgebracht? Ganz zu schweigen von Berthe, die vor Kummer gestorben ist.«

»Léon!« rief Hortense zur Backstube hinüber. »Hast du

gehört, was dein Vater gerade gesagt hat? Er wird gleich wieder den Henker spielen!«

Sogleich tauchte Léon mit beunruhigter Miene auf und wischte seine mit Mehl eingestäubten Hände an der Schürze ab: »Das werden Sie doch nicht tun? Das ist unmöglich! Sie haben kein Recht dazu!«

»Kein Recht? Es handelt sich nicht um ein Recht, sondern um eine Pflicht. Und wenn du nicht... nicht Bäcker geworden wärest, würdest du das verstehen!«

»Aber Vater, stellen Sie sich doch den Skandal vor! Die ganze Stadt wird Sie sehen!«

»Das möchte ich doch hoffen! Das wird mich an meine Jugend erinnern!«

Saturnin war dabei, eilig seinen Milchkaffee auszutrinken, als Parfait, sein Cousin, sagte:

»Monsieur, ich möchte auch mitgehen.«

Hortense versetzte ihm eine Ohrfeige.

Der Place du Trou war überfüllt. Die Fenster der umliegenden Fachwerkhäuser waren von Zuschauern belagert, die wegen der strengen Kälte langsam ungeduldig wurden. Den Balkon des Gasthauses »Au Bien Nourri« hatte man an die zahlreichen Journalisten vermietet. Die einzige Unzulänglichkeit war das Fehlen des Schafotts, das es vielen unmöglich machte, etwas anderes als den grauen Himmel zu sehen. Einige waren auf die Gaslaternen geklettert, die den Platz umgaben, und schilderten denen, die unten standen, was vor sich ging.

»Und, was machen sie jetzt?«

»Sie haben die Guillotine fertig aufgebaut, und zwei bringen einen Weidenkorb.«

»Und wie ist der Henker?«

»Er ist ganz bürgerlich gekleidet, mit einem Zylinder auf dem Kopf. Er scheint sich auszukennen... Was ich nicht verstehe, ist, was das Kind da bei ihnen zu suchen hat. Jetzt ist es so weit, sie gehen sie holen.«

Die Spannung stieg um einige Grad an.

Am Vorabend hatte man die Verurteilten verlegt, und sie hatten die Nacht in den alten Kellern des Amtsgebäudes verbracht, die man während der Revolution in Gefängniszellen umgewandelt hatte. Außer Raflette, der mit Gott zerstritten war, knieten die drei anderen Banditen vor dem Militärgeistlichen und beteten mit Inbrust.

Der Bürgermeister Barthélemy Boutefeux mit seiner Schärpe in den Farben der Trikolore, der Staatsanwalt, der Gerichtsarzt, der Kommandant Calmejane in Uniform und einige andere Persönlichkeiten betraten die Zelle, gefolgt von Anatole, seinen Gehilfen und Hippolyte. Die meisten Amtsdiener bedauerten seine Anwesenheit, doch sie wagten es nicht, etwas dagegen zu sagen, da sie seine unvorhersehbare und immer sehr heftige Reaktion fürchteten.

Saturnin war mit Casimir bei der Guillotine geblieben, um sich ihre Funktion erklären zu lassen.

Mit einer Stimme, die feierlich klingen sollte, erklärte der Bürgermeister, daß ihr Gnadengesuch abgelehnt worden war.

»Das haben wir uns schon gedacht« brummte Raflette und zeigte auf die geöffneten Luken, durch die das ungeduldige Gemurmel der Menge zu ihnen hereindrang.

»Möge die Gerechtigkeit ihren Lauf nehmen«, sagte der ehemalige Baron und wandte sich dabei an Deibler, der auf nichts anderes gewartet hatte.

»Jetzt sind wir dran«, sagte er zu seinen Männern, die sich daran machten, die Hand- und Fußgelenke der Verurteilten zu fesseln.

Dann wurden ihnen die Haare und die Kragen abgeschnitten. Hippolyte sammelte sie auf und steckte sie wortlos ein. Anatole lächelte nachsichtig, als er den Text einer Tätowierung auf Guez Hals sah: »Reserviert für Deibler.«

Raflette nahm das Glas Rum und die Zigarette an, die drei anderen lehnten ab, da sie, wie sie sagten, mit reinem Atem vor Gott treten wollten.

»Vor Gott?« wunderte sich Hippolyte sarkastisch und sah Thomas an.

Der Geistliche empörte sich, ebenso wie der Bürgermeister.

»Aber Monsieur Pibrac! Wir verstehen Ihren Schmerz ja, aber dennoch!«

»Da kommen sie!« riefen die, die auf den Gaslaternen hockten, als die Verurteilten aus dem Rathaus traten.

Raflette, der als erster ging, sah auf den doppelten Ring von Soldaten, die die Guillotine umstellten. Dann rief er mit lauter Stimme:

»Prääääsentiert das Gewehr!«

Alle gehorchten. Die Gewehre hoben sich, und man hörte das Klatschen der Handflächen auf den Gewehrschäften. Dann vernahm man die Stimme des Hauptmanns der Abordnung:

»Aber ich habe nichts gesagt! Das war ich doch gar nicht!«

Der Zwischenfall machte schnell auf dem Platz die Runde, auf dem bald das Gelächter widerhallte.

Die Gehilfen überließen auf Anatoles Zeichen hin Hippolyte und Casimir ihren Platz. Diese ergriffen sogleich Raflette, und acht Sekunden später rollte sein Kopf. Das Fallbeil wurde wieder gespannt, und Marius kam an die Reihe. Man tauschte den Weidenkorb, der inzwischen voll war, gegen einen anderen aus. Guez und Thomas beteten mit geschlossenen Augen. Dann wurde Guez von den beiden Alten ergriffen. Das Fallbeil sauste zum dritten Mal hinunter.

Nun packten Casimir und Hippolyte Thomas, der erschauderte. Was dann folgte, dauerte nur wenige Sekunden, doch die Schilderung dieses kurzen Augenblicks füllte die Seiten der Zeitungen.

Statt Thomas auf den Bauch zu legen, legten die beiden alten Füchse ihn auf den Rücken. Hippolyte stieß Anatole mit der Schulter zur Seite und betätigte selbst das Fallbeil, wobei er dem Banditen zurief:

»Sieh, was auf dich zukommt!«

»Nach der Verwünschung, die Rache des alten Henkers Pibrac!« »Skandalöse Hinrichtung im Aveyron. Der Henker guillotinierte verkehrt herum«, »Sadismus oder Leichtfertigkeit?« schrieben die Zeitungen. Léon legte sich ins Bett, das Weiße in seinen Augen war gelb geworden, er war das Opfer einer schlimmen Gelbsucht geworden. Anatole Deibler verließ Bellerocaille, ohne Hippolyte die Hand zu reichen. Er verzieh ihm nicht, daß er das Fallbeil an seiner Stelle betätigt hatte.

»Was Sie getan haben, könnte man als vorsätzliche Tötung bezeichnen. Sie wissen besser als jeder andere, daß nur der oberste Henker köpfen darf.«

»Sei uns nicht böse, mein Freund. Er, genau er war es, der Henri und Antoine die Fußsohlen über dem Feuer verbrannt hat. In jenem Augenblick haben mich meine Gefühle übermannt.«

III

Léon erholte sich langsam von seiner Gelbsucht. Indes sann er ohne Unterlaß auf Rache gegen seinen niederträchtigen Vater, eine Rache, die ihn direkt ins Herz treffen sollte, oder besser, in die Leber.

»Dieses Mal ist er zu weit gegangen, wir müssen etwas unternehmen«, schärfte ihm Hortense ein.

»Da will ich dir gerne zustimmen, aber was können wir tun?«

»Könntest du dich nicht öffentlich von ihm lossagen? Ewas unternehmen, damit alle ein für alle Mal wissen, daß wir mit diesem alten Wirrkopf nichts zu tun haben?«

»Ihm ist doch die Meinung der anderen vollkommen gleichgültig, es gefällt ihm doch gerade, wenn sie schlecht über ihn sprechen ... Ich sage dir ja immer wieder, die einzige Möglichkeit ist, Bellerocaille zu verlassen und nach Paris zu gehen. Dort hätten wir unsere Ruhe. Da ist der Name Pibrac mit keinem Makel behaftet.«

»Niemals!«

Der rettende Einfall kam ihm schließlich, als er nicht mehr danach suchte. »Und wenn wir unseren Namen änderten? Ich meine, ganz offiziell ... Das ist durchaus möglich, wenn man beweisen kann, daß man gute Gründe für einen solchen Schritt hat. Und wenn überhaupt jemand gute Gründe hat, dann sind es doch wohl wir.«

»Und wie sollten wir uns dann nennen?«

»Ich weiß nicht ... wie du willst. Wir haben die Qual der Wahl. Aber du mußt doch zugeben, daß das der beste Weg wäre, um öffentlich Abstand von ihm zu nehmen.«

Sobald Léon wieder aufstehen konnte, begab er sich zum Rathaus, wo ihm ein Angestellter erklärte, daß man, wenn man den Familiennamen wechseln wollte, zuvor seine Absicht im *Journal officiel*, in der örtlichen Zeitung und in der Stadt, in der man lebte, kundtun müsse.

»Wenn das erledigt ist, müssen Sie ein Gesuch in doppelter Ausfertigung an den Justizminister richten, in dem Sie die Gründe darlegen, die eine Änderung Ihres Vaternamens rechtfertigen. Und vergessen Sie nicht, alle Dokumente beizufügen, die belegen, daß Ihr Gesuch wohlbegründet ist, und auch eine Ausgabe der Zeitungen, in denen die zuvor verlangten Veröffentlichungen erschienen sind.«

Léon befolgte seine Anweisungen genauestens und legte zu den Beweisstücken noch die Zeitungsausschnitte, in denen die Haltung seines Vaters während des Prozesses und der Hinrichtung der Fersenröster dargelegt wurden.

Der ablehnende Bescheid des Justizministeriums ärgerte ihn mehr, als daß er ihn entmutigte. Im Einvernehmen mit Hortense fuhr er mit dem Zug nach Albi, wo der Rechtsanwalt Nicolas Malzac wohnte, der als einer der Prozeßkundigsten im Südwesten bekannt war und sich als einziger rühmen konnte, noch nie einen Prozeß verloren zu haben. Ein Bedienter in Livree führte Léon in das luxuriöse Bürgerhaus des Anwalts, das in der Rue du Tendant, gegenüber vom Tarnufer lag. Ohne das kostspielige, ausgewählte Mobiliar auch nur eines Blickes zu würdigen, kam er sofort auf den Grund seines Besuches zu sprechen.

»Der Name meines Vaters ist eine zu schwere Last geworden. Ich ertrage ihn nicht mehr, ebensowenig meine Frau und auch meine drei Kinder. Ich wollte ihn also ablegen, doch die Verwaltung erachtet meine Gründe als nicht ausreichend und verweigert mir das Recht dazu.«

»Und wie ist bitte Ihr Name?«

»Ich bin ein Pibrac«, sagte Léon und sah verlegen auf seine Stiefelspitzen.

Der Anwalt sah ihn teilnahmsvoll an und nickte. »Ich verstehe. Und wie möchten Sie sich ab jetzt nennen?«

»Meine Frau und ich haben an Bouzouc gedacht. Das ist der Name meines verstorbenen Schwiegervaters.«

»Ich verstehe! Haben Sie denn das Verfahren ordnungsgemäß durchgeführt?«

Léon überreichte ihm das abgelehnte Dossier. Malzac überflog es kurz.

»Und was erwarten Sie von mir, Monsieur Pibrac?«

»Sorgen Sie dafür, daß das Justizministerium seine Entscheidung zurücknimmt. Machen Sie ihnen klar, daß es Tag für Tag eine Qual ist, wenn man im Rouergue Pibrac heißt. Das ist nicht anders, als würde man Ravaillac oder Troppmann heißen.«

»Aber Ihr Vater ist weder ein Königsmörder noch ein Mörder, zumindest nicht im Sinne des Gesetzes.«

»In Anbetracht dessen, was er kürzlich getan hat, ist das nicht mehr so sicher.«

»Nun, nun, mein Freund. Ich habe, wie alle Welt, die Angelegenheit verfolgt, und ich kann Ihnen versichern, daß selbst ein Gerichtsassessor in der Lage wäre, zu beweisen, daß Ihr Vater durch seinen Schmerz verwirrt war.«

Da die Person seines Besuchers die Neugier des Anwalts erweckt hatte, erklärte er sich bereit, den Fall zu übernehmen. Denn auch er war einst von seiner Amme mit der Drohung geschreckt worden, daß er bei lebendigem Leib von Pibrac verspeist werde, wenn er seine Suppe nicht auslöffele.

Nicolas Malzac war der Erbe einer Familie mit großem Grundbesitz, die während der Revolution durch den Ankauf nationaler Güter reich geworden war. Er hätte ein friedliches Leben führen und sich ganz seiner Leidenschaft, den Antiquitäten, widmen können, wenn er nicht schon in seiner Kindheit Geschmack an Spitzfindigkeiten und Verworrenheiten gefunden hätte, was ihn dazu bewegte, das Studium der Rechte aufzunehmen.

Malzac verdankte seinen Ruf einem Prozeß, den er selbst gegen die allmächtige Eisenbahngesellschaft angestrengt hatte, weil seine Fahrkarte von einem Schaffner gelocht worden war. Nachdem er mit Brillanz nachgewiesen hatte, daß diese Fahrkarte, wenn sie einmal gekauft war – ebenso wie ein Haus, ein Pferd oder eine Briefmarke –, zum unantastbaren Eigentum ihres Besitzers wurde, hatte Malzac die Eisenbahngesellschaft der Minderung von Privateigentum bezichtigt und einen hohen Schadensersatz gefordert.

»Wenngleich das Gesetz Sie auch ermächtigt, die Fahrscheine zu kontrollieren, so gibt es Ihnen doch keineswegs das Recht, sie mit einem Loch zu versehen.«

Er hatte gewonnen. Als Schadensersatz war ihm ein Fahrausweis auf Lebenszeit ausgestellt worden, der ihn berechtigte, unentgeltlich auf dem gesamten Streckennetz (sechsunddreißigtausend Kilometer) zu reisen.

Zunächst suchte der Anwalt aus Albi nach einer Schwachstelle in Léons Dossier. Da er nichts fand, las er wieder und wieder die entsprechende Vorschrift und studierte die Archive auf der Suche nach Präzedenzfällen. Schließlich weitete er seine Untersuchung auf den Beruf des Henkers aus. Die wenigen Dokumente, die er fand, brachten ihn nicht weiter.

Alphonse Chopette, der ehemalige Bezirkshenker, der seit dem Erlaß des Dekret Crémieux aus dem Jahre 1870 im Ruhestand war, weigerte sich, ihn zu empfangen. Malzac mußte seinen Onkel, den Oberstaatsanwalt einschalten, der Chopette dazu brachte, seine ablehnende Haltung aufzugeben. Schließlich erzählte der alte Mann ihm etliche Geschichten, die geeignet waren, einen nachts zähneklappernd aus dem Schlaf fahren zu lassen. Nach den Pibracs befragt, erging er sich in Lobreden über sie.

»Was der Siebte mit diesem Thomas gemacht hat, ist vorbildlich. Auf diese Art sollte man allen den Kopf abschlagen, so daß sie sehen, wie der Tod von oben auf sie zukommt! Genau! Ich an seiner Stelle hätte dasselbe getan, wäre meine Familie von ihm getötet worden. Man sagt, daß der Kerl noch Zeit genug hatte, in die Hosen zu machen! Da kann ich nur sagen: Bravo, Hippolyte!«

Die Begegnung hatte Malzac kaum weitergeholfen, und so fuhr er mit dem Zug nach Bellerocaille und mietete dort einen Wagen, der ihn in die Rue du Dragon, zur Bäckerei Arsène Bouzouc brachte.

»Sie hätten Ihren Besuch ankündigen sollen, dann hätte ich Sie doch vom Bahnhof abgeholt«, hielt ihm Léon vor und bat ihn in den Salon im ersten Stock.

Hortense servierte höchstpersönlich Portwein und einen Teller Datteln mit Mandelfüllung, die neueste Spezialität des Hauses.

»Haben Sie Neuigkeiten, Herr Anwalt«, fragte Léon schließlich hoffnungsvoll.

»Es ist noch zu früh. Im Augenblick bin ich damit beschäftigt, Fakten zu sammeln, und das ist auch der Grund meines Besuches. Ich muß mehr über Ihre Familie erfahren.«

»Was wollen Sie denn wissen?« fragte Léon widerwillig.

»Ehrlich gesagt, weiß ich das selbst nicht so genau. Erzählen Sie mir zum Beispiel von Ihrer Kindheit. Wie wurden Sie erzogen?«

»Ich spreche nicht gerne über diese Dinge. Ist das denn wirklich notwendig?«

»Vielleicht... das kann ich im Augenblick noch nicht sagen. Haben Sie Geschwister?«

»Wir waren drei Jungen: Justinien, ich und Henri. Als Justinien an Wundstarrkrampf starb, war ich erst ein Jahr alt. Ich war nun der Älteste. In einer Familie wie der unseren ist das bedeutsam. Wäre das Dekret Crémieux nicht gewesen, wäre ich heute Léon I., der Achte. Und ich hätte sicherlich kein Mehl an den Händen.«

»Ich verstehe... War es Ihr Vater, der Ihnen das Bäckerhandwerk empfohlen hat?«

»Man merkt, daß Sie ihn nicht kennen. Er glaubt noch heute daran, daß die Regierung irgendwann wieder die Kommissionen in den Provinzen einsetzen und die Familie dann wieder ihres Amtes walten wird. Also wurde ich nach dem Tod meines Bruders der *Tradition* entsprechend erzogen. Und jetzt, da er nicht mehr auf mich rechnen kann, setzt er seine Hoffnung auf meinen Neffen Saturnin... Was ich Ihnen jetzt sage, klingt vielleicht sehr hart, aber ich bin überzeugt, daß er im Grunde genommen nicht allzu unglücklich darüber ist, daß Henri tot ist. Jetzt hat er seinen Achten, und die Nachfolge ist gesichert.«

»Was meinen sie mit *Tradition*?«

Léon wurde verlegen. Er hatte noch nie mit einem Fremden über diese Dinge gesprochen.

»Nun... ehm... sie enthält, sagen wir, alles, was man wissen muß, um ein vollkommener Scharfrichter zu werden. Sie stammt von unserem Vorfahren und Begründer. Er hat sie geschrieben. Zum einen ist sie in seinen *Erinnerungen* enthalten, zum anderen in einem Buch mit dem Titel *Die Tradition*, das er verfaßt hat. Sie wurde nie verändert, außer von dem Rächer, aber eigentlich hat auch er sie nicht verändert, sondern eher vervollständigt, indem er ihr eine *Gebrauchsanweisung für das richtige Köpfen* hinzugefügt hat. Sogar Charles Henri ist aus Paris gekommen, um sie abzuschreiben.«

»Und wer ist Charles Henri?«

»Charles Henri Sanson war der Oberste Henker von Paris während der Revolution. Er hat auch Ludwig XVI. geköpft.«

»Hmm...«, brummte Malzac düster. »Und in welcher Form wurde Ihnen diese *Tradition* vermittelt?«

»Wie in der Schule. Mit Kapiteln, die ich auswendig lernen mußte. Aufgaben und praktische Übungen.«

»Praktische Übungen?«

»Nun... ich weiß nicht mehr... das ist so lange her... Ich muß überlegen... Also zum Beispiel mußte ich an meinem siebten Geburtstag meine erste Ziege köpfen. Es ist mir nicht gelungen, es war ein wahres Gemetzel. Ich habe null von zwanzig möglichen Punkten bekommen.«

»Und dann?«

»Da die *Tradition* es verbot, zur nächsten Übung überzugehen, solange man die vorhergehende nicht fehlerlos ausführen konnte, mußte ich sie wiederholen, bis ich sie beherrschte... Ich war nicht sonderlich geschickt, und das betrübte meinen Vater. Auf diese Weise habe ich etwa zwanzig Ziegen auf dem Gewissen.«

Léons Ton war zugleich ironisch und bitter.

»Hat Ihr Vater Sie geschlagen?«

»Nie. Obwohl mir das manchmal lieber gewesen wäre. Wenn er böse auf mich war, verhielt er sich so, als wäre ich unsichtbar, und alle anderen im Haus mußten es ihm gleichtun... Sie können sich nicht vorstellen, was das für Auswirkungen hatte. Einmal hat es vier Tage gedauert. Vier grauenvolle Tage. Ich redete mit dem Hund, mit den Pferden, mit den Eidechsen in der Krypta.«

»Was hatten Sie denn verbrochen?«

»Ich hatte sein Messer in den Brunnen fallen lassen. Oh, ich weiß, das klingt recht unbedeutend. Aber es war nicht irgendein Messer. Es war eine Reliquie, denn es hatte unserem Vorfahren und Begründer gehört und wird vom Vater auf den Sohn vererbt.«

»Und warum vier Tage?«

»Solange hat es gedauert, um es wieder aus dem Brunnen zu holen.«

Léon schenkte dem Anwalt noch ein Glas Portwein ein und rief den Lehrling:

»Fernand! Bring uns etwas Gebäck!«

Malzac deutete beschämt auf den leeren Teller, auf dem die gefüllten Datteln gelegen hatten.

»Sie sind so gut, daß ich, ohne acht zu geben, alle gegessen habe. Sie sind wirklich ausgezeichnet.«

»Ich weiß, ich bin auch sehr um meine Backwaren bemüht. Mit einem Namen wie dem meinen habe ich keine andere Wahl. Wer würde schon bei der ›Henkersbrut‹ kaufen, wenn ich nicht der beste in Bellerocaille wäre? Das ist die einzige Art, die Vorurteile zu überwinden.«

Ein großer, kräftiger Lehrbursche brachte einen Teller mit Gebäckringen. Der Anwalt nahm einen und biß hinein. Er war warm, duftend und köstlich.

»Casimir hat mir das Brotbacken beigebracht. In der *Tradition* steht, daß man autonom sein muß. So habe ich gelernt, mit dem Gewehr und mit der Pistole zu schießen, den Acker zu bearbeiten, zu reiten und noch vieles mehr. Doch es war der Geruch des Mehls und der Hefe, das Teigkneten und -formen, zuzusehen wie er im Ofen goldbraun wurde, was mir am meisten gefallen hat. Ich könnte gar nicht sagen, warum.«

»Wer ist Casimir?«

»Der Henkersknecht meines Vaters. Er ist bei uns im Haus geboren. Er wohnt im Südturm, der von jeher den Henkersknechten und ihren Familien vorbehalten war. Der Erste hat ihn zu der Zeit erbauen lassen, als er acht Knechte hatte. Sie trugen eine Livree in den Farben der Familie und waren bewaffnet.«

»Der Erste?«

»Man nennt ihn auch den Vorfahren und Begründer, denn er war der erste Justinien der Linie... Das Merkwürdigste ist, daß er eigentlich gar kein Henker werden wollte. Man hat ihn dazu gezwungen. Und wissen Sie, wer ihn gezwungen hat? Ein Vorfahre des heutigen Bürgermeisters von Bellerocaille, der damalige Baron Raoul Boutefeux. Sein Nachfahr ist jetzt ein ›Roter‹, der sich rühmt, die Büste von Robespierre in seinem Wohnzimmer zu haben.«

»Und welcher Beschäftigung ging Ihr Vorfahr nach, ehe er Henker wurde?«

»Oh, die Geschichte hat er im ersten Teil seiner *Erinnerungen* berichtet. Er war öffentlicher Schreiber.«

»Und welchen Beruf hatten seine Eltern?«

Léon antwortete nicht gleich. Malzac aß noch ein paar Kekse, auch wenn es seiner Linie schadete, die in letzter Zeit etwas rundlicher geworden war.

»Wir wissen nichts über sie«, sagte Léon schließlich nachdenklich. »Ein Teil der Dokumente, die in den Archiven des Lehnsherrn und der Gemeinde gesammelt worden waren, wurde während der Revolution zerstört. Es ist nicht einmal sicher, daß wir aus Bellerocaille stammen. Im übrigen ist Pibrac kein typischer Name für das Rouergue, sondern eher für die Haut-Garonne.«

»Sagte Ihr Vorfahr und Begründer in seinen Erinnerungen nichts darüber?«

»Ich weiß es nicht.«

»Haben Sie sie denn nie gelesen?«

»Nein, aber selbst wenn ich gewollt hätte, hätte ich es gar nicht können. Nur das Familienoberhaupt darf den Schrank mit den Erinnerungen öffnen. Und als ich in diesem Alter war, hatte ich das Haus schon verlassen und war hier Bäkkerjunge.«

»Kennen Sie die Gründe für dieses Verbot?«

»Nein ... Aber vielleicht liegt es daran, daß einige Passagen nicht für Kinder geeignet sind. Nach den Stellen zu urteilen, die uns unser Vater vorgelesen hat, war der Erste ein verdammter Haudegen, der mit seinen Ausdrücken nicht gerade zimperlich war.«

Léon runzelte die Stirn und bewegte den Zeigefinger in der Luft wie jemand, der sich plötzlich an etwas erinnert.

»Um auf die Vorfahren des Ersten zurückzukommen, so ist der einzige Hinweis, den wir haben, der Name Jules Pibrac. Er ist in den Griff des Messers eingraviert, das ich in den Brunnen habe fallen lassen.«

»Ich verstehe Sie nicht.«

»In unserem Stammbaum gibt es keinen einzigen Jules, aber nach der *Tradition* hat dieses Messer dem Ersten gehört. Als ich meinem Vater diese Frage gestellt habe, hat er mir geantwortet, daß er mir diese Sache später erklären würde, wenn ich alt genug wäre, um sie zu verstehen.«

Malzac zog ein Notizbuch aus seiner Jackentasche und schrieb eine kurze Bemerkung hinein, die mit einem Fragezeichen endete. Er liebte Geheimnisse, und in dieser Familie gab es offensichtlich mehr als genug davon.

»Ich muß Ihren Vater treffen.«

»Wie stellen Sie sich das vor? Er wird Sie nie empfangen.«

»Ich könnte mich als Journalist ausgeben.«

»Bloß nicht, er verabscheut die Presse.«

»Aber ich muß ihn treffen. Ich werde mir irgendeinen Vorwand überlegen.«

Léon horchte auf.

»Mit Verlaub, Herr Anwalt, wenn Sie von diesem Vorhaben keinen Abstand nehmen wollen, rate ich Ihnen, nicht irgendeinen beliebigen Vorwand zu erfinden. Wenn mein Vater schon mißtrauisch ist, so warten Sie, bis Sie erst Casimir kennengelernt haben.«

Sobald er nach Albi zurückgekehrt war, schrieb Nicolas Malzac an Hippolyte und bat ihn um eine Unterredung. Er stellte sich als geschichtsbegeisterter Jurist vor, der auf der Suche nach Material für ein Werk war, das das Ziel hatte, »Die allzuoft verdrehte Wahrheit über Hinrichtungen« richtigzustellen.

Hippolyte antwortete postwendend. Sein Brief begann mit den Worten:

»Endlich geruht die Geschichte, sich für uns zu interessieren. Lange genug hat es gedauert.« Einige Details erstaunten den Anwalt: Der Brief war auf feinem Velinpapier aus der Haut eines totgeborenen Kalbs geschrieben. Das in Silber und Rot eingelassene Familienwappen tauchte im Kopf des Briefbogens und auf dem Umschlag auf. Es war durch ein Kreuz geteilt, und im oberen rechten Feld war ein Herrenhaus mit zwei Türmen zu sehen, im Linken las man auf Galgenbalken die Inschrift: *Gott und wir allein richten*. Das untere rechte Feld zeigte eine Pyramide aus grinsenden Totenköpfen, und das gegenüberliegende linke einen Galgenarm mit Leiter. Die Schrift war groß, steil und deutlich, der Brief war fehlerlos geschrieben. Der alte Henker ermunterte ihn zu kommen, »wann immer Sie wollen«, doch er zeigte sich seinem Plan gegenüber skeptisch: »Was auch immer Sie schreiben mögen, selbst wenn es die Wahrheit ist, so wird es doch nicht die Meinung der Menschen ändern. Das Vorurteil ist ein Erbe, das unsere Aufgabe begleitet. Es wird erst mit dem Letzten unseres Standes verschwinden, und das wird trotz des Dekrets Crémieux nicht morgen sein.«

Malzac nahm erneut den Zug nach Bellerocaille. Eine

Pferdekutsche brachte ihn zur Herberge »Au Bien Nourri«, die ihm Léon empfohlen hatte. Man zeigte ihm ein Zimmer mit einer zum Platz hin gelegenen Veranda, das ihm zusagte. An der Poststelle mietete er ein Kabriolett und ließ sich von dem Vermieter den Weg zur Kreuzung des Jüngsten Gerichts erklären.

»Wollen Sie den Dolmen besichtigen?«

»Nein, ich fahre zum Haus der Pibracs.«

»Ah«, sagte der Mann und nickte.

Als der Anwalt die bevölkerte Rue Droite hinabfuhr, erkannte er im Vorbeifahren die Rue du Dragon, in der sein Mandant wohnte. Er verließ die Stadt über die Pont de la République und fuhr auf den Ulmenhain zu.

Die Größe des Dolmen, der sich auf der Mitte der Kreuzung erhob, beeindruckte ihn. Er stieg aus seinem Kabriolett, um einmal rundherum zu gehen. In seiner Jugend hatte er Sommerausflüge durch das Vallée de la Muze gemacht, wo es unzählige Dolmen gab, doch nie hatte er einen in dieser Größe gesehen. Die obere Felsplatte maß sechs Meter. Wie hatten sie es nur angestellt, sie zwei Meter hoch zu heben? Dann begutachtete er die Befestigungsmauer, die mit Partisanen aus dem XVII. Jahrhundert bewehrt war.

Malzac zog an einer Kette, die eine unsichtbare Glocke erklingen ließ. Er bewunderte gerade die beschlagenen Torflügel, als sich einer von ihnen öffnete und er vor einem hochgewachsenen Greis stand, dessen kahler Schädel nur von einem schmalen Kranz weißer Haare geziert war. Er wurde von einem großen Hund begleitet und musterte ihn mit einem Blick, der ihn frösteln ließ.

Der Anwalt stellte sich vor. Die Züge des Knechts entspannten sich.

»Kommen Sie bitte herein.«

Er öffnete den zweiten Torflügel, um das Kabriolett durchzulassen. Malzac entdeckte das Haus und erkannte sogleich den Herrensitz mit den beiden runden Türmen wieder, den er auf dem Wappen gesehen hatte. Er sah auch den großen Park, der sich endlos hinzog, ein kleines Wäldchen, eine

Weide, auf der eine Kuh und einige Pferde grasten, zwei fette Schweine und einen Ententeich.

Malzac ließ seinen Wagen im Hof zurück und folgte Casimir über eine Außentreppe in den ersten Stock, wo er in einen großen lichtdurchfluteten Raum trat, der ihm vor Staunen die Sprache verschlug. Er hörte kaum, daß ihn der alte Knecht bat, Platz zu nehmen und zu warten, bis der Hausherr von seinem Besuch unterrichtet sei.

Als er allein war, ging der Anwalt durch das Zimmer und sein Erstaunen wuchs angesichts der außergewöhnlich gelungenen Kombination von Rustikalem und Elegantem, von nacktem Sandstein und kostbaren Holzverschalungen.

»Dieser Tisch ist ein Vermögen wert«, sagte er sich, nachdem er sich versichert hatte, daß die drei Meter fünfzig lange Eichenplatte aus einem Stück war. Die geschnitzten Tischbeine aus Nußbaumholz hatten die Form einander zerfleischender Greife.

Auf einem Tellerbord im Stil Louis XV. sah er eine Reihe von Tellern aus Moustiers-Steingut, die die verschiedensten Arten von Strafen zeigten, vom Rädern über das Pfählen, das Vierteilen, den Galgen bis hin zum Scheiterhaufen. Eine andere Szene aus Sèvres-Porzellan zeigte Szenen der Revolution wie die Eroberung der Bastille, die Hinrichtung von Louis XVI. und Marie-Antoinette, Marat in seiner Sitzbadewanne... Ein Teil der Wand wurde von eigenartigen, verzierten Schöpflöffeln eingenommen. Der größte von ihnen war aus Kirschbaumholz und hatte die Form einer geöffneten Hand.

Dann erregte eine feine Vitrine mit Intarsien, die auf einer Kommode im Stil Louis XV. stand, seine Aufmerksamkeit. Er war starr vor Staunen, als er eine Sammlung von Nasen entdeckte, die meisten waren aus bemaltem Holz, einige aus Leder, andere aus Metall und eine, es handelte sich um eine Hakennase, war gar aus Porzellan. Das Eigenartige an dieser Nasensammlung war die Tatsache, daß sie abgenutzt waren, was vermuten ließ, daß sie tatsächlich getragen worden waren.

Der Anwalt untersuchte die Rückwand der Vitrine, als ihn eine Stimme hochfahren ließ: »Roentgen hat sie gemacht, und die Einlegearbeiten sind von Zick, wenn es das ist, wonach Sie suchen, Monsieur Malzac.«

Von der ersten Sekunde an wußte Malzac, daß er noch nie im Leben einen solchen Menschen getroffen hatte.

»Monsieur Pibrac, nehme ich an.«

»Ihre Annahme ist richtig.«

Sie schüttelten sich die Hand und musterten sich dabei eingehend. Der Anwalt spürte, daß dem Henker drei Fingerglieder fehlten. Er bemerkte auch die langen, tiefschwarzen Haare und die Kleidung, die aus einer Moderadierung aus dem Second Empire zu stammen schien.

»Sie gehörten dem Vorfahren und Begründer unseres Geschlechts«, sagte Hippolyte und deutete auf die Vitrine mit den Nasen und dann auf ein Ölgemälde, das an der Holzvertäfelung im hintern Teil des Raumes hing und dem sieben weitere folgten.

Malzac näherte sich den Gemälden und sah einen lächelnden jungen Mann mit einer höckerigen Holznase, die im Nacken von einem Lederband gehalten wurde. Er posierte auf einer Richtbühne, die vor mehreren Galgenbalken aufgebaut war, an denen vier Menschen hingen, die der Künstler mit großem Realismus dargestellt hatte. Auf der einen Seite neben dem jungen Mann saß ein grauer Wolf auf den Hinterpfoten, auf der anderen stand ein Richtblock, in dem ein Beil steckte. Seine Kleidung erinnerte an die Romanfiguren von Alexandre Dumas, er trug ein langes Florett und in seinen Gürtel waren zwei Pistolen geschoben. Das Herrenhaus stand noch nicht, an seiner Stelle erhob sich eine kleine Hütte aus blutrot angestrichenen Brettern. Auf dem kleinen Kupferschildchen, das an dem teuren Rahmen aus vergoldetem Holz befestigt war, stand: *Justinien I. (1663–1755).*

»Was darf ich Ihnen anbieten, Kaffee, Tee oder vielleicht Wein?«

Der Anwalt entschied sich für den Wein, doch ehe er sich setzte, wollte er noch die anderen Gemälde betrachten.

Justinien II. (1699–1764) sah mit rätselhaftem Blick unter seinem rot-schwarzen Dreispitz hervor. Er stützte die gekreuzten Arme auf einen leeren Galgenarm. Man sah schon das Haus mit seinen beiden runden Türmen, das ganz in Rot gestrichen war, doch es gab noch keine Befestigungsmauer, Aus einem der schwarzen Schieferschornsteine drang Rauch. Auf einem Banner, das am Himmel schwebte, konnte man die Inschrift lesen: *Gott und wir allein richten.*

Bekleidet mit einem kurzen Jakobinerwams aus Gamsleder und grün-gelb gestreiften Beinkleidern, auf dem Kopf die Jakobinermütze, so lächelte Justinien III. (1732–1804) bescheiden den Maler an. Er stand neben seiner Guillotine auf dem Schafott, das auf dem Place du Trou aufgebaut war. Im Hintergrund sah man die Nationalgarde und eine begeisterte Menge. Mit ausgestrecktem Arm hielt er einen Kopf mit Perücke in die Höhe.

Schauplatz des Porträts von Justinien IV. (1772–1850) war wieder die Kreuzung des Jüngsten Gerichts. Man hatte das Haus von der roten Farbschicht befreit, und es war nun von einer mit aufgestellten Partisanen bewehrten Mauer umgeben. Sein Besitzer war mit einem Gehrock mit Kragen, einer Krawatte mit dreifachem Knoten und einer gestreiften Drillichhose bekleidet. Auf dem Kopf trug er einen runden Hut mit einer breiten, heruntergezogenen Krempe. Er hatte sich im Hof neben einer Guillotine, die mit Rädern und einer Deichsel versehen war, malen lassen.

Auf dem folgenden Gemälde sah man Justinien V. (1814–1850) in voller Lebensgröße vor einem violett-roten Himmel. Zwei Engel, die das Familienwappen trugen, schwebten in der oberen Ecke des Bildes. Der fünfte Justinien sah den Maler mit einem schelmischen Blick an, der hervorragend wiedergegeben war.

Justinien VI. (1832–1850) war unvollendet. Malzac sah einen Jugendlichen mit fröhlichem Gesichtsausdruck, ohne Hut und bartlos, der in lässiger Haltung, die Hände in die Hüften gestemmt, vor einem Blutgerüst mit Guillotine – beides nur knapp skizziert – stand.

Das siebte Bild hatte kein Namensschildchen. Es zeigte eine ältere Dame mit energischen Zügen. Sie saß mit einem kleinen, äußerst entschlossen wirkenden Jungen auf einem Diwan und trug ein schwarzes Satinkleid mit Reifrock. In den schmalen Händen hielt die Witwe einen auseinandergefalteten Brief. Malzac beugte sich ein wenig vor. Obgleich die Schrift sehr klein war, war sie doch lesbar: Es war eine Ernennungsurkunde zum obersten Henker auf den Namen Hippolyte Pibrac.

Das achte und letzte Bild der Ahnengalerie zeigte Hippolyte, ebenso entschlossen und kaum älter als auf dem vorhergehenden, der stolz neben einer Guillotine posierte, die eine Hand ruhte auf dem Auslösehebel, in der anderen hielt er ein Stück Stoff. Er trug weder Bart noch Kopfbedeckung, und in seinem roten Samtgehrock, seinem weißen Hemd mit besticktem Jabot, den schwarzen Beinkleidern und den schwarzen Stiefeln mit rotem Aufschlag sah er sehr beeindruckend aus. In seinem Wehrgehenk mit der ziselierten Silberschnalle steckte ein Revolver. Wie bei dem siebten Bild war auch hier kein Kupferplättchen am Rahmen angebracht.

»Sie waren noch sehr jung«, sagte der Anwalt zu seinem Gastgeber, der während der Besichtigung geschwiegen hatte.

»Ich hatte gerade meinen vierzehnten Geburtstag gefeiert... Aber da kommt Casimir. Kommen Sie, wir wollen uns setzen.«

Malzac trank seinen Rotwein aus einem glasierten Becher, auf dem die Eroberung Jerusalems während des ersten Kreuzzuges dargestellt war. Der Wein erwies sich – wie alles in diesem Haus – als erstklassig. Hippolyte trank Wasser aus einem ähnlichen Becher, auf dem naturgetreu die Eroberung von Antiochia durch Bohémond und Raimond von Toulouse gezeigt wurde.

»Ich höre, Monsieur Malzac«, sagte Hippolyte schließlich.

Malzac räusperte sich, ehe er eine Geschichte über die Gründe erfand, die ihn dazu gebracht hatte, eine Abhandlung über den Beruf des Henkers zu schreiben.

»Zunächst hatte ich die Absicht, eine allgemeine Abhandlung zu schreiben, aber nach meinem Treffen mit Ihrem Kollegen aus Albi, Monsieur Chopette, habe ich meine Meinung geändert. Ich habe mir überlegt, daß ich mein Vorhaben, ausgehend von der umfassenden Geschichte einer Familie, wesentlich eindringlicher verdeutlichen könnte. Oder besser gesagt, einer Dynastie, denn in Ihrem Fall handelt es sich ja wohl um eine Dynastie.«

Er wies mit einer ausholenden Geste auf die Bilder.

»Wir sind tatsächlich eine der wenigen Familien, in der sieben aufeinanderfolgende Generationen zu diesem Amt ernannt wurden. Chopette ist ein Bingre, der Ihnen nicht viel hätte erzählen können.«

»Ein Bingre?«

»So nennen wir die Familien, die seit weniger als hundert Jahren im Amt sind. Jeder Beruf hat seine eigene Sprache, da macht auch der unsere keine Ausnahme.«

»All Ihre Vorfahren hießen Justinien...«

»Alle Erstgeborenen wurden auf diesen Namen getauft, das war bei uns von jeher Tradition. Ich bin der Jüngere, und wenn mein Bruder nicht umgekommen wäre, ohne Nachfahren zu hinterlassen, würde er Ihnen jetzt gegenübersitzen und nicht ich.«

»Hat Ihr Bruder sich umgebracht?«

»Umgebracht? Was für ein Einfall! Nein, er ist bei einer Hinrichtung durch einen Unfall ums Leben gekommen. Da er noch unverheiratet war, ist das Amt auf mich übergegangen. Aber ich war erst vierzehn Jahre alt und hatte keinerlei Erfahrung in Sachen Hinrichtung. Ohne das Einschreiten meiner Mutter Clémence wäre ich niemals ernannt worden, und das Amt wäre uns entgangen. Darum hängt auch ihr Bild in der Ahnengalerie.«

Die Nachricht vom Tod des Sechsten hatte das Haus wie ein Blitzschlag aus heiterem Himmel getroffen.

»Was erzählt ihr da, ihr Unglückseligen?« hatte Clémence ausgerufen und Victor und Casimir, die beiden weinenden Henkersknechte, ungläubig angestarrt.

»Alles ging sehr schnell. Er ist einen Schritt zu weit zurückgetreten, vom Schafott gefallen und hat sich, als er auf die Pflastersteine schlug, den Hals gebrochen. Er war sofort tot.«

Offensichtlich erwies sich das Jahr 1850 als ausgesprochen unheilvoll für die Familie. Zuerst der Fünfte, der vor der Zeit verschieden war, nachdem er bei einer Jagdpartie von einem Fuchs gebissen worden war, und jetzt der Sechste, sein Sohn. Vor einem Monat hatte er seinen achtzehnten Geburtstag gefeiert, und nun war das Amt zum ersten Mal seit einhundertsiebenundsechzig Jahren verwaist, da er keine direkten Nachkommen hinterlassen hatte. Alle Blicke wandten sich auf seinen Bruder Hippolyte.

Sobald der Sechste in der Krypta beigesetzt worden war, hatte sich Clémence in die Präfektur nach Rodez begeben, um die Ernennung ihres jüngsten Sohnes zu verlangen.

»Aber Ihr seid ja nicht bei Trost, Madame, er ist noch ein Kind«, empörte sich der Präfekt beim Anblick des Jungen.

»Aber er ist ein Pibrac, Herr Präfekt, er wird sein Handwerk schnell lernen, das garantiere ich Euch. In der Übergangszeit werden unsere Henkersknechte Felix und sein Sohn Casimir die Arbeit übernehmen, sie sind sehr gut ausgebildet.«

Da der Präfekt noch nicht lange im Amt war und die Sitten und Gebräuche nicht kannte, befand er dieses Angebot für unschicklich und vollkommen fehl am Platz. Das teilte er der Witwe mit und gab ihr dann, indem er auf die Tür wies, zu verstehen, daß die Unterredung beendet sei.

Clémence hob den schwarzen Trauerschleier, der sie an der Nase kitzelte, und sagte mit fester Stimme, die durch sämtliche Wände drang:

»Seit einhundertsiebenundsechzig Jahren töten wir für Euch, seit einhundertsiebenundsechzig Jahren behandelt Ihr uns wie Aussätzige, seit einhundertsiebenundsechzig Jahren verbieten uns Eure heuchlischeren Vorurteile, eine andere Laufbahn einzuschlagen. Wenn Ihr nun Hippolyte nicht ernennt, verdammt Ihr uns zu Arbeitslosigkeit und

Armut und das, Herr Präfekt, werden wir, mit Verlaub, nicht zulassen!«

»Geht, Madame, sonst lasse ich Euch hinauswerfen!«

»Gebärdet Euch nur nicht so überlegen, Ihr könntet in eine unangenehme Lage kommen, wenn Ihr uns braucht«, sagte Clémence und richtete die Spitze ihres Schirms auf seine Brust.

Sie schlug ihren Schleier über das Gesicht, drehte sich auf dem Absatz um und verließ mit ihrem Sohn das Zimmer.

Der Präfekt zuckte die Schultern. Die Zeiten hatten sich geändert, und am Abend des Tages, an dem der Henker so unglücklich ums Leben gekommen war, hatten ein Dutzend Anwärter ihre Kandidatur abgegeben. Doch als er sie einige Tage später vorlud, um seine Wahl zu treffen, kam nur ein einziger, und zwar um seine Bewerbung zurückzuziehen.

»Warum habt Ihr Euch denn dann beworben?«

»Entschuldigung, Herr Präfekt, aber ich dachte, daß es keinen Pibrac mehr gäbe.«

»Aber er ist noch ein Kind! Er ist erst vierzehn Jahre alt!«

»Das mag sein, aber er ist alt genug, um mich zu verwünschen. Ihr stammt nicht aus dieser Gegend, sonst würdet Ihr das verstehen.«

»Hat man Euch bedroht?«

»Aber nein! Aber die Knechte von Madame Clémence erzählen überall in der Stadt, daß von Rechts wegen das Amt dem Kleinen zustehe. Man braucht nicht besonders schlau zu sein, um zu wissen, was das heißt.«

Erst als er hörte, daß die Pibracs sehr reich waren, änderte der Präfekt seine Meinung: begüterte Leute sind immer einflußreich, und es ist besser, auf gutem Fuß mit ihnen zu stehen. Er ließ Clémence zu sich bestellen und überreichte ihr die Ernennungsurkunde. Doch zugleich warnte er sie:

»Ob er das Amt nun selbst ausführt oder nicht, Euer Sohn ist verpflichtet, bei jeder Hinrichtung anwesend zu sein, so will es das Gesetz.«

Clémence sah ihn voller Verachtung an und entgegnete:

»Natürlich wird er anwesend sein. Was glaubt Ihr denn, wo er den Beruf erlernen wird, wenn nicht auf der Richtbühne?«

Einen Monat vor dieser Unterredung hatte Louis Magne, ein Ochsenhirte ohne Arbeit, der herumzog und kleine Schmuggeleien beging, einen Weinhändler aus der Unterstadt erstochen, um ihn zu bestehlen. Anstatt zu fliehen, hatte Magne eine Flasche nach der anderen geleert. Als die Gendarmen ihn entdeckten, schnarchte er quer über seinem Opfer ausgestreckt.

Man machte ihm den Prozeß, und er wurde zum Tode verurteilt. Casimir und Félix verließen den Gerichtssal, um beim Gerichtsschreiber den Hinrichtungsbefehl abzuholen. Dann fuhren sie sogleich nach Hause zurück, wo Clémence sie erwartete.

»Todesstrafe!« riefen sie, noch ehe sie von ihren Pferden abgestiegen waren.

»Habt ihr den Dienstauftrag?«

Félix gab ihn ihr. Sie las ihn, prüfte die Unterschrift, den Stempel und das Datum und reichte ihn dann ihrem Sohn, der ihn laut vorlas:

Der Scharfrichter wird bestellt, sich am 14. September zum Gerichtsgebäude von Bellerocaille zu begeben, um dort die Strafe, die Louis Magne zum Tode verurteilt, zu vollstrecken. Die Hinrichtung ist für 4 Uhr nachmittags auf dem Place du Trou festgesetzt.

Am nächsten Tag wurden im Morgengrauen die zerlegte Guillotine und das Schafott auf einen Planwagen geladen.

»Hm, das riecht gut«, sagte der Junge und schnupperte an den Balken, die mit Bienenwachs gepflegt wurden.

Die Knechte lächelten sich zu. Diese Bemerkung belegte, daß der Junge die richtige Einstellung hatte.

»Ja, das riecht gut«, bestätigte Clémence, die das Aufladen überwachte. »Dein Urgroßvater, der Rächer, hat sie gebaut.«

»Jedes Teil läßt sich in das andere schieben«, fügte Félix hinzu und verschränkte die Hände, um es ihm zu zeigen. »So etwas gibt es kein zweites Mal. Alle Familien beneiden uns darum. Und natürlich auch um die ›Mechanische‹.«

Hippolyte nickte ernsthaft. Da er schon zuvor mehrmalig diesen Vorbereitungen beigewohnt hatte, war ihm all das bekannt, aber es war das erste Mal, daß man sie ihm wirklich erklärte. Früher hatte man sich immer nur an seinen Bruder gewandt.

Um 7 Uhr war alles bereit. Man stärkte sich in der Küche mit einem reichlichen Frühstück, dann legte jeder seine Kleider für die Hinrichtung an: die Knechte waren in rot und schwarz gekleidet. Hippolyte trug einen Gehrock mit Samtrevers und einen Zylinder, den sie zwei Wochen zuvor in Rodez gekauft hatten.

Ehe sie aufbrachen, übergab ihm Clémence feierlich die beiden Pistolen, die sie seinem verstorbenen Bruder zum sechzehnten Geburtstag geschenkt hatte.

In der Stadt verursachten die schwer beladenen Wagen und seine Insassen den gewohnten Aufruhr.

»Da ist das Weib des Henkers mit seinem Kleinen!«

Clémence war durch die lange Gewohnheit gegen die feindselige Neugier, die man ihr jedesmal entgegenbrachte, abgestumpft. Ganz in Schwarz gekleidet, saß sie ungerührt in der Kutsche und gab ihrem Sohn Ratschläge.

»Du mußt aufpassen, wie es gemacht wird, vor allem das Senkblei ist wichtig, und wenn du etwas nicht verstehst, dann frage Félix.«

»Ja, Mama.«

Als sie den Place du Trou erreichten, wurde der Wagen abgeladen. Ohne irgendwelche überflüssigen Handgriffe bauten die Knechte und ihre Gehilfen die Richtbühne auf und öffneten dann die gepolsterte Kiste, in der die Guillotine lag. Wie jedesmal machte sich in der bereits versammelten Menge der Schaulustigen beim Anblick des Fallbeils Unruhe breit. Clémence forderte Hippolyte auf, sich weiter vorzubeugen und zuzusehen, wie Casimir den Fallhammer ausrichtete, der rot gestrichen war. Dann deutete sie auf Félix, der vor der Mechanik kniete und mit einer Wasserwaage den geraden Stand der Balken überprüfte. Mit dem Zeigefinger zeigte er dem Jungen, wo sich die Luftblase befinden mußte, damit alles ganz gerade stand.

»Es ist sehr wichtig, daß die beiden Holme genau senkrecht stehen, sonst gleitet das Fallbeil nicht richtig und schneidet schlecht. Dann mußt du den Kopf mit dem Messer abtrennen. Das ist eine schmutzige Arbeit und macht bei den Zuschauern keinen guten Eindruck.

Als alles für einen Probelauf bereit war, zeigte Félix dem Jungen den Hebel:

»Die Ehre wird dir zuteil.«

Die Wangen vor Freude gerötet, sah Hippolyte schüchtern seine Mutter an, die ihm aufmunternd zunickte. Er drückte den Hebel herunter. Die Klinge sauste herab und stieß mit einem trockenen Knall auf die Dämpfer. Der Aufprall ließ die Bretter unter seinen Füßen erzittern. Ohne daß man ihn dazu aufforderte, zog der Junge den Strick wieder an, um die Mechanik zu spannen, so wie er es zuvor bei Félix beobachtet hatte.

Clémence und die Knechte begriffen, daß die Nachfolge gesichert war.

Gegen Mittag fuhren sie nach Hause und ließen nur zwei Gehilfen zurück, die sich zum Essen unter das Schafott gesetzt hatten, um sich vor den neugierigen Blicken zu schützen.

Eine Stunde vor der Hinrichtung erschien Hippolyte in Begleitung seiner Knechte in der Gerichtsschreiberei, um den Verurteilten in Empfang zu nehmen. Seine Mutter hatte nicht die Erlaubnis, ihnen zu folgen und mußte draußen warten. Um sich gegen die Sonne zu schützen, spannte sie ihren Schirm auf und ging auf und ab.

Als sie seinen Kerker betraten, bohrte Louis Magne hingebungsvoll in der Nase. Beim Anblick des Jungen empörte er sich: »Zum Teufel, das ist kein Schauspiel für ein Würstchen seines Alters!«

»Ganz ruhig, Magne, er ist der Henker!« warnte der Oberaufseher.

»Der Henker? Mein Henker, dieser Däumling? Nie im Leben, da lache ich mich doch lieber zu Tode!«

»Ruhe, Magne, Ruhe!« befahl der Oberaufseher und hielt sich, ebenso wie die Knechte, bereit, um nötigenfalls einzuschreiten. »Er ist bestellt, er muß da sein, das verlangt das Gesetz.«

Der Ochsenhirte lehnte sich an die Wand, die mit Kritzeleien bedeckt war, und ballte die Fäuste.

»Mich von so einem Dreikäsehoch einen Kopf kürzer machen lassen? Nie im Leben, sage ich. Wie stehe ich denn dann da?«

»Sei nicht widerspenstig, sonst schlagen wir dich nieder«, drohte Félix und schwang den Hocker, den er in der Hand hielt.

Als er gerade zuschlagen wollte, sagte Hippolyte mit sanfter Stimme:

»Ich werde Sie nicht anrühren, Monsieur. Ich bin nur hier, um meine Aufgabe zu erlernen.«

Alle in der Zelle waren wie versteinert, berichtete später der Wärter. Louis sah aus, als wisse er nicht, ob er »lachen oder weinen« solle. Seine Muskeln entspannten sich, die Fäuste öffneten sich, er seufzte und gab nach.

»Na endlich! Ihr habt euch ja Zeit gelassen«, murrte Clémence, als sie schließlich aus dem Gerichtsgebäude traten.

Magne kletterte auf den hinteren Teil des Wagens, dessen Plane man zu diesem Zweck entfernt hatte. Die Menge, die sich um das Gerichtsgebäude versammelt hatte, buhte, wenngleich ohne große Begeisterung. Sein Verbrechen war zu geringfügig, um Leidenschaft zu entflammen, das einzige, was an dem Fall von Interesse war, war seine Hinrichtung.

Hippolyte setzte sich zwischen Félix, der die Zügel hielt, und Casimir, der den Gefangenen bewachte. Clémence ging neben dem Wagen her und schlug bisweilen mit ihrem Schirm auf die Rüstleiter, um ihrem Sohn Anweisungen zu geben:

»Halt dich gerade, alle sehen dich an!«

»Sie sehen nicht ihn an, sondern mich!« protestierte

Magne, der sich hingesetzt hatte, um nicht von dem Geholper des Wagens umgerissen zu werden.

»Sie«, rief ihm die Witwe zu, die durch den schnellen Gang außer Atem geraten war, »Sie täten besser daran, darüber nachzudenken, was Sie Petrus erzählen werden, wenn Sie ihm mit Ihrem Kopf unter dem Arm gegenüberstehen!«

Magnes Gesicht wurde aschfahl. Er senkte den Blick und schien über den Rat der Witwe nachzudenken.

Der Zug erreichte die Rue Droite, als eine weibliche Stimme das Getöse übertönte. Sie schrie ein herzzerreißendes »Adieu, Louis«, das selbst die Herzen der Härtesten erweichte. Magne sprang mit wirrem Blick auf, doch ein Stoß des Wagens warf ihn wieder zu Boden. Einige sagten, es sei seine alte Mutter gewesen, andere behaupteten, es habe sich um seine Geliebte, ein Mädchen aus der Auvergne, das im sechsten Monat schwanger war, gehandelt. Doch niemand wußte es genau, und es sollte für immer ein Geheimnis bleiben.

Wie es das Gesetz verlangte, stieg Hippolyte als erster auf die Richtbühne, die in der Sonne blitzte wie ein gewichster Schuh.

Seine Mutter stand am Fuß der Plattform und legte ihre Hände wie einen Trichter an den Mund, um ihm eindringliche Ratschläge zu geben: »Gib acht, wo du hintrittst. Mach es nicht wie dein unglücklicher Bruder!«

Kaum hatte Magne das Schafott erreicht, fiel er auf das Schaukelbrett, das nach Bienenwachs roch. Kräftige Hände hielten ihn fest, während er unter das hochgezogene Fallbeil glitt. Seine Schultern stießen gegen die Halsmulde. Zu seiner Überraschung sah sich Magne dem dritten Gehilfen Riquet gegenüber, der seine Ohren ergriff und seinen Kopf richtig unter dem Fallbeil plazierte.

»Jetzt sieh hin, Hippolyte. Jetzt kommt der entscheidende Augenblick«, das waren die letzten Worte, die er hörte, ehe er vor den Heiligen Petrus trat.

Später, auf dem Nachhauseweg, beglückwünschte Félix Hippolyte feierlich zu seinem Verhalten gegenüber dem störrischen Magne.

Er wühlte in seinen Taschen, zog schließlich den Hemdkragen des Verurteilten hervor und schenkte ihn Hippolyte.

»Hier, ich habe ihn für Sie aufgehoben«, sagte der sechzigjährige Knecht, der ihn zum ersten Mal siezte. »Ihr Großvater hat immer gesagt, daß der erste ein Glücksbringer ist.«

Was für eine Geschichte, dachte Nicolas Malzac.

»Kommen Sie, ich werde Ihnen etwas zeigen, was bis heute nur wenige Menschen zu Gesicht bekommen haben«, sagte sein Gastgeber.

Er folgte ihm in ein rundes Zimmer. Casimir öffnete die Läden, die Blicke auf den Hof boten. Malzac vermutete, daß er sich in einem der Türme befand. An den Wänden hingen verglaste Vitrinen, in denen Dutzende und Aberdutzende von Hemdkragen lagen. Jeder war mit einem Etikett versehen, das den Namen seines Besitzers und das Datum seiner Hinrichtung angab. Der von Louis Magne, mit der Nummer 1, war in einem eigenen Kasten ausgestellt.

»Guter Gott, das ist... das ist...«

»Einzigartig.«

Der Anwalt, überwältigt von all den Dingen, die er seit seiner Ankunft im Herrenhaus gesehen hatte, stimmte aus vollster Überzeugung zu. Manchmal, wie jetzt angesichts dieser unglaublichen Sammlung, vergaß er beinahe den Grund seines Besuchs. Alle Größen, Zeiten, Farben und Materialien, von der feinsten Seide bis zur derben Baumwolle, waren vertreten. Einige von ihnen hatten offensichtlich zu weiblichen Kleidungsstücken gehört. Der letzte, ein weißer, eher schmutziger Kragen, trug die Nummer 208 und war mit der Aufschrift *Thomas Lerecoux, Freitag, 17. Januar 1902, Place du Trou, Bellorocaille versehen.*. Der vorhergehende Kragen mit der Nummer 207 aus buntem Leinen hatte kein Etikett.

»Warum ist dieser nicht beschriftet?«

»Es war ein Unbekannter«, erwiderte Hippolyte knapp.

Sie gingen zurück in das große Zimmer.

Eine Stunde vor Sonnenuntergang verabschiedete sich

Malzac von seinem Gastgeber, der ihm die Erlaubnis gab, am nächsten Tag wiederzukommen.

Er aß zerstreut zu Abend. Sein Geist war erfüllt von dem, was er gesehen und gehört hatte, doch manchmal kamen ihm Zweifel. »Habe ich wirklich eine Sammlung von Nasen und von den Kragen der zum Tode Verurteilten gesehen?« Nachdem er einmal das Herrenhaus verlassen hatte, kamen Zweifel in ihm auf.

Er ging noch einmal seine Aufzeichnungen durch und trug eine Liste von Fragen zusammen, die er zu stellen versäumt hatte, und zum ersten Mal dachte er wirklich daran, ein Buch zu schreiben.

Sein lebhaftes Interesse hatte dem alten Henker gefallen, dessen Erzählungen unerschöpflich schienen, und er hatte jede seiner Geschichten mit der Bemerkung eingeleitet »Sie sind der erste außerhalb der Familie, dem ich das erzähle«.

Am nächsten Morgen fuhr der Anwalt, obschon der Himmel dunkel und bedrohlich aussah, in seinem Kabriolett zum Herrenhaus der Pibracs, wo er den Tag verbrachte. Zum Mittagessen servierte Casimir auf einer Platte aus Limoges-Porzellan. Als sie leer war, kam ein wundervolles Bild des Heiligen Laurentius auf seinem Scheiterhaufen zutage.

Während sie einen starken Kaffee tranken, erwähnte Hippolyte zum ersten Mal die *Erinnerungen*.

»Nach der *Tradition* sind wir verpflichtet, Tagebuch zu führen. *Nulla dies sine linea*. Jeder meiner Vorfahren hat sich daran gehalten. Und auch ich schreibe jeden Abend.«

Da haben wir es ja, dachte Malzac und bemühte sich, erstaunt zu wirken.

»Das muß ja inzwischen einen beachtlichen Umfang erreicht haben.«

»Das kann ich Ihnen sagen.«

»Wo sind sie denn? Darf ich sie sehen?«

Nach einem kurzen Augenblick des Zögerns erhob sich Hippolyte schließlich und führte ihn in ein geräumiges Arbeits- und Lesezimmer. An drei Wänden zogen sich Bücherregale entlang, an der vierten standen ein Schreibtisch aus dem Mittelalter und ein Renaissanceschrank mit Aufsatz aus geschnitztem Nußbaumholz. Hippolyte öffnete ihn, und man sah mehrere Reihen von Handschriften, die in blaßrotes Leder gebunden waren. Auf dem Rücken jedes Bandes war der Name seines Autors eingraviert. Doch schon schloß Hippolyte die Schranktüren wieder.

»Wollen Sie sie mir nicht zeigen?«

»Nein, Monsieur Malzac, die *Tradition* verbietet es. Der Inhalt der *Erinnerungen* darf nur im Kreise der Familie verbreitet werden.«

Der Anwalt bemerkte, daß weder der Schrank noch die Tür des Arbeitszimmers abgeschlossen wurden.

»Haben Sie schon einmal einer Hinrichtung beigewohnt?«, fragte ihn Hippolyte später.

»Nein.«

»Dann haben Sie also noch nie eine Guillotine gesehen?«

»Nur auf Bildern.«

»Sehr gut, dann werden wir Ihnen also jetzt eine zeigen.«

Sie verließen das Haus, gingen über den Hof und betraten einen Schuppen, in dem alle Arten von Kutschwagen standen. Es gab sogar eine Sänfte aus vergoldetem Holz, die aus dem XVII. Jahrhundert stammte und noch in recht gutem Zustand war.

»Sie hat unserem Vorfahren und Begründer gehört«, erklärte Hippolyte, der seinen Blick bemerkt hatte.

Dann gingen sie weiter in den Nachbarschuppen, in dem zahlreiche Truhen standen. Casimir öffnete sie. Malzac sah hinein und fragte:

»Haben Sie die dem Staat abgekauft?«

»In keinster Weise, sie gehört unserer Familie seit 1791. Justinien III., der Rächer, hat die Guillotine nach dem offiziellen Modell von Tobias Schmidt gebaut, das man ihm aus Paris geschickt hatte. Er hat das Vorbild übrigens um ein Wesentliches verbessert. Ich könnte Ihnen neun Verbesserungen aufzählen, die zur Folge haben, daß unsere ›Mechanische‹ die funktionellste, die sicherste und die leichteste von allen ist. Und da wir schon einmal dabei sind, werden wir sie eigens für Sie aufbauen, dann wissen Sie wenigstens, um was es sich handelt, wenn Sie darüber schreiben werden.«

Obgleich er versuchte, sie von ihrem Vorhaben abzubringen, begannen die beiden Alten sogleich mit der Arbeit. Da es zu regnen drohte, nahmen sie den Aufbau im Schuppen vor. Ihre Bewegungen waren genau, gut aufeinander abgestimmt, und sie vermieden jede unnötige Anstrengung.

»Wieviel?« fragte Hippolyte, als die Guillotine sich in der Mitte des Schuppens erhob.

Casimir sah auf seine Uhr.

»Achtundzwanzig Minuten.«

Hippolyte wandte sich zu Malzac, der ihnen fasziniert zugesehen hatte, und sagte in angewidertem Ton:

»Früher haben wir nicht einmal zwanzig Minuten gebraucht.«

Er zeigte ihm, wie man das Fallbeil spannte, und um seine Erklärungen zu verdeutlichen, löste er das Seil. Das Beil sauste in Sekundenschnelle zischend herunter und erzeugte einen dumpfen Knall, als es auf die Lager der Dämpfer schlug.

»Sobald der Kopf abgeschlagen ist, rutscht der Körper in einen Weidenkorb, der sich in etwa da befindet, wo Sie jetzt stehen. An der Schnelligkeit und an dem vergossenen Blut erkennt man, wie gut ein Henker ist.«

Malzac sah ihn verständnislos an, und Hippolyte erklärte:

»Wenn der Körper auch nur eine Sekunde zu lange auf dem Schaukelbrett liegenbleibt, verliert er einen Liter Blut und beschmutzt alles. Ohne mich rühmen zu wollen, ich war einer der Schnellsten. Das können Ihnen die anderen Familien bestätigen. Selbst Anatole wird es Ihnen sagen. Ich habe nie mehr als ein halbes Glas Blut vergossen. Und wenn ich einen besonders guten Tag hatte, auch nur drei oder vier Tropfen.«

Als die »Mechanische« wieder sorgfältig in den Kisten verstaut war, schlug ihm der alte Henker einen Besuch in der

Krypta vor, doch es begann zu regnen, und sie mußten zunächst auf ihr Vorhaben verzichten. Das schlechte Wetter wurde immer schlimmer. Bald prasselte der Regen in Strömen auf das Landhaus und die Umgebung nieder, und die Wege verwandelten sich in Schlammfelder.

Hippolyte bot ihm an, im Landhaus zu übernachten.

»Es mangelt uns wahrlich nicht an Platz. Sie essen mit uns, und dann werden wir den Abend nutzen, um mit Ihrer Arbeit voranzukommen.«

Malzac erging sich in langen Dankesreden: Die Gelegenheit bot sich ebenso unverhofft wie unerwartet.

Zum Abendessen gab es eine Gemüsesuppe, die in einer silbernen Suppenterrine aus dem Premier Empire aufgetragen wurde. Es folgten kaltes Lammfleisch mit einem Kressesalat, fünf verschiedene Käsesorten und ein Apfelkuchen. Zwischen zwei Bissen, die er mit einem Schluck Bordeaux herunterspülte, stellte der Anwalt seine Fragen. Hippolyte beantwortete sie und schweifte bisweilen ab, um diesen oder jenen Gesichtspunkt zu verdeutlichen.

Casimir verhielt sich zumeist still, doch er war immer in der Nähe seines Herrn und schien bemüht, seine Anweisungen vorauszusehen. Malzac ertappte sich dabei, daß er sie um das harmonische Einvernehmen beneidete, das in diesem Haus zu herrschen schien... Aber wie machten sie es nur, das Haus und das Anwesen so ordentlich und sauber zu halten? Er fragte nach.

»Ein Teilpächterehepaar kümmert sich um den Haushalt und die Tiere. Aber wir kümmern uns um den Obst- und Gemüsegarten. Wir müssen uns schließlich in Form halten, falls...«

»Falls was, Monsieur Pibrac?«

»Falls die Kommissionen in den Departements wieder eingesetzt werden. Es würde genügen, dieses infame Dekret Crémieux abzuschaffen, und schon wären wir wieder am Zuge. Und glauben Sie nur nicht, daß unser Alter ein Hinderungsgrund wäre. In unserem Beruf gibt es keine Altersgrenze.«

Malzac legte das Besteck beiseite, um etwas in sein Notizbuch zu schreiben, das immer geöffnet neben ihm lag.

»Jetzt reden wir schon seit zwei Tagen, und Sie machen sich Notizen. Welchen Eindruck haben Sie, Monsieur Malzac?«

So vorsichtig, als würde er sich auf spiegelglattem Eis bewegen, versuchte der Anwalt auszuweichen:

»Es ist zu früh, um eine Antwort darauf zu geben. Im Augenblick gebe ich mich damit zufrieden, Ihnen zuzuhören und zu staunen.«

»Was sonst noch?«

»Es wundert mich zum Beispiel, daß Sie durch das Amt des Henkers so reich geworden sind. Denn man muß sehr reich sein, um ein solches Mobiliar zu besitzen.«

Mit einer ausholenden Geste deutete er auf das Zimmer und seine Einrichtung.

»Nur Journalisten und Unwissende bezeichnen uns als Henker. Nehmen Sie bitte zur Kenntnis, daß die genaue Berufsbezeichnung *Scharfrichter* oder *Vollstrecker der Todesstrafe* ist, wie man jetzt sagt. Das sollten Sie in Zukunft nicht vergessen. Vor allem nicht in Ihrem Buch!«

Hippolytes Ton hatte sich derart verändert, daß der Wachhund, der vor dem Kamin lag, den Kopf hob.

»Ich werde es mir merken. Aber Sie müssen zugeben, daß es der Ausdruck ist, der in der Öffentlichkeit verwendet wird.«

»Das mag sein, aber seit dem Erlaß vom 12. Januar 1787 ist es unter Strafandrohung verboten, uns so zu nennen. Wir können keine Henker sein, denn wir sind der rechte Arm der Justiz. Wir führen nur die letzte Handlung aus. Ohne uns würde es keine Todesstrafe geben. Man rühmt die Soldaten, die Unschuldige töten, die doch auch nur ihrem Vaterland dienen, aber uns, die wir nur Schuldige töten, straft man mit Verachtung.«

Nach dem Abendessen brachte Casimir ihnen einen Tee aus Wurzeln, Erdbeeren und schwarzen Johannisbeeren, der mit einem Hauch von Melisse parfümiert war.

»Sie haben mir noch immer nicht gesagt, wie das Amt des Scharfrichters« – Malzac betonte dieses Wort mit einem kleinen Lächeln – »Ihre Familie so reich gemacht hat. Oder ist meine Frage vielleicht indiskret?«

Hippolyte deutete auf die hölzernen Schöpflöffel, die Malzac am Vortag mit Neugier betrachtet hatte.

»Aber nein, das ist ganz normal. Das Recht, eine direkte Abgabe einzutreiben, hat uns reich gemacht, und der besonnene Umgang mit unserem Gewinn hat dazu geführt, daß wir reich geblieben sind. Die *Tradition* lehrt uns, unsere Ausgaben genau zu bedenken. Darum waren wir auch im Gegensatz zu vielen anderen Familien in finanzieller Hinsicht nicht durch das Dekret Crémieux beeinträchtigt.«

»Und warum deuten Sie auf diese Schöpflöffel? Was haben die mit der Sache zu tun?«

»Das sind Schöpflöffel zur Entnahme der Abgaben. Der älteste hat die Form einer Riesenhand. Er hat dem Ersten gehört, der ihn hat schnitzen lassen, nachdem die Bürger beim Baron eine Petition eingereicht hatten, um ihn daran zu hindern, seine Hand zur Entnahme des Tributs zu benutzen, da sie sie als zu unrein empfanden. Da kein Maß vorgegeben war, hat er den Schöpflöffel in dieser Größe anfertigen lassen. Außer den Handwerkern und Kaufleuten, die von dieser Steuer betroffen waren, haben alle gelacht. Und als sie sich erneut beklagt haben, hat der Baron sie zum Teufel geschickt. Als sich also der Erste zur Ruhe setzte, war er schon recht begütert.«

»Was diesen Vorfahren und Begründer betrifft, was hat er eigentlich gemacht, ehe er der erste Scharfrichter in Ihrer Familie wurde? Wer waren denn seine Eltern? Ist Pibrac nicht eher ein Name, der aus der Haute-Garonne stammt?«

Der Anwalt hatte diese Frage, die ihm seit seiner Ankunft auf den Lippen brannte, in möglichst gleichgültigem Ton gestellt. »Ins Schwarze getroffen«, sagte er sich, als Hippolyte den Blick abwandte und in scharfem Ton entgegnete:

»Seine Vorfahren haben keinerlei Bedeutung, unsere Geschichte beginnt mit Justinien Pibrac dem Ersten.«

Malzac zuckte ergeben mit den Schultern.

Als die Uhr neunmal schlug, wünschte Hippolyte seinem Gast eine angenehme Nacht und begab sich in sein Arbeits- und Lesezimmer, um der Pflicht des abendlichen Tagebuchschreibens nachzukommen.

Casimir zündete die Kerzen an, die in einem Leuchter in Form eines Herkules steckten, und bedeutete Malzac, ihm zu folgen. Er führte ihn in den Südturm in ein Zimmer mit kahlen Wänden und einem Baldachinbett, das von einem bronzenen Kohlebecken vorgeheizt wurde.

Ehe er ihn allein ließ, zeigte ihm Casimir hinter einem Wandschirm einen Nachtstuhl und einen Waschtisch aus Mahagoniholz.

Die Uhr in dem großen Zimmer schlug zweimal.

Eine Hand schützend um die Kerzenflamme gelegt, schlich Malzac mit klopfendem Herzen die Treppe hinauf, die zum Arbeits- und Lesezimmer führte. Zwar war er sich der Kühnheit seiner Handlung bewußt, doch er wußte auch, daß sich eine solche Gelegenheit nicht so schnell wieder bieten würde. Er hielt den Atem an, als er langsam die Tür öffnete und sie sogleich wieder unter allen nur erdenklichen Vorsichtsmaßnahmen hinter sich schloß. Er hatte oft gehört, daß alte Leute einen leichten Schlaf hätten, ganz zu schweigen von dem riesigen Wachhund mit der Bärenschnauze, der sicherlich nur mit einem Auge schlief.

Er stellte den Leuchter vor dem Schrank mit den ›Erinnerungen‹ auf den Boden und öffnete ihn. Beim leisesten Knarren zuckte er zusammen. Das Zimmer roch nach kaltem Tabak und Melisse.

Malzac ergriff den ersten Band, der in schönes, vom Gebrauch leicht abgewetztes hellrotes Leder gebunden war und dessen Ecken durch Silberplättchen geschützt waren. Der Rücken der Handschrift trug das Wappen der Pibracs. Der Verschluß aus ziseliertem Gold, in den die verschlungenen Initialen JP graviert waren, war offen. Malzac öffnete das Buch und näherte sich der Kerze, um besser sehen zu können.

»Mein Gott«, sagte er schon bei den ersten Zeilen, »das habe ich nicht erwartet.«

Etwas Hartes traf seinen Kopf, und er verlor das Bewußtsein. Als er die Augen wieder öffnete, lag er auf dem Boden seines Mietwagens. Es war noch immer Nacht, der Wind pfiff und der Regen prasselte auf das Verdeck. Unbeeindruckt von dem schlechten Wetter graste das Pferd zwischen den Deichselstangen. Ganz in der Nähe zeichnete sich die Mauer mit den Partisanen des Herrenhauses ab.

»Sie haben mich rausgeworfen!« stellte er fest und betastete stöhnend seinen verwundeten Schädel.

Seine Lektüre hatte ihn so gefesselt, daß er nichts gehört hatte, und so wußte er nicht, von welchem der beiden Greise er niedergeschlagen worden war.

Zwar hatte er sich wiederholt fast im Schlamm festgefahren, doch schließlich gelang es ihm, Bellerocaille und sein Hotel zu erreichen. Er benutzte ein Taschentuch als kalte Kompresse, die allerdings seinen Schmerz nur bedingt linderte.

Als Malzac sein Zimmer verließ und sich in die Rue du Dragon begab, hatte der Regen aufgehört, und das fahle Sonnenlicht versuchte vergeblich, die graue Wolkenschicht zu durchdringen.

»Was?! Sie haben es gewagt, den Schrank zu öffnen?« rief Léon aus. »Glauben Sie mir, Herr Anwalt, Sie sind noch glimpflich davongekommen. Es muß mein Vater gewesen sein, der Sie überrascht hat, denn wenn es Casimir gewesen wäre, hätten Sie jetzt statt einer Beule ein Loch im Kopf! Hat es sich wenigstens gelohnt?«

»Ich konnte nur die ersten zehn Seiten lesen, aber schon auf der ersten stand alles: Der, den Sie den Vorfahren und Begründer nennen, ist als Kind im Alter von nur wenigen Monaten ausgesetzt und von denen, die es gefunden haben, auf den Namen Justinien Trouvé getauft worden.«

Der Erste ein Findelkind! Léon schüttelte ungläubig den Kopf.

»Er hat es selbst in der Überschrift geschrieben«, sagte der Anwalt. »Jetzt müssen wir nur noch das Kirchenregister finden, und dann beantragen wir, daß Sie wieder Ihren ursprünglichen Namen führen dürfen: Trouvé.«

»Trouvé, Trouvé«, wiederholte Léon so, als würde er vor dem Spiegel einen Hut aufprobieren. »Aber warum hat er sich denn Pibrac genannt?«

Plötzlich verdüsterte sich sein Gesicht:

»Sie werden den nötigen Beweis ohnehin nicht finden, Herr Anwalt, denn die Kirchenregister von Bellerocaille sind während der Revolution verbrannt.«

»Die von Bellerocaille schon, aber Ihr Vorfahre gibt an, daß man ihn in Roumégoux vor der Pforte des Ordens der Wächter der immerwährenden Anbetung gefunden habe.«

»Schreibt er auch etwas über die Gründe für seine Namensänderung?«

»Ja, soweit ich verstanden habe, wurde Ihr Vorfahr wegen Diebstahls von der Miliz von Roumégoux gesucht. Als man ihn in Bellerocaille festgenommen hat, hat er einen falschen Namen angegeben, um eine Untersuchung zu verhindern.«

Léon war völlig überrascht. Justinien der Erste war nichts anderes als ein gewöhnlicher Dieb! Endlich begriff er all die Geheimnisse um die Erinnerungen: Das warf einen Schatten auf die Legende!

Achtundvierzig Stunden später stieg Malzac auf dem Bahnsteig von Roumégoux aus dem Zug und ließ sein Gepäck in die Herberge »Au Chapon Rieur«, die am wenigsten heruntergekommene der vier Herbergen, bringen. Zu jener Zeit, als die Pilger noch zu Hunderten anreisten, um vor dem heiligen Präputium zu beten, waren es mehr als dreißig gewesen. Nachdem sie den Ort reich gemacht hatte, war die Reliquie – als der Streit um ihre Echtheit ausbrach – zum allgemeinen Gespött geworden. Der Papst hatte die Angelegenheit geregelt, indem er das Präputium von San Giovanni in Laterano zum einzig echten erklärt hatte. Augenblicklich waren aus den ehemals frommen Pilgern spöttische Besucher geworden. Die Wächter hatten die Kapelle für die Öffentlichkeit geschlossen, was sofort zu großen Einbußen bei den Herbergswirten und Kaufleuten von Roumégoux geführt hatte.

Da Malzac bevollmächtigt war, auch Einblick in die Register zu nehmen, die älter als einhundert Jahre waren, hatte der Bürgermeister nichts dagegen einzuwenden, daß er sich in dem Archiv niederließ, über das ein Beamter mit Ärmelschonern und Brille herrschte.

»1663 sagen Sie? Da muß ich die Leiter holen«, stellte er fest, indem er auf das oberste Regal deutete, auf dem eine Reihe von Registern mit verschlissenen Einbänden aufgereiht war. »Zu jener Zeit führte der Orden der Wächter die Geburts- und Sterberegister. Als sie während der Revolution enteignet wurden, konnte die Gemeinde die Archive übernehmen.«

»Ich verstehe.«

Das Licht war so schlecht, daß er sich für fünf Sous Kerzen kaufen ließ. Eine ganze Kerze war abgebrannt, als er endlich den Band von 1663 durchgesehen hatte. Doch seine Suche war erfolglos, und er verlangte auch den Jahrgang 1662. Da er immer noch nicht fündig geworden war, sah er auch in denen von 1661 und 1660 nach.

Erschöpft, mit schmerzendem Rücken und roten, brennenden Augen kehrte Malzac in seine Herberge zurück, aß zu Abend und legte sich ins Bett. Am nächsten Tag ging er wieder ins Archiv und untersuchte die Jahrgänge 1664, 1665 und 1666.

Die Haut seines Zeigefingers war von all den Seiten, die er umgeblättert hatte, wundgescheuert, als er schließlich eine Pause machte, sich eine Tasse Kaffee mit einem Schuß Alkohol servieren ließ und auch den Archivar dazu einlud.

Er berichtete ihm von seiner Enttäuschung, doch der Mann unterbrach ihn:

»Warum haben Sie mir nicht gesagt, daß Sie ein Findelkind suchen? Die sind in einem eigenen Register verzeichnet. Zu jener Zeit gab es so viele, daß das wesentlich praktischer war.«

Der Trouvé, den Malzac suchte, war der siebzehnte des Jahresbandes 1663. Er konnte ihn mit Sicherheit ausmachen, denn er war der einzige Justinien im gesamten Register, und die Hinweise waren eindeutig:

Gefunden am 10. Juni des Jahres 1663 am Fuß des Gründerdenkmals. Nase abgeschnitten. Getauft am selben Tag und der Amme Coutouly, 5, Rue du Pompidou in Roumégoux übergeben.«

»Wieder einen Prozeß gewonnen«, sagte sich der Anwalt, während er den Eintrag abschrieb.

IV

Bellerocaille, Sonnabend, den 13. März 1906

Léon Trouvé hielt seinen Kutschwagen an und wartete, bis Saturnin hinausgesprungen war und das große runde Brot unter dem Sitz hervorgezogen hatte.

»Sag ihm, daß ich auf dem Rückweg vorbeikomme«, brummte er in seinen Bart und wies dabei mit dem Kinn auf das Herrenhaus.

Saturnin drückte den Brotlaib an die Brust und ging mit steifem Gang auf das große Tor zu. Léon sah ihm eine Weile nach. Er war nicht fähig, diesem Kind gegenüber Liebe zu empfinden, und er schämte sich ob seiner Vorbehalte einem Zehnjährigen gegenüber. »Stille Wasser sind tief«, sagte Hortense streng. »Man weiß nie, was er denkt, er ist ein Naseweis, vor dem man sich besser in acht nimmt!« Doch selbst Léon war der Ansicht, daß seine Frau eine so böse Zunge hatte, daß sie sich eines Tages mit ihrem eigenen Speichel vergiften würde.

Bevor er weiterfuhr, sah er, wie Saturnin einen Torflügel öffnete und eintrat. Die Beziehung zu seinem Vater hatte sich kaum verbessert, seit der Anwalt Malzac die Justizbehörde gezwungen hatte, ihre Entscheidung zu revidieren und Léon zu gestatten, den Namen Trouvé zu führen. Das Geheimnis der Pibracs, das nun in aller Öffentlichkeit enthüllt war, und das Buch *Der Blutberuf*, das der Anwalt zwei Jahre zuvor veröfentlicht hatte, hatten nicht gerade dazu beigetragen, Hippolytes Groll gegen seinen Sohn zu dämpfen. Er nannte ihn nur noch »den Verräter«.

»Der Verräter« hatte mit jenen Worten, die er allerdings sogleich bereut hatte, aufbegehrt: »Wenn Sie diese Welt verlassen haben – und das werden Sie eines Tages –, werde ich Herr dieses Hauses sein, und dann werde ich alles niederreißen lassen, bis auf den letzten Stein. Damit nichts mehr daran erinnert, wer hier gelebt und was sich hier mehr als dreihundert Jahre lang abgespielt hat.« Dann würde vielleicht auch endlich jenes Vorurteil verschwinden, das ihn sein ganzes Leben lang verfolgt hatte.

Kurze Zeit nach seiner unvorsichtigen Äußerung hatte er erfahren, daß sein Vater einen Antrag zur Aufnahme des Herrenhauses in das *Gesamtverzeichnis der Kunstschätze Frankreichs* eingereicht hatte, um das Haus unter Denkmalschutz stellen zu lassen.

Saturnin lehnte das Brot an die Mauer, um beide Hände frei zu haben und den schweren Flügel wieder schließen zu können. Es stimmte ihn jedesmal froh, wenn dieses Tor hinter ihm ins Schloß fiel. Hier war er zu Hause, hier war sein Platz.

Er nahm den Laib wieder auf und ging durch den Hof. In der Nähe des Brunnens sah er das Kabriolett von Calzins, dem ehemaligen Notar. Sein Großvater hatte also Besuch. Da die Küche leer war, legte er das Brot auf das Holzgestell, das an der Wand befestigt war.

»Guten Tag, Großvater, Guten Tag, Monsieur Calzins«, sagte er und versetzte dem Huhn, das ihm die Treppe hinauf gefolgt war, einen Tritt.

Hippolyte saß in Gesellschaft des alten Notars an dem großen Eichentisch und aß Radieschen. Calzins hatte das Amt an seinen Sohn Guy abgetreten, der der Stellvertreter des Bürgermeisters Barthélemy Boutefeux war (»Die Boutefeux' haben ein Mittel gefunden, wieder Herren über Bellerocaille zu werden«, stichelten ihre politischen Gegner.) Wie jeden Monat war der alte Mann gekommen, um seine Salbe, eine Mischung gegen den Rheumatismus, die nur die Henker zuzubereiten wußten, abzuholen. Sie bestand angeblich aus einem bestimmten, geheimen Anteil von Menschenfett, das den Körpern der Hingerichteten entnommen wurde. Je schlimmer das Verbrechen war, desto wirksamer war die

Salbe. So gab es Salben von Vatermördern, Muttermördern und Kindsmördern, eine Salbe von Fersenröstern (ideal gegen Verbrennungen) und eine andere von Sodomiten (besonders wirksam bei Hämorrhoiden).

Denjenigen, die sich darüber wunderten, daß Hippolyte noch über die nötigen Rohstoffe verfügte, obwohl er sein Amt schon seit fast vierzig Jahre nicht mehr ausübte, antwortete er, daß der Vorrat nach zwei Jahrzehnten und zweihundertacht Hinrichtungen sozusagen unerschöpflich wäre. Ganz zu schweigen von dem Erbe, das seine Vorfahren zusammengetragen hatten. Waren nicht noch gut zweihundert Pfund geprüfter Hexensalbe übrig, die noch von dem Ersten und dem Zweiten stammten?

Saturnin, der im Rahmen seiner praktischen Übungen bei der Herstellung geholfen hatte, wußte, daß sein Großvater Schafsfett benutzte, dem er je nach Laune verschiedene Pflanzen beifügte.

Er küßte Hippolyte auf beide Wangen. Dieser strich sogleich seinen Schnurrbart und den schönen, W-förmigen Kinnbart glatt.

»Kommt Léon nicht?«

»Er hat gesagt, daß er auf dem Rückweg von der Mühle vorbeikäme.«

Er überließ die Erwachsenen ihrem Gespräch, nahm eine der unzähligen Zeitschriften, die auf dem anderen Ende des Tischs lagen und setzte sich auf die Truhenbank unter dem Fenster, gegenüber dem Stammbaum und der Ahnengalerie. Vor kurzem hatte sein Großvater unter jedem der Gemälde die entsprechende gerahmte Ernennungsurkunde mit dem fürstlichen Siegel angebracht.

Wie in der Dorfschule, wo die Lehrer sie zwangen, die gesamte Auflistung der Départements mit ihren Präfekturen und Unterpräfekturen herzusagen, hatte Hippolyte ihn den Familienstammbaum auswendig lernen lassen. (»Sterben ist nicht schlimm, Saturnin, aber in Vergessenheit geraten ist furchtbar.«) An erster Stelle stand natürlich Justinien der Erste mit Griffu, seinem grauen Wolf, dem frühen Vorfahren des heutigen Griffu, der eine Mischung aus Wolf und Wachhund war.

Geboren 1663, mit zwanzig Jahren, 1683, ernannt, 1692 mit neunundzwanzig Jahren Eheschließung mit Guilleaumette Pradel. Trat 1736, mit dreiundsiebzig Jahren zugunsten seines ältesten Sohnes Justinien in den Ruhestand. 1755 im Alter von zweiundneunzig Jahren in seinem Bett verstorben.

wiederholte der Junge ganz mechanisch. Justinien und der Rächer waren ihm mit Abstand die liebsten. Ersterer wegen seines abenteuerlichen, faszinierenden Lebens, letzterer wegen seines außerordentlichen Erfindungsreichtums.

Justinien III., genannt der Rächer des Volkes, wurde 1732 im Herrenhaus geboren. Mit fünfzehn Jahren wurde er der Gehilfe seines Vaters, mit einunddreißig Jahren oberster Henker. Der Rächer heiratete acht Jahre später Pauline Plagnes, die Tochter des Basile Plagnes, seines ersten Henkersknechts. Mit einundsiebzig Jahren begab er sich zugunsten seines Sohnes Justinien IV. in den Ruhestand. Er starb vor Schreck, als an einem Winterabend, während sie um den Ofen herum saßen und Geschichten erzählten, eine Kastanie in der Pfanne explodierte, die Pauline vergessen hatte anzustechen.

Saturnin las, doch als er hörte, daß in dem Gespräch zwischen seinem Großvater und Calzins wiederholt der Name seines Onkels Léon fiel, horchte er auf.

»Ich weiß genau, wenn es nach meinem abtrünnigen Sohn und seiner Megäre ginge, stünde von unserem Haus nichts mehr, Monsieur Calzins. Gar nichts mehr! Das hat er mir selbst gesagt. Seither bin ich wachsam, das müssen Sie verstehen, und ich verdanke den beiden schlaflose Nächte und furchtbare Migränen.«

Hippolyte trank einen Schluck Wasser, ehe er in spöttischem Ton fortfuhr:

»Wissen Sie, wieviel dieser Idiot dafür ausgegeben hat, sich Trouvé nennen zu können? Mehr als fünftausend

Francs in Gold! Als würde es ausreichen, sein Ladenschild zu ändern, damit die Leute ihre Vorurteile vergessen. Es fällt mir schwer zu glauben, daß er so naiv geworden ist. Ich lege all meine Richtblöcke dafür ins Feuer, daß es Hortense war, die ihn beeinflußt hat.«

Er knabberte ein Radieschen und brummte:

»Das hat meine Mutter immer gesagt: Wenn einer von uns einen anderen Stand annimmt, wird er uns früher oder später verachten.«

Der alte Notar nickte mit gespielter Anteilnahme. Selbst Saturnin erriet, daß er es eilig hatte, aufzubrechen. Erst seit er im Ruhestand war, wagte er es, selbst hierher zu kommen und seine Salbe abzuholen. Vorher hatte er immer einen Diener geschickt.

»Also, dann bis zum nächsten Mal, Monsieur Pibrac, was meine kleine Bestellung angeht, rechne ich ganz auf Sie. Ich brauche sie noch vor Pfingsten, und ich...«

»Einen Augenblick, Monsieur Calzins«, unterbrach ihn Hippolyte und hob seine Hand, an der drei Fingerglieder fehlten. »Ehe Sie gehen, möchte ich Ihnen noch mitteilen, daß ich den abschlägigen Bescheid des Gemeinderates hinsichtlich meines Antrags auf Denkmalschutz für das Herrenhaus nicht annehme. Ich werde ihn also noch einmal vorlegen und eine neue Abstimmung verlangen. Ihr Sohn ist gegen mein Vorhaben. Ich rechne darauf, daß Sie als Vater ihn zur Vernunft bringen werden, damit er seine Meinung ändert... Haben nicht schließlich schon unsere Vorfahren in der Vergangenheit eng zusammengearbeitet?«

Der Notar horchte auf. In seiner Stimme klang wieder die alte Überheblichkeit, als er jetzt den Henker auf seinen Platz verwies:

»Sie reden Unsinn, Pibrac! Ich weiß, daß es Ihnen schon immer Freude gemacht hat, solche Art übler Nachrede zu verbreiten... Dabei entspricht das absolut nicht den Tatsachen, und das wissen Sie ganz genau. Meine Familie hat nie – weder im engeren noch im weiteren Sinn –, mit einer Hinrichtung zu tun gehabt.«

Das war, als habe man eine Kobra gereizt. Ohne Calzins aus den Augen zu lassen, sagte Hippolyte:

»Saturnin, erinnerst du dich daran, wer die Richtbühne für den Ersten gebaut hat?«

»Das war der Zimmermann François Calzins, der Vorsitzende der Vereinigung der Zimmerleute und Schreiner... Es war im... im... August 1683, am 28. oder 29....«

»Am 29.«, unterbrach ihn Hippolyte. »Jetzt gib uns die Fundstelle an!«

Das war schon schwieriger. Sie kam in den allerersten Lektionen vor, und es lag schon eine Weile zurück, daß Saturnin sie wiederholt hatte.

»Die Rechnung für die Richtbühne liegt in den Gemeindearchiven, zweiter Teil, Reihe 326A45.«

Calzins Gesicht lief rot an. Wie jedesmal schwor er sich, keinen Fuß mehr an diesen schändlichen Ort zu setzen. Doch dann dachte er an seine Salbe aus dem Fett eines Gehängten und der Alraunenwurzel und sagte in versöhnlichem Ton:

»Ich werde sehen, was ich bei meinem Sohn ausrichten kann. Aber ich kann Ihnen nichts versprechen, er ist ein sehr eigenwilliger Geist, der...«

»Ich hingegen verspreche Ihnen, daß meine Salbenvorräte für einige Leute für immer versiegen werden, wenn mein Haus nicht geschützt wird. Stets zu Ihren Diensten, Monsieur, ich begleite Sie nicht hinaus, Sie kennen ja den Weg.«

»Hast du gesehen, er hat es mit der Angst zu tun bekommen«, sagte er zu seinem Enkel, sobald der Notar das Zimmer verlassen hatte. »Ich würde zu gerne Mäuschen spielen, um zu hören, was er erfinden wird, um seinen Sohn davon zu überzeugen, daß er für unseren Antrag stimmt. Ohne die Salbe und die Alraunen kann er seinem Mädchen aus dem Ségala Adieu sagen.«

Sie hörten, wie die Räder über das Pflaster rumpelten.

»Wo ist Griffu?« fragte Saturnin.

»Mit Casimir auf der Jagd.«

Er griff noch einmal zu den frischen Radieschen.

»Komm, nimm dir welche, es sind die ersten, sie sind sehr gut«, sagte er, während er seinem Enkel den Teller hinschob, »iß und erzähl mir, was es in der Stadt Neues gibt.«

Mit »in der Stadt« war »bei Léon« gemeint. Saturnin trank einen Schluck aus dem Glas seines Großvaters, bevor er antwortete:

»Tante Hortense will einen Tilbury kaufen, so einen, wie ihn die Cressayets haben, aber Onkel Léon ist dagegen.«

»Er wird nachgeben. Er gibt am Ende immer nach. Und Parfait?«

Parfait war genauso alt wie Saturnin. Sie besuchten dieselbe Klasse, und auch er bereitete sich jetzt auf die gefürchtete Abschlußprüfung vor.

»Wie immer. Er würde lieber in der Backstube arbeiten, aber Tante Hortense will, daß er Anwalt wird.«

»Anwalt? Das ist ja ganz neu. Wollte sie nicht, daß er Arzt wird?«

»Seit sie ihren Prozeß gewonnen haben, hat sie es sich anders überlegt.«

Hippolyte knurrte bei der Erinnerung an diesen schmerzlichen Augenblick, da das Geheimnis der Pibracs in aller Öffentlichkeit enthüllt worden war. Seither wußte jedermann, daß der Vorfahr und Begründer nichts anderes als ein ganz gewöhnlicher Dieb gewesen war.

Die Uhr auf dem Kamin schlug halb zehn.

»Genug geschwatzt, wir wollen sehen, ob du deine Lektion gelernt hast.«

Während er das sagte, ordnete er die Stapel von Zeitungen und Zeitschriften, die auf dem Tisch lagen. Da er in einer beinahe vollkommenen Abgeschiedenheit lebte, hielt er den Kontakt zur Außenwelt, indem er alle möglichen Zeitschriften und Zeitungen über Politik, Literatur, Wissenschaft, Sport, Humor und Satire abonniert hatte. Er bekam sogar zwei Modezeitschriften für Damen, bei deren Studium er immer zu kichern anfing.

Saturnin holte aus der Schublade des Buffets Heft, Feder und Löschblatt und setzte sich an den Tisch. Er hoffte nur, daß die Befragung nicht das Recht der direkten Abgabe unter Justinien II., einschließen würde, denn das konnte er nicht besonders gut.

»Wenn man zehn Kilo mehr an die Ramme hängt, wie lange braucht dann das Fallbeil, bis es unten ankommt?«

Der Junge entspannte sich, das war einfach.

»So lange wie ein halbes Augenzwinkern.«

»Hmmm«, sagte sein Großvater, während er über seinen Bart strich, »das ist einfach. Aber jetzt zähl mir die hauptsächlichen Rechte der direkten Abgabe unter Justinien II. auf.«

»Eehhmm... die direkte Abgabe wurde, wie auch unter Justinien I., wöchentlich vorgenommen: montags, ehmmm... donnerstags, nein mittwochs und sonnabends.«

Hippolyte runzelte die Stirn.

»Bist du sicher?«

Saturnin verzog unentschlossen das Gesicht.

»Wenn man nicht sicher ist, bedeutet das, daß man es nicht weiß. Wenn man etwas nicht weiß, muß man es wiederholen.«

Der Schüler öffnete sein Heft, schraubte sein Tintenfaß auf und tauchte die Feder hinein.

»Der Begriff ›direkte Abgabe‹ ist ein sehr altes Recht. Die direkte Abgabe wurde mit der Hand entnommen.«

Hippolyte machte eine Bewegung, so als würde er die geöffnete Hand in einen Sack tauchen und sie gefüllt wieder herausziehen.

»Dieses Recht hat den Reichtum der Pibracs begründet, nicht das Scharfrichteramt.«

Während Hippolyte seinen Wirtschaftskurs fortsetzte, betonte er die Gerechtigkeit dieser Steuer, die die Armen aussparte und nur die Handwerker und Kaufleute betraf, für die ja auch die Gesetze gemacht waren. Auf dem Hof hörte man das Getrappel von Pferdehufen. Kurz darauf betrat Casimir das Zimmer, gefolgt von Griffu, der sich auf den Jungen stürzte, um sein Gesicht liebevoll mit seiner Zunge von der Größe eines Waschlappens abzuschlecken.

Der Knecht legte sein Jagdgewehr auf einen Stuhl und nahm die Jagdtasche von der Schulter, aus der der Kopf eines jungen Hundes ragte, der zu jaulen begann und sich zappelnd zu befreien versuchte.

»Ist der lustig! Es sieht aus, als hätte er ein blaues Auge«, sagte Saturnin, indem er auf den schwarzen Kreis deutete, der das rechte Auge umschloß.

»Streichle ihn ruhig, du kannst ihn auch herausnehmen. Er gehört dir! Herzlichen Glückwunsch zum Geburtstag, Saturnin!«

Die Freude belebte das Gesicht des Jungen, das sonst nur allzuoft ausdruckslos blieb.

Den Karren schwer mit Mehlsäcken beladen, gelangte Léon in Sichtweite des Herrenhauses. Lustlos öffnete er das Tor, er fürchtete schon jetzt die drückende Stimmung, die sich bei jedem seiner seltenen Besuche ausbreitete. Selbst Griffu schien ihm vorwurfsvolle Blicke zuzuwerfen. Ja, das beste wäre wirklich, wenn all das verschwinden und man nicht mehr davon reden würde! Was die Gebeine der Vorfahren in der Krypta anging, so war der Abt einverstanden, sie auf den Friedhof von Saint-Laurent zu verlegen. Doch von den Grabfiguren wollte er nichts hören, und er verlangte auch, daß die Särge in namenlosen Gräbern untergebracht wurden. Auch bei dem Vorfahren und Begründer und Guillaumette zeigte sich der Abt unnachgiebig, man würde die Ketten, die die beiden verbanden, lösen müssen. Dieser Punkt betrübte Léon, denn sosehr er auch allem abgeschworen hatte, er war doch nach der *Tradition* erzogen worden. Und die Erzählung von der vollkommenen Liebe zwischen Justinien mit der Holznase und Guillaumette hatte ihm mehr als einmal Tränen in die Augen getrieben. Sie zu trennen, kam für ihn einer Schändung gleich.

Léon nahm den Hut ab, ehe er in das große Zimmer trat, in das das Sonnenlicht durch drei große Fenster fiel. Er begrüßte seinen Vater mit einem kurzen Kopfnicken, das dieser erwiderte. Casimir wandte ihm lieber den Rücken zu.

Sein Neffe saß auf dem Boden und spielte mit einem kleinen schwarz-weißen Hundewelpen, das von Griffu mit Wohlwollen beschnuppert wurde.

»Welche schlechte Neuigkeit führt dich her?«

»Ich komme wegen des Hauses... ich.«

Wie zuvor Calzins unterbrach ihn sein Vater mit einer Handbewegung.

»Wenn du gekommen bist, um mich zu bitten, meinen Antrag nicht noch einmal vorzulegen, kannst du dir deine Worte sparen.«

Da er die Antwort auf seine noch nicht einmal gestellte Frage bekommen hatte, zuckte Léon ergeben mit den Schultern. Er hatte hier nichts mehr zu suchen.

»Komm, wir gehen«, sagte er zu Saturnin, der sich voller Bedauern erhob und das Hundebaby in seine Arme drückte.

»Vergiß nicht, daß nur du ihm zu fressen geben darfst, wenn du sein Herr sein willst«, erinnerte Casimir.

»Und wenn du ihn bestrafst, dann schlag ihn mit einem Stock. Niemals mit der Hand. Die Hand ist nur zum Streicheln da«, fügte sein Großvater hinzu.

Léon griff ein.

»Warte, du willst doch wohl nicht das Tier mitnehmen?«

»Er gehört mir, Großvater hat ihn mir geschenkt!«

»Léon«, fuhr Hippolyte seinen Sohn gebieterisch an, ehe er Einspruch erheben konnte. »Weißt du eigentlich, welches Datum heute ist?«

»Der 13. Mai. Und? Ich weiß nicht...«

Dann erinnerte er sich und fügte sich.

In seine düsteren Gedanken versunken, schwieg er den ganzen Rückweg nach Bellerocaille über. Saturnin saß neben ihm und streichelte den Kopf des Hundebabies, das er in sein Hemd geschoben hatte. Was würde Hortense sagen? Da sie in ihrer Jugend gebissen worden war, verabscheute sie Hunde fast sosehr wie Menschen.

Sie erreichten die Rue du Dragon, in der das schöne Erkerhaus der Bäckerei-Konditorei Léon Trouvé lag.

Raymond, der älteste der Bäckerlehrlinge, öffnete das Hoftor, damit sein Meister mit dem Karren in den Hof fahren konnte.

Saturnin folgte seinem Onkel in die Backstube. Doch plötzlich entkam ihm der Hund und stürzte sich auf Princesse, die gerade vorbeistrich. Mit gesträubtem Fell flüchtete die Katze in das Hinterzimmer, wo die Witwe Bouzac das Essen zubereitete, lief im Zickzack zwischen den Tischbeinen durch und tauchte dann, dicht von dem wütend bellenden Hund gefolgt, in dem hochheiligen Laden auf.

»*Boudiou*! Mein Gott! Was ist denn das!« schrie die Witwe.

Es war gegen 11.30 Uhr, und im Laden herrschte Hochbetrieb. Hortense, ihre Töchter und die Magd hatten alle Hände voll zu tun, um die zahlreiche Kundschaft zu bedienen. Das Auftauchen der Tiere führte zu einem allgemeinen Durcheinander. Eine Kundin wich erschrocken zurück und stieß dabei ein Blech mit Kuchen um, der über den Kachelboden rollte und das Durcheinander komplett machte.

Mit hinkendem Schritt und hochrotem Kopf ergriff Hortense den Hund und beförderte ihn mit einem Fußtritt in das Hinterzimmer. Dort kümmerte sich die Witwe, bewaffnet mit einem Holzlöffel, weiter um ihn. Halb wahnsinnig vor Angst begann das Hundebaby in allen Ecken zu urinieren. Da kam Saturnin ins Zimmer.

»*Macarel de macarel*! Heilige Makrele! Wo kommt denn dieser Hund her?« schrie ihn die Alte an.

Saturnin, der den Dialekt verstand, versuchte, sie zu beruhigen:

»Er gehört mir! Mein Großvater hat ihn mir zum Geburtstag geschenkt.«

»Lassen Sie nur, Schwiegermutter, ich erkläre es Ihnen später«, griff jetzt Léon in versöhnlichem Ton ein. »Und du«, sagte er zu seinem Neffen, »wisch die Hundepisse auf und paß auf, daß er nicht mehr in den Laden läuft. Du mußt ihn eben anbinden.«

Dann ging er in den Hof zurück, um das Abladen der

Mehlsäcke zu beaufsichtigen. Es dauerte nicht lange und Hortense kam mit wütendem Gesicht zu ihm.

»Was habe ich gehört? Dein verrückter Vater hat Saturnin diesen Hund geschenkt? Und du hast nichts dazu gesagt?«

Ihre schrille Stimme zog die neugierigen Nachbarn ans Fenster.

»Schrei bitte nicht so laut. Er hat ihn ihm geschenkt, weil er heute Geburtstag hat. Und darum habe ich auch nichts gesagt. Verstehst du jetzt?«

»Alles, was ich verstehe, ist, daß ich keinen Hund in meinem Haus haben will!«

Da tat Léon etwas sehr Ungewöhnliches: Er leistete Widerstand.

»Zunächst mal kann man von meinem Vater ja alles Mögliche behaupten, nicht aber, daß er verrückt ist. Und außerdem hat es in meiner Familie immer Hunde gegeben. Also gibt es ab jetzt auch in *meinem Haus* einen.«

Stand nicht schließlich sein Name auf dem Ladenschild? Wenn er weiterhin das Brot so gebacken hätte, wie es ihn Arsène Bouzouc gelehrt hatte, hätte er den Laden schon lange schließen müssen. Es war ausschließlich sein Können, das die Veränderungen im Hause möglich gemacht hatte. Sogar das Dach war neu gedeckt worden. Verdankten es nicht seine Frau und seine Töchter der gutgehenden Konditorei, daß sie es sich erlauben konnten, im »Chic Parisien« in Rodez zu kaufen? Und Hüte für dreißig Francs zu tragen, um sonntags vor der Kirche Eindruck zu machen?

Doch da er spürte, daß sich sein Zorn langsam verflüchtigte, ließ er sie stehen und verschwand schimpfend in der Backstube.

Beim Mittagessen, gleich nach dem Gebet, ging Hortense zum Gegenangriff über:

»Sag mir eins, Saturnin, wer soll sich denn um den Hund kümmern, während du in der Schule bist? Du kannst dir ja vorstellen, daß wir etwas anders zu tun haben, als ihn daran zu hindern, Princesse zu verfolgen, oder sein Pipi hinter ihm aufzuwischen.«

Der, um den es ging, war an einem Strick angebunden und gerade damit beschäftigt, sich die Zähne am Fuß von Saturnins Hocker zu wetzen.

»Casimir hat gesagt, daß es ein Foxterrrier ist und daß er ein guter Rattenjäger werden wird. Wenn er größer ist, können wir ihn vielleicht auf dem Speicher lassen, damit er das Jagen lernt.«

Doch seine Tante war anderer Meinung:

»Die Ratten und die Mäuse, das ist Princesses Aufgabe ... Eigentlich sehe ich, je mehr ich über die Sache nachdenke, nur eine Lösung. Da es dein Hund ist, mußt du dich um ihn kümmern. Du mußt also hierbleiben.«

»Das würde ich ja gerne tun, Tante, aber ich muß zur Schule.«

»Nun, dann gehst du eben nicht mehr hin. Schließlich kannst du lesen, schreiben und bis zehn zählen, das reicht aus. Zu mehr wirst du es im Leben sowieso nicht bringen ... Du kannst ebensogut hier bei deinem Hund bleiben, dann kannst du auch gleich deinem Onkel in der Backstube helfen. Das trifft sich gut, denn Ostern kommt näher, und dieser undankbare Raymond wird gehen.«

Sie warf einen giftigen Blick zur geöffneten Tür der Backstube, wo die Gesellen und die Magd ihr Mittagsbrot aßen.

Nach einer dreijährigen Lehre hatte Raymond ihnen seine Absicht mitgeteilt, zu heiraten und sich bei seinem Schwiegervater, einem Bäcker in Rodez, niederzulassen.

»Dann will ich auch einen Hund! Ich will auch mit Papa in der Backstube arbeiten!« rief Parfait empört.

»Du tust, was man dir sagt!«

Margot und Béatrice kicherten hinter ihren Servietten.

»Ich kann jetzt nicht mit der Schule aufhören. In einem Monat ist die Abschlußprüfung, und ich bin sicher, daß ich sie bestehen werde.«

Er suchte den Blick seines Onkels, doch dieser wich ihm aus.

»Genug der Rederei«, erklärte Hortense. »Du mußt dich entscheiden: Entweder verläßt du die Schule und bleibst bei deinem Hund, oder du gibst ihn ab. Von uns kann sich niemand um ihn kümmern. Verstehst du das wenigstens?«

»Ich könnte schon«, schlug Parfait plötzlich vor.

Diesmal bekam er eine Ohrfeige.

»Halt den Mund und iß!«

Saturnin betrachtete das Hundebaby. Da ihm offensichtlich das Holz des Hockers zu großen Widerstand leistete, hatte er sich daran gemacht, hingebungsvoll an seinem Strick herumzukauen. Er beugte sich hinab, um ihn zu streicheln. Noch nie zuvor hatte er ein lebendiges Wesen besessen.

»Saturnin, hast du gehört, was ich gesagt habe?«

»Ja, ich habe es gehört, Tante ... Aber es ist dumm, wenn ich nicht die Abschlußprüfung mache. Großvater sagt, es ist wichtig, sie zu haben.«

»Was weiß dein Großvater schon davon? Er verläßt ja nie sein Haus. Und hat er überhaupt seine Abschlußprüfung?«

Princesse kam ins Zimmer. Der Hund sprang auf, der Strick riß durch, und erneut begann ein lautstarker Radau im Hinterzimmer, der sich im Laden fortsetzte.

»*Boudiou!* Mein Gott!« wimmerte die alte Bouzouc und streckte die Hände zum Himmel.

Trotz der kühlen Abendluft stützte sich Léon auf das Fenstergitter, rauchte eine letzte Zigarette und sah zu, wie die Straßenlaternen erloschen und die Rue du Dragon langsam in die Dunkelheit versank. Am anderen Ende des Zimmers, hinter einem großen Wandschirm mit chinesischen Motiven, zog Hortense ihr Nachthemd an. Es war dasselbe, das sie achtzehn Jahre zuvor in ihrer Hochzeitsnacht getragen hatte. Damals war es ganz neu gewesen, und das rauhe Leinen hatte ihn fast ebenso überrascht wie der schmale Schlitz, der in der richtigen Höhe eingearbeitet war und um den man mit rotem Kreuzstich die Worte *Gott will es* gestickt hatte. Léon hatte sie nie ohne dieses Nachthemd gesehen. Auf der anderen Seite der dünnen Trennwand knieten sich Parfait und Saturin, wie jeden Abend vor dem Schlafengehen, vor das große Bett, das sie teilten und sagten in aller Geschwindigkeit ihr Gebet auf.

»Lieber Gott, mach, daß Saturnin es sich anders überlegt und weiter mit mir zur Schule geht«, fügte Parfait hinzu, der immer gewissenhaft von seinem Cousin abgeschrieben hatte.

»Wie willst du ihn nennen?« fragte er später.

»Brise-Tout – Allesfresser.«

»Das paßt gut zu ihm«, stimmte Parfait zu, während er beobachtete, wie der Hund den Deckel seiner Rechenfibel anknabberte.

V

Am nächsten Tag, Sonntag, den 14. Mai 1906,
Rue du Dragon, 4 Uhr morgens

»Aufwachen, es ist Zeit!«

Der Hund bellte unter dem Bett. Saturnin öffnete verschlafen die Augen und sah vor seinem Bett Benoit, den zweiten Lehrling, mit einer Kerze in der Hand.

»Laß mich, ich bin noch müde.«

»Steh auf, *macarel*, der Meister mag es nicht, wenn wir zu spät kommen. Und sag deinem Kläffer, er soll aufhören, sonst weckt er Madame Hortense und dann...«

Saturnin erinnerte sich an die Vereinbarung, die er mit seiner Tante getroffen hatte. Er warf die Decken zurück und ließ sich aus dem Bett gleiten. Er streichelte Brise-Tout über den Kopf, der mit dem Schwanz wedelte. Als er fertig war, nahm er den Hund auf den Arm.

»Nimmst du ihn mit?« wunderte sich der Lehrling.

»Natürlich. Wenn ich ihn alleine lasse, wird er ohne Unterlaß bellen.«

In der Backstube knetete Léon, bis zu den Hemdsärmeln voller Mehl, heftig seinen Brotteig. Er liebte seinen Beruf, und das merkte man jeder seiner Bewegungen an. Er begrüßte seinen Neffen freundlich und gab ihm eine blaue Schürze.

Als Saturnin seinen Hund suchte, um zu kontrollieren, daß er keinen Unfug machte, überraschte er ihn dabei, wie er unter den Wahlspruch pinkelte, den Arsène Bouzouc vor langer Zeit an die Wand gemalt hatte:

Der dem nichts gelingt, redet dauernd davon.
Der, dem alles gelingt, redet nie.
Hast du deinen Tag genutzt?
Das frage dich jeden Abend.

Sein Onkel seufzte.

»Wisch das auf und dann fang an zu arbeiten. Zuerst wirst du die Asche aus dem Backofen holen. Benoit wird dir zeigen, wo du sie hinschütten kannst.«

Der Morgen graute, als die Witwe Bouzouc, wie jeden Tag, mit ihrem Nachttopf in der Hand in der Backstube erschien. Sie versetzte dem Hund, der ihre Waden anpeilte und bellte, einen Fußtritt und leerte ihren Topf im Hof. Dann begab sie sich in das Hinterzimmer, aus dem bald der Duft von frischem Kaffee strömte, der sich mit dem des warmen Brots mischte. Kurz darauf hörte man Hortenses unregelmäßigen Schritt auf der Treppe, gefolgt von Margot und Béatrice. Parfait erschien als letzter. Voller Neid sah er auf seinen Cousin, der die angebackenen Hörnchenreste von den fettigen Blechen kratzte. Als Saturnin seinem Onkel in das Hinterzimmer folgte, sah er, daß sein Hocker und seine Tasse verschwunden waren.

»Die Bäckerjungen essen nicht mit dem Meister«, erklärte Hortense und deutete auf die Backstube und den kleinen Tisch, an dem Raymond und Benoit saßen. »Und nimm deinen Hund mit, ich will ihn hier nicht sehen und schon gar nicht im Laden. Wehe ihm, wenn er dir nicht gehorcht!«

Saturnin sah seinen Onkel an, der sein gebuttertes Brot in den Kaffee tunkte.

Wenig später, als Saturnin den Hof fegte, machte sich Parfait in Sonntagskleidern, das Meßbuch unter dem Arm, auf den Weg zum Katechismus. Sein Gang war steif, da ihm strengstens verboten war, sich schmutzig zu machen. Und während sich Hortense, ihre Mutter und ihre Töchter untergehakt auf den Weg zur Kirche Saint-Laurent begaben – es gehörte zum guten Ton, sich dort in der Zehn-Uhr-Messe zu zeigen –, reinigte er den Backtrog mit einer Spachtel. Um 11

Uhr band Léon seine Schürze ab und ging hinauf in den ersten Stock, um sich für die sonntägliche Versammlung der Gesellschaft der »Freunde der guten alten Zeit« umzuziehen, die im Hinterraum des »Au Bien Nourri«, dem Stammlokal der Konservativen, stattfand. Dort standen die verschiedensten Themen auf der Tagesordnung und wurden heftig diskutiert. Léon war seit fünf Jahren in dieser Gesellschaft eingeschrieben, doch man billigte ihm nur den Status eines Zuhörers zu. Man fragte ihn nicht nach seiner Meinung, und er sollte sie auch nicht kundtun.

Da das Geschäft am Sonntagnachmittag geschlossen war, begab sich Saturnin mit Brise-Tout an die Ufer des Dourdou, wo sie den Nachmittag zusammen verbrachten, um sich besser kennenzulernen. (»Du hast vier Möglickeiten, um ihn zum Gehorsam zu erziehen«, hatte Casimir ihm eindringlich erklärt, »den Blick, die Geste, die Veränderung des Tonfalls und die gerechte Strafe. Die Hunde sind wie wir, sie mögen keine Ungerechtigkeit. Aber sie wissen immer, wann sie im Unrecht sind. Darum darf man auch nicht zögern, sie in diesem Fall zu strafen.«)

Von seinem langen Tag erschöpft, aß der Junge schnell mit den Lehrlingen zu Abend und ging dann hinauf, um zu Bett zu gehen. Sobald sein Kopf auf dem Kissen lag, schlief er ein.

Am nächsten Morgen um 4 Uhr rüttelte Benoit ihn:

»Aufstehen, es ist Zeit!«

Um 6.30 Uhr tauchte die alte Bouzouc mit ihrem Nachttopf auf. Als Saturnin sah, wie Parfait seine Schulmappe packte und sie mit Bonbons vollstopfte, mit denen er sich das Recht zum Abschreiben erkaufte, fand er den Handel, den er mit seiner Tante abgeschlossen hatte, ungerecht. Wenn sie ihn nur die Abschlußprüfung machen lassen würde... Und was würde sein Großvater sagen, wenn er erfahren würde, daß er nicht mehr zur Schule ging? Er würde sicherlich den Hund wieder zurückgeben müssen, und dazu konnte sich Saturnin nicht entschließen. Also log er, als Hippolyte ihm die unvermeidbare Frage stellte: »Na, warst du diese Woche fleißig?«

Da seine Lüge Glauben fand, wiederholte er sie bei seinen folgenden Besuchen.

Dann kam der Tag der Prüfung.

Wenn es einem Menschen gelungen ist, einen unterdrückten Wunsch zu befriedigen, werden alle anderen Mitglieder der Gemeinschaft das Verlangen haben, es ihm gleich zu tun. Um diese Versuchung zu unterbinden, muß man die Kühnheit dessen bestrafen, dem man jetzt die Befriedigung neidet. Dabei kann es geschehen, daß diejenigen, die die Bestrafung – zumeist unter dem Deckmantel der Buße – ausführen, denselben schändlichen Aspekt begehen. Das ist eines der Grundprinzipien des menschlichen Strafrechts.

Doch es wollte Hippolyte nicht gelingen, sich zu konzentrieren. Er unterbrach seine Lektüre und sah mit unruhigem Blick auf die Kaminuhr, die gleich 4 Uhr nachmittags schlagen würde. Da er es nicht mehr auf seinem Stuhl aushielt, legte er sein Buch beiseite und verließ das Arbeitszimmer, um auf den Nordturm zu steigen. Dort traf er Casimir an.

»Du bist also auch der Ansicht, daß das nicht normal ist. Er müßte schon hier sein.«

»Vielleicht hat es bei der Bekanntgabe der Ergebnisse Verzögerungen gegeben?«

»Vielleicht.«

Als es fünf Uhr schlug, spannte Casimir den Landauer an, und Hippolyte schloß das Waffengehenk mit der Lefaucheux. Zuerst fuhren sie an der Schule vorbei, die jedoch schon geschlossen war. Also begaben sie sich in die Rue du Dragon. Casimir brachte Taillevent vor der Bäckerei-Konditorei Léon Trouvé zum Stehen, vor der die Kunden bis auf den Gehsteig hinaus Schlange standen.

»Jesus, Maria und Josef, der Henker!« flüsterten die Leute, als Hippolyte aus dem Wagen mit den blutroten Rädern stieg und auf die Tür zuging, und sogleich traten alle zur Seite.

Hortense, die gerade die Köchin der Beaulouis bediente, stotterte:

»Schwiegervater, welche Überraschung!«

»Guten Tag, Hortense«, sagte Hippolyte und nahm seinen Zylinder ab. »Wo ist Saturnin?«

Die Kunden in der Bäckerei raunten:

»Das ist er, das ist Pibrac!«

»Saturnin? In der Backstube, warum? ... Ah, guten Tag Casimir, Sie sind auch da...?«

Der Knecht antwortete nicht. Er begnügte sich damit, die Kunden einen nach dem anderen scharf zu mustern, bis sie den Blick senkten. Die Henkersknechte hatten sich schon immer durch Überheblichkeit ausgezeichnet, und Casimir war ein Meister dieser Kunst.

»In der Backstube?« wiederholte Hippolyte verständnislos.

Er ging um den großen Tresen aus Marmor herum, auf dem Gläser mit Salmiakpastillen und gefüllter Schokolade standen, und trat in das Hinterzimmer, wo die alte Bouzouc einen Hasen ausnahm. Sie bekreuzigte sich vor Überraschung, als sie den Henker sah, der das Hinterzimmer durchquerte und in die Backstube ging.

Saturnin wischte gerade den Boden mit einem Wischlappen auf, den Brise-Tout zu schnappen versuchte. Seine Augen waren gerötet.

Er hat es nicht geschafft und nicht gewagt, zu kommen, dachte der alte Mann und beugte sich hinab, um ihn zu umarmen. Der Junge umschlang seinen Hals und schluchzte.

»Verzeih mir, Großpapa, verzeih mir!«

»Weine nicht, es ist nicht schlimm. Du wirst es bei der Nachprüfung im Herbst noch einmal versuchen, und dann wirst du es schaffen, das garantiere ich dir.«

Das Schluchzen des Jungen wurde immer heftiger. Hippolyte runzelte die Stirn.

»Was machst du überhaupt hier, du wischst den Boden wie ein Pferdeknecht. Hat man dich bestraft? Hast du eine Dummheit gemacht? Sag nur nicht, daß deine nichtbestandene Prüfung der Grund ist!«

»Ich bin nicht durchgefallen, Großvater, ich war gar nicht da!«

Jetzt konnte Saturnin nicht umhin, alles zu erzählen. Je länger er erzählte, desto aufgebrachter wurde sein Großvater.

»*Das* haben sie gewagt!!! Hol deine Sachen und steig in den Landauer. Er steht vor dem Laden.«

»Alle Sachen?«

»Alle. Du wohnst ab jetzt im Herrenhaus!«

Strahlend eilte Saturnin die Treppe hinauf, während Hippolyte in das Hinterzimmer zurückging, wo Hortense leise mit ihrer Mutter sprach. Die Mädchen und die Magd bedienten im Laden.

»Wo ist Léon?« fragte er in eisigem Ton.

»In der Mühle«, antwortete seine Schwiegertochter.

Hippolyte baute sich vor ihr auf, ohne einen Ton zu sagen. In dem Zimmer herrschte ein drückendes Schweigen. Die alte Bouzouc versuchte Haltung zu bewahren, indem sie sich wieder ans Ausnehmen des Hasen machte. Hinter ihr, auf dem Küchenbuffet aus dem Warenhaus Nouvelles Galeries, beobachtete Princesse die Vorgänge aufmerksam.

»Können Sie mir bitte erklären, warum Saturnin in der Backstube mit dem Wischlappen rumspielt, statt seine Prüfung abzulegen?« stieß Hippolyte schließlich mit einer Stimme hervor, die sogleich Casimir alarmierte.

Er erschien mit wachsamem Blick im Hinterzimmer, jederzeit bereit, einzugreifen. Die Witwe Bouzouc legte ihr Messer nieder und bekreuzigte sich erneut. Die Anwesenheit des Henkers unter ihrem Dach war für sie schlimmer als eine Verbrennung mit siedendem Öl. Als Kind hatte ihre Mutter ihr damit gedroht, sie vor dem Herrenhaus an der Kreuzung des Jüngsten Gerichts auszusetzen, dessen Bewohner allgemein dafür bekannt waren, daß sie ungehorsame Kinder bei lebendigem Leib auffraßen.

»Wie meinen Sie das? Ich verstehe Sie nicht. Warum schreien Sie so?« wandte Hortense ein, doch ihre Stimme klang nicht sehr überzeugend.

Hippolyte ging einen Schritt auf sie zu. Hortense wich zurück und stieß sich an dem Küchenbuffet.

»Wie haben Sie es wagen können, Saturnin zu zwingen, die Schule zu verlassen?«

»Aber das war er... er hat es selbst gewollt. Um sich um seinen Hund kümmern zu können. Sie brauchen ihn ja nur zu fragen!«

An den nur ihm bekannten Anzeichen (der Rücken spannte sich plötzlich, er kniff die Augen eigenartig zusammen und die Unterlippe zitterte leicht) erkannte Casimir, daß es an der Zeit war, einzugreifen. Er legte die Hand beruhigend auf die Schulter seines Herren und flüsterte ihm zu:

»Es lohnt sich nicht, gehen wir. Saturnin sitzt schon im Landauer.«

Viel später, als sie wieder zusammenhängend sprechen konnte, versicherte die Witwe Bouzouc, daß nur ein Ungeheuer oder der Teufel so behende hätte handeln können.

Mit einer Geschwindigkeit, die an die Zunge eines Chamäleons erinnerte, die eine Fliege fing, hatte Hippolyte den linken Arm ausgestreckt und Princesse am Hals gepackt. Gleichzeitig hatte er sich mit der rechten Hand des Messers der Alten bemächtigt. Dann hatte er die Katze mit dem Messer an die Tür zur Backstube geschlagen und dabei mit unkenntlicher Stimme gemurmelt:

»*Eloim, Essaim, frugativi et appelavi!* Bei Luzifer und Beelzebub, die mir nichts abschlagen können, verdamme ich euch, euch, die Bouzoucs, bis ins Grab und darüber hinaus!«

Nachdem er das gesagt hatte, drehte er sich auf dem Absatz um und leckte, recht zufrieden mit der grauenvollen Wirkung, die er hinterließ, das Blut von seiner Hand, die das arme Tier aufgekratzt hatte.

Der Menschenauflauf vor seinem Laden verhieß Léon nichts Gutes.

Er mußte sich einen Weg durch die Menge bahnen, um in sein Haus zu gelangen. Die mitleidigen Blicke, die man ihm zuwarf, waren ihm unangenehm. Drinnen herrschte allgemeiner Aufruhr. Seine Schwiegermutter lag im Bett und stotterte immer wieder in ihrem Dialekt: »Das ist nicht menschlich! *Boudiou, Boudiou!* Mein Gott! Das ist wirklich nicht mehr menschlich!«

Hortense, die an ihrem Bett saß und ihr kalte Kompressen auf die Stirn legte, stand auf, als sie ihn sah, und herrschte ihn an:

»Ah, das ist wieder einmal deine Familie! Dein verrückter Vater war gerade hier, er ist gekommen, um uns in unserem eigenen Haus zu verwünschen! Sieh dir nur an, in welchem Zustand Mama ist.«

»Und warum hat er das getan?«

»Als er gehört hat, daß Saturnin nicht mehr zur Schule ging, wurde er plötzlich wie besessen.«

Sie zeigte ihm die Spuren, die das Messer in der Tür hinterlassen hatte, und die feuchten Flecke, die von dem abgewaschenen Blut zurückgeblieben waren.

»Er hat Princesse an der Tür gekreuzigt und uns dabei verwünscht. Es war grauenvoll.«

»Und, waren Kunden da?«

»Was für eine Frage! An einem Samstagnachmittag ist der Laden natürlich voll! Ich hoffe, daß du dieses Mal etwas unternehmen wirst. Außerdem hat er Saturnin und all seine Sachen mitgenommen. Wir können ihn nicht allein bei den beiden Alten lassen. Noch dazu jetzt, wo Raymond weg ist...«

Léon zuckte mit den Schultern. Was geschehen war, war ja vorherzusehen gewesen. Er hatte im Grunde immer gewußt, daß sein Vater die Sache schlecht aufnehmen würde. Er seufzte, als er an Princesse dachte. Es war typisch für ihn, so das Ungeheuer zu spielen... sicherlich hatte er Beelzebub und Luzifer und die ganze Höllengesellschaft angerufen und dabei wütend mit den Augen gerollt. Es war nicht weiter erstaunlich, daß die alte Bouzouc im Bett lag... Wie sollte er sie davon überzeugen oder ihr erklären, daß sein Vater weder ein Hexer war noch mit dem Teufel und der Hölle im

Bunde stand? Seit jeher hatte der Volksglaube die Henker und die Heilkundigen mit den Hexen in Zusammenhang gebracht, und die *Tradition* lehrte, wie dieser Umstand auszunützen war. Er erinnerte sich nur zu gut an die Unterrichtsstunden, in denen sein Vater ihn die Bannflüche gelehrt hatte. Hippolyte führte ihm die beste Art vor, Verwünschungen auszusprechen. »Zunächst veränderst du deine Stimme, dann denken die Leute, du wärest ›besessen‹, und die Hälfte der Arbeit ist schon getan.«

»Worauf wartest du? Statt dazustehen und mich anzustarren, tätest du besser daran, Anzeige zu erstatten. Es muß doch Gesetze geben, die das bestrafen, was er uns angetan hat!« schimpfte Hortense, die Arme in die Hüften gestemmt. »Ich werde auf alle Fälle mit dem Abt darüber sprechen!«

»Wozu?«, sagte er und ging hinaus, um Benoit beim Abladen der Mehlsäcke zu helfen.

Die Geschichte der an der Tür gekreuzigten Katze hatte großen Erfolg, die Bäckerei-Konditorei Trouvé hingegen erlebte einen vorübergehenden Rückgang an Kundschaft, und niemanden hätte es überrascht, wenn das Brot dort plötzlich einen Schwefelgeruch verströmt hätte.

Es war ein trockener Sommer.

Als die Weinlese vorüber war, kam Saturnin wieder zur Schule. Er schrieb sich für die Nachprüfung ein und bestand sie mit der zweitbesten Note. Der Direktor gratulierte ihm und überreichte ihm sein Zeugnis. Hippolyte zeigte sich weniger überschwenglich. Er beglückwünschte ihn, doch zugleich erinnerte er ihn daran, daß es nur einen ersten Platz gab.

»Der Zweite ist der Erste der Letzten!«

VI

Trotz aller Anstrengungen, allen Nachdrucks und all der Bestechungssummen wurde das Herrenhaus der Pibracs nicht in das *Gesamtverzeichnis der Kunstschätze Frankreichs* aufgenommen. Hippolyte lief im Zimmer auf und ab, eine Hand hinter dem Rücken, mit der anderen zwirbelte er die Spitzen seines schwarzen Barts. Saturnin beobachtete, daß er sich in mehrere Rechtsbücher vertiefte und sie bis zum Abendessen, das er zerstreut zu sich nahm, studierte.

»Wir werden sie einfach vor vollendete Tatsachen stellen«, sagte er schließlich mit sanfter Stimme. »Ich habe nachgesehen, es gibt kein Gesetz, das uns verbietet, das Herrenhaus in ein Museum umzuwandeln. In ein Privatmuseum, für das man Eintritt bezahlen muß.«

Er lachte zum ersten Mal an diesem Tag.

Während Casimir und Saturnin den Tisch abräumten, führte er seinen Plan weiter aus.

»Das Wichtigste ist, unser Haus bei den Touristen, die das Schloß und die Kirche von Saint-Laurent besichtigen, bekannt zu machen. Sie müssen wissen, wo wir sind... Ah, wenn der Wald Vergogne nicht wäre, könnte man uns von der Stadt aus sehen wie früher. Dann könnten wir ein großes Hinweisschild in leuchtenden Farben aufstellen... Ah, ich wette, daß sie alle gallegrün werden würden!«

Sie lachten. »Wir werden einen Katalog und Eintrittskarten drucken lassen. Und wir werden Werbung im *Guide Michelin* und im *Baedeker* machen. Casimir wird das Tor öffnen, Saturnin die Eintrittskarten verkaufen, und ich werde den Führer spielen.«

Sie lachten wieder. Die Hunde wedelten einvernehmlich mit dem Schwanz.

»Wir könnten auch Postkarten vom Herrenhaus machen lassen«, schlug der Junge vor.

»Das ist eine sehr gute Idee.«

Casimir zeigte Vorbehalte.

»Das ist vielleicht für den Anfang eine recht große Ausgabe. Es kommen noch nicht einmal hundert Touristen im Jahr nach Bellerocaille.«

»Ich weiß, aber wir werden ein Museum eröffnen, um das Herrenhaus zu schützen, und nicht, um damit reich zu werden. Damit es uns überdauert, muß es von allgemeinem Interesse sein. Schließlich ist seine Geschichte, ebenso wie die unsere, mit der der Jusitz verbunden. Unser Museum wird hervorragend die verborgenste Seite der Gesellschaft zeigen.«

Da Léon nach der traurigen Geschichte mit der erdolchten Prinzesse keinen Fuß mehr ins Herrenhaus setzte und seine Bewohner auch nicht mehr mit Brot belieferte, brach die letzte Verbindung ab.

Später, als Parfait erzählte, daß Saturnin seine Nachprüfung ausgezeichnet bestanden habe, freute er sich insgeheim. Parfait war durchgefallen. Manchmal mußte Léon sich widerwillig eingestehen, daß der Junge ihm fehlte. Das lag vielleicht auch an der unglaublichen Dummheit seines neuen Bäckerlehrlings. Obwohl Saturnin keine Begeisterung für das Handwerk empfand, hatte er sich doch als geschickt, methodisch und gewissenhaft erwiesen. Die Ablehnung, das Herrenhaus in das *Gesamtverzeichnis der Kunstschätze Frankreichs* aufzunehmen, war eine große Befriedigung. Léon glaubte sogar, den Krieg gewonnen zu haben: Jetzt brauchte er nur noch den Tod des Alten abzuwarten, und dann, adieu, Herrenhaus!

Die Befriedigung war allerdings nur von kurzer Dauer. Eines Tages, als er zur Mühle fuhr und einen Umweg über die Kreuzung des Jüngsten Gerichts machte, sah er voller Unruhe Baugerüste an den Türmen und Arbeiter, die die Zinnen ausbesserten. Andere kratzten die Tradeskantien von den Befestigungsmauern. Wieder andere pfiffen ein fröhliches Lied, während sie die Farbe von den Partisanen kratzten.

Der Winter 1906 war milde und verging ohne nennenswerte Zwischenfälle. Erst im Frühjahr, als die Blumen auf den Feldern und die Pickel auf den Wangen der Jünglinge zu sprießen begannen, bemerkte man, daß der Wald Vergogne von diesem alljährlich wiederkehrenden Wunder ausgeschlossen blieb. Kein Zweig wurde grün, und, o Grauen, das Herrenhaus bot sich jetzt offen allen Blicken dar.

Man war erschrocken, man begab sich an Ort und Stelle und entdeckte dort das ganze Ausmaß der Katastrophe: Alle Bäume des Wäldchens waren von der Wurzel an abgestorben. Angesichts eines solch unverhofften Glücksfalls, verwandelten die Holzsammler sie mit der Geschwindigkeit eines ausgehungerten Termitenhügels in Reisigbündel.

Eine genauere Untersuchung führte zu dem Ergebnis, daß am unteren Teil jedes Stammes bis auf eine Höhe von einem Meter die Rinde entfernt worden war. Man hatte den Wald von Vergogne im wahrsten Sinne des Wortes abgeschlachtet.

»Die Täter haben sich einer Vorgehensweise bedient, die im Mittelalter angewendet wurde, um ein Waldstück zu bepflanzen, ohne die Baumwurzeln ausgraben zu müssen«, erklärte der Dorfschullehrer. »Man tötete die Bäume, indem man ihnen auf diese Art die Rinde abzog. Die Blätter fielen ab, und die Bäume schlugen nicht mehr aus. So erreichte die Sonne den Boden, den man inzwischen bepflanzt hatte.«

Barthelémy Boutefeux, der Bürgermeister, ordnete eine Untersuchung an. Der Kommandant Calmejane nahm einige Holzsammler fest, die er aber mangels Beweisen wieder freilassen mußte. Die Gemeinde ließ an allen vier Ecken des Waldes Schilder anbringen, die das Holzschlagen unter Strafandrohung verboten, doch die Schilder verschwanden schon in der darauffolgenden Nacht wieder.

Wenn auch niemand wagte, ihn offen anzuschuldigen, war

der Name Pibrac doch in aller Munde, selbst wenn die Beweggründe recht unklar schienen. Die Gemeinde ließ keine neuen Schilder aufstellen. Die Holzsammler nahmen ihre Arbeit wieder auf, und an Allerheiligen war der Wald Vergogne praktisch verschwunden. Jetzt sah man von Bellerocaille – und zwar von der Oberstadt ebenso wie von der Unterstadt – aus deutlich den Dolmen und das Herrenhaus. Zu diesem Zeitpunkt ließ Hippolyte das Haus und die Türme rot anstreichen und die Partisanen mit Blattgold überziehen. Mehr als dreihundert davon hatte der Zweite seinerzeit von der Miliz, die sie ausgewechselt hatte, gekauft.

Diese Neuerungen wirkten auf die ehrbaren Bürger wie ein rotes Tuch auf den Stier. Auf Anregung von Guy Calzins, dem stellvertretenden Bürgermeister, ging eine Petition gegen diese Provokation in der Stadt um. Mehr als dreitausendfünfhundert Bürger unterschrieben sie, unter ihnen auch Léon und Hortense Trouvé. Ihr wurde ein Brief auf dem offiziellen Papier des Rathauses beigefügt, in dem Hippolyte aufgefordert wurde, dem Herrenhaus seine alte Farbe wiederzugeben, da es, wie man lesen konnte, »die Landschaft verschandele« und sich wie »ein Furunkel auf der Nase unserer schönen Stadt« erhebe.

Am nächsten Morgen gab Casimir im Rathaus einen Umschlag ab, der eine Abschrift der Charta von 1683 enthielt, die verordnete, daß das Haus des Scharfrichters ebenso wie seine Kleidung »rot wie Ochsenblut« sein mußten. Pibrac hatte seine Schlußfolgerung beigefügt: »Da diese Charta nie außer Kraft gesetzt wurde, entspricht die jetzige Farbe des Herrenhauses genau den Vorschriften.«

Alphonse Puech entwickelte gerade die Fotos von der Taufe der Tochter des Bankdirektors Duvalier, als die Ladenglocke die Ankunft eines Kunden anzeigte.

»Ich bin gleich da!« rief er durch die Trennwand.

Obwohl er vor dreißig Jahren in Bellerocaille geboren worden war, wurde Puech als ein »Einwanderer« angesehen, da seine Eltern aus Requista, einem großen Ort, der näher an Albi als an Rodez lag, stammten. Alphonse Puech war der einzige Fotograf am Ort.

Er war erstaunt, den alten Henker und seinen unzertrennlichen Knecht mitten in seinem Fotostudio vorzufinden. Es war das erste Mal, daß er sie so aus der Nähe sah. Sie schienen von einer eigentümlichen Aura umgeben.

»Meine Herren?«

Er verschiuckte gerade noch sein übliches »Ich stehe ganz zu Ihren Diensten«.

»Herr Fotograf, ich habe gerade mein Herrenhaus in ein Museum umgewandelt. Ich möchte, daß Sie es fotografieren und mir, sagen wir, fünftausend Postkarten davon machen.«

»Fünftausend!«

»Zunächst einmal – reicht das nicht?«

»Ganz im Gegenteil, das ist sehr viel!«

»Wie lange brauchen Sie dazu?«

Von den Hunderten von Gerüchten, die seit jeher über die Familie Pibrac kursierten, stimmte mit Sicherheit nur dieses eine: Die Pibracs waren zahlungskräftig.

»Mindestens hundert Tage, von dem Zeitpunkt ab gerechnet, an dem die Abzüge fertig sind!«

»Verdammt! Das ist lang. Ich habe bis zum Heiligen Ägidius gedacht.«

»Ein Monat! Das ist unmöglich, Monsieur Pibrac. Ich muß jede Postkarte von Hand kolorieren. Das ist schwierig und dauert lange, wenn es eine gute Arbeit sein soll.«

»Ich gebe Ihnen bis zum Johannistag Zeit. Wenn sie das nicht schaffen, dann wende ich mich eben an Ihre Kollegen in Rodez.«

Alphonse Puech lebte dank der Hochzeiten und Taufen, der Schulabschlußfeier und der Weihnachtskrippe der Kirche Saint-Laurent mehr schlecht als recht von seiner Kunst. Einen solchen Auftrag konnte er sich nicht entgehen lassen. Er nahm an.

»Sehr gut. Doch merken Sie sich, Monsieur Puech, daß all das unter uns bleiben muß. Sollte dies nicht der Fall sein, so wird mein Knecht kommen und Ihnen in meinem Auftrag die Ohren langziehen. Und dieser Tölpel ist so ungeschickt, daß er sie vielleicht gar abreißen könnte. Meine Verehrung, Herr Künstler.«

Am Johannistag waren nur zweitausendfünfhundert Postkarten fertig. Doch das nahm Hippolyte dem Fotografen nicht weiter übel und gewährte ihm eine angemessene Frist, um den Auftrag zu beenden. Und die Qualität der Arbeit rechtfertigte solche Nachsicht. Puech hatte das Herrenhaus durch das große Steinportal aufgenommen. Die zinnenbewehrten Türme zeichneten sich vor einem Himmel ab, den er kobaltblau koloriert hatte. Vor der Fassade erhob sich auf dem Schafott die Guillotine. Am Fuß der Treppe standen Hippolyte, Saturnin und Casimir, die von einem Ohr bis zum anderen lachten. An diesem Abend erfuhr dank der geschwätzigen Postbotin die ganze Stadt, daß Casimir nicht nur alle verfügbaren Briefmarken gekauft hatte, sondern darüber hinaus noch dreitausend weitere zum Postkartentarif bestellt hatte.

Am selben Abend klebte Hippolyte im Herrenhaus die erste Briefmarke auf die erste Postkarte.

»Die steht mit vollem Recht Léon zu. Mit etwas Glück trägt ihm das eine weitere Gelbsucht sein!«

An den blitzenden Augen des Briefträgers und an dem spöttischen Ton, in dem er sagte »Ich wünsche Ihnen noch einen schönen Tag, Monsieur Trouvé«, merkte Léon, daß »irgend etwas« in der Luft hing. Er sah schnell die Post durch. Die Postkarte bestürzte ihn.

»Aber nein, mein guter Léon, du träumst nur, und wenn du aufwachst, wird dieses ... dieses Ding verschwunden sein, so wie es sich für einen anständigen Alptraum gehört.«

Aber die Postkarte verschwand nicht. Léon schleppte sich in das Hinterzimmer, wo er sich ein großes Glas Portwein einschenkte, das er in einem Zug leerte.

»Ist irgend etwas passiert?« beunruhigte sich Hortense.

»Das kann man wohl sagen.«

Er schenkte sich ein zweites Glas ein. Da entdeckte auch Hortense die Postkarte und begriff. Oh, das Schlimmste war nicht die schändliche Anwesenheit ihres Schwiegervaters, dieses grauenvollen Casimirs und Saturnins, die neben dem Blutgerüst eindeutig zu erkennen waren, sondern der Text, der darunter stand. Eine einzige Zeile zerstörte die jahrelangen Anstrengungen, und sie hatten Tausende von Goldfrancs umsonst ausgegeben:

BESUCHEN SIE DAS EINZIGARTIGE HISTORISCHE MUSEUM
FÜR FOLTER UND HINRICHTUNGEN
VON BELLEROCAILLE IM AVEYRON

stand auf der Vorderseite, während man auf der Rückseite las:

DAS HERRENHAUS-MUSEUM, WIEGE
DER FAMILIE TROUVÉ-PIBRAC
SCHARFRICHTER SEIT SIEBEN GENERATIONEN

Trouvé-Pibrac!

Dann folgte ein kurzer handgeschriebener Text. Hortense erkannte die Schrift ihres Schwiegervaters:

Ihr seid herzlich zum Richtfest am Sonntag, den 1. September 1907 eingeladen. Diese Karte ist beim Eintritt vorzulegen.

Trouvé-Pibrac.

Die Postbotin teilte ihm mit, daß sein Vater sich nicht damit zufriedengab, Postkarten an die Honoratioren von Bellerocaille zu verschicken, sondern daß er auch die von Rodez, Albi, Toulouse, Montpellier, Nevers, Lille und ganz Frankreich einlud.

»Es sind ungefähr einhundert pro Tag. Die Handschriften sind nicht alle gleich, ich habe drei verschiedene festgestellt.«

Natürlich, Hippolyte, Casimir und Saturnin ... und wenn die Hunde hätten schreiben können, hätte man auch sie noch angestellt!

Die tüchtige und mitfühlende Postbotin schrieb eine Liste aller Namen. Sein Vater schien den Verstand verloren zu haben. Er verschickte jetzt auch Einladungen an die bekanntesten Konservatoren der Pariser Museen, an den Leiter des Amtes für Denkmalschutz, und auch an den Präsidenten der Republik Armand Fallières (und seine Frau), an die Nationalgarde, an den Staatsrat und an den Rat des Magistrats ebenso wie an alle amtierenden Minister (eine gemeinsame Einladung).

Selbst Nicolas Malzac bekam eine. Unter der Unterschrift hatte Hippolyte hinzugefügt: »Ich trage es Ihnen (nicht) nach.«

»Was führt er dieses Mal nur im Schilde?«

»Wer soll eine solche Einladung schon ernstnehmen? Ein Henkersmuseum, nein, also wirklich! Niemand wird kommen, und das weiß er ganz genau! Er tut das nur, um uns zu quälen. Aber laß uns dieses Mal ausnahmsweise einfach keine Notiz davon nehmen!«

Wie es die Bäckersfrau vorausgesagt hatte, nahm in Bellerocaille kein Mensch diese Einladung ernst. Sie wurde als eine weitere bedauerliche Provokation gewertet, und jeder versuchte, sie zu vergessen. Aber was Léon noch nicht wußte, war, daß Hippolyte auch alle ehemaligen Scharfrichter der Départements, ihre Familien und ihre Knechte eingeladen hatte. Und auch die ausländischen Scharfrichter waren zum Fest eingeladen, wie etwa der berühmte *hangman* aus London, der Garotteur von Madrid, die Scharfrichter von Turin, Mailand und Rom, die von München, Linz und Berlin, von Brüssel, Lissabon, Tokio und selbst der von Djedda in Saudi-Arabien, ein Meister des Krummschwerts und der Steinigung.

Diese Einladungen wurden vorsichtshalber in Racleterre aufgegeben, was die vollkommene Überraschung der Bewohner von Bellerocaille erklärte, als die Hälfte der Henker im Ruhestand der Einladung folgten und einzeln oder in kleinen Gruppen in der Stadt eintrafen.

Die ersten kamen in drei Mietkutschen. Es waren die Scharfrichter von Pau, Tarbes und Auch in Begleitung ihrer Frauen, Kinder und der Knechte mit ihren Familien. Insgesamt waren es sechzehn Personen, die den gesamten ersten Stock der Herberge »Au Bien Nourri« belegten.

Der Zehn-Uhr-Zug brachte die Familien aus Nizza, Sisteron, Draguignan und Brignoles, die den zweiten Stock der Herberge bewohnten. Wenngleich er äußerst zufrieden war, daß sich sein Haus füllte, empfand der Wirt diesen plötzlichen Zustrom außerhalb der Saison doch als merkwürdig.

Die Familien aus Marseille und Toulon hatten sich in Montpellier mit denen aus Carcassonne, Béziers und Bordeaux getroffen und kamen am frühen Nachmittag in vier Postkutschen, die sie im Mietstall Cabrel in Rodez gemietet hatten. Während sich die Frauen und Kinder in die Kirche Saint-Laurent begaben, um dem Herrn dafür zu danken, daß sie trotz der grauenhaften Straßen heil und gesund angekommen waren, gingen die Männer in die Gaststube des »Croquenbouche«, um dort eine Erfrischung zu sich zu nehmen.

»Was soll das?« fragten sich die Stammgäste angesichts dieser Welle von Greisen (der jüngste war fünfundsechzig Jahre alt), die alle dunkel gekleidet waren und von denen etwas eigenartig Bedrückendes ausging. Als er die Bestellung aufnahm, sah der Kellner, daß einige von ihnen bewaffnet waren. Er informierte den Wirt, der sich sogleich auf den Weg zur Gendarmerie machte.

»Sind Sie sicher, daß sie bewaffnet sind?« wunderte sich der Kommandant Calmejane.

»Ja, und sie versuchen nicht einmal, es zu verbergen. Und das Merkwürdigste, Kommandant, ist die Tatsache, daß sie alle über sechzig sind...«

Der Kommandant nahm zwei Männer und begab sich zum »Croquenbouche«. Auf dem Weg sah er vor der Station die

Postkutsche aus Rodez, aus der drei Unbekannte ausstiegen, die irgendwie verdächtig wirkten und nach der alten Mode gekleidet waren. Der Jüngste war sicherlich achtzig Jahre alt und trug ganz offen eine Lagrese mit verziertem Kolben. Jetzt war es klar, hier ging irgend etwas vor, was nicht normal war, und er mußte schnellstens herausfinden, was los war. Calmejane ging auf die drei Alten zu, die das Abladen ihres Gepäcks überwachten, und verlangte ihre Waffen.

»*Ma doué!* Und mit welchem Recht?« entrüstete sich einer von ihnen mit einem starken bretonischen Akzent.

»Weil es verboten ist, Waffen zu tragen, wenn man keine ausdrückliche Genehmigung dazu hat.«

»Warum fragen Sie uns dann nicht zuerst, ob wir nicht eine haben?« antwortete Cyprien Gloannec, der ehemalige Scharfrichter von Brest, kurzangebunden. Er und seine Knechte hatten eine lange, anstrengende Reise hinter sich.

Der Kommandant untersuchte ihre Waffenscheine, las als Beruf »Rentner« und gab sie ihnen schließlich zurück.

»Wir sind nicht daran gewöhnt in unserer kleinen Stadt bewaffnete Männer zu sehen.«

»Haha, und der Siebte? Erzählen Sie mir bloß nicht, daß er ohne seine Lefaucheux ausgeht!«

»Sie kennen Hippolyte Pibrac?«

»Ich wüßte nicht, was wir sonst in diesem Nest zu suchen hätten.«

»Weiß er, daß Sie kommen?«

»Natürlich, er hat uns ja schließlich eingeladen.«

Das Gesicht des Bretonen wirkte plötzlich besorgt:

»Sagen Sie nur nicht, daß wir die einzigen sind, die die Reise unternommen haben!«

»Aha, wenn man vom Teufel spricht – da ist er ja«, sagte der Bretone. »Neben ihm, das ist Casimir Plagnes, der Sohn von Félix, und der Junge in der Mitte ist der Achte, der, der auf der Postkarte abgebildet war.«

Der rot-schwarze Landauer, in dessen Türen das Familienwappen eingelassen war, kam auf sie zu. Da erinnerte sich Calmejane an die Postkarte, die er zwei Monate zuvor bekommen hatte. Das »Richtfest« fand also statt! Und wieder einmal hatte die Stadt ihren alten Henker unterschätzt, wenn es darum ging, sie in Schwierigkeiten zu bringen.

»Ich kenne mehr als einen, der dieses Fest verabscheuen wird«, sagte er sich und dachte dabei an Léon.

Der stand in seinem Laden, als mehrere alte Herren eintraten, um sich nach dem Weg zum Herrensitz Trouvé-Pibrac zu erkundigen.

»Wir haben den Namen an Ihrer Fassade gesehen«, erklärten sie. »Gehören Sie zur Familie?«

»Und warum wollen Sie zum Herrensitz?«

»Wegen der Eröffnung des Museums. Wenn Sie zur Familie gehören, sollten Sie ja Bescheid wissen.«

Léon schickte sie auf die Straße nach Saint-Flour, die genau in die entgegengesetzte Richtung der Kreuzung des Jüngsten Gerichts führte. Nachdem sie verschwunden waren, stieg er auf eine Leiter und hängte das Ladenschild *Bäckerei-Konditorei Léon Trouvé* ab.

Als Hippolyte, Casimir und Saturnin in Begleitung der drei Bretonen den Schankraum des »Croquenbouche« betraten, brach ein freudiger Tumult unter den schon versammelten Scharfrichtern aus. Man drängte sich, um ihnen die Hände zu schütteln, sie zu umarmen oder ihnen auf die Schulter zu klopfen.

Die Stammgäste, die im hinteren Teil des Raumes saßen, versuchten zu verstehen, was hier vor sich ging.

»Diese Alten sind doch wohl nicht alle Henker?«

»Hört nur zu, sie haben alle einen anderen Akzent.«

»Das stimmt. Und wer außer einem Henker würde wohl den alten Pibrac so feiern? Seht euch nur ihr komisches Gehabe an!«

»Macarel! Da kommen noch mehr! Das ist ja die reinste Invasion!«

»Habt ihr gesehen, er ist ganz schön eingebildet, sich in seinem Alter die Haare zu färben.«

»Glaubt ihr, daß das gesetzlich zugelassen ist, so viele Henker auf einmal?«

»Keine Ahnung! Ich weiß nur, daß ich sie auf alle Fälle nicht danach fragen werde!«

Obwohl Präsident Fallières und die Mitglieder der Regierung fehlten, wurde die Einweihung des ersten Museums für Folter- und Hinrichtungsinstrumente ein großer Erfolg. Mehr als einhundertsechzig Gäste schrieben sich in das goldene Buch ein, das in dem großen Zimmer auslag, und die zahlreichen Geschenke sowie ihr Wert rührten Hippolyte fast zu Tränen.

Trotz der Entfernung und des schwierigen Transports hatte der Garotteur von Madrid eine wundervolle Würgebank aus dem XVI. Jahrhundert, ganz aus Nußbaumholz, mitgebracht, die in hervorragendem Zustand war und zahlreiche Spuren ihres Gebrauchs aufwies. Der alte Scharfrichter aus dem Périgord schenkte ein Dutzend fein ziselierter silberner Würgebirnen aus dem XIII. Jahrhundert sowie ein äußerst seltenes Instrument mit vier Haken zum Abreißen einer Brust, das früher vor allem zur Bestrafung von Hexen oder ledigen Müttern, die sich des Vergehens der Abtreibung schuldig gemacht hatten, eingesetzt wurde.

Gutman aus München, dessen muskulöse Schultern aus einer Lederhose ragten und die Bewunderung der Damen erregte, überreichte ein doppeltes Halseisen. Darin konnte man zwei Streithähne einander gegenüber einschließen, um ihnen Gelegenheit zu geben, sich besser kennenzulernen.

Der neunzigjährige Alex Chargasse blieb seinem Ruf eines lebenslustigen Haudegens treu und überreichte eine Originalausgabe des Werks *Theoretisches und praktisches Handbuch zur Geißelung der Sklavinnen,* das aus dem Jahr 1781 stammte. Es galt als außerordentlich selten, war jedoch in dem kleinen Kreis der Scharfrichter wohlbekannt. Der Autor war ein spanischer Plantagenbesitzer aus Kuba, der dreihundert verschiedene Arten, eine Sklavin auszupeitschen, zusammengetragen hatte und zu der Schlußfolgerung gekommen war, daß das häufige Auspeitschen der schwarzen Weiber Gottes Wille sei, denn »warum hätte Gott, dessen Weisheit unendlich groß und wohlbekannt ist, sie sonst wohl mit einem so breiten, vorspringenden Hinterteil ausgestattet«?

Die von allen erhoffte Ankunft von Anatole und Rosalie Deibler war ein großer Augenblick. Schließlich war er der letzte, der die Macht innehatte! Die herzliche Umarmung, mit der er Hippolyte begrüßte, stieß auf allgemeines Wohlgefallen, da ihr Streit anläßlich der Hinrichtung der Fersenröster bekannt war.

»Ich wußte, daß du uns nicht im Stich lassen würdest! Denn wenn der einzige von uns, der noch im Amt ist, fehlen würde, wäre die Einweihungsgesellschaft doch nicht vollständig gewesen. Hast du deine Knechte nicht mitgebracht?«

»Ich habe sie in Paris gelassen. Sie wären gerne gekommen, aber es muß ja jemand da sein, falls plötzlich...«

Alle umdrängten die beiden, denn jeder war sich bewußt, Zeuge eines historischen Augenblicks zu sein, der noch jahrelang Gesprächsstoff bleiben würde.

Alphonse Puech hielt ein Glas Champagner in der Hand und machte schüchtern der Tochter des ehemaligen Henkers von Arras den Hof, als Casimir ihn rief:

»Monsieur Deibler ist gerade angekommen. Machen Sie eine Fotografie von ihm und dem Siebten, statt die Mädchen zu umgarnen!«

Ohne sich von dem strengen Ton des Knechts beeindrukken zu lassen, nahm sich Puech Zeit, um sich von der hübschen Rothaarigen zu verabschieden und seinen neuen Fotoapparat, der einhundert Francs gekostet hatte, aufzubauen.

Obwohl die Summe beträchtlich gewesen war, hatte Pibrac nicht gemurrt, sondern sogleich die Rechnung für die fünftausend Postkarten beglichen. Darüber hinaus hatte er ihm einen Auftrag für die Illustration seines künftigen Katalogs erteilt. Darum war Puech zum Herrenhaus gekommen und hatte begonnen, die mehr als einhundert Ausstellungsstücke des Museums abzulichten. Er war mit seiner Arbeit noch nicht fertig gewesen, als Hippolyte ihn gebeten hatte, bei der Einweihung einige Aufnahmen zu machen.

»Wenn Sie sich bitte mit dem Gesicht zur Sonne stellen wollen«, sagte er zu Hippolyte und Deibler.

Sie folgten seinen Anweisungen. Die anderen Scharfrichter stellten sich im Halbkreis um sie herum. Die Frauen, Kinder und Knechte traten beiseite.

Da Hippolyte ihn immer mit einem riesigen Apparat auf einem dreibeinigen Stativ gesehen hatte, war er über das wesentlich kleinere Format des schwarzen Kastens, den Puech jetzt benutzte, etwas beunruhigt.

»Ich hoffe nur, daß die Fotos mit diesem Apparat nicht zu klein werden. Ein Tag wie heute muß auf großen Bildern festgehalten werden.«

Puech beruhigte ihn.

Nachdem die Aufnahmen (insgesamt zwölf) gemacht waren, öffnete Anatole Deibler eine der Truhen und holte ein Schild von etwa fünfzig mal fünfundzwanzig Zentimetern heraus, auf dem geschrieben stand:

GOTTLOSER BLASPHEMIST, RUCHLOS,
SCHÄNDLICH UND ABSCHEULICH

»Bei all meinen Richtblöcken, Anatole, woher hast du denn das?« begeisterte sich Hippolyte und drehte das Schild um.

Es war mit einem Etikett versehen, das besagte, daß es der Chevalier de la Barre am 1. Juli 1776 auf seinem Weg zum Schafott um den Hals getragen hatte. Hippolyte erkannte die verschnörkelte Handschrift von Charles Henri Sanson.

Ohne zu antworten, holte Anatole ein Etui aus Ebenholz aus der Truhe, dessen Deckel mit goldenen Lilien beschlagen war. Darin befand sich auf einem Kissen aus Hermelin das Taschentuch, mit dem man Ludwig XVI. am Tag seiner Hinrichtung die Hände gefesselt hatte.

Ein ungläubiges Gemurmel machte sich unter den Umstehenden breit. Hippolyte ließ die Reliquien herumgehen, die

Anatole eine nach der anderen mit einem Gebaren, das an einen der Heiligen Drei Könige erinnerte, aus seinem Gepäck zog.

Alle Anwesenden kannten natürlich die letzten Worte, die Marie-Antoinette ausgesprochen hatte, als sie versehentlich Sanson auf den Fuß getreten hatte: »Verzeiht, Monsieur, ich habe es nicht absichtlich getan«, doch niemand hätte sich vorgestellt, eines Tages den berühmten Schuh zu sehen. Nicht den der Königin, sondern den von Charles Henri, den Anatole jetzt aus seinem Wunderkoffer zog.

Angesichts des eleganten Schnallenschuhs (rechter Fuß, Größe 43), verfielen die Zuschauer in respektvolles Schweigen. Leider war auf dem schwarzen Leder keine Spur des königlichen Fehltritts zu sehen.

»Mademoiselle Sophie übergibt sie deinem Museum«, erklärte Deibler schließlich. »Sie hat sich in das Kloster Neuil-l'Espoir zurückgezogen und konnte nicht kommen. Angesichts ihres Alters und des Zustands eurer Straßen war das ohnehin besser... Deine Idee, ein Museum einzurichten, hat sie begeistert, und so schenkt sie dir alles, was sie geerbt hat. Nach ihrer Aussage hat ihre ältere Schwester, die sich von der Familie losgesagt hat, die andere Hälfte des Erbes vernichtet.«

Es gab nur wenige Familien, die nicht diese Art von Abtrünnigkeit erlebt hatten. Man konnte sogar davon ausgehen, daß die, die an diesem Tag nicht anwesend waren, nach der Abschaffung ihres Amtes versucht hatten, sich von ihren Familien loszusagen, indem sie sich in die Anonymität geflüchtet, den Namen gewechselt hatten oder ausgewandert waren.

Anatole war sich der Wirkung seines letzten Geschenks sicher, als er eine Mappe hervorzog und sie öffnete.

»Das sind die Entwürfe aller wichtigen Briefe, die er geschrieben hat. Auf der Reise habe ich einige gelesen, sie sind sehr spannend. Es liegt auch eine Abschrift seiner Rechnungsbücher bei, und vor allem ist auch sein Leistungsverzeichnis dabei.«

Es war ein alter Berufsbrauch bei den Scharfrichtern, das Verzeichnis ihrer Hinrichtungen immer auf dem letzten Stand zu halten. Und es war eine Tatsache, daß Charles Henri Sanson alle Rekorde gebrochen hatte. Sein Leistungsverzeichnis zu besitzen, war eine unverhoffte Freude.

Die Neuigkeit versetzte die Umstehenden in Begeisterung. Alle wollten das Endergebnis erfahren.

»Als ich noch ein Kind war, hat mir mein Großvater immer erzählt, daß es mehr als tausend wären. Aber ich hatte immer Zweifel daran«, sagte der ehemalige Scharfrichter von Blois.

»Wieviel? Sag schon, wieviel!« riefen alle ungeduldig durcheinander.

Hippolyte blätterte in dem Heft und fand schließlich das Endergebnis. Die Zahl verschlug ihm die Sprache.

»Zweitausendneunhundertachtzehn!«

Man hörte den Wind in den Bäumen pfeifen, die die Krypta umstanden.

Die Frauen hörten auf zu schwatzen und wandten sich zu den Männern um, die plötzlich schwiegen.

Charles Henri hatte sich nicht damit begnügt, einfach nur die Namen derer aufzuschreiben, die er ins Jenseits befördert hatte, sondern er hatte seine Zeit im Ruhestand dazu genutzt, sie nach Alter, Geschlecht, Beruf und Stellung zu ordnen. Jetzt erfuhr man, daß er in seiner siebzehnjährigen Laufbahn zweiundzwanzig Jugendliche unter achtzehn Jahren, einhundertunddrei Alte zwischen siebzig und achtzig Jahren und neun Neunzigjährige geköpft hatte. Von den Zweitausendneunhundertachtzehn Verurteilten waren zweitausendfünfhundertdreizehn Männer und vierhunderteins Frauen. Die vier Verbleibenden waren als *Geschlecht unbestimmt* aufgeführt. Charles Henri hatte sechs Bischöfe und Erzbischöfe guillotiniert, fünfundzwanzig Marschälle und Generäle, zweihundertsechsundvierzig Magistratsbeamte und Mitglieder des Parlaments, dreihundertneunzehn Priester und Mönche, vierhundertneunzehn Finanzbeamte, Anwälte, Doktoren und Notare, dreihundertachtzehn Adelige beiderlei Geschlechts, sechzehn Künstler, einen König und eine Königin.

Der Hausherr hatte geglaubt, reichlich vorzusorgen, indem er mit fünfzig Gästen rechnete: Doch es waren einhundertundsechzig gekommen, denen man jetzt Unterkunft, Essen und Trinken bieten mußte.

Hippolyte versammelte die Ehefrauen und vertraute ihnen sein Problem an.

»Ich wage es nur, Sie um Hilfe zu bitten, weil ich mich wirklich in einer Notlage befinde.«

Victor und Hugo, die man schon zuvor geschlachtet hatte, reichten nicht aus, und so opferte man die fünfzehn Hühner, die acht mit Mais gestopften Gänse und selbst die elf Hasen, die mit Sichelklee und Karotten gefüttert worden waren.

»Nehmen Sie nur, was Sie brauchen, nehmen Sie alles, und wenn nichts mehr da ist, werden wir doch noch etwas auftreiben«, versicherte ihnen Hippolyte, wenn er in die Küche kam, um nach dem Rechten zu sehen.

Man schürte das Feuer in dem großen Brotbackofen und plünderte den Obst- und Gemüsegarten. Die Brunnenkette quietschte ohne Unterlaß, so groß war der Wasserbedarf.

»Wenn Ihnen irgend etwas fehlt, wenden Sie sich nur an Casimir. Und wenn wir nichts mehr haben, werden wir etwas aus der Stadt holen.«

Die örtlichen »Freunde der Musik und der Fanfare« hatten es abgelehnt zu spielen, und so hatte Hippolyte Casimir nach Racleterre geschickt, um die Dienste eines ländlichen Quartetts anzuheuern, das bei Hochzeiten und Festgelagen aufspielte.

Zunächst waren sie sehr zurückhaltend gewesen, vor allem, als Hippolyte ihnen das Schafott als Bühne zugewiesen hatte, doch in der Folge wurden sie, angesichts des herzlichen Beifalls, den sie für ihre erste Polka bekamen, aufgeschlossener. Später brachte man ihnen Champagner, und regelmäßig kam jemand, um sich nach ihren Wünschen zu erkundigen.

Als der Kuchen aufgetragen wurde, gab Hippolyte ihnen ein Zeichen, ihre Vorstellung zu unterbrechen und sich zu ihnen zu gesellen, eine Aufmerksamkeit, die sie dankbar annahmen. So viel Zuvorkommenheit bewegte sie dazu, später derart mitreißend zu spielen, daß selbst die jungen Leute von Bellerocaille begannen, im Takt mit den Füßen zu stampfen. Auf den drei Plätzen der Stadt, auf denen sie sich zu treffen pflegten, hörte man deutlich den Klang der Violinen.

»Warum gibt es bei uns niemals ein solches Fest?«

Und mehr als einer von ihnen dachte an die hübschen Mädchen, die sie zwischen den alten Henkern gesehen hatten. Die, die auf dem Place du Trou standen, gaben vor, einen Spaziergang am Ufer des Dourdou machen zu wollen, und begaben sich in die Unterstadt. Dort waren schon die Gruppen vom Place de la République und vom Place Saint-Laurent versammelt. Sie folgten dem Klang der Musik über die Brücke und über das Feld, auf dem früher einmal der Wald von Vergogne gestanden hatte. Bald erreichten sie die Mauern des Herrenhauses. Sie gingen, immer dem Lärm nach, an der Mauer entlang, bis schließlich einer von ihnen auf die Schulter des anderen stieg, um hinüberzusehen.

Einer der Gäste sah einen Kopf, der über den Partisanen auftauchte, und verständigte Hippolyte.

Dieser glaubte, daß sich etwas Böses zusammenbraute, gab Casimir ein Zeichen, ihm zu folgen und verließ die Umwallung durch die Geheimtür am Ostturm. Er richtete den Revolver auf die Neugierigen, die vor Entsetzen wie gelähmt waren.

»Also, junges Volk, was hat das zu bedeuten?«

Doch dann begriff er seinen Irrtum und senkte die Mauser.

»Na, ihr Dummköpfe, worauf wartet ihr denn, kommt herein und tanzt mit unsern jungen Mädchen!«

Nicht einer rührte sich vom Fleck.

»Seid ihr überrascht? Dazu gibt es keinen Grund. Soweit ich weiß, wart ihr alle eingeladen. Eure Eltern haben eine Einladung bekommen, die auch den Nachwuchs miteinschloß... Ich weiß, daß man uns als etwas furchterregende Menschen darstellt, aber ihr seid jetzt zu groß, um noch an solche Art Märchen zu glauben. Also, kommt rein, sage ich, und vergnügt euch!«

Im selben Augenblick stimmte das Quartett einen feurigen Rigodon an, und die Jungen eilten zum Tor und liefen mit aufgeregtem Geschrei hinein. Sie hatten vollkommen vergessen, wo und vor allem, bei wem sie waren.

Als es dunkel wurde und die Eltern nicht – wie sonst jeden Sonntag – ihre Kinder sahen, die sich auf den Plätzen langweilten, machten sie sich Sorgen und begannen, Erkundigungen einzuholen.

»Haben Sie nicht meinen Jacquot und seinen Bruder gesehen? Ach so, Sie suchen auch Ihren Antoine!«

Als sie schließlich begriffen, was los war, wanderten ihre Blicke zu dem zinnoberroten Herrenhaus, von wo seit dem Morgen lautstarke Musik zu ihnen herüberdrang, die sie verärgerte. Ein dumpfes Unwohlsein breitete sich aus.

Man verständigte die Gendarmerie, doch die weigerte sich, einzugreifen.

»Diese Leute feiern auf ihrem Besitz ein Fest. Mit welchem Recht sollten wir sie belästigen? Sie wollen doch wohl nicht ernsthaft Monsieur Pibrac beschuldigen, Ihre Kinder gezwungen zu haben, sich bei ihm zu vergnügen?«

Doch die Eltern waren fest entschlossen, ihre Sprößlinge zurückzuholen, koste es, was es wolle. Und so taten sich einige zusammen, fuhren in mehreren Kutschen zum Herrenhaus und läuteten am Tor.

Völlig außer Atem von dem Cakewalk, den er gerade getanzt hatte, öffnete ihnen Hippolyte höchst persönlich mit offenen Armen die Tür.

»Endlich habt ihr euch entschlossen zu kommen! Tretet ein, kommt herein und vergnügt euch!«

Als keiner von ihnen antwortete, fragte er:

»Was wollt ihr?«

Sie sagten es ihm.

»Auf mich könnt ihr nicht zählen, um den Kindern das Vergnügen zu verderben. Das müßt ihr schon selbst tun!«

Da sie sich nicht vom Fleck rührten, ließ er sie einfach

stehen und ging wieder tanzen. Der Torflügel blieb weit geöffnet für die, die es sich vielleicht anders überlegen würden.

Man servierte kein Abendessen, aber wer Hunger hatte, brauchte nur in die Küche zu gehen, wo abwechselnd Freiwillige mit vom Feuer hochroten Wangen Essen austeilten.

Was die Jugendlichen aus dem Ort betraf, so hatte Hippolyte eine Verhaltensmaßregel angeordnet: »Sie dürfen sich nicht betrinken, das würde man uns später zu sehr vorwerfen. Gebt ihnen Limonade, und wenn sie damit nicht zufrieden sind, dann ruft Casimir.«

Als es Nacht wurde und die ersten Sterne am Himmel zu sehen waren, zündete man mitten im Hof ein großes Lagerfeuer an und tanzte die Gigue, die Courante und die Sarabande.

Gegen 21 Uhr wurden die Älteren müde und begaben sich singend in ihren Wagen zu ihren Hotels. Die anderen feierten bis weit nach Mitternacht weiter.

Wie jeden Morgen sprang Brise-Tout auf das Bett seines Herrchens und stupste mit seiner feuchten haarigen Schnauze an sein Ohr. Da Saturnin seiner Meinung nach nicht schnell genug aufstand, begann er zu bellen. Der Hund wurde nur einmal am Tag gefüttert, und jetzt war seine Zeit. Saturnin stand auf.

Da Casimir nicht auftauchte, um ihn zur Schule zu fahren, frühstückte er und machte sich zu Fuß auf den Weg. Unterwegs versuchte er, sich an die wichtigsten Ereignisse des Vorabends zu erinnern. Die außergewöhnlichen Respektbezeugungen, die man seinem Großvater entgegengebracht hatte, hatten ihn beeindruckt: Es hatte ihm gefallen, daß man ihn wie einen Kronprinzen behandelte.

Die Ruinen der Burg schienen bei jedem seiner Schritte zu wachsen. »Schade, daß man sie während der Revolution in Brand gesetzt hat«, sagte er sich. Wie er in den Erinnerungen des Rächers gelesen hatte, war der damalige Baron Ferdinand Boutefeux dafür verantwortlich. Als er von der Hinrichtung des Königs gehört hatte, war er vor Zorn außer sich gewesen und hatte die ganze Stadt zwingen wollen, sich in Trauer zu hüllen. Um ein Beispiel zu geben, hatte er schwarze Kleider angelegt und befohlen, Hektoliter von schwarzer Tinte in die Burggräben zu schütten. Dann hatte er alle Bäume mit schwarzem Krepp umhüllen und das Mobiliar der Burg anthrazitfarben streichen lassen.

Die Reaktion des Heilskomitees von Bellerocaille hatte nicht lange auf sich warten lassen. Die Burg war im Sturm eingenommen worden. Der Baron hatte zwar noch auf seinem Pferd fliehen können, doch er hatte keine Zeit mehr gehabt, es zu satteln.

Als man anschließend die Archive samt den Pergamentrollen verbrannt hatte, auf denen die herrschaftlichen Rechte niedergeschrieben waren, hatte die Burg Feuer gefangen und war zu Dreivierteln zerstört worden. Dank einer Sammlung, die der Bürgermeister veranstaltet hatte – er war ein Boutefeux –, hatte man es teilweise wiederaufgebaut. Jetzt war das städtische Museum in dem großen Saal untergebracht. Ein Teil war den Ergebnissen der Ausgrabungen vorbehalten, die man unter dem Dolmen an der Kreuzung des Jüngsten Gerichts vorgenommen hatte.

Seine Klassenkameraden verbrachten die vier Pausen damit, ihn zu umdrängen und ihn nach dem Fest, das jetzt in aller Munde war, zu befragen.

Am Anfang seiner Schulzeit, als er bei seinem Onkel wohnte, hatte er gegen viele Vorurteile ankämpfen müssen, doch dank seiner Freundlichkeit, die frei von allen Hintergedanken war, und seines Kameradschaftsgeistes hatte er schnell das Ansehen seiner Kameraden und Lehrer gewonnen. Letztere waren einhellig der Ansicht, daß er zwar langsam, aber sehr genau war, hartnäckig, wenn er etwas nicht verstanden hatte, und besser in Zusammenhängen denken konnte als die meisten Jungen seines Alters.

»Stimmt es, daß das alles Henker im Ruhestand waren?«

»Es waren keine ›Henker im Ruhestand‹, wie du fälschlicherweise sagst, sondern Scharfrichter, die ohne ihr Verschulden arbeitslos geworden sind. Es gibt in diesem Beruf keine Altersgrenze. Einer meiner Vorfahren war bis zum Alter von einundneunzig Jahren im Amt.«

»Stimmt es, daß das Herrenhaus ein Museum der Todesstrafe werden soll?«

»Das stimmt. Der Eintritt wird einen Franc kosten – wie für die Burg. Wir haben richtige Eintrittskarten, und wir lassen Postkarten von den schönsten Stücken machen.«

Er zog einen Satz aus seiner Schultasche und zeigte sie herum. Er mußte ganz genau erklären, was die Schaukästen mit den Hemdkragen zu bedeuten hatten.

An diesem Morgen kam Parfait zwei Stunden zu spät. Er erklärte dem Lehrer, daß in der Nacht Unbekannte Steine in das Schaufenster seiner Eltern geworfen hätten.

»Ich mußte erst beim Saubermachen helfen, Monsieur.«

»Papa sagt, daß eure Gäste das gemacht hätten«, vertraute er später Saturnin an.

»Und warum hätten sie so etwas tun sollen? Die meisten von ihnen haben im Herrenhaus geschlafen, weil es in den Hotels keinen Platz mehr gab.«

Parfait zuckte mit den Schultern, ihm war das gleichgültig. Das einzige, was ihn interessierte, war, daß sein Vetter Zeit genug hatte, ihm die Mathematikaufgaben zu machen, von denen er »keinen Deut« verstand. Die Schule und das, was man ihm beizubringen versuchte, blieb für ihn ein undurchdringliches Geheimnis. Was seine Lehrer erzählten, ging zum einen Ohr hinein und zum anderen wieder hinaus.

Als Casimir mit dem Landauer vor der Schule ankam, spielten die beiden Kinder unter den Kastanienbäumen, deren Stämme von unzähligen Einkerbungen bedeckt waren, Murmeln.

»Soll ich dich zu Hause absetzen?« schlug der Knecht vor.

Der Junge sah beschämt zur Seite: »Lieber nicht, wenn meine Mutter das sieht, bekomme ich Prügel.«

Also kletterte Saturnin alleine auf den Kutschbock und sagte:

»Man hat Onkel Léons Schaufensterscheibe eingeschlagen. Er sagt, daß es einer unserer Gäste war.«

»Wenn er es beweisen kann, soll er doch zur Gendarmerie gehen, wenn nicht, soll er lieber den Mund halten.«

Eine halbe Stunde später erreichte der Landauer das Herrenhaus, wo nichts mehr auf ein Fest hindeutete: Der Hof war gefegt, das Geschirr abgespült und aufgeräumt, der Kachelboden in der Küche gewischt und das Schafott abgebaut.

Die Kutsche der Deiblers stand im Hof, die Koffer waren schon aufgeladen.

Saturnin betrat das Haus. Sein Großvater saß mit Anatole und Rosalie Deibler, die zum Aufbruch bereit waren, am Tisch. Sie sahen ihn wohlwollend an. Er hatte das Gefühl, daß sie über ihn sprachen, und Hippolyte bestätigte diesen Eindruck:

»Wir haben auf dich gewartet. Räum deine Schultasche weg und setz dich zu uns. Anatole will dir etwas sagen, ehe er aufbricht.«

So schnell er konnte, lief Saturnin die Treppe hinauf, doch plötzlich hielt er inne, denn er hörte, wie Casimir die Geschichte von Onkel Léons zerschlagener Schaufensterscheibe erzählte. Sein Großvater lachte fröhlich:

»Das muß Artault aus Poitiers gewesen sein. Er hat mir erzählt, daß er in einer Bäckerei nach dem Weg gefragt und man ihn Richtung Saint-Flour geschickt hätte.«

Saturnin lief in sein Zimer, warf die Schultasche auf den Tisch und kam sogleich zurück.

Er setzte sich kerzengerade auf den Stuhl neben dem seines Großvaters und wartete darauf, daß Anatole ihm mitteilen würde, was er zu sagen hatte.

»Würdest du gerne nach Paris kommen, um unseren Beruf zu erlernen?«

Ein Schimmer von Unruhe leuchtete in den Augen des Jungen auf:

»Jetzt gleich?«

»Nein, natürlich nicht. Mach nur erst deine Schule fertig.

Du hast Zeit genug, darüber nachzudenken. Dein Großvater glaubt, daß du deine Sache sehr gut machen wirst. Ich dagegen sage, daß man deine erste Hinrichtung abwarten muß, um das beurteilen zu können.«

»Ich habe schon eine gesehen, Monsieur, Sie selbst und Großvater haben guillotiniert. Ich war zwar noch klein, doch ich erinnere mich gut daran.«

Hippolyte und Anatole schienen betreten: Während der letzten zwei Tage hatten sie diese Unstimmigkeit nicht einmal erwähnt. Rosalie wechselte das Thema:

»Würdest du gerne Paris kennenlernen?«

»Ja, Madame.«

Man beließ es dabei. Die Deiblers verabschiedeten sich und nahmen einhundert Postkarten mit, um sie zu verteilen, sobald sich eine Gelegenheit bot. Schließlich reichte es nicht, ein Museum zu eröffnen, vor allem mußten die Leute von seiner Existenz erfahren.

»Die Vorstellung, Anatoles Gehilfe zu werden, scheint dich nicht zu begeistern«, wunderte sich Hippolyte später.

»Es ist die Vorstellung, von hier weggehen zu müssen, die mir nicht gefällt, Großvater. Sonst würde ich sehr gerne nach Paris gehen und wie du Scharfrichter werden. Aber ich fühle mich wohl hier, und ich habe keine Lust wegzugehen.«

VII

Paris, Gare d'Austerlitz,
Donnerstag, den 3. September 1913

Anatole Deibler war überrascht, als er Saturnin erkannte, der aus dem Zug stieg. Er hatte einen Jungen in kurzen Hosen in Erinnerung behalten, doch jetzt stand er einem breitschultrigen jungen Mann gegenüber, der ihm kräftig die Hand schüttelte. Er trug keinen Hut, das schwarze Haar war zurückgekämmt und ließ die hohe glatte Stirn frei. Mit seiner schwarzen, rauhledernen Jagdjoppe, seiner buntbestickten Seidenjacke, der Rauhlederhose und den schwarzen hohen Stiefeln ohne Aufschlag wirkte er wie ein Landjunker aus dem letzten Jahrhundert.

»Guten Tag, Monsieur Deibler.«

»Guten Tag, mein Junge. Willkommen in Paris! Wie geht es deinem Großvater und Casimir?«

»Es geht ihnen gut, und sie haben mir aufgetragen, Ihnen Grüße zu übermitteln.«

Anatole deutete auf seinen Begleiter, einen Mann mit einer kurzen Knollennase, unter der sich ein Schnurrbart kräuselte, der an ein Büschel Petersilie erinnerte.

»Das ist Yvon, mein erster Gehilfe. Er wird dich in unser Handwerk einführen.«

Saturnin schüttelte ihm die Hand und sagte dann ohne jegliche Prahlerei zu Deibler:

»Das hat Großvater schon getan. Er sagt, daß außer Ihnen und ihm selbst niemand mehr darüber weiß als ich ... Natürlich nur in der Theorie.«

Anatole sah betreten aus, Yvon verzog das Gesicht.

»Für einen Hinterwäldler, der gerade aus seinem gottverlassenen Nest kommt, ist er ganz schön eingebildet.«

»Laß ihm ein wenig Zeit, um sich an unsere Sitten zu gewöhnen« sagte Anatole. »Außerdem sollten wir uns langsam auf den Weg machen, bevor wir hier Wurzeln schlagen.«

Saturnin folgte ihnen und fragte sich, ob er auf die Beleidigung eingehen sollte, die er in dem Wort »Hinterwäldler« vermutete. Was hätte sein Großvater getan?

Im Hinblick auf seine baldige Abreise hatte dieser die letzten Monate darauf verwendet, ihn auf sein Leben in der Hauptstadt vorzubereiten, so wie man einen Soldaten auf das Zusammentreffen mit dem Feind vorbereitet: »Gehe immer überlegt und analytisch vor. Sei kritisch, deduktiv und induktiv. Folge immer nur deinem logischen Verstand. Deine erste Reaktion einer neuen Sache oder Person gegenüber muß eine Frage sein: Um was geht es?«

Das Geschrei, die eiligen Menschen, das Gedränge bis hin zum Ausgang, das Getümmel auf den Straßen gefielen ihm. Er fühlte sich unerkannt, und all das war ihm eher angenehm. Hier beachtete sie niemand, kein Mensch bekreuzigte sich und wich aus, wie er es von den Besuchen in Bellerocaille her kannte, die er mit seinem Großvater unternommen hatte.

»Oh, ein Darracq!« bemerkte er, als Anatole auf ein Automobil deutete, das vor dem Bahnhof geparkt war, und ihm sagte, er solle sein Gepäck im Kofferraum verstauen.

»Das kennst du?« wunderte sich der Scharfrichter.

»Großvater hat die Zeitschrift *L'Illustration* abonniert. Darin habe ich gelesen, daß der Erbauer das Automobil serienmäßig herstellen wollte, um es billiger zu machen.«

»Genau das hat er auch getan. Und seither sind viele andere Hersteller seinem Beispiel gefolgt.«

Anatole vertauschte seine Melone gegen eine Schirmmütze und setzte sich hinter das Lenkrad, während Yvon kräftig die Kurbel drehte.

Saturnin hatte schon zuvor Automobile gesehen (in Bellerocaille gab es vier), doch es war das erste Mal, daß er sich in einen solchen Wagen setzte.

Sie fuhren über eine große Brücke, die sich über die Seine

spannte, und folgten dann den Kais. Der junge Mann aus dem Aveyron war beeindruckt von den vielen Gaslaternen, die die Straßen und Avenuen säumten. Anatole zeigte ihm den Place de Grève, wo früher die Hinrichtungen stattgefunden hatten, und den Place de la Concorde, wo der berühmte Charles Henri Sanson seines Amtes gewaltet hatte...

Die Deiblers wohnten in Auteuil, nicht weit von den Stadtmauern entfernt, am Ende einer kleinen Sackgasse, die zu einem Häuschen im Schweizer Stil führte. Es war von einem Gärtchen umgeben, das nicht größer als die Scheune des Herrenhauses war. Eine Akazie wuchs neben dem vergitterten Eingangstor, an dem ein Schild mit der Aufschrift *Wir empfangen niemanden* hing.

»Das ist wegen der Journalisten«, teilte Anatole ihm mit. »Sie streunen oft hier herum, ihre Dreistigkeit ist wirklich sagenhaft... Übrigens, vergiß nicht, du darfst nie mit ihnen sprechen.«

»Gut, Monsieur, auch Großvater hat sie nicht besonders ins Herz geschlossen, sie haben so viel Unsinn über uns geschrieben...«

»Nenn mich Meister, das ist mir lieber.«

»Gut, Meister.«

Yvon öffnete das Gittertor, sie gingen durch den schmalen Garten, die Treppe hinauf zu einem überdachten Vorbau und traten dann ins Haus.

In einem Salon, der im Stil Dufayel eingerichtet war, trank Rosalie mit einer Nachbarin Tee und plauderte. Auf dem Teppich spielte ein kleines Mädchen mit einer Schildkröte. Am Fenster schaukelte ein Kanarienvogelpärchen in seinem Käfig.

»Guten Tag, Madame.«

Rosalie stand auf, auch sie war vollkommen überrascht angesichts seines veränderten Aussehens.

»Wie groß du geworden bist! Ich erinnere mich noch, daß du nicht größer warst als so!«

Er schüttelte der Nachbarin die Hand und lächelte dem kleinen Mädchen zu, das Marcelle hieß.

»Komm, ich werde dir dein Zimmer zeigen«, sagte Rosalie und forderte ihn auf, ihr in den ersten Stock zu folgen.

Saturnin trat in ein kleines Zimmer mit einem winzigen Fensterchen, das auf die Rückseite des Gartens hinausging. Darin standen ein kleines Bett, ein kleiner Stuhl und ein Schrank, der kaum größer war als eine Schublade.

»Nun, gefällt es dir?«

»Es ist sehr klein.«

Alle Freundlichkeit wich aus dem gepuderten Gesicht seiner Gastgeberin:

»Klein? Wie meinst du das, klein?«

»Für ein Schlafzimmer ist es klein. Unsere Abstellkammer ist größer...«

»Aber du wirst dich dennoch damit zufrieden geben müssen. Also, richte dich ein und komme wieder zu uns herunter.«

Sie wollte gerade das Zimmer verlassen, als Saturnin sie zurückrief.

»Madame Deibler, mein Großvater hat mir gesagt, ich solle Ihnen mein Taschengeld anvertrauen. Er hat gesagt, wenn Ihnen die geringsten Unkosten durch meine Anwesenheit entstehen, sollten Sie sie damit ausgleichen.«

Während er das sagte, hatte er seine Jacke aufgeknöpft, um eine Lederbörse, die mit einer Kordel zusammengehalten war, herauszuziehen. Dabei sah man, daß an seinem Gürtel eine kleine Pistolentasche mit einem Revolver hing.

»Ich soll nicht alles ausgeben, aber Großvater war es wichtig, daß es mir an nichts fehlt und daß ich niemandem zur Last falle.«

»Das macht ihm alle Ehre«, sagte Rosalie, die von dem Gewicht der Börse beeindruckt war.

Ihre geübten Finger erspürten die Größe der Geldstücke, und ihr Klang zeigte an, daß es sich wohl um Gold handelte. Sie knotete das Band auf und zählte die Louis und die Napoléons, wobei sie ein bewunderndes »Sieh mal einer an... sieh mal einer an«, ausstieß.

»Wenn ich es recht bedenke, ist dein Einwand vielleicht

gerechtfertigt, dieses Zimmer ist wohl tatsächlich ein wenig eng... Aber ich konnte ja auch nicht ahnen, daß du sosehr gewachsen bist. Komm, nimm deinen Koffer, ich werde dir ein anderes zeigen.«

Dieses Mal bot ihm Rosalie ein geräumigeres Zimmer mit einem großen Fenster an, von dem aus man auf den Quai du Point-du-Jour sah.

Sobald Saturnin allein war, öffnete er seinen Koffer und packte aus. Zuerst zog er eine Fotografie hervor, die Puech kurze Zeit vor seiner Abreise aufgenommen hatte: Sie zeigte Hippolyte, Casimir, Griffu und Brise-Tout. Er stellte sie auf sein Nachtkästchen. Dann ordnete er seine Kleidungsstücke in den Schrank und in die Kommode. In eine Schublade kam nur das Zubehör seiner Webley Bulldog mit dem Fünfermagazin, die ihm Casimir zu seinem fünfzehnten Geburtstag geschenkt hatte. Ehe er wieder zu seinen Gastgebern ging, nahm er seine Waffe ab und legte sie zu der Schachtel mit den Patronen Kaliber 32. Er behielt seinen Gürtel um, in dem er zwanzig Napoléons und fünfzig Francs versteckt hatte. Die Börse war nur eine List von Hippolyte gewesen, um Rosalie dazu zu bringen, seinen Enkel besser zu behandeln. Der Geiz der Madame Deibler war allgemein bekannt.

»Du wirst schnell feststellen, daß die Leute geneigt sind, die Reichen zu respektieren. Zumeist ist Geld ihr einziger Beweggrund.«

»Ist das bei uns nicht so?«

»Nein, aber das kommt daher, weil wir Geld genug haben. Sonst wären wir wie alle anderen.«

Als er wieder in den Salon kam, reichte Rosalie gerade Yvon und der Nachbarin ein Gläschen Portwein. Anatole hatte seine Tochter auf dem Schoß und rauchte eine Zigarette. Er gab acht, sie nicht in die Rauchschwaden zu hüllen. Saturnin setzte sich auf den einzigen freien Stuhl, verhielt sich still und wartete darauf, daß man ihn ansprach. Rosalie hielt ihm ein Glas hin, das er nicht abzulehnen wagte. Er trank einen Schluck, stellte es auf den Tisch und rührte es nicht mehr an.

»Magst du meinen Portwein nicht?«

»Nein, Madame, er ist nicht gut.«

Die Hausherrin wurde bleich, Yvon bekam einen Schluckauf, und die Nachbarin hatte Mühe, ihre Freude zu verbergen. Alle sahen Anatole an und waren auf das Schlimmste gefaßt. Dieser musterte Saturnin aufmerksam. Schließlich sagte er mit einem kleinen Lächeln:

»Hat Hippolyte dir gesagt, daß du immer das aussprechen sollst, was du denkst?«

»Ja, er hat gesagt, daß das einfacher sei als zu lügen.«

»Da hat er sicherlich recht, aber er hat dich doch wohl auch davor gewarnt, welche bösen Folgen das nach sich ziehen kann?«

»Großvater sagt, daß die Wahrheit frei macht und daß man sich lieber vor denen hüten soll, die nicht dieser Meinung sind.«

»Woher kommt denn dieser Hinterwäldler? Etwa von einer einsamen Insel?« platzte Yvon heraus.

»Du weißt gar nicht, wie recht du hast«, murmelte Anatole und dachte an die dicke Mauer, die das Herrenhaus Pibrac umschloß.

»Es ist das zweite Mal, daß Sie diesen Ausdruck benutzen, Monsieur Yvon. Könnten Sie mir bitte sagen, was er bedeutet, damit ich mich entsprechend verhalten kann?«

Die Ankunft von Henri Desfournaux, seiner Frau Georgette und ihres Vaters Louis Rogis entband ihn einer Antwort. Anatole machte sie miteinander bekannt.

»Erinnerst du dich denn nicht an mich?« rief der füllige Louis, der immer fröhlich aussah. »Aber das ist ja kein Wunder, damals warst du nicht größer als so.«

Dabei deutete er auf seine Stuhllehne. Der »Dicke Louis«, wie ihn alle nannten, war fünfundvierzig Jahre alt und schipperte neben seiner Tätigkeit als zweiter Gehilfe einen Aussichtsdampfer über die Seine. Da er ständig Wortspiele, Kalauer, Scherze und Verrücktheiten aller Art zum besten gab, stand er in dem Ruf, ein lebenslustiger Mensch zu sein. Doch hinter dieser Fassade verbarg sich sein einzig wahrer Lebensinhalt, und das war das Köpfen. Denn zumindest in diesen wundervollen Augenblicken fühlte er sich wichtig.

Der Mann seiner Tochter, Henri Desfournaux, Sproß einer alten Scharfrichterfamilie aus Vierzon, arbeitete in der Entwicklungsabteilung eines Automobilherstellers. Dank seiner Kenntnisse war er viel herumgekommen, in den westlichen Ländern, aber auch in Rußland. Er war sogar in Indien gewesen, wo er sich einen Dolch, um den sich eine Schlange mit gespaltener Zunge rollte, auf das Handgelenk hatte tätowieren lassen. Es war seine Frau gewesen, die ihn dazu überredet hatte, Anatoles zweiter Gehilfe zu werden. »Das wird dich nicht daran hindern, weiter deinen Beruf auszuüben, und wir hätten elftausend Francs mehr im Jahr.« Seit seiner ersten Hinrichtung träumte Henri davon, oberster Scharfrichter zu werden (mit einem Jahreseinkommen von fünfundzwanzigtausend Francs). Für ihn stellte die Ankunft des jungen Pibrac eine Bedrohung dar.

Trotz der Witze des »Dicken Louis«, war die Stimmung während des Mittagessens ein wenig verkrampft, und zum ersten Mal verzichtete Rosalie darauf, die Gäste dazu zu animieren, ihre Kochkünste zu loben: Die Anwesenheit des jungen Mannes, der geneigt schien zu sagen, was er dachte, jagte ihr ein wenig Angst ein.

Während des Essens beobachtete Anatole Saturnin. Ihm gefielen seine schlichten Gesten, die Art, wie er das Brot brach oder das Fleisch schnitt, wie er sich Wasser einschenkte... Denn er trank keinen Wein, was Yvon und dem ›Dicken Louis‹ mißfiel, da sie viel zuviel tranken. Anatole bemerkte auch, wie leicht es dem jungen Mann gelang, Marcelles Herz zu erobern. Er unterhielt sich mit ihr wie mit jedem Erwachsenen, ohne dabei den Ton zu verändern, wie es die anderen zumeist taten, wenn sie mit Kindern oder Tieren sprachen.

Georgette half Rosalie, neue Teller aufzudecken, und als sie gerade die Käseplatte und das Obst bringen wollten, fragte Saturnin: »Wissen Sie schon, wann die nächste Hinrichtung stattfinden wird?«

»Macht er das absichtlich, oder was?«

»Sei still, Yvon, er kann es ja schließlich nicht wissen.«

Bei den Deiblers gab es nur ein einziges Tabu, und das hatte Saturnin soeben gebrochen: Man sprach niemals in Gegenwart der Familie – und schon gar nicht bei Tisch – über die Arbeit.

»Hör zu, Saturnin, wir sprechen hier nie über Hinrichtungen, darüber reden wir nur, wenn wir unter uns sind, aber nie bei Tisch, verstehst du das?«

»Ich verstehe es, aber ich verstehe Ihre Beweggründe nicht«, sagte Saturnin nach reiflicher Überlegung, und man hatte das Gefühl, daß er seine Zunge siebenmal umdrehte, ehe er antwortete.

Anatole erkannte verwirrt, was bei dem jungen Pibrac nicht stimmte: Er hatte das Talent, die Leute in eine Sackgasse zu treiben.

»In diesem Haus spricht man nicht über den Beruf, das ist nun einmal so. Gibt dich damit zufrieden und gehorche. Dein Großvater hat dir doch sicherlich beigebracht, daß man zunächst Gehorsam lernen muß, wenn man später einmal befehlen will.«

Zur allgemeinen Verwunderung erhob sich Saturnin und ging zur Tür. Er öffnete sie und sagte:

»Könnte ich Sie sprechen, Meister?«

Verblüfft sah Anatole zunächst seine Frau und dann seine Gehilfen an, ehe er ihm auf den Gang folgte.

»Was soll denn diese Geheimniskrämerei? Also, ich höre.«

»Wissen Sie schon, wann die nächste Hinrichtung stattfinden wird?« flüsterte Saturnin ihm ins Ohr.

Nach dem Mittagessen besorgten die Frauen den Abwasch, während die Männer zum Rauchen in den Salon gingen und Marcelle wieder mit ihrer Schildkröte spielte.

»Laßt uns in die Rue de la Folie-Régnault fahren«, sagte Anatole, nachdem er auf seine Uhr gesehen hatte. »Wir können ihm das Strafholz zeigen. Dann können wir uns auch schon mal eine Vorstellung machen.«

»Das ist doch gleich zum Lachen!« kalauerte der »Dicke Louis«.

Gerade wollten sie das Haus verlassen, als Saturnin plötzlich zur Treppe lief.

»Wohin gehst du?« fragte der Meister. »Wir fahren sofort.«

»Ich weiß, aber da wir ausgehen, will ich meinen Revolver holen.«

»Das ist nicht nötig, bestimmt nicht. Du bist hier in Paris und nicht in Bellerocaille.«

»Er hat einen Revolver?« wunderte sich Henri.

Hippolyte hatte ihm ausdrücklich eingeschärft, er solle ja niemals unbewaffnet ausgehen, also gab es für Saturnin kein Zögern.

»Ich muß ihn mitnehmen, Meister, es geht ganz schnell.«

Und schon lief er die Treppe hinauf.

»Das kann ja heiter werden«, seufzte Yvon.

Als sie alle im Wagen saßen, steuerte Anatole den Darracq in Richtung XI. Arrondissement. Saturnin saß auf dem Rücksitz zwischen Henri und dem »Dicken Louis« eingezwängt und entdeckte im Tempo von fünfundzwanzig Stundenkilometern Paris.

Yvon deutete auf die Ausbuchtung unter seiner Jagdjoppe und fragte:

»Kann ich ihn mal sehen?«

Der junge Mann öffnete die lederne Pistolentasche, zog die Bulldog heraus, faßte sie am Lauf und hielt sie Yvon hin.

»Ich hoffe, du hast deinen Waffenschein bei dir«, fragte Anatole beunruhigt.

»Ja, Meister, und zwar einen nationalen.«

»Der ist aber klein«, sagte Yvon, während er den Revolver von allen Seiten untersuchte.

»Ich habe auch einen größeren, einen Webley Army Expreß, ein 45er Kaliber, aber der wiegt ein Kilo und achthundert Gramm. Dieser hier wiegt nur dreihundertundzehn Gramm.

In der Rue de la Folie-Régnault hielt der Wagen vor der Hausnummer 60a an. Sie gingen in einen Innenhof, in dem

Mülltonnen standen. Aus den Fenstern hing Wäsche. Anatole klopfte an ein Fenster im Erdgeschoß. Eine Frau, der man kein Alter ansah, öffnete.

»Guten Tag, Madame Clarence. Ich möchte Ihnen meinen Neuen vorstellen«, sagte er und bedeutete Saturnin, näher zu treten.

»Das ist Madame Clarence. Sie hat auch einen Schlüssel zum Schuppen. So weißt du, an wen du dich wenden kannst, wenn du ihn eines Tages mal brauchst, und ich nicht da sein sollte.«

Dann öffnete er die Tür des Schuppens mit seinem Schlüsselbund. Sie standen vor einer Guillotine. Eine zweite, die auseinandergenommen war, lehnte an der Wand.

»Lassen Sie die immer aufgebaut?« wunderte sich Saturnin.

»Das ist der sicherste Weg, nichts zu vergessen, wenn wir sie mitnehmen.«

Saturnin ging auf die Maschine zu. Sie sahen, wie er mit der Hand über die Holme strich, den Finger unter die Halsmulde schob, die Verschlüsse untersuchte und dabei das Gesicht verzog. Er richtete sich wieder auf und ging um die Guillotine herum, ohne sie noch einmal zu berühren.

Der »Dicke Louis« brach das Schweigen:

»Nun, was hält mein Gehilfe von unserer Maschine?«

»Sie ist schmutzig, und an dem Beschlagzeising sind die falschen Knoten.«

Wenn er auf ihre Schuhe gespuckt hätte, so hätte er sie nicht mehr beleidigen können als mit dieser Aussage. Selbst Anatole verlor die Beherrschung.

»Was gibt dir das Recht, so etwas zu sagen?«

Saturnin legte den Finger auf die Halsmulde:

»Sehen Sie selbst, die Gleitvorrichtung und die Verschlüsse sind nie richtig geputzt worden. Es ist Blut hineingetropft, und das ist schließlich verschimmelt: Daher rührt auch der üble Geruch. Was die Knoten angeht, so erkennt man sofort, daß sie nicht in Ordnung sind.«

»Das Schlimmste an der Sache ist, daß er recht hat«, gab

Henri zu, der dafür zuständig war, daß die Guillotine technisch in einwandfreiem Zustand war.

Was den Geruch anging, so hatten sie ihn alle schon seit geraumer Zeit bemerkt, ohne sich erklären zu können, woher er rührte. Und nun kam so ein Grünschnabel daher und lieferte ihnen in zwei Minuten die Erklärung...

Die Stirn vor Ärger kraus gezogen, sah sich Anatole selbst die Knoten an und mußte ihm zustimmen. Die Vorstellung, daß Hippolyte sicherlich umgehend erfahren würde, daß seine Guillotine schlecht gepflegt war, kränkte ihn in seiner Berufsehre.

»Das war die Concierge«, sagte Yvon, »im Tabakladen haben sie mir schon öfter erzählt, daß sie sie den Leuten zeigt, wenn wir nicht da sind. Sie nimmt sogar fünf Francs pro Person und noch mal fünf, um das Fallbeil runterzulassen.«

Der Meister verließ den Schuppen, und man hörte, wie er erneut bei der Concierge klopfte. Während er Madame Clarence ordentlich die Meinung sagte, deutete Yvon auf die Guillotine und sagte:

»Da du sagst, daß sie schmutzig ist, solltest du sie saubermachen, um uns unser Handwerk beizubringen.«

Saturnin nahm den Schraubenzieher, der auf einer Werkbank lag und wider einmal versetzte er sie in Erstaunen, als er sich vor die Halsmulde kniete und in blitzartiger Geschwindigkeit die Schrauben löste.

»Hast du denn schon einmal eine Guillotine auseinandergenommen?«

»Ja, unsere im Herrenhaus. Als es klar war, daß ich hierherkommen würde, mußte ich sie auf Anweisung meines Großvaters einmal in der Woche auf- und abbauen.«

Die Gehilfen trauten ihren Ohren nicht.

»Ihr habt also eine eigene Maschine?« beharrte Yvon.

»Aber ja. Einer meiner Vorfahren hat sie selbst gebaut. Sie ist übrigens besser als diese hier. Sie wiegt nur fünfhundertzehn Kilo, die Ramme mitgerechnet. Eure hingegen wiegt sicherlich sechshundert oder mehr.«

Während er sprach, legte er die einzelnen Teile auf das Schaukelbrett. Jede seiner Gesten war präzise und ging in die nächste über.

Als Anatole wieder in den Schuppen kam, waren seine Wangen gerötet von der Standpauke, die er der unehrlichen Concierge gehalten hatte. Sein neuer Gehilfe war dabei, mit der Spitze eines Schraubenziehers das Blut aus den Rillen zu kratzen.

»Bau das sofort wieder zusammen, sonst kommen wir noch zu spät in den Zirkus. Wer hat dir überhaupt erlaubt, sie anzurühren?«

»Ich, Meister. Ich wollte sehen, ob er was davon versteht. Stimmt es, daß sie eine eigene Maschine haben?«

»Es stimmt, und man kann sogar Räder und eine Deichsel anbringen, um sie zu ziehen.«

Das letzte Detail überzeugte Henri vollkommen von der Gefahr, die von diesem kleinen Virtuosen des Fallbeils für seine eigenen Pläne ausging. Seit er durch eine Taktlosigkeit von Georgette erfahren hatte, daß Rosalie keine Kinder mehr bekommen konnte, wußte er, daß die Linie der Deiblers aussterben würde. Beim Tod des Meisters würde das Amt also automatisch dem ersten Gehilfen zufallen, nämlich Yvon. Der arbeitete aber nebenbei noch in einem Friseurgeschäft in der Rue Saint-Denis. Henri war entschlossen, ihn auszuschalten. Und nun kam dieser Bengel aus dem Aveyron daher und brachte alles durcheinander.

Im Gegensatz zu seinen Gehilfen, die ihren zivilen Beruf beibehalten hatten, war Anatole Deibler »hauptberuflich« Scharfrichter, und er durfte Paris nicht verlassen, ohne zuvor eine schriftliche Genehmigung seines Vorgesetzten, des Leiters der ersten Strafabteilungskammer, einzuholen. Hingegen konnte er über seine reichlich bemessene Freizeit verfügen, wie es ihm beliebte, denn er köpfte nur rund dreißig »Kunden« pro Jahr. So hatte er etwa dreihundert freie Tage, die er für seine verschiedenen Freizeitbeschäftigungen nutzte.

Er machte Fotografien, fuhr Fahrrad, spielte Billard, wettete bei Pferderennen und ging mit seiner Tochter auf den Jahrmarkt der Trôner Messe, wo er mit ihr Karussell fuhr. Er war ein begeisterter Kinobesucher, doch noch mehr hatte es ihm der Zirkus angetan. An diesem Donnerstag gab der Winter-Zirkus eine Vorstellung zugunsten sprachbehinderter Waisenkinder. Auf dem Plakat war neben den Clowns Zigoto und Tartempion eine sensationelle Attraktion angekündigt: der unglaubliche bucklige Zwerg El Pequeño und seine Partnerin, die Riesenanakonda Comédor. Letztere sollte den Zwerg vollkommen verschlingen und unversehrt wieder ausspucken. Natürlich durfte er eine solche Nummer auf keinen Fall versäumen.

»Ich baue sie wieder zusammen, aber sie ist noch schmutzig«, sagte Saturnin.

Einerseits war er verärgert, weil er seine Arbeit nicht hatte beenden können, andererseits begeisterte ihn die Vorstellung, in den Zirkus zu gehen.

Henri, der »Dicke Louis« und Yvon sahen ihnen neidvoll nach, als sie im Automobil davonfuhren. Sie mußten jetzt wieder zur Arbeit gehen...

Nicht einmal eine Stunde später saß Saturnin in der ersten Reihe eines überfüllten Zeltes und neben ihm saßen Marcelle, die vor Ungeduld auf ihrem Platz hin und her rutschte, und ihr Vater, der sich beherrschen mußte, es ihr nicht gleichzutun. Außer der Nummer am Trapez und der der Tellerjongleure, die Saturnin langweilten, fand er alle anderen Darbietungen aufregend. Der Höhepunkt der Vorführung war jedoch ohne jeden Zweifel die Vorführung von El Pequeño als menschliches Futter für seine Partnerin.

Der kühne bucklige Zweig, der einen wattierten, eng anliegenden Anzug trug, der zuvor mit einem trüben Fett eingestrichen worden war, ließ sich verschlucken und wieder ausspucken.

Das Ganze dauerte zwar nur einen Augenblick, doch immerhin verschwand er voll und ganz im Inneren des Monsters, das ihn, wenngleich anscheinend äußerst widerwillig, wieder ausspie.

Kaum war er wieder frei, legte El Pequeño, der noch voller Schmiere und Speichel war, seiner Partnerin eilig einen Maulkorb an. Dann führte er sie unter dem wohlverdienten Beifall wieder zu ihrem Käfig. Dort erwartete sie ein Zicklein, das nichts von seinem Schicksal ahnte und friedlich an dem Stroh auf dem Boden knabberte.

»Er soll nur aufpassen, daß ihn seine Comédor nicht eines Tages drinbehält und sich ans Verdauen macht«, sagte Anatole später auf dem Rückweg nach Auteuil. »Selbst wenn sie gezähmt sind, sind Schlangen dieser Größe sicherlich immer noch sehr hinterhältig.«

»Und er ist nicht einmal bewaffnet«, pflichtete Saturnin ihm bei, der noch ganz unter dem Eindruck der Vorstellung stand. »Ich an seiner Stelle würde das nie ohne Messer machen, wenn sie mich dann nicht mehr ausspeien will, könnte ich mich damit wenigstens befreien.«

Als sie nach Auteuil kamen, hielt Anatole vor der Gaststätte »Tout Va Bien«.

»Wartet hier auf mich, es dauert nicht lange«, sagte er, während er aus dem Darracq stieg und in die Gaststätte ging.

»Mein Papa schneidet Köpfe ab, und er hat viel Geld«, erklärte Marcelle, die mit dem Ballon der Hupe spielte.

»In unserer Familie macht das mein Großvater«, gab Saturnin im gleichen Ton zurück.

Darauf beschränkte sich ihre Unterhaltung, bis der Meister zurückkam, der recht unzufrieden wirkte. Er hatte gerade erfahren, daß keines der Pferde, auf die er gesetzt hatte, gewonnen hatte. Diesmal drehte Saturnin die Kurbel, um den Motor wieder anzuwerfen.

Nach dem Abendessen wünschte Saturnin seinen Gastgebern eine gute Nacht und ging hinauf in sein Zimmer.

Ehe er schlafenging, setzte er sich an den Tisch, um einen Brief an seinen Großvater, Casimir, Griffu und Brise-Tout zu schreiben:

Ihr Lieben,

Ich bin gut in Paris angekommen, und Monsieur Deibler hat mich abgeholt. Er hat ein Automobil, das dreißig Stundenkilometer fährt, und ein kleines Haus. Der Boden in seinem Garten ist nicht gut, und mein Zimmer ist nicht schön. Außerdem ist es nicht geheizt, und es gibt nicht einmal einen Kamin.

Ich habe ihre »Mechanische« gesehen. Sie ist in schlechtem Zustand, und sie lassen sie immer aufgebaut in einem feuchten Schuppen stehen, was auf die Dauer dem Holz nicht guttut. Die Knechte wissen nicht, daß man nach dem Gebrauch die Halsmulde und die Eisen losschrauben muß. Es sind drei und man nennt sie hier »Gehilfen«. Auch ihre »Mechanische« nennen sie hier »Maschine« oder aber »Strafholz«.

Madame Deibler kocht sehr schlecht. Selbst Casimir kann bessere Omelettes machen. Bei ihm sind wenigstens keine Eierschalen drin.

Monsieur Deibler hat mich mit in den Zirkus genommen, und ich habe eine Schlange gesehen, die so dick war wie der Stamm des Kirschbaums. Sie hat einen Zwerg von der Größe eines Richtblocks verschluckt und wieder ausgespien. Ich habe ganz genau hingesehen, es war kein Trick dabei.

Ich bin getadelt worden, weil ich beim Essen über Hinrichtungen gesprochen habe. Das tut man hier nicht. Wenn man darüber sprechen will, muß man sich absondern, ganz so, als wenn man seine Notdurft verrichten will.

Monsieur Deibler weiß nicht, wann die nächste Hinrichtung stattfinden wird. Er sagt, daß man ihn am Vortag verständigt, wenn sie in Paris stattfindet und zwei Tage vorher, wenn sie in der Provinz stattfindet.

Ihr fehlt mir, und ich wäre jetzt gerne bei Euch am Feuer, ich würde geröstete Maronen essen und zuhören, wie Casimir über sein Rheuma klagt.

Ich erinnere Euch daran, daß Brise-Tout nicht in die Nähe des Tümpels darf, denn dort bekommt er jedesmal Zecken.

Gut, ich höre jetzt auf, denn ich bin müde. Gute Nacht!

Euer Saturnin, der Euch liebt.

Er legte sich in das fremde Bett, dessen Knarren ihm nicht vertraut war und dessen harte Laken nach billiger Seife rochen.

VIII

Das tägliche Leben im Hause der Deiblers wurde von einer ganzen Reihe von Gewohnheiten geregelt, die nur ein Bote des Ministeriums durcheinanderbringen konnte.

Wie jeden Morgen beendete Anatole sein Frühstück mit der ersten Zigarette des Tages, die er genußvoll in seinem Arbeitszimmer rauchte. Dabei las er seine Zeitung, den *Paris-Jour,* den das Dienstmädchen morgens zusammen mit den Croissants brachte. Er studierte gerade die Aufstellung der Pferde für das Nachmittagsrennen, als die Glocke an der Pforte erklang. Ohne den Kopf zu heben, hörte er die Schritte seiner Frau auf dem Kiesweg, die gleich darauf wieder zurückkamen. Es klopfte leise an seiner Tür.

»Entschuldige, wenn ich dich störe, mein Lieber, aber das ist gerade vom Ministerium gekommen.«

Anatole nahm den rosafarbenen Umschlag und dachte dabei an Saturnin, der nun endlich seine *Impfung* bekommen würde und nun zeigen könnte, wie gut er in der Praxis war. Er brach das Siegel auf und hoffte, daß es sich nicht um eine Hinrichtung in der Provinz handelte, die eine wesentlich aufwendigere Vorbereitung erforderlich machte als eine Hinrichtung am Boulevard Arago.

»Ah, verdammt«, fluchte er und schob seine Zeitung beiseite. Er hatte plötzlich keine Lust mehr zu lesen.

»Was ist los? Du bist ja ganz rot«, beunruhigte sich Rosalie, als er aus seinem Arbeitszimmer kam.

»Wo ist Saturnin?«

»Er bringt Marcelle zur Schule.«

Sie fragte nicht weiter nach, denn sie spürte, daß seine

Sorgen mit dem Brief vom Ministerium zu tun hatten. Das war eher selten. Zumeist war der Grund für solche sorgenvollen Falten auf seiner Sitrn der Darracq, der eine Panne hatte, oder aber er hatte beim Pferderennen verloren.

»Ist es in der Provinz oder am Arago?«

»Arago!«

Schade, dachte sie. Sie hätte gern einige Tage ohne die Männer verbracht.

Saturnin bückte sich, um Marcelle auf die Wangen zu küssen. Sie vertraute ihm ihre Schildkröte an, und er wartete, bis sie im Schulgebäude verschwunden war, ehe er sich auf den Rückweg machte.

Hippolyte hatte ihn in seinem letzten Brief um eine Fotografie von Charles Henris Grab auf dem Friedhof von Montmartre gebeten, die er in den Raum hängen wollte, der der Familie Sanson vorbehalten war. Der Meister hatte Saturnin versprochen, ihm beizubringen, wie sein Fotoapparat funktionierte.

In dem Tabakladen an der Porte Saint-Cloud kaufte er fünf Päckchen Piccadilly für Deibler, der dem englischen Tabak so sehr zusprach, daß er bis zu zwei Päckchen am Tag rauchte, was ihm einen mitleiderregenden Husten eingebracht hatte. Ein solches Laster war für Saturnin, der noch nie geraucht hatte, unvorstellbar.

Als er in das Haus zurückkehrte, stand Anatole im Flur und zog gerade seinen Wintermantel an.

»Ah, da bist du ja endlich. Unsere Fotografiestunde müssen wir verschieben. Ich muß ins Ministerium. Inzwischen kannst du die anderen verständigen, daß der Auftrag für morgen früh ist.«

Das Gesicht des jungen Mannes leuchtete auf:

»Wir haben eine Hinrichtung?«

»Ja.«

»Darf ich den Auftrag sehen? Ich habe noch nie einen aus der heutigen Zeit gesehen.«

Der Meister reichte ihm das rosafarbene Formular.

Monsieur ... ANATOLE FRANÇOIS DEIBLER ... oberster Scharfrichter am Kriminalgericht, wird aufgefordert, sich zum ... PLACE VENDÔME ... zu begeben, um dort die Anweisungen des Generalstaatsanwalts am Berufungsgericht von ... PARIS ... in Empfang zu nehmen, bezüglich der Hinrichtung ~~des~~ *der* Angeklagten ... MARTINE GOUDUT ..., ~~der~~ *die* am ... 16. AUGUST 1912 ... vom Schwurgericht von ... PARIS ... wegen ... VATERMORDES ... zum Tode verurteilt wurde.

Er wird von ... ersten Gehilfen und ... zweiten Gehilfen begleitet.

Er hat den vorliegenden Auftrag dem Generalstaatsanwalt zu übergeben.

Die Hinrichtung wird am ... 16. OKTOBER 1913 ... im Morgengrauen am ... BOULEVARD ARAGO ... stattfinden.

Eine Vorverlegung ist in keinem Fall möglich.

Saturnin gab ihm den Auftrag zurück.

»Großvater wird sich freuen. Jetzt bin ich ja schon seit zweiundvierzig Tagen hier.«

»Hast du gesehen, daß es sich um eine Frau handelt?«

»Ja, ich werde auf meine Finger achten.«

Er spielte auf die drei Fingerglieder an, die Hippolyte fehlten.

»Und es stört dich nicht, daß es eine Frau ist?« beharrte Anatole, den soviel Unverfrorenheit verwirrte.

»Ein Hals ist ein Hals. Ach ja, auf dem Formular ist das *des* Angeklagten von Hand in *der* Angeklagten abgeändert.«

»Ja, und was schließt du daraus?«

»Daß bei der Verwaltung keine Formulare für Frauen vorgesehen sind.«

Am 1.50 Uhr morgens hielt der Darracq in der Rue de la Folie-Régnault vor dem Haus 60a. In dem engen Hof standen ein altes Pferdegespann und eine rechteckige, geschlossene Kutsche mit grünen Rädern. Die Türen des Schuppens waren offen. Im Inneren herrschte geschäftiges Treiben. Henri saß auf einem Hocker und schärfte die Schneide des Fallbeils mit einem Schleifstein. Yvon und der »Dicke Louis« hatten die »Maschine« beinahe abgebaut, Saturnin hatte schon die Schaufeln, die Eimer, die Wischlappen und die Säcke mit den Sägespänen in die Kutsche gebracht und wollte gerade den Weidenkorb einladen, als Anatole eintraf.

»Alles in Ordnung?« fragte er statt einer Begrüßung.

»Ja, Meister«, antworteten sie im Chor.

Um 2.45 Uhr war alles fertig. Der »Dicke Louis« löschte die Petroleumlampen, und Anatole schloß den Schuppen ab. Saturnin nahm den Pferden die Decke ab, die sie vor der Kälte geschützt hatten, und kletterte auf den Kutschbock.

Da er den Weg nicht kannte, folgte er dem Darracq, der langsam, mit aufgeblendeten Scheinwerfern vor ihm herfuhr. Sie fuhren durch ein verlassenes, gespenstisches Paris und begegneten nur bisweilen einem Polizisten auf seinem Fahrrad, der seine Runde machte. Einige von ihnen erkannten den Wagen und ließen ihren Lenker los, um eine Hand zum Gruß zu heben.

Alle Gaststätten am Boulevard Arago, bis hin zum Place Denfert-Rochereau, hatten von der Präfektur die Genehmigung bekommen, die ganze Nacht über geöffnet zu bleiben; sie waren dichtbesetzt mit Neugierigen, die nur die Kälte im Inneren zurückhielt. Polizisten in Pelerinen sperrten alle Straßen ab, die auf den Boulevard führten, und eine Kompanie der Nationalgarde paradierte an der hohen Mauer des Gefängnisses Santé entlang.

Anatole stieg aus dem Darracq und zeigte Saturnin den Hinrichtungsplatz an der Ecke der Rue de la Santé und des Boulevards. Der Inhalt der Kutsche wurde auf dem Gehsteig ausgeladen. Anatole zog seine Uhr heraus und stoppte die Zeit, die sie zum Aufbau benötigten. Er griff erst in dem Augenblick ein, als es galt, die genaue Ausrichtung mit Senkblei und Wasserwaage zu überprüfen.

Die Nationalgarde, die um sie herumstand und zusah, schien die Kälte nicht zu bemerken. Achtundzwanzig Minuten später war alles fertig. Inzwischen hatten sich die Gaststätten geleert, und die Neugierigen drängten sich an den Absperrungen. Einige klatschten Beifall, als Anatole das Fallbeil zu einem Probelauf niedersausen ließ.

Es war erst 4 Uhr, und die Hinrichtung war auf 6.30 Uhr festgelegt. Saturnin und Anatole fuhren den Kutschwagen und das Automobil in den Gefängnishof. Die Wächter luden sie ein, sich in ihrer Kantine aufzuwärmen.

»N'abend, die verehrten Damen und Herren«, sagte der ›Dicke Louis‹, als sie in den verrauchten Raum traten, in dem sich etwa zehn Aufseher mit geöffneten Uniformjacken ausruhten. Sie lachten über seinen Witz und schlugen sich auf die Schenkel. Anatole und seine Gehilfen ließen sich an einem freien Tisch nieder. Bald nahmen die Aufseher ihre Stühle und setzten sich zu ihnen, um sich an ihrem Gespräch zu beteiligen. Sie konnten ihre Faszination denen gegenüber, deren Arbeit darin bestand, Köpfe abzuschlagen, kaum verbergen und suchten nach Kleinigkeiten, die diese furchtbare Arbeit verraten könnten. Anatole glich einem reichen Industriellen und seine Gehilfen liebenswürdigen Arbeitern. Nur einer, der Jüngste, unterschied sich ein wenig, aber man hätte nicht genau sagen können, warum.

Man redete über das Wetter, das seit einigen Tagen immer kälter und feuchter wurde, und trank dabei heiße Brühe oder Zichorienkaffee. Man sprach auch über die Bonnot-Bande, die jetzt hinter Schloß und Riegel saß.

»Wenn die dran sind, werden Sie nicht über Arbeitslosigkeit klagen können, Monsieur Deibler. Es sind zweiundzwanzig, die bald vor Gericht stehen werden«, sagte der Oberaufseher und fügte dann hinzu: »Ist es das erste Mal, daß sie eine Frau guillotinieren?«

»Nein«, erwiderte Anatole, »es ist die vierte, aber ich habe an keine der Hinrichtungen eine gute Erinnerung... Na, was ist denn los, was macht ihr denn für Gesichter?« fragte er seine Gehilfen, die plötzlich betroffen aussahen.

Nur Saturnin blieb ungerührt und blies gleichgültig in seinen Zichorienkaffee, der zu heiß war.

»Aber Meister, wir wußten nicht, daß es eine Frau ist«, sagte Yvon.

»Hast du es ihnen denn nicht gesagt?« fragte Anatole Saturnin streng.

»Ich habe ihnen gesagt, daß wir morgen früh köpfen, und sie haben gesagt ›in Ordnung‹.«

»Aber warum hast du uns nicht gesagt, daß es eine Frau ist?« bohrte Henri, der Überraschungen nicht leiden konnte und schon gar keine schlechten.

»Sie haben mich nicht gefragt. Und was ist denn so schlimm daran, Monsieur Henri? Mann oder Frau, wir müssen trotzdem guillotinieren. Mein Großvater sagt immer: ›Wenn ein Fuchs in einem Hühnerstall wütet und man ihn totschlägt, fragt man sich auch nicht, ob es vielleicht eine Füchsin war.‹«

»Ich verstehe deinen Standpunkt, Saturnin, aber ich finde ihn sehr theoretisch. Eine Frau zu köpfen, das ist nicht dasselbe... eine Frau ist... immer ein wenig wie eine Mutter, verstehst du?«

»Nein, Großvater sagt, daß ein Scharfrichter keine Gefühle haben darf. Sonst ist er kein guter Scharfrichter.«

Diese Aussage war eine rein sachliche Feststellung, und in seiner Stimme lag nicht die leiseste Spur von Unverschämtheit.

»Das ist gerade mal seine Impfung, und er redet daher, als könne er schon auf jahrelange Erfahrung zurücksehen«, regte sich Yvon auf. »Wir werden ja sehen, ob du nachher auch noch soviel angeben wirst! Weißt du wenigstens, daß du den Kopf halten wirst?«

»Natürlich weiß ich das, es ist ja schließlich meine Impfung. Aber machen Sie sich keine Sorgen, Monsieur Yvon, ich weiß in- und auswendig, was ich tun muß.«

»Das werden wir dann sehen.«

»Sagte der Blinde«, scherzte der »Dicke Louis« automatisch.

Doch es kam nicht von Herzen. Die Vorstellung, es mit dem Körper einer Frau zu tun haben, schreckte ihn, und er fürchtete, daß die anderen es bemerken könnten. Hoffentlich ist sie alt und häßlich, dachte er bei sich, schraubte ein flaches Cognacfläschchen auf und gab einen Schuß in seine Brühe.

Einer der Wächter schlug eine Partie Rommée vor.

Draußen wuchs die Zahl der Neugierigen. Alle hatten ausschließlich Augen für die Guillotine, die sich verlassen unter einer Gaslaterne erhob. Erst die Ankunft der ersten Maronenverkäufer lenkte sie ein wenig ab.

Um Punkt 5 Uhr ging Anatole zurück zum Wagen, wo er sich wusch, rasierte und umzog, während Saturnin auf dem Bunsenbrenner Kaffee kochte. Bald vermischte sich der Duft des Kaffees mit dem der Rasierseife und des Eau de Cologne.

Der junge Mann fütterte gerade die Pferde mit einer Mischung aus Hafer und Karotten, als auch die Gehilfen zu Anatole in den Wagen kamen. Sie wuschen und rasierten sich nacheinander und tranken Saturnins Kaffee, dem sie Cognac (der »Dicke Louis«) und Negrita Rhum (Yvon) beifügten. Henri wußte, daß Anatole dagegen war, und trank nur heimlich. Er trank nicht, um sich Mut für die Arbeit zu machen, sondern um seine Gefühle noch zu steigern, so wie man ein ohnehin schon salziges Gericht noch nachwürzt. Um 5.50 Uhr gingen der Scharfrichter und seine Gehilfen hinaus und überprüften ein letztes Mal ihr Arbeitsgerät.

Da die Zeitschriften Deiblers Bild oft als Karikatur oder Fotografie auf den Titelseiten abgebildet hatten, war sein Gesicht bekannt. Bei seinem Anblick klatschten die Zuschauer Beifall. Es war kalt, und einige von ihnen traten schon seit mehreren Stunden ungeduldig von einem Bein auf das andere.

»Anfangen! Anfangen! Anfangen!« rief die Menge drohend.

»Solange sie nicht rufen ›Geld zurück‹, geht es ja«, sagte Anatole philosophisch.

Um 6.05 Uhr betrat er das Büro des Gefängnisdirektors, wo etwa dreißig Personen angeregt plauderten. Die meisten von ihnen waren Besucher, denen es unter irgendwelchen Vorwänden gelungen war, eine Einladung für das Schauspiel zu bekommen.

Saturnin war überrascht angesichts der zahlreichen elegant gekleideten Frauen, die seinen erstaunten Blick erwiderten. Er hörte, daß sich eine von ihnen zu ihrem Nachbarn beugte und sagte:

»Der scheint mir doch etwas jung, er ist sicher noch nicht einmal zwanzig Jahre alt.«

Kommissar Delguay, der die Verurteilte festgenommen hatte und aus diesem Grund anwesend war, antwortete:

»Er ist neu, ich habe ihn noch nie gesehen.«

»Ist es denn normal, daß ein so junger Mann ein solches Amt bekleidet?«

»Monsieur Deibler allein ist verantwortlich für die Neueinstellungen. Es ist sicherlich ein Verwandter aus der Provinz, der das Metier lernen will. Wenn er Sie interessiert, werde ich Sie vorstellen. Ah, es fängt an.«

Anatole unterzeichnete die Übernahme der Gefangenen. Der Direktor reichte ihm das Formular, das Anatole in die Tasche steckte, ehe er finster sagte:

»Also vorwärts!«

Das Büro leerte sich hinter ihm. Die kleine Gruppe ging durch einen langen Gang, eine Treppe hinauf und erreichte schließlich den Sicherheitstrakt. Anatole blieb an einer Tür stehen, vor der ein Wärter saß, der sich bei seiner Ankunft erhob. Mit äußerster Vorsicht öffnete der Oberaufseher die Tür der Zelle. Ein furchtbarer Schrei des Grauens erklang.

»Neeeeeiiiiin!«

»Scheiße!« fluchte der Meister, als er feststellte, daß die Frau ungefähr einhundert Kilo wog, wenn es nicht mehr waren. »Das hätte man mir ja auch vorher sagen können«, beklagte er sich beim Gefängnisdirektor.

»Ich dachte, das wüßten Sie. Ihr Prozeß hat im Juli letzten Jahres stattgefunden und ist durch alle Zeitungen gegangen.«

»Im Juli bin ich in La Baule, und im Urlaub lese ich keine Zeitung!«

»Im übrigen ist ihr der Aufenthalt im Gefängnis, glaube ich, recht gut bekommen, wenn man so sagen darf. Beim Prozeß war sie noch nicht so dick!«

»Ich will nicht«, erklärte die dicke Martine Goudut fest entschlossen und warf sich dem Priester an den Hals, der zurücktaumelte.

»Da brauchen wir ja einen Wagenheber«, sagte der ›Dicke Louis‹ halb scherzhaft.

»Beruhige dich, meine Tochter. Sei tapfer und füge dich, es dauert nicht lange«, tröstete sie der Priester und versuchte, sich aus der Umarmung zu befreien. Ihre Arme waren so dick wie Schenkel, und was die Schenkel anging...

Der »Dicke Louis« und Yvon ergriffen sie. Sie wehrte sich und stieß schrille, spitze Schreie aus. Sie versetzte Yvon einen Fausthieb auf das Ohr, der ihn straucheln ließ. Saturnin wollte ihm zu Hilfe kommen, doch er bekam einen so heftigen Stoß mit dem Ellenbogen in den Magen, daß es ihm den Atem verschlug.

»Ich will nicht! Ich will nicht sterben!«

Anatole, Henri, der Oberaufseher und zwei Wärter sprangen auf sie zu. Dann folgte ein wildes Handgemenge. Auf dem Gang drängte man sich um die Tür herum, um besser sehen zu können.

Martine fiel zu Boden, und ihr Knoten löste sich. Anatole drehte ihr die Hände auf den Rücken und fesselte sie. Anschließend mußte man sie hochziehen und auf den Hocker setzen, der vollständig unter ihrem enormen Gesäß verschwand.

»Ich will ihn nicht wiedersehen«, schluchzte sie mit der Stimme eines kleinen Mädchens, und sie erklärte ihnen, daß es nicht der Tod war, den sie fürchtete, sondern das Wiedersehen »dort oben« mit ihrem Vater, jenem Vater, den sie im Schlaf erstickt hatte. Und diese Vorstellung entsetzte sie.

Martine zuckte zusammen, als Saturnin ihr Haar im Nakken zusammenfaßte und mit einer silbernen Schere, deren Enden abgerundet waren, abschnitt. Sein Großvater hatte sie ihm am Abend vor seiner Abreise gegeben. Sie hatte dem Rächer gehört, der sie vom besten Scherenmacher von Lagüiole nach Maß hatte anfertigen lassen.

Nach den Haaren schnitt der junge Mann den Kragen der

Bluse ab. Wie Casimir es ihm gezeigt hatte, fing er im Nacken an: »Wenn es eine Frau ist, mußt du den Anstand wahren, du darfst nicht zu tief abschneiden.«

Er konzentrierte sich sehr auf seine Arbeit und merkte gar nicht, daß er dabei seine Lektionen hersagte und alle ihn anstarrten.

»Der senkrechte Schnitt beträgt zehn Zentimeter ... So, das ist fertig ... der waagerechte Schnitt muß unter dem zweiten Blusenknopf liegen ... So ...«

»Was sagt er?« fragten die, die im Gang standen.

Als er fertig war, steckte er den Kragen in die Tasche und schob die Schere zurück in das Etui aus Haifischhaut. Dann hob der den Kopf und suchte Anatoles Blick. Er errötete, als er bemerkte, daß ihn alle ansahen.

»Sie ist fertig, Meister.«

Gemäß dem Ritual ging der Gefängnisdirektor auf die Verurteilte zu und fragte sie, ob sie noch einen letzten Wunsch habe.

»Ja, ich will nicht sterben«, antwortete sie sogleich hoffnungsvoll.

»Ich fürchte, diesen Wunsch kann ich Ihnen nicht erfüllen. Wollen Sie nicht ein Glas Alkohol oder eine Zigarette?«

Die dicke Frau senkte den Kopf und begann wieder zu weinen. Anatole machte ein Zeichen, daß der Augenblick gekommen sei. Ohne weitere Umstände packten Yvon und der »Dicke Louis« sie bei den Armen. Henri ging hinter ihnen für den Fall, daß er ihnen zu Hilfe kommen müßte. Da die Fußfesseln sie behinderten, bewegte sich Martine mit kleinen Schritten vorwärts.

»Macht den Weg frei«, befahl der Scharfrichter den Zuschauern auf dem Gang.

Der Weg bis zum Hof schien unendlich lang. In den meisten Fällen wurde der Verurteilte mehr oder minder von den Gehilfen getragen, und es ging im Laufschritt voran, doch in diesem Fall ...

Es war 6.35 Uhr, als sie den Wagen erreichten, und Anatole hatte fünf Minuten Verspätung. Die Vorschriften waren sehr streng: So kurz der Weg auch sein mochte, der Verurteilte durfte sich nicht zu Fuß zum Ort der Hinrichtung begeben.

Ein befriedigtes »Aaaaa!« ging beim Anblick des Wagens durch die Menge, die sich vor dem Gefängnis drängte. Und schon erreichten sie die Straßenecke. Die Absperrung der Nationalgarde öffnete sich, um sie durchzulassen. Saturnin bemerkte, daß einige Polizisten versuchten, die Neugierigen von den Bäumen zu vertreiben, auf die sie geklettert waren.

Beim Anblick der Guillotine fing Martine an zu schreien und, was schlimmer war, sie ließ sich auf den Boden fallen.

»Schnell, wir müssen sie tragen«, sagte Anatole und bückte sich, um selbst mit Hand anzulegen.

»Steh auf, meine Tochter, füge dich«, ermutigte sie der Priester aus sicherer Entfernung.

Da sie sich immer heftiger wehrte, schleiften sie sie über die gefrorenen Pflastersteine. Ein großer, nasser Fleck, der in der eisigen Luft dampfte, zeichnete sich unter ihrem Kleid ab.

»Sie pinkelt! Das hat uns gerade noch gefehlt!« zischte Anatole zwischen den vor Anstrengung zusammengebissenen Zähnen.

»Neeeeeeiiin!« brüllte sie erneut, als sie nur noch ein Meter von der Maschine trennte.

Ihr Schrei hallte in dem betroffenen Schweigen wider. Gerade wollte sie ein weiteres Mal loskreischen, doch Saturnin, der den Zuschauern den Rücken zuwandte, umfaßte schnell mit Daumen und Zeigefinger ihren Hals und drückte ihr brutal die Halsschlagader ab. Der Schrei erstarb.

»Eins, zwei, drei!« zählte der Meister.

Sie stemmten den Körper hoch wie einen schweren Kartoffelsack und warfen ihn auf das Schaukelbrett, das unter ihrem Gewicht zersplitterte. Yvon stieß einen Schmerzensschrei aus.

Saturnin kniete vor der Halsmulde und sah, wie Martines Kopf auf ihn zurutschte. Sie hustete, und ihre Augen waren weit aufgerissen, sie befand sich offensichtlich in einem Zustand der Panik. Er ergriff sie bei den Ohren und richtete ihren Kopf aus, so wie man ein Bild zurechtrückt. Schon hatte Anatole die Halskrause geschlossen und auf den Knopf gedrückt, der das Fallbeil auslöste. Saturnin, der an dem Kopf zog, um den Hals zu spannen, war von der Schnelligkeit überrascht und verlor das Gleichgewicht. Er fiel hintenüber, ohne den Kopf dabei loszulassen, der ihn mit Blut bespritzte. Sogleich stand er wieder auf und ging zu dem Weidenkorb, wo er ihn mit dem Gesicht nach unten zwischen die Schenkel des toten Körpers legte, damit er während der Fahrt nicht hin und her rollte.

Anatoles Uhr zeigte 6.40 Uhr, es war noch nicht Tag.

»Übernimm bitte meine Arbeit. Ich glaube, ich habe mir einen Leistenbruch geholt«, entschuldigte sich Yvon bei Henri, als sie den Korb in den Wagen stemmen mußten.

Die Menge zerstreute sich zögernd, und die Gehilfen bauten die Guillotine ab. Saturnin goß mehrere Eimer Wasser über das Pflaster, um das Blut wegzuspülen, das durch die Kälte schon angefroren war.

Er lächelte, als er hörte, wie ein Nationalgardist zu seinem Nachbarn sagte:

»Es heißt, daß sie ihre Blumen damit gießen!«

»Warum nicht? Das wäre ein ausgezeichneter Dünger!« rief er ihnen zu.

Sie antworteten ihm nicht.

Anatole folgte den Amtspersonen, die zurück in das geheizte Gefängnis gingen, und es berührte ihn kaum, daß die Gäste, die kurz zuvor noch gerne mit ihm angestoßen hätten, jetzt die Augen abwandten. Das war jedesmal so. Er ging auf den Kommissar Delguay zu, den er gut kannte, und zog sein Notizbuch, ein kleines Heftchen mit durchnumerierten Seiten, aus der Tasche. Er fragte:

»Ich weiß, daß sie ihren Vater umgebracht hat, doch da ich die Sache nicht verfolgt habe, kenne ich die Gründe nicht.«

Der Kommissar ließ sich nicht lange bitten. Er kannte die Gewohnheiten der Scharfrichter und respektierte sie. Er selbst notierte im übrigen ebenfalls all seine Verhaftungen und hatte den Plan, eines Tages ein Buch daraus zu machen.

»Er war bettlägrig, und sie hat ihn im Schlaf erstickt, aber sie hat nie sagen wollen, warum.«

»Welche Mordwaffe hat sie benutzt?«

Delguay lachte trocken:

»Ich frage mich, was Sie in Ihr Heft schreiben werden, wenn ich es Ihnen sage. Sie hat sich auf sein Gesicht gesetzt.«

Da sich niemand von ihrer Familie gemeldet hatte, um die Bestattung ihrer sterblichen Überreste zu übernehmen, wurde Martine Goudut auf den Friedhof von Ivry gebracht. Dort wurden die durch die Guillotine Gerichteten auf einem Landstück begraben, dessen Lage streng geheimgehalten wurde.

In Anwesenheit des Kommissars von Ivry, der das Beisetzungsprotokoll aufnahm, kippten der »Dicke Louis« und Saturnin den Weidenkrob in das frisch geschaufelte Loch. Der Kopf rollte als erstes hinein, und der Körper fiel darauf. Es war 7.50 Uhr, und die Totengräber schaufelten das Grab schon wieder zu. Dann ging jeder seines Weges. Anatole fuhr nach Hause und die Gehilfen an ihren Arbeitsplatz. Saturnin striegelte die Pferde, machte den Wagen sauber und verbrachte den Vormittag damit, jedes Teil der Guillotine zu säubern. Voller Bedauern stellte er fest, daß die Holzbalken lackiert und somit nicht mit Bienenwachs zu pflegen waren, also polierte er sie nur mit einem weichen Tuch.

Als er zurück nach Auteuil kam, war das Haus – bis auf das Dienstmädchen, das in der Küche das Geschirr abspülte – leer. Anatole war beim Pferderennen in Longchamp, Rosalie bei einem Kaffeekränzchen der Gemeinde und Marcelle in der Schule.

Er aß einen Rest kaltes Hühnerfleisch, Käse und zwei Äpfel. Dann wusch er sich, zog sich um und wusch mit kaltem Wasser die Blutflecken aus seinen Kleidern. Während er rieb, sah er wieder die drei unterschiedlichen Strahlen, die aus dem abgeschlagenen Kopf gesprudelt waren:

zwei kräftige rote, die aus der Karotis kamen, und einen dünneren, weißen, der aus dem Rückenmark drang. Zwar hatte ihn dieses Schauspiel nicht im eigentlichen Sinn berührt, doch es hatte ihm zum einen bewußt gemacht, wie endgültig der Tod war, zum anderen, wie groß der Unterschied war, etwas zu wissen und etwas zu erfahren. Er begriff jetzt besser, welche unglaubliche Macht ihnen die Gesellschaft übertrug.

Als Anatole vom Rennplatz zurückkam, half Saturnin gerade Marcelle bei den Hausaufgaben. Der Meister machte ihm ein Zeichen, ihm in sein Arbeitszimmer zu folgen.

»Ich bin sehr zufrieden mit dir«, sagte er, sobald die Tür geschlossen war. »Hippolyte kann stolz auf dich sein. Wer hat dir diese Art, jemandem die Luft abzudrücken, beigebracht, er oder Casimir?«

»Großvater.«

Anatole zündete sich eine Zigarette an und blies den Rauch an die Decke.

»Allerdings mußt du beim nächsten Mal aufpassen, dich nicht wieder überraschen zu lassen. Es macht einen schlechten Eindruck, wenn man auf dem Rücken liegt und den Kopf in den Händen hält.«

»Ich weiß, Meister, aber ich habe nicht damit gerechnet, daß Sie so schnell köpfen würden.«

Der Scharfrichter lächelte selbstzufrieden:

»Es stimmt, daß es bei mir nicht lange dauert.«

Er war ganz das Gegenteil seines Vaters Louis, der für seine Langsamkeit bekannt war.

»Ich denke, du wirst einen guten obersten Scharfrichter abgeben. Du kannst deinem Großvater schreiben, daß ich dir das gesagt habe. Es würde mich im übrigen nicht wundern, wenn du eines Tages besser werden würdest als er.«

»Wenn er jetzt hier wäre, würde er Ihnen sagen, daß das ganz natürlich ist, weil er keinen so guten Lehrer hatte wie ich... Aber ich habe sehr viel über die Hinrichtungen nachgedacht. Es wäre mir eine große Ehre, Ihr Nachfolger zu werden, aber dann müßte ich mich ganz in Paris niederlassen, und das will ich nicht.«

»Aber warum, zum Teufel, nicht? Gefällt es dir bei uns nicht?«

»Das ist nicht der Grund, Meister, aber meine Heimat fehlt mir. Ich denke jeden Tag an Großvater und Casimir, die ganz allein dort unten sind. Sie wissen ja, daß sie nicht mehr die Jüngsten sind, und es ist viel Arbeit, das Herrenhaus zu unterhalten und sich um das Museum zu kümmern. Sie fehlen mir, und ich weiß, daß ich ihnen fehle... Und hier ist auch nicht mein Zuhause. Hier braucht man mich nicht wirklich, im Herrenhaus dagegen...«

Am selben Abend schrieb Saturnin einen Brief an seinen Großvater, den er mit den Worten begann: »So, jetzt bin ich geimpft. Aber das war keine Kleinigkeit.«

Acht Monate (und neun Hinrichtungen) nach seiner Ankunft in Paris, fuhr Saturnin wieder nach Bellerocaille zurück.

Anatole, Rosalie und Marcelle Deibler hatten ihn auf den Bahnsteig begleitet, um ihm eine gute Reise zu wünschen. Auch Henri, der »Dicke Louis« und André, der neue Gehilfe, waren da. Nur Yvon fehlte, der, da sein Leistenbruch nie wieder verheilt war, jetzt ausschließlich als Friseur arbeitete.

Der Bahnhofsvorsteher pfiff, und die Lokomotive stieß eine Dampfwolke aus. Von einem Glücksgefühl erfüllt, stieg Saturnin auf das Trittbrett. Der Zug setzte sich in Bewegung.

»Du weißt, daß du zurückkommen kannst, wann immer du willst. Bei uns ist immer Platz für dich.«

»Danke, Meister. Ich werde es nicht vergessen.«

Nach einem letzten Winken, verschwand er in seinem gepolsterten Erste-Klasse-Abteil.

Er lächelte bei der Vorstellung, wie überrascht sein Großvater und Casimir sein würden, wenn er ihnen die Geschenke überreichte, die jetzt im Gepäckwagen untergebracht waren. Für den Knecht hatte er einen modernen, neuartigen Küchenherd gekauft, es war ein schwedisches Modell, das vier Brennstellen hatte, einen Backofen, dessen Hitzegrad man einstellen konnte, eine kupferne Umlaufstange und einen Feuerhaken aus gehärtetem Stahl. Für Hippolyte hatte er ein Grammophon mit etwa dreißig verschiedenen Opernschallplatten gekauft, und er selbst hatte sich einen Fotoapparat der Marke Klapp, Format 13 × 18 geleistet, der Alphonse Puech vor Neid erblassen lassen würde.

IX

Im Herrenhaus Pibrac, Sonntag, den 2. August 1914

Casimir war gerade dabei, den Hühnern Futter hinzustreuen und sie mit einem eindringlichen »Putt, Putt, Putt« zum Fressen zu ermutigen, als die Turmglocke zu läuten begann.

Hippolyte saß im Herrenhaus in seinem Sessel und löste das Kreuzworträtsel im *Journal de l'Aveyron.* Gerade suchte er nach einem Wort mit sechs Buchstaben: »Man sperrt es in einen dunklen Kasten, und sie wehrt sich nicht.« Am anderen Ende des Tisches saß Saturnin, schrieb Postkarten vom Museum an die Hinterbliebenen der Opfer von Bluttaten und lud sie ein, in den nächsten Ferien das Herrenhaus zu besuchen. Die Liste mit den Namen bekam er von Hippolyte, der sie bei einer gewissenhaften Lektüre der verschiedenen Zeitungen aus Paris und der Provinz zusammenstellte.

Saturnin ging hinaus in den Hof, wo Casimir die Nase in den Wind hielt und nach Rauchspuren suchte. Das Läuten ließ nicht nach, im Gegenteil, bisher hatten nur die Glocken der drei Kirchtürme geläutet, doch jetzt stimmte die hohe Glocke des Rathausturms mit ein und kurz darauf auch die der Schule.

Auch Hippolyte kam in den Hof und sagte zu seinem Enkel: »Du solltest nachsehen, was los ist, es scheint etwas Schlimmes geschehen zu sein.«

Zwei Tage zuvor hatte man den Sozialisten Jaurès ermordet, doch nur die Schule und das Rathaus hatten ihre Betroffenheit gezeigt, indem sie auf Halbmast geflaggt hatten. Wenn jetzt die Glocken der Schule, des Rathauses und der drei Kirchen läuteten, mußte schon mindestens Präsident Poincaré ermordet worden sein. Es sei denn...

Saturnin sattelte Pomponette, die Percheron-Stute, die sie eine Woche zuvor auf dem Pferdemarkt von Rodez gekauft hatten, und Casimir öffnete ihm das Tor. Hippolyte kletterte auf die Zinnen des Nordturms.

»Bis gleich«, sagte Saturnin und gab der Stute die Sporen.

Casimir hielt Brise-Tout zurück, der ihm folgen wollte, schloß den Torflügel wieder und stieg ebenfalls auf den Nordturm. Hippolyte suchte mit seinem Fernrohr den Himmel ab.

»Auf alle Fälle ist es kein Brand«, sagte er und reichte dem Knecht das Fernrohr, damit er sich selbst überzeugen konnte.

»Haben Sie eine Ideee?«

»Eher eine Vorahnung.«

»Krieg?«

»Ja, Krieg.«

Ihre Blicke folgten Saturnin, der um den Dolmen herumritt und dabei eine Staubwolke hinter sich aufwirbelte.

»Heeeeehooo!« riefen sie ihm aus Spaß zu.

»Heeeeehooo!« rief er zurück und ritt auf die Pappelhecke zu, die den Fluß säumte.

»Und selbst wenn es Krieg gibt, Sie wissen doch, daß die Kinder der Scharfrichter nie auf den Einberufungslisten stehen. Saturnin hat nichts zu befürchten.«

»Das ist nicht sicher. Die Zeiten haben sich geändert. Außerdem ist Saturnin kein direkter Nachfahre eines Scharfrichters, es wären Léon und Parfait, denen diese Freistellung zugute kommen würde. Das ist doch der Gipfel, wenn man es recht bedenkt!«

Um die Zeit totzuschlagen, ging Casimir wieder zu seinen Hühnern zurück und Hippolyte zu seinem Kreuzworträtsel. Kaum hatte er sich gesetzt, da fiel ihm das Wort mit sechs Buchstaben ein, nach dem er gesucht hatte: »Leiche«.

GENEALOGIE

Justinien (Trouvé) **Pibrac I.**		(1663(?)–1755)
Gefunden in Roumégoux am 10. Juni	1663	
Scharfrichter mit 20 Jahren	1683	
Ruhestand mit 73 Jahren	1736	
Gestorben mit 92 Jahren	1755	

Heiratet 1692 Guillaumette. Drei Söhne: Martin, Jules und Justinien.

Justinien II.		(1699–1764)
Geboren in Bellerocaille	1699	
Scharfrichter mit 37 Jahren	1736	
Ruhestand mit 64 Jahren	1763	
Gestorben mit 65 Jahren	1764	

Heiratet 1731 Adeline. Ein Sohn: Justinien und zwei Töchter: Berthe und Lucette.

Justinien III., genannt der Rächer des Volkes		(1732–1804)
Geboren in Bellerocaille	1732	
Scharfrichter mit 31 Jahren	1763	
Ruhestand mit 71 Jahren	1803	
Gestorben mit 72 Jahren	1804	

Heiratet 1771 Pauline. Fünf Töchter und drei Söhne: Justinien, Louis und Antoine.

Justinien IV.		(1772–1850)
Geboren in Bellerocaille	1772	
Scharfrichter mit 31 Jahren	1803	
Ruhestand mit 68 Jahren	1840	
Gestorben mit 78 Jahren	1850	

Heiratet 1812 Blanche. Zwei Söhne: Justinien und Robert

Justinien V. (1814–1850)
Geboren in Bellerocaille 1814
Scharfrichter mit 26 Jahren 1840
Gestorben mit 36 Jahren 1850
Heiratet 1831 Clémence. Zwei Söhne: Justinien und Hippolyte.

Justinien VI. (1832–1850)
Geboren in Bellerocaille 1832
Scharfrichter mit 18 Jahren 1850
Gestorben mit 18 Jahren 1850
Stirbt als Junggeselle. Sein Bruder Hippolyte übernimmt die Nachfolge.

Hippolyte I., genannt der Siebte (1836–)
Geboren in Bellerocaille 1836
Scharfrichter mit 14 Jahren 1850
Erzwungener Ruhestand
mit 34 Jahren 1870
Heiratet 1857 Berthe. Drei Söhne: Justinien, Léon und Henri.

Justinien, stirbt mit 11 Jahren 1869
Léon, geboren 1868, heiratet Hortense. Ein Sohn: Parfait und zwei Töchter: Margot und Béatrice.
Henri, geboren 1870, heiratet Adèle. Zwei Söhne: Antoine und Saturnin.

Saturnin Pibrac (1896–)

Glossar

Maßeinheiten

1 Meile	=	4 Kilometer
1 römische Meile	=	1,620 Meter
1 Klafter entspricht sechs Fuß	=	1,944 Meter
1 Fuß entspricht 12 Zoll	=	32,4 Zentimeter

Zeiteinheiten

Matutina	Mitternacht
Laudes	3 Uhr
Prima	6 Uhr
Terz	9 Uhr
Sexta	Mittag
Nona	15 Uhr
Vesper	18 Uhr
Komplet	21 Uhr

Um eine Minute zu messen, rezitierte man 2 Vaterunser. Für eine Stunde 120 Vaterunser.

Zahlungsmittel

Im XVII. Jahrhundert waren mehr als 38 verschiedene Münzarten im Königreich in Umlauf.

1 Louisdor	=	24 Livres
1 Livre	=	20 Sols
1 Sol	=	12 Deniers
1 halber Denier	=	1 Obolus
1 Obolus	=	so gut wie wertlos

Es gab eine Kupfermünze im Wert von 6 Deniers, die man Liard nannte, und eine im Wert von 3 Deniers, die Hardi hieß.